U0004825

彰化學 046

鹿港才子
施文炳

施文炳◎著　洪惠燕◎編　林明德◎審訂

晨星出版

追逐一個文化夢想

十年經營彰化學　　　　　　　　　　　　林明德

一九八〇年代，後殖民思潮蔚為趨勢，臺灣社會受到波及，主體意識逐漸浮起，社區營造成為新觀念。於是各縣市鄉鎮紛紛發聲，編纂史志，以重建歷史、恢復土地記憶，有志之士更是積極投入研究，而金門學、宜蘭學、苗栗學、……相繼推出，一時成為顯學。

這些學術現象的醞釀與形成，我曾經直接或間接參與其事，對當中的來龍去脈自有某種程度的了解，也引起相當深刻的反思。基本上，對各族群與地方的文化（包括人文、社會、自然等科學）進行有系統的挖掘、整合，並以學術觀點加以研究，以累積文化資產，恢復土地記憶，使之成為一門學問，如此才有資格登上學術殿堂，取得「學門」之身分證。

一九九六年，我從服務二十五年的私立輔仁大學退休，獲聘國立彰化師大國文系，此一逆向的職業生涯，引發我對學術事業的重新思考，在教學、研究之餘，雖然繼續民俗藝術的田野調查，卻開始規劃幾項長遠的文化工程。一九九九年，個人接受彰化縣文化局的委託，進行為期一年的飲食文化調查研究，帶領四位研究生進出二十六個鄉鎮市，訪問二百三十多個飲食點與十多位總舖師，最後繳交三十五萬字的成果。當時，我曾說：「往昔，有一府二鹿三艋舺的符碼；今天，飲食文化見證半線的風華。」長期以來，透過訪查、研究，我逐漸發見彰化文化底蘊的豐美。

彰化一帶，舊稱半線，是來自平埔族「半線社」之名。清雍正元年（1723），正式立縣；四年（1726），創建孔廟，先賢以「設學立教，以彰雅化」期許，並命名為「彰化縣」。在地理上，彰化位於臺灣中部，除東部邊緣少許山巒外，大部分為平原，濁水溪流過，土地肥沃，農業發達，稻米飄香，夙有「臺灣第一穀倉」之美譽。三百多年來，彰化族群多元，人文薈萃，並且積累許多有形、無形的文化資產，其風華之多采多姿，令人目不暇給。二十五座古蹟群，詮釋古老的營造智慧，各式各樣民居，特別是鹿港聚落，展現先民的生活美學；戲曲彰化，多音交響，南管、北管、高甲戲、歌仔戲與布袋戲，傳唱斯土斯民的心聲與夢想；繁複的民間工藝，精緻的傳統家具，在在流露生活的餘裕與巧思；而人傑地靈，文風鼎盛，舊新文學引領風騷，而且成果斐然；至於潛藏民間的文學，活潑多樣，儼然是活化石，訴說彰化人的故事。

　　這些元素是彰化文化底蘊的原姿，它們內聚成為一顆堅實、燦爛的人文鑽石。三十年，我親近彰化，探勘寶藏，證明其人文內涵的豐饒多元，在因緣俱足下，正式推出「啟動彰化學」的構想，在地文學家康原，不僅認同還帶著我去拜會地方人士、企業家。透過計畫的說明、遊說，終於獲得一些仕紳的贊同與支持，為這項文化工程奠定扎實的基礎。我們先成立編委會，擬訂系列子題，例如：宗教、歷史、

地理、社會、民俗、民間文學、古典文學、現代文學、傳統建築、傳統表演藝術、傳統手工藝與飲食文化，同步展開敦請學者專家分門別類選題撰寫，其終極目標是挖掘彰化文化內涵，出版彰化學叢書，以累積半線人文資源。原先預計每年十二冊，五年六十冊（2007～2011），不過由於若干因素與我個人屆齡退休（2011），不得不延後，而修改為十年，目前已出版四十餘冊，預計兩年後完成。這裡列舉一些「發見」供大家分享：

（一）民間文學系列：《人間典範全興總裁》，由口述歷史與諺語梭織吳聰其先生從飼牛囝仔到大企業家的心路歷程，為人間典範塑像；《陳再得的台灣歌仔》守住歌仔先珍貴的地方傳說，平添民間文學史頁；《台灣童謠園丁──施福珍囝仔歌研究》，揭開囝仔歌的奧祕，讓兒童透過囝仔歌認識鄉土、學習諺語、陶冶性情。而鹿港民間文學的活化石──黃金隆的口述歷史，是我們還在進行中的計畫。

（二）古典文學系列：《臺灣古典詩家洪棄生》、《陳肇興及其陶村詩稿》、《臺灣末代傳統文人──施文炳詩文集》三書充分說明彰化的文風傳統，與古典文學的精采。加上賴和的漢詩研究……，將可使這一系列更為充實。

（三）現代文學系列：《王白淵·荊棘之道》、翁鬧《有港口的街市》、《錦連的年代──錦連新詩研究》、《生命之詩──林亨泰中日文詩集》、《給小數點台灣──曹開數學詩》、《親近彰化文學作家》……，涵蓋先行、中生與新生三代，自清代、日治迄今，菁英輩出，小說、新詩、散文等傑作，琳瑯滿目，證明了在人文彰化沃土上果實纍纍。值得一提的是，翁鬧長篇小說的出土為臺灣文學史補上一頁；而曹開數學詩綻放於白色煉獄，與跨越兩代語言的詩人林亨泰，處處反映磺溪一脈相傳的抗議精神。

（四）《南管音樂》、《北管音樂》、《彰化縣曲館與武館 I～V》、《彰化書院與科舉》、《維繫傳統文化命脈——員林興賢書院與吟社》、《鹿港丁家大宅》與《鹿港意樓——慶昌行家族史研究》，前三種解析戲曲彰化這一符碼，尤其是林美容教授開出區域專題普查研究，為彰化留下珍貴的文獻資料。書院為一地文風所繫，關係彰化文化命脈，古樸建築依然飄溢書香；而丁家大宅、意樓則是鹿港風華的見證，也是先民營造智慧的展示。即將出版的賴志彰傳統民居、李乾朗傳統建築、陳仕賢的寺廟與李奕興的彩繪，必能全面的呈現老彰化的容顏。

這套叢書的誕生，從無到有，歷經十年，真是不尋常，也不可思議，它是一項艱辛又浩大的文化工程，也是地方學的範例，更是臺灣學嶄新的里程碑。非常感謝彰化師大與臺文所的協助，全興、頂新、帝寶等文教基金會的支持；專業出版社晨星，在編輯、美編上，為叢書塑造風格；書法名家也是彰化人杜忠誥教授，親自以篆書題寫「彰化學」，為叢書增添不少光彩，在此一併感謝。

叢書的面世，正是夢想兌現的時刻，謹以這套書獻給彰化鄉親，以及我們愛戀的臺灣，這是康原與我的共同心願。

林明德（1946～），臺灣高雄市人。國立政治大學中文博士。曾任國立彰化師範大學國文學系教授兼副校長。投入民俗藝術研究三十年，致力挖掘族群人文，整合民俗藝術，強調民俗是一切藝術的土壤。著有《臺澎金馬地區區聯調查研究》（1994）、《文學典範的反思》（1996）、《彰化縣飲食文化》2002）、《阮註定是搬戲的命》（2003）、《臺中飲食風華》（2006）、《斟酌雅俗》（2009）、《俗之美》（2010）、《戲海女神龍》（2011）、《小西園偶戲藝術》（2012）、《粧佛藝師——施至輝生命史及其作品圖錄》（2012）。

目錄　CONTENTS

叢書序・追逐一個文化夢想　／林明德　　　　2
推薦序・鹿港才子施文炳　　／林明德　　　　18

第一章｜鹿港人施文炳｜　　　　23

一、先祖記事　　　　　　　　　　　24
二、施文炳小傳　　　　　　　　　　27
三、自學成功的傳奇人物　　　　　　37
四、影響施文炳的人士　　　　　　　43
　　（一）施讓甫　　　　　　　　　43
　　（二）周定山　　　　　　　　　46
　　（三）許志呈　　　　　　　　　48
　　（四）王漢英　　　　　　　　　50
　　（五）洪寶昆、王友芬、林荊南　52
五、與詩結緣　　　　　　　　　　　57
六、詩作獲獎紀錄　　　　　　　　　64
七、著作　　　　　　　　　　　　　65

第二章｜施文炳的鹿港意識｜　　71

一、文化發展的倡導　　75
　　（一）元宵燈猜活動　　75
　　（二）「鹿港八景」全國徵詩　　76
　　（三）提倡詩詞吟唱　　81
　　（四）創立鹿港盆栽學會　　86
　　（五）參與全國民俗才藝活動　　88
　　（六）尋回失落的老臺灣
　　　　　　——對「臺灣民俗村」的投入　　89
　　（七）協助成立施金山文教基金會　　97
二、古蹟修護的關照　　100
　　（一）鹿港復興 古蹟為本　　100
　　（二）古蹟列管　　101
　　（三）古蹟有效維護及利用　　104
三、愛鄉運動的投入　　107
　　（一）反杜邦運動　　107
　　（二）參與鹿港造鎮計畫　　110
四、結語　　113

第三章｜傳說鹿港｜　　121

一、關於鹿港遷街的傳說　　122
二、鹿港龍山寺傳奇　　133
三、鹿港八景之一：龍山聽唄　　141

四、七月普渡 143

五、鹿港八景十二勝 181

六、中秋 183

七、鹿港傳奇故事 185

八、鹿港蝦猿 190

九、廣告系列 191

附錄：新版鹿港夜談大綱 193

第四章 | 《員嶠輕塵集》詩作增補 | 195

一、詩作 200

　桂冠詩人英文介紹 200

　壬午歲末書懷 201

　過小半天 201

　新城訪舊 201

　雪山月夜 201

　新婚賀詞 201

　文開書院題壁 202

　重修武廟題壁 202

　時事感懷 202

　戊子九秋郊居即事 202

　偶感 203

　慶祝員林成街二百八十年 203

　賀瀛社創立百週年社慶 203

　尊重女權 203

　梁庚辛、梁施富賢伉儷白金婚慶，詩以祝之 203

時事感詠　　　　　　　　　　　　　　203

夏日書懷　　　　　　　　　　　　　　204

先慈忌辰誌痛　　　　　　　　　　　　205

秋日書懷　　　　　　　　　　　　　　206

樂山綺思　庚寅歲首　　　　　　　　　206

憶少時　　　　　　　　　　　　　　　206

野趣　　　　　　　　　　　　　　　　207

歡迎瀛社、澹廬諸詩盟蒞鹿　　　　　　207

餞春　　　　　　　　　　　　　　　　207

悼沈子英　　　　　　　　　　　　　　207

八秩生辰述懷　　　　　　　　　　　　208

鹿港遷街三百五十週年慶　　　　　　　209

題文開書院　　　　　　　　　　　　　209

日月潭　　　　　　　　　　　　　　　209

有感　　　　　　　　　　　　　　　　210

待端陽　　　　　　　　　　　　　　　210

彰濱曉望　　　　　　　　　　　　　　210

新版山鄉憶舊　　　　　　　　　　　　210

竹山　　　　　　　　　　　　　　　　211

水里　　　　　　　　　　　　　　　　211

埔里　　　　　　　　　　　　　　　　213

端午文開雅集　　　　　　　　　　　　213

雨夜　　　　　　　　　　　　　　　　214

夜雨　　　　　　　　　　　　　　　　215

論詩　　　　　　　　　　　　　　　　215

人生　　　　　　　　　　　　　　　　215

偶感 215

留春 215

文開小聚 216

落花 216

謝文成鄉兄書法展誌盛 216

玉山頌 216

慶祝文開詩社創立三十週年 217

敬題武廟 217

靜觀 218

塔塔加行 218

杯中月 219

詩人筆 220

冬日漫興 220

時事述感 220

踏雪尋梅 221

春燕 221

癸巳春詞 221

題四君子墨水繪 222

鞭馬歌 222

題四君子 223

詠蘭 223

祝陳佳聲校長全家福書法專集問世 223

鹿港蚶江對渡石碑 223

莊伯和、張瓊慧賢伉儷蒞鹿有寄 223

詠竹 224

詠梅 224

詠菊　　　　　　　　　　　　　　224

賞菊　　　　　　　　　　　　　　224

鹿江釣月　　　　　　　　　　　　224

賞秋　　　　　　　　　　　　　　224

沙屯買秋　　　　　　　　　　　　225

贈許清棟師棣　　　　　　　　　　225

新蟬　　　　　　　　　　　　　　225

姑蘇旅次話別陳子清　　　　　　　225

溪頭神木　　　　　　　　　　　　225

伐木運材　　　　　　　　　　　　226

攀越奇萊山　　　　　　　　　　　226

寄志鵬兄金門　　　　　　　　　　226

題福建月　　　　　　　　　　　　226

題松鶴圖　　　　　　　　　　　　226

題鵝群圖　　　　　　　　　　　　226

書窗聽雨　　　　　　　　　　　　227

李秉圭同社刻劃觀想特展，詩以祝之　227

題紅梅圖　　　　　　　　　　　　227

祝某君定婚　　　　　　　　　　　227

偶感　　　　　　　　　　　　　　227

扶桑紀遊　　　　　　　　　　　　227

卦山懷古　　　　　　　　　　　　228

東勢林場攬勝　　　　　　　　　　228

畫梅　　　　　　　　　　　　　　228

畫蘭　　　　　　　　　　　　　　228

畫菊　　　　　　　　　　　　　　228

畫竹	229
鷺江春夢	229
和風	230
海國春濃	231
詠柳	231
題垂柳燕飛圖	231
鹿港巡禮	231
彰縣建縣二百九十年來的藝文演變	232
竹枝詞	232
傷時	232
飲酒歌	233
鹿江泛月	233
九曲巷訪古	234
九曲巷聞琵琶有作	234
鹿港懷古	234
辛丑詩人節鹿江雅集	235
鹿港迴潮	235
春遊鹿港	236
春遊泮池	236
謁天后宮玉皇殿	236
鹿江集讀後感	236
鹿江憶龍舟	236
曲巷冬晴	237
蠔圃迴潮	237
海噬春嬉	237
楊橋踏月	237

龍山聽唄　　　　　　　　　　　　　　238

寶殿篆煙　　　　　　　　　　　　　　238

西院書聲　　　　　　　　　　　　　　238

古渡尋碑　　　　　　　　　　　　　　238

重九鹿港文武廟弔古　　　　　　　　　239

鹿港天后宮題壁　　　　　　　　　　　239

癸丑仲冬道教張天師源先與臺北蕭獻三暨
南北諸吟侶蒞鹿同謁龍山寺　　　　　　239

端午節鹿港民俗館雅集　　　　　　　　240

王功福海宮龍泉井　　　　　　　　　　240

鹿港民俗文物觀感　　　　　　　　　　240

龍山寺即事　　　　　　　　　　　　　240

謁鹿港龍山寺　　　　　　　　　　　　241

鹿港攬勝　　　　　　　　　　　　　　241

題龍山寺九龍池　　　　　　　　　　　241

王功觀海　　　　　　　　　　　　　　241

夏日謁王功福海宮　　　　　　　　　　241

濱海即事　　　　　　　　　　　　　　242

過人豪教授故宅　　　　　　　　　　　242

楊橋即景　　　　　　　　　　　　　　242

沖西晚眺　　　　　　　　　　　　　　242

甲戌年端陽前一日鹿港雅集　　　　　　242

鹿港護安宮重建落成綴句題壁　　　　　242

護安宮題壁　　　　　　　　　　　　　242

北頭口占　　　　　　　　　　　　　　243

月夜過漢英故居　　　　　　　　　　　243

端陽鹿港采風　　　　　　　　　　　　243

鹿港鎮公所廣場題壁　　　　　　　　243

意樓　　　　　　　　　　　　　　　243

金門館題壁　　　　　　　　　　　　243

曲巷冬晴（施文炳作詞・施國雄作曲）　244

二、對聯及其他　　　　　　　　　　　245

（一）對聯

臺灣臨濮堂施氏大宗祠　　　　　　　245

宗祠美全廳　　　　　　　　　　　　245

草厝真武殿　　　　　　　　　　　　245

安和宮　　　　　　　　　　　　　　245

鹿港威靈廟聯　　　　　　　　　　　245

水里天聖宮　　　　　　　　　　　　245

埔里地母廟乾元殿　　　　　　　　　246

鹿谷石城寶興宮慚愧祖師聯　　　　　246

鹿谷石城土地廟　　　　　　　　　　247

鹿谷農試所郭寬福主任別墅楹聯　　　247

新鹿谷郭府柱聯　　　　　　　　　　248

鹿谷天香製茶　　　　　　　　　　　248

民族藝師李松林先生百年紀念展　　　248

陳佳聲先生　佳聲冠首　　　　　　　249

贈黃金隆仁棣　　　　　　　　　　　249

（二）其他

　1. 春聯　　　　　　　　　　　　252

　2. 格言　　　　　　　　　　　　253

附錄：文開詩社學員感恩述懷

一、文炳老師仙逝感賦

　　　許清棟／許圳江／張玉葉／郭淑麗

　　　張麗美／侯美涵／楊境浤／王宜龍

　　　李政志／尤錫輝　　　　　　　　　254

二、文炳老師仙逝百日感賦　張麗美　　　256

三、文炳先逝世對年感懷　李政志／尤錫輝　257

四、敬悼文開詩社明德公名譽社長千古祭文

　　　祭文／尤錫輝　　　　　　　　　　257

第五章｜《無暇小築文存》增補｜　　　261

一、憶舊隨筆

　（一）家世──憶父親的身教與言教　　262

　（二）風塵父子行　　　　　　　　　　269

　（三）世局風雲憶少時　　　　　　　　271

　（四）深宵隨筆　　　　　　　　　　　288

　　　1. 窗前的梅花　　　　　　　　　　288

　　　2. 詩人的定義　　　　　　　　　　288

　　　3. 處世規箴　　　　　　　　　　　288

　（五）憶舊──就學回憶　　　　　　　289

　（六）浮生瑣記　　　　　　　　　　　291

　（七）旅菲日記　　　　　　　　　　　292

　（八）同名之累　　　　　　　　　　　293

　（九）歷史的長河　　　　　　　　　　295

二、序文

　【鹿江詩書畫學會第七屆會員作品專集序】　297

【鹿港天后宮志序】　　　　　　　　　297

【創建溪州后天宮碑記】　　　　　　　299

【韓長沂先生書畫集　跋】　　　　　　299

三、追悼文、傳記

【寄菲律賓施惠民】　　　　　　　　　302

【故施錦川先生祭文】　　　　　　　　303

【故總幹事張吉田先生生平事略】　　　303

【施坤玉老先生生平事略】　　　　　　306

【洪清先生生平事略】　　　　　　　　308

【梁庚辛與少有人知的善行】　　　　　310

四、評論

【致曾人口信】　　　　　　　　　　　312

【淺談臺語文字化】　　　　　　　　　314

　1. 前言　　　　　　　　　　　　　314

　2. 提倡本土文化宜先恢復漢學　　　315

　3. 漢文在日本發展情形　　　　　　318

　4. 臺語便是中原古語　　　　　　　319

　5. 漢文與臺語之異同　　　　　　　320

　6. 我們有權使用漢語　　　　　　　321

【蔣氏王朝】　　　　　　　　　　　　321

【豬肉頌】　　　　　　　　　　　　　322

【在歷史與現實之間】　　　　　　　　325

　1. 反鐵路與反糖廠的謠言　　　　　326

　2. 歷史的回顧　　　　　　　　　　327

【從遊樂區觀點看休閒事業的經營管理】　329

【媽祖信仰在臺灣】　　　　　　　　　331

　　1. 前言——臺灣的宗教　　　　　　　331

　　2. 臺灣的媽祖廟　　　　　　　　　　333

　　3. 媽祖信仰興盛的原因　　　　　　　334

　　4. 傳布媽祖香火於全臺灣的鹿港天后宮
　　　〈舊祖宮〉　　　　　　　　　　　338

　　5. 媽祖信仰與臺灣社群分合的關係　　342

　　6. 結語——媽祖信仰對臺灣社會的正面意義　344

　後記　　　　　　　　　　　　　　　　346

【反杜邦十週年回顧

　——從鹿港文化淵源看反杜邦運動】　346

　　1. 前言　　　　　　　　　　　　　　346

　　2. 歷史回顧　　　　　　　　　　　　347

　　3. 反杜邦運動　　　　　　　　　　　349

　　4. 成功因素　　　　　　　　　　　　350

　　5. 綜論　　　　　　　　　　　　　　352

　　6. 結語　　　　　　　　　　　　　　353

第六章｜施文炳的書畫｜　　　　　　　356

一、鹿港的書畫　　　　　　　　　　　356

二、施文炳學書學畫的經過　　　　　　358

三、施文炳的書畫觀　　　　　　　　　363

四、作品賞析　　　　　　　　　　　　368

五、書畫傳承　　　　　　　　　　　　375

六、施文炳書畫作品展　　　　　　　　378

附錄：施文炳先生年表及作品繫年　　　429

鹿港才子施文炳

林明德

二〇〇八年，彰化學叢書推出施文炳先生詩文集，党魁曾永義院士特別為他心中的「老哥」寫了推薦序〈俠士通儒文炳先〉，我則撰寫〈台灣末代傳統文人〉，並以之作為詩文集的書名。我們都由衷地表示對耆老文炳先的一份敬意。

那年十月的某一天，我專程到鹿港拜會文炳先，致送新書幾冊。他謙虛地說：「承蒙副校長看得起，出版拙著，真是愧不敢當呀！」「您客氣了，這麼優質的詩文，早就該出版，好讓大家分享了。」我當下如是回應。接著，我們聊鹿港傳奇、談當前社會現象、……。他突然指著老式的電腦說：「我七十歲才開始學打電腦，軟體儲存了不少的作品，……」「字數夠的話，可以考慮出版，如何？」我趁機鼓勵並邀稿。他笑著說：「到時再說罷。」一副雲淡風輕的神情。

之後，每隔一些時日，我都會撥個電話問候，並探聽書寫的進度。「詩文寫了不少，鹿港傳奇也有些進展，……」他回答帶著一份漸入佳境的語氣，最後總是一句：「有空來鹿港聚聚。」

二〇一四年三月七日夜晚，我突然接到惠燕的電話：「林教授，我叔叔往生了。」一時驚愕、無語。隨即不加思索的囑咐一定給我訃聞，並趕緊整理文炳先的詩文書畫集。

施文炳先生（1931～2014），字明德，鹿港人。本姓洪，因過繼給舅父，改姓施。少時由父親教讀古籍，他謙虛好學，先後受教於鹿

港多位名儒，並參與詩社，砥礪詩學。

一九四七年，他十七歲，寫下第一首七言絕句〈夜讀自勵〉，展露書生的雄心壯志。二十一歲，首次參加鹿港聯吟大會比賽，以〈尋梅〉一詩掄元，驚動詩壇。二十三歲，奉父命與陳傑女士結婚。他曾扮演多重角色，包括商人、記者、詩人、書畫家、私塾先生，兼擅詩、文、書、畫，與民俗藝術。一九五五年，在鹿港聯吟，分別以〈撲蝶〉、〈釣月〉、〈競渡〉掄元，之後全國詩會、鹿港聯吟掄元無數，為他戴上漢詩的桂冠。其〈登玉山絕頂〉云：

> 浩然天地覓元真，物外渾忘有此身。
> 試向滄溟舒遠眼，不知人海正揚塵。（三之二）

以渾厚意象呈現臺灣聖山的氣概，並寓意高曠的胸懷。一九七三年，第二屆世界詩人大會，他以七言絕句〈弘揚詩教〉榮獲第一名，被冠以世界詩人之美名。他曾致力鹿港元宵燈猜活動，以「鹿港八景」向全國徵詩，並親撰〈鹿港八景介紹文〉、〈鹿港簡介〉，使古城成為聚焦的亮點。他建議全國民俗才藝活動，以鹿港固有的多元風土藝文為主題，締造臺灣民俗活動的先例，也打開鹿港的聲名。

一九八一年，他與鄉賢共創「文開詩社」，並出任社長，擘劃

國際詩人聯吟大會，這是鹿港首次的國際性文化盛會；一九七九、一九八三、一九八五年連續主辦中華民國詩人聯吟大會，羣賢畢至，少長咸集，為古城提高能見度，一時傳為佳話。二〇〇五年，他以〈鹿港懷古〉一詩奪得第十六屆金曲獎傳統暨藝術音樂最佳作詞人獎，這毋寧是對文炳先文學造詣的一種肯定。

他曾參與鹿港造鎮計畫，以「鹿港復興，古蹟為本」的理念，大力促成臺灣古蹟列管，並呼籲古蹟的有效維護與利用。一九七三年，他挺身阻止鹿港龍山寺增建鐘鼓樓改變臺灣三大名剎之首的原貌、參與武廟修建、文昌祠重修。強烈的鹿港意識更讓他投入一系列的愛鄉運動。一九八六年六月，「反杜邦事件」暴發，　　　一九八七年三月杜邦公司取消在鹿港設廠計畫，這期間，他始終扮演幕後的推手。當時李棟樑鎮長找他討論杜邦設廠，並出示美國環境評估數據，他認為鹿港確實有環保的危機，於是為義鬥爭，不顧白色恐怖，發出唯一訴求：愛鄉無罪。他用文字、行動來支持這個自發性的鄉土大愛，針砭當時的「功利社會」與官商的貪婪心態，為臺灣環保運動史寫下輝煌的一頁。

為了尋回失落的老臺灣，他敦請學者專家為顧問，共同擘劃「臺灣民俗村」，內含歷史、民俗、文化、古蹟、教育、遊樂與休閒等七大子題，獲得鹿港企業家施金山的認同，以六年多的歲月，成功遷建臺南麻豆五房古厝、北斗奠安宮、嘉義一條龍、新北投火車站、柳營別墅……等十二棟歷史建築，並搶救全國各地因道路拓寬、房屋改建即將遭遇剷除的百棵百年老樹，使有形、無形文化資產聚集民俗村，成為闡述臺灣三百年歷史的文化櫥窗。後來由於經營失敗，導致關

門。這是一個文化大夢想的幻滅，讓他不勝唏噓。

　　二○○三年，文炳先在鹿港社區大學講授「漢學管窺」，重組文開詩社，推動詩學。二○○八年，彰師大臺文所開設「彰化縣作家講座」，敦邀他現身說法，為學生傳授臺灣漢詩。之外，他仍然關心鹿港傳奇、社會怪現象……，形諸詩作，成為當代社會詩，宛如一首首詩史。二○一三年，他為書室寫了一幅楹聯：「歲月如流水，惜取分陰勤著作；江山洽壯懷，裁來妙句快謳吟。」最能看出他從容臨老，自強不息的本色。

　　三月二十四日，我親自參加文炳先的告別式，當場徵求他家人的同意，積極整理先生的遺作。他的第一本詩文集，包括漢詩員嶠輕塵集五二九首、無暇小築文存四十八篇，及其他。第二本的編輯理念是展現文炳先的書寫全貌，包括：增補詩集一六五首、三十九篇，以及書畫一百二十二幅。當中吟詠鹿港的詩篇有三十二首，言為心聲，可以想見其性情懷抱。

　　文炳先是自學成功的傳統文人，但難能可貴的是，他深具現代知識分子的新觀念。他多才多藝，愛護鹿港關心臺灣，堅持文化弘揚詩教重視民俗，而且身體力行，表現亮麗的成果。晚年，他依然心繫家事國事天下事，書寫不輟，希望能為時代作見證。他有幅墨寶：「今生無悔」，朗暢的態度，是他人生的答案。

　　經過一年多的蒐集、整理，我彷彿重新翻閱文炳先的生命史，深深敬佩他那強烈的鹿港意識與多面向的藝文造詣。無庸置疑的，他是古城的典範，稱他為「鹿港才子」，當非過譽之論。

第一章

鹿港人
施文炳

一、先祖記事

施文炳本姓洪，因過繼給母舅而改姓施。洪氏祖籍在泉州南門街小珍十二都，屬登山派下，登山派共有春、夏、秋、冬四房。施文炳祖系屬秋房，一世祖洪秋香、洪田兩兄弟自內地渡臺，居番仔挖（今彰化縣芳苑鄉），世代耕讀。

施文炳之祖父為三世祖，乳名豆，字思南，洪豆有四兄弟，因父母雙亡，四兄弟便連袂外出謀發展，一到烏日，一到花壇口庄，一到番婆庄（在鹿港近郊），另有一個姊姊嫁給番婆庄徐家，洪豆則來到鹿港。

洪豆初到鹿港時，正值青年，為人豪爽，在鹿港交往過不少朋友。一八九四年，憑媒妁之言與茄苳腳崙仔頂（今彰化縣花壇鄉）沈銀結婚。未幾，乙未年（1895）日人領台，許肇清、施仁思組義軍抵抗，洪豆與一群青年激於義憤，相邀參與。洪豆因為讀過書，而且身高六尺、體健力壯、膽識過人，因此被委為領軍，領兵參與八卦山之役戰敗，施仁思、許肇清逃往大陸，洪豆則倉卒逃匿於番婆庄姊姊處，因為日本人搜捕甚急，好容易在抗日組織的掩護之下，逃往焦吧年（今玉井），從此數度改變隱匿地點，不敢回家，沈銀則投靠茄苳腳崙仔頂娘家。

丙申年，日治明治二十九年（1896）二月二十日，沈氏銀在茄苳腳崙仔頂（花壇）娘家產下一子，取名流在，取其「洪流靜止、不再氾濫」、「自此不再流浪」之意，洪流在即施文炳之父。此時，洪豆還在四處逃亡不敢回家。沈氏銀生下洪流在不久病逝，洪流在（1896-1964）於是由姑母（即洪豆姊姊）接至番婆庄撫養，姑母視如己出，呵護有加。徐家家境小康，曾聘鹿港名儒到宅教學，並聘武師教導武術（昔鄉村皆有武館之設，旨在自衛），洪流在因此不但讀

了不少書，也學了一身武術。施文炳曾聽其表叔徐映先生言，洪流在文武全才，只是為人謙虛，但從不炫燿己長，故少為人知。

洪流在婚後曾從商，後來與人合夥開貨運行，能開車兼修車。日治末期，物資統制，運輸生意不佳，乃到木材工廠就職。施家的家境雖屬小康，無虞吃穿，但洪流在仍上班賺工資，認為不宜遊手好閒。他平日寡言而善飲，有很多至交朋友，平日喜歡與三五知己把酒談天或看書、種花自娛，為人謙和，不與世爭，廣獲各界敬重。其妻施碟別世時，洪流在正值壯年，當年四十八歲，到他離世時，歷廿年，始終不言續絃。施文炳在重修其父墳時，在墓石上題有〈重修先嚴洪公塋域〉七律一首，內有「廿載冰霜堅志節，畢生心血付兒孫」之句，對於父親洪流在先生，施文炳充滿了感恩之情，父親對他的影響至鉅。臺灣經濟崩潰以後，施家因此家道中落，無處討生活，施文炳之父為時局所迫，竟以手拉車載貨維生。是時，鹿港一地，富家如此遭遇者不計其數，這可說是時代悲劇，徒呼奈何。

施氏祖籍為福建晉江縣前港村，屬錢江派系寺口和成柱，祖先渡海來臺的時間當在康熙年間。原為引東柱，而分車圍，再分一柱為寺口，俗稱「寺口施」，與施仁思為同派系，鹿港名畫家施少雨、名醫施貽恕等皆為「寺口施」同柱族親。據聞，洪流在會入贅施家乃是因為其父親洪豆先生曾經參與施仁思所組的義軍抗日而終於逃亡這段淵源有關。

和成行在清代為八郊商戶大戶之一，相傳和成先祖在鹿港頗有德望。鹿港有俗諺：「食和成，睏龍山寺」之語，時大陸初來臺者無業、無去處者多，和成行先祖交代：凡同鄉無業而生活無著落者，三餐皆可到和成吃飯。但吃的問題解決了，住的問題也大，缺睡覺場所，所以晚上有人就暫時到龍山寺打地舖過夜。

施文炳曾親往前港拜謁始祖唐秘書丞典公墓，並參觀和成柱在前港村新、舊兩座宅第，聽說其中一座宅前有五支旗杆（旗杆表示有科舉功名），紅衛兵時期被毀，和成柱曾經同時連出三位舉人，四位秀才，因此有堂書曰：「三舉四秀」、「父子兄弟伯侄登科」、「五

代同堂」之句。錢江祖祠原有「四代一品」匾額。唐開基始祖典公之墓歷千餘年猶存，相傳係鯉魚鎖口，吉穴，富貴雙全之地。施文炳有詩〈泉州前港謁始祖典公墓〉，詩云：

> 寥落秋風斷客魂，晉江極目日黃昏。無窮遊子歸來感，肅穆心香謁祖墳。

施家歷代書香，施文炳外祖父施家選當時在鹿港經營竹寮，做竹材批發，舅父係經營染房。施文炳小時，家中字畫、古董、文物滿屋，書籍都用木箱裝著，如《資治通鑑》及其他經史諸子百家之籍很多，惜於八七水災時被毀。施文炳留存的只有幾個印章，其中有一端溪硯台，硯底有銘曰：「太樸渾然，是我良友，淀淡同珍，龍賓所守。榕齋老人誌。」其楷書字跡工整。

施家舊居位於龍山寺旁。

二、施文炳小傳

　　施文炳先生，字明德，又字絢晨、鑑修，號幼樵、怡古齋主、梅花書屋主人、夢蟾樓主、無瑕小築主人。一九三一年生，本姓洪，因過繼給舅父而改姓施。少時由父親教讀古籍，並先後曾受教於鹿港張禮宗、張禮炳、許志呈、施讓甫、施欣等名儒，早年曾參與洛江吟社，與碩儒施福來共組「淇園詩社」，又加入周定山所創的「半閒詩社」。他謙虛好學、自修苦讀，雖無顯赫學歷，卻能以舊文學為基礎，以新思惟來做事，和社會連結相當密切。其閱歷之廣、學識之豐，可說是自學成功的傳奇人物。

　　施文炳對漢文詩詞有深入研究，其他面向亦有相當的造詣，在鹿港地區，人稱「文炳先」。他博學多聞，本性慷慨又有親和力，交遊廣闊，知己遍布海內外。他身扮多種角色，曾當記者、特派員、編輯、商人、作家、詩人、書畫家。作品有漢詩、散文、小說、論述、白話詩，日文俳句，以及序文、碑記、疏文等。

　　在臺灣詩壇，施文炳堪稱奇才，他為鹿港及臺灣傳統文化的發揚扮演關鍵性角色。因其人品、才學，被《中國詩文之友社》發行人洪寶昆所賞識，成忘年之交，而參與該社四十年之久，先後擔任該社編輯委員，副社長等職，曾與陳皆興、何志浩、杜萬吉、陳輝玉、李猷、易大德等人創中華民國傳統詩學會，出任常務理事。

　　施文炳曾致力鹿港元宵燈猜活動，並以「鹿港八景」向全國徵詩，親自寫下〈鹿港八景介紹文〉及〈鹿港簡介〉，聚攏了外地人對鹿港關注的眼光。一九七三年，他籌辦鹿港第一次全國詩會。同年參加第二屆世界詩人大會，以〈宏揚詩教〉榮獲第一名，被冠以「世界詩人」之美名。一九七五年，其詩作〈詩盟世界〉應世界桂冠詩人會邀稿編入《世界大同詩選》。他提倡校園詩吟劍舞，促進臺灣各級學

校詩歌教學的蓬勃發展。一九七四年創立鹿港盆栽學會，被選為第一、二屆會長，舉辦數次高水準又富文化內涵的展覽，而馳名全臺。全國民俗才藝活動計畫之初，原定只有舞獅與龍舟賽，他建議，以鹿港固有的多元風土藝術文化為主題，創造臺灣民俗活動的先例，使鹿港文化聲名遠播，對鹿港文風的綿延注入強心劑。

　　一九八一年，他與許志呈、王景瑞共創「文開詩社」，並出任社長，出版有《文開詩社集》。同年，籌辦國際詩人聯吟大會，任執行長，這是鹿港首次的國際性文化盛會；一九七九、一九八三、一九八五年連續主辦中華民國全國詩人聯吟大會。一九九〇年，應邀參加「媽祖研究」國際學術會議，發表〈媽祖信仰在臺灣〉；一九九四年和許志呈成立「鹿港詩書學會」；一九九六年，擔任「朝陽鹿港協會」委員、藝文組召集人，提出文化建設方案；一九九七年任「鹿港書畫學會」第三屆會長。一九九八年，改名「鹿江詩書畫學會」，為首屆會長。二〇〇四年，他應黃志農先生之邀，在鹿港社區大學開了「漢學管窺」課程，學生反應熱烈。二〇〇五年六月，他以〈鹿港懷古〉詩作奪得第十六屆金曲獎傳統暨藝術音樂最佳作詞人獎，以七十五歲高齡再創人生高峰。同年十一月，他重組「文開詩社」，特向主管單位商借文開書院，為地方開設許多學習課程。二〇〇八年，《臺灣末代傳統文人─施文炳詩文集》出版。

　　在維護古蹟方面，他更是不遺餘力。一九八四、一九八五年間，鹿港展開「反杜邦運動」時，他被延聘為彰化縣公害防治協會秘書長，在幕後他扮演的，既是「意見領袖」，也是整個活動的核心人物之一。一九八七年，應金景山實業公司之邀請，花六年時間，擘劃、創建臺灣第一座多元、文化性遊樂區─臺灣民俗村，被聘為首席顧問。同時擔任施金山文教基金會董事兼執行長，主導數十次文教性活動與多次學術研討會。他曾以三年時間進行溪湖糖廠產業暨溪湖史的田野調查，為溪湖建立一部完整的開發史。他也參與鹿港造鎮計畫，以「鹿港復興，古蹟為本」的基本理念，大力促成臺灣古蹟列管，並疾呼古蹟的有效維護與利用。因此，學術界朋友稱他為臺灣文化推

手，鹿港文教界友人則稱他為龍頭。

　　晚年，文炳先深居簡出，除關心鹿港文化活動及社務外，依然讀書、寫作不斷。二〇一四年病逝，享年八十四歲。

施文炳鹿港國小畢業照（第二排右二）。

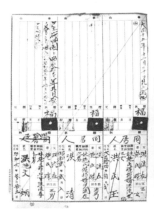

施文炳原姓洪，六歲時過繼給舅父為養子而改從母姓，姓施。

31歲時，從事木材業，深入山林，作生意也作文化。山林氣勢、氤氳薰陶下，其作品自有其獨特意境。此時，與全臺詩會交流頻繁。

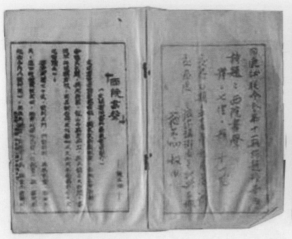

58.8-61.3以「鹿港八景」向全國徵詩，並寫八景介紹文及鹿港簡介。粘錫麟、李景浩、許圳江協助謄稿、印發。

62年43歲時，以〈宏揚詩教〉榮獲第二屆世界詩人大會中華詩人聯吟第一名，張維翰親撰聯對送給施文炳。

民國70年出版的《文開詩社集》。

民國71年52歲，約定經營三年強調鹿港文化精神內涵的洛溪春餐廳開業，74年如期結束。

75年擔任彰化縣公害防治協會秘書長，為彰化縣公害防治協會設計的會徽。

參與反杜邦運動。（翻拍自民國75年8月反杜邦鄉情月刊）

施文炳於臺灣民俗村規劃籌建時付出全部所學。

施文炳在鹿江詩書畫學會成立大會時致詞。

臺灣臨濮施性大宗祠落成訊息。

晚年，施文炳病魔纏身，但仍心繫文開詩社，他關心社務、關心子弟、甚至不忘一生己志，為鹿港再盡心力。（以上六張文開詩社照片由社員張麗美提供）

在《親近彰化文學作家》裡
有施文炳專頁。

《彰化文學家》作家身影的
台灣末代傳統文炳專輯。

第16屆金曲獎入圍者。　　　第16屆金曲獎參加證。　　　第16屆金曲獎至高榮譽。

第16屆金曲獎專書。

三、自學成功的傳奇人物

施文炳常以「惟善為寶」勉勵後輩。

　　施文炳文學造詣很深，有其淵源。一是家教庭訓的影響；二是鹿港文化大環境的薰陶；三是詩學與文化界的交遊；四是師長的訓誨及其凶緣際遇。

　　施文炳少時，漢學啟蒙曾由父親教讀《論語》、《三字經》、《幼學瓊林》、《古文觀止》等，稍長入國校，讀日文，光復後一面入私塾，一面乃由父親講解《詩經》、《史記》、《文心雕龍》等等書籍。其母親出生書香世家，幼承庭訊，

　　知書達禮，對施文炳的家教頗為得法，她著重倫常道德教育，常以「才德須並重，但德勝於才」、「尺璧非寶，惟善是寶」鼓勵他必須心懷 悲憫，有犧牲自己、幫助眾人的胸懷氣度，才能成大事。這樣的庭訓對施文炳長大後做人處世之重德輕利，影響甚深。

　　施文炳的祖父洪豆曾經參加抗日而流浪天涯，這樣的故事也帶給施文炳很大的影響，在他的詩存裡常有憂國憫世的情懷，其來有自。香港李鴻烈教授有詩〈聞文炳祖父彰化抗日故事〉如此描述：

昔年躍馬橫戈地，今日來聽慷慨吟。

我自知君有懷抱，聲聲鐵笛激余心。

施文炳舊居在龍山寺旁，昔時暮鼓晨鐘、梵唄互答，悠然禪意，少時又常在寺裡聽講善書，這一種無形的薰陶，對他的氣度、胸懷、涵養都有深刻的影響。龍山寺中一磚一石皆有其兒時回憶，施文炳有〈龍山寺憶舊〉，詩云：

車馬繁華古要衝，緬懷鹿港舊街容。

我來重拾兒時夢，一聽龍山寺裡鐘。

鹿港讀書風氣盛，處處臥虎藏龍，就連市井小民亦能詩書，據施文炳回憶，小時候，父親常常交代他，若是父親出門不在家，讀書時若有不了解處可以向隔壁剃頭添丁請益，剃頭添丁就租屋在施家舊居，熟讀四書。鹿港這樣一個「販夫走卒皆能言詩」的書香環境，對施文炳的啟蒙教育有很大的幫助，讀書這件事，對鹿港子弟來講，幾乎就是一件理所當然的事。

文風鼎盛是鹿港的最大特色。鹿港文人輩出，至今文風不斷，詩、書、畫之素養及活動是鹿港居民生活重點之一。就連市井小民也能出口成章，一些老爺爺、老奶奶說話時，經常是夾雜成語或書中名句，連罵人都能文雅出口，有含蓄而令人莞爾的一面。鹿港文風鼎盛的原因為：

（一）源於國人「富貴雙全」的觀念。古人說：「衣食足而後知榮辱。」鹿港經過全盛時期，在經濟繁榮、生活富庶之餘，自然想培養自己的子弟出人頭地，最重要的是謀得一官半職，故不惜重金，延攬名師，以教導自己子弟，以為仕途之準備。在這樣的風氣之下，大部分家庭都以鼓勵自己子弟讀書為榮，最終目的是為官、榮耀家門、榮耀鄉里。若不能為官，至少也能成為知識份子，社會地位崇高，會

受到眾人尊重。

（二）當時的社會階級觀念很深，甚至可能影響個人一生幸福，而社會階級是以財力及學問來分高下，知識份子被社會大眾所重視，屬於上流社會之輩。以鹿港當時興盛情況，民力殷富，即使是窮人，亦指望弟子能因為讀書而擠進上流社會，因而相習成風，鹿港人注重教育子弟，至今未變。

（三）日人治台以後，鹿港人對栽培子弟的風氣依然不減，因為整個鹿港讀書人多，自然而然注重教育，當時雖異族統治，然詩社林立，對漢學的傳承不斷。日本人在其後期雖禁讀漢學（不禁詩社），但長期以來薰陶成風的讀書人氣節很高，民族意識很強，所以暗中傳承者多，文風不減。

小時候，常常聽長輩談及去讀「漢學仔」，或是「暗學仔」，其實兩者都是一樣的，即是拜師學漢學。聽長輩談過，以前孩子讀「暗學仔」，就好像聚賭一樣，必須時時換地點，以避免日本警察搜查，國家淪落至此，不是很可悲嗎？然而日本人禁得愈嚴，「暗學仔」教得愈起勁，鹿港優良的文化傳承並未因日人統治而消失，相反的，文人們開館授課的風氣也很興盛，大部分人家都會在晚上偷偷的送孩子去讀「暗學仔」，而以此為要務。

我們現在所言的漢學或漢文，廣義而言是漢人的文學，凡漢字之書本，用漢音解讀者，便稱為漢文，老師用漢音教讀，故稱「讀漢文」或「教漢文」。「漢文」、「漢學」指的都是現代人所謂的傳統文學。

施文炳曾受教於鹿港名儒張禮宗、張禮炳昆仲、許志呈、施讓甫、施欣（施梅樵弟）門下，當時讀的就是這種「暗學仔」，即「漢學仔」。他也常向周定山請益，受其賞識，在其治學經驗裡，因為謙虛好學，所以也有不少因緣際遇，如：在岡山拜識松喬先生，松喬先生主動授與所學，包括中國文學、經史類、政治、財經、教育等專業書籍，其教學皆取重點，宗尚民主自由，重倫常，對政治之極權專制很不齒，眼光遠大、胸懷開闊，聽聞曾在北京某大學任教，留

成惕軒贈施文炳之聯對書法。

洋出身。可能因政治因素，不言過去，也不實言其名，要人稱其先生即可。類似這樣的際遇對施文炳的啟迪至深，其他尚有各界前輩友朋的指導與鼓勵甚多，一生遭遇得奇人異事，對他的積學與閱歷有某方面的幫助或啟示，加上他自己數十年的勤學不懈，施文炳文才斐然，其來有自。

施文炳沒有完整的學歷，沒有豐沛的學院基礎，但其在逆境中自知奮發、拒絕遊樂、拼命苦讀而有成，其閱歷之廣、學識之豐並不亞於其他學者，可以說是貧困自學成功的傳奇人物。而施文炳在學術界中也有不少知己朋友如許君武、成惕軒、黃得時、張曉春，如中研院民族所許嘉明、施振民等，很多名教授也都是他的莫逆之交，如許常惠、曾永義、林明德、莊伯和、林茂賢、施人豪、蔡志展等皆與他常有往來。成惕軒曾贈聯曰：

文淵要使霑濡廣，炳燭無忘纂述勤。

許君武亦有〈重遊鹿港喜作並呈劍魂文炳〉詩：

清時有味許抽閒，載逐車塵百里間。
馴鹿港尋詩作詞，洛溪春借酒開顏。
詞章爾汝誰千古，縞紵雍容自一攀。
猶有當筵小蠻在，試歌未擬便言還。

施文炳生於日治時期，異族統治，依規定上日本小學，學校只教日文，小學六年畢業，又上了將近二年的青年學校，因為日文課本中摻雜著不少漢字，漢字雖用日讀，不懂得漢語發音，但對字義卻很清楚，對他後來的治學很有幫助。

　　十五歲，臺灣光復，母親逝世。施文炳徬徨無助，日日往新塚（鹿港第一公墓）跑，跪在母親墓前，常常到黃昏始回。後來家中生計出了問題，父親以手拉車載貨，並賣香蕉，施文炳在鹿港小火車站附近幫忙賣香蕉。他開始思考：「我該做什麼？」他反覆思索：沒有飯吃的人太多了，應該有人出來替眾人做事才是。想想自己骨瘦如柴，手無縛雞之力，字又不識幾字，如何幫助人。

　　他看著父親拖拉著手拉車，滿身是汗，非常吃力，便開始為父親幫忙拉車。在車站看著同學背著彰中書包上學，非常羨慕，這些同學家境好，是七十一名同學中未受時局影響的少數小康家庭。施文炳很想讀書，卻無力升學，雖然母親常說：「唯有讀書充實自己才能做大事。」但是小學畢業前，級任老師黃春花特別為他的升學問題做家庭訪問，黃老師向施母說：「這個孩子很優秀，未升學再深造很可惜。」施母對老師的盛情連聲道謝，回答說：「日本氣數將盡，讀日本書將來利用機會不多，我想讓他多讀漢文。」施母原意是等待將來臺灣回歸祖國後再讓他上學也不遲，所以想先讓他讀漢文，先打好基礎再說。想不到臺灣還未光復，母親竟撒手西歸。光復後，環境驟變，施文炳升學的夢想因此破碎。

　　進入社會後，施文炳便嚐到人世的炎涼，父親告訴他，要他幫忙拉車其實有兩個目的，一是讓他體驗勞動之苦；二是讓他了解到「出了一點力，對需要的人幫助卻很大。」的道理，也知道如何在必要的時候推人一把，助人一臂之力。施文炳回憶：某日黃昏，「鹿中」有一女生在臺糖小火車站前哭泣，施文炳問其何故，知其已無車班回去溪湖，時交通不便，無其他車輛可乘。施文炳於是帶她回家，向父親報告，父親很肯定他的助人之舉，並要大嫂安排食寢。事隔兩天，女孩由家長帶了很多蕃藷同來致謝。施父常勉勵他：「心中有愛，自然

到處皆春。」所以他雖在困境中經歷數不盡的艱辛，卻依舊利用等待拖車或晚上努力向學，除家藏經史之外，幾乎讀遍了鹿港圖書館的藏書，他向張禮宗先生學漢文，很多朋友上電影院，不斷邀約，他不為所動。有人問他為何不看電影，他說：「當然很想看，看電影未來尚有機會，但書現在不讀，將來可能沒機會。」他又說：「認識每一個字，獲得每一項常識，都是在人家休息或享樂時，偷空苦讀、學習而來，都是自己的汗水與努力換來的。」

　　生在那個時代，科技未發達，加上政經的困境，有人拼生命賺錢，立業榮身榮家有成就者，大有人在。而他只盡己力做自己該做的事，自我充實，而終於成為一位學者，實在難能可貴。從施文炳的生平大事紀中，我們很清楚看到，除了養家，他生命中的重點都在成就學問、成就文化活動。他常常以「大自然為師」自勉，因為大自然有無窮盡的寶藏，等待我們去發掘、運用，因此養成他開闊的胸懷與氣度。在沒有正式教育體制束縛的求學經歷中，他反而能夠海闊天空，學習自己想要的知識與修為，做自己想做的工作，這也是一個頗耐人尋味、值得深思的問題。

四、影響施文炳的人士

鹿港淳樸的民風來自教育，來自讀書人的風範，鹿港子弟自幼熟讀經書、知書達禮，加上家教甚嚴，孩童自小被灌輸生活規範、道德教育、倫常觀念，注重個人修養，耳濡目染的是四維八德、仁義禮智信等等，鹿港子弟教能夠自我約束，不敢有越軌行為。如此之下，成為一種風尚，自然民風淳樸，可以說：鹿港的淳樸民風源自於鹿港的鼎盛文風。

而施文炳就是在這樣的環境中成長，亦如當年鹿港風氣一樣，他自幼熟讀經書，即使在日本人統治時期，家庭對他的教育還是以舊有禮教傳承。再者，施文炳的師長們，如施讓甫、許志呈等，均以身教引導他，他們的無私與期望，讓施文炳深深感懷，不敢有辱師長厚愛。鹿港老一輩的文人幾乎都是如此，為地方默默奉獻，不求名利，幾乎都是不居功的無名英雄。

（一）施讓甫

施讓甫（1900-1967），名廉，字頑夫，生於清光緒二十六年三月十三日（1900），卒於民國五十六年九月二十日（1967）。享年六十八歲。是大冶詩社主

施讓甫先生。

施讓甫贈施文炳書作。

幹，詩以「健、穩」著稱，是鹿港名儒施梅樵茂才之侄，曾任員林農校國文教席，詩書均佳，尤以行書見長。施讓甫不求名利，奉獻一生心力於文教，認為社會須有「憨人」，這樣的思想和觀念對施文炳的啟迪很大。

施文炳拜之為師，施讓甫以栽培人才的想法引領他踏入詩壇，關懷鄉土，對他有一份更深的期望。曾親自撰寫一副對聯勉勵他：「宮中詩句元才子，天下神仙李鄴侯」。並期許：「鹿港文風，惟賴汝輩提倡。」

施讓甫一直想寫鹿港史，他憂心於鹿港人有成者皆出外發展，傳統文學逐漸式微。認為日本統治臺灣五十年，臺灣文化因詩而存，故詩教是鹿港文化之精神所在，希望施文炳可以接棒，發揚文風，是因為施文炳國學基礎深厚、做事專注、有責任感、交遊廣闊。施讓甫說：鹿港為一文化重鎮，歷史悠久，從鹿港文化歷史可以看出臺灣發展脈絡，故鹿港不能無史。他希望施文炳能負起撰寫鹿港史之責，他會從旁協助。可惜不久，施讓甫即過世。施文炳雖然不斷尋找鹿港文獻，也累積有不少成果，但認為資料尚不足，加上風塵倥傯，一直未能整理。跟隨施文炳四十多年的鹿港詩人許圳江說：

> 炳叔年輕時，志願相當宏大，他甚至於想寫一部鹿港鎮志，想整理一些鹿港的事情，他當時借了很多彰化文獻之類的書，有相關鹿港的就蒐集過來，可惜力不從心，到後來中斷。

對恩師的承諾未能實現，施文炳耿耿於懷，但這也是施文炳著手寫〈鹿仔港夜譚〉的主要動機，他認為既然無時間考證，不如先以小說方式呈現，希望日後能再以〈鹿仔港夜譚〉為依憑，繼續寫出鹿港種種，包括「紅毛城」、「清真寺」、「古北港之謎」等鮮為人知的鹿港歷史，或可進一步在鹿港的發展史上做研究。

施讓甫對施文炳的啟迪及期望可謂不少，施文炳常勉勵自己要不斷充實以報師恩，這是施文炳日後投入文化活動的最大驅動力。施

讓甫去世後，他也曾與丁玉熙互約先寫「鹿港大事紀」，因丁離職往臺中而未完成。日後施文炳也曾和施人豪（1937-1990）有過「二人承諾」，兩人共約以十年的時間編寫鹿港史，日後施人豪創《鹿港風物》雜誌，便是為編纂鹿港史作準備。施文炳在施人豪過世，有詩哭之：

施人豪創《鹿港風物》雜誌。

> 臨江剪紙痛招魂，忍淚奠君酒一尊。
> 淒絕東風人去後，鵑啼荒塚月黃昏。（七之一）
> 錢江家世本清高，奕代書香眾所襃。
> 渠閣經傳才八斗，聲名不愧著人豪。（七之二）
> 德行平生孰與儔，儒仁釋愛力躬修。
> 嘔殘心血興文教，不朽名山姓字留。（七之三）
> 二鹿重光志未成，那堪鄉黨失菁英。
> 十年有約同修史，君去何人作主盟。（七之四）
> 大化春風道益彰，教因無類澤霑長。
> 心中有佛存悲憫，身厚留恩惠桑梓。（七之五）
> 修到無吾德自馨，何須鑄像與鐫銘。
> 畢生身教兼言教，留與人間作典型。（七之六）
> 大願還諸地與天，一杯淨土了塵緣。
> 悟來色相無生死，果證菩提慧日圓。（七之七）

施文炳回想與施人豪曾有過豪情相約，要為鹿港纂史，而今斯人已去，壯志未酬，而他痛失良友，心中有徬徨、有無助，第四首「十年有約同修史，君去何人作主盟。」之句，道盡心中悲切，令人悵然。

（二）周定山

周定山（1898-1975），名火樹，字克亞，號一吼。生於一八九八年，卒於一九七五年。個性耿介，嫉惡如仇，其詩作較豪放，好奇句，其詩作以「奇」著稱，一生著作包括新文學、舊文學，於民國四十二年創立「半閒詩社」，鼓勵後進，宏揚詩教，晚年連遭喪子亡妻之痛，窮病交困，仍抱病執教。施文炳受其教誨最多的是詩的創作觀，在用字遣詞方面指導甚多。施文炳在〈周定山先生事略〉中有言：

周定山先生。

> ……先生治學嚴謹，有名士風，道德文章，海國推崇。嘗謂以弱者之身，居無用之地，非效醉生夢死，直等走肉行屍，胡乃執無用之文學而嗜弱者之悲鳴者，心未泯也。中歲而後治詩益勤，所作多慷慨豪邁之辭，而憂天憫人之意。……

其「嗜弱者之悲鳴」、「憂天憫人」之精神在施文炳作品中也一再出現，施文炳受周定山的影響可謂不少。周定山甚至不吝惜借予從不示人的珍藏書籍，到處稱讚施文炳的品學，可見他對施文炳的器重。

周定山和施文炳名為同社，其情則如父如師。施文炳參加旅菲臨濮堂六十週年堂慶，赴菲律賓前周定山有詩〈文炳同社考察東南亞詩壯行色〉相贈，施文炳父親之墓留有周定山所

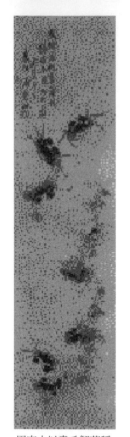

周定山以畫毛蟹著稱。

詩人周定山自題詩由王漢英　　周定山之墓誌銘由施文炳
書寫之墓碣。　　　　　　　　撰、吳東源書。

題墓碣：「敦靈昌百世，煌奕應三奇。」

　　周定山對施文炳的倚重由其臨終遺言可見一斑。第一，周定山要其長子阿永將其文稿送交施文炳收藏整理；其二，周定山要施文炳為他寫墓誌銘；其三，周定山要施文炳找埔里名儒、櫻社社長王梓聖為其觀看墓地風水。周定山並為自己寫詩兩句：「剩有此身還造化，幸無餘物混人間。」後來施文炳請王漢英將此兩句書寫於墓碑上，自己則撰墓誌銘，由吳東源書寫於墓碑後。

　　周定山身後蕭條，施文炳幫忙處理後事，並遵照周定山遺言，請王梓聖先生到鹿港為周定山尋風水地，因地點如亂葬崗，施文炳說：「這種環境不適合周先生。」因此帶王梓聖去看另一塊地，王梓聖認為此地甚好，便決定下來，這塊墓地係由施文炳出資購買，並親自繪製墓圖，雇工建築。他有〈題定山先生墓碣〉詩云：

　　　雲水蒼茫傍洛津，青山有幸葬詩人。
　　　劇憐寂寞堤東路，芳草年年自作春。

　　周定山先生書畫馳名，更以畫墨蟹著稱，其螯中空、色澤自現，栩栩如生。周定山雖勤於著述，然流傳不多，施文炳在〈周定山先生

事略〉中寫道：

> ……留有大陸吟草、一吼劫前集、一吼劫後集、傖傖吟草、古今詩話探微、一吼居譚詩、諧詩新口碑集、隨筆敝帚集、臺灣擊缽詩選等。文餘酷愛書畫金石，書善隸體，筆力猶遒蒼古，畫專墨蟹，活潑生動，題蟹之句更是膾炙人口，而有四絕之譽。惟勤於著述，流傳無多，片紙隻字為世所珍。……

最讓施文炳遺憾的一件事就是無法親自為周定山整理遺作，他保存了周定山所有文稿將近兩年，因為迫於俗事纏身，又恐其作品散佚，先行歸還周家長子保管，俟日後再行完成。後來由施懿琳教授整理，由彰化文化中心出版《周定山作品選集》，才讓他稍覺寬心。

（三）許志呈

許志呈（1919-1998），號劍魂，鹿港名士，曾任兩屆縣議員。早歲讀於文開書院，是鹿港名儒蔡德萱先生高足，為「鹿港四傑」之一。著有《劍魂詩集》、《書法楹聯百對》。施文炳〈劍魂詩集序〉云：

> ……先生鹿港名士也。早歲讀於文開書院，為名儒蔡德萱先生高足。與同門莊銘薰南民、王業漢英、蔡茂林崇山為莫逆，人稱鹿港四傑。……劍魂先生才高學博，久經社會歷練，舉凡政治、經濟、文學、藝術，以至於戲曲音樂、江湖術藝，均有所涉獵。

施文炳十五歲入許志呈門下讀漢學、學詩，除上課以外，經常偷閒到府請安，與老師聊天。先生過世後，施文炳在百忙之中總會偷空探視師母，五十餘年的師生情誼如同父子。許志呈生性豁達、教學得法，所以他的課堂上常常是滿座春風、笑聲連連。施文炳第一次聽見

許志呈《劍魂詩集》。

鹿港四傑之一許志呈先
生。（照片取自第十七
屆全國民俗才藝活動專
輯，頁43）

許志呈吟詩時，很強烈的震撼於「世界上竟然有如此美妙的樂律」，
心中萌生嚮往，開始對詩學發生興趣。

　　許志呈是一位對鹿港文化發揚影響頗深的學者，他力促成立文開
詩社，組織鹿港詩書畫學會等。施文炳認為許志呈是他辦任何活動時
的精神支柱及背後支撐的力量，不管是公事或私事，甚至是自己作生
意起步艱難時的金錢週轉，許志呈都會在背後推他一把、支持他，對
這樣的老師，施文炳是永銘於心。

　　許志呈對施文炳期望有加，常言：「青出於藍，更勝於藍。」曾
有〈文炳君代表台灣詩學會赴日文化交流賦此以壯行色〉詩云：

　　　就門早料出藍青，鶴立雞群見性靈。
　　　破浪乘風宗懇志，何如霄漢展銀翎。

　　施文炳對許志呈亦崇敬異常，民國八十一年，許志呈《劍魂詩
集》即將問世，施文炳為詩集作序，有七律一首：

　　　磅礡吟魂一卷中，含霜劍氣貫長虹。
　　　經綸宿著儒林望，桃李盡沾化雨功。

繼代詩名光鹿渚，百篇詞藻譽瀛東。

綠莊美酒楊橋月，付與千秋話雪鴻。

民國八十七年，許志呈過世，施文炳撰〈許劍魂至呈先生事略〉，對許志呈有如下的描述：

其為人也耿介，處事公正，不依權貴，為政界所敬重；先生慷慨豁達，倜儻風流，好客而善飲；朋友來則縱酒豪吟，自晨繼夕，席上喜作戲謔詞，常使聞者絕倒。其素也治學謹嚴，唯為詩尚自然，落筆自成佳篇，甚少雕琢；其抒懷詠物，筆淺而意深，憤俗憂世，輒以詼諧平白手法托出，而易風正俗之意至明。

許志呈逝世三週年時，施文炳把筆書懷，寫下十餘首〈師門憶舊〉，以誌師恩，其中：「朔風凜烈凍江城，記得燈前夜四更。濁酒一杯相對飲，詩經課罷醉談兵。」及「掀天揭地志難酬，賭酒評花且解憂。每向樽前歌當哭，不堪回首聚英樓。」道盡師生往事與懷念之情，令人倍覺心酸。二二八事件發生，全臺風聲鶴唳，是時，施文炳夜讀於許厝埔志呈先生宅，半夜課罷，師生一壺濁酒對飲，感歎亂世書生之無奈。施文炳有詩云：

驚傳刁斗夜三更，剪燭談兵劍欲鳴。當道狼豺民水火，匡時無計愧書生。

（四）王漢英

王漢英（1915-1981），名業，又稱漢業，係鹿港名畫家王席聘先生哲嗣。與莊南民、蔡茂林、許志呈同為鹿港四傑，四人皆與施文炳亦師亦友，交契至深。王漢英天賦異常，詩書畫樂俱工，有四絕之譽，其生平高潔自恃，不慕名利、不流世俗，是典型的讀書人。

王漢英書畫。（資料來源：鹿港先賢書畫展專集，頁7-8）

　　施文炳與王漢英二人思想志趣相投而各有所長，人知漢英善書法，尤以狂草獨步藝壇，其特點是具有濃厚的書香氣，其畫學二石，善畫葫蘆，並善籀，為雅正齋社員。施文炳與他經常縱論天下事，暇時品茗談詩、談論書法，分享心得，為文章知己。民國七十年，王漢英過世，施文炳既傷老成凋謝，又痛在鹿港已無切磋對象。有〈哭王漢英〉一詩，道盡心中悲痛。

　　藝壇四絕壓清班，公去何人作斗山。今日碎琴同一哭，文章知己古來難。

　　王漢英詩崇尚天籟，瀟灑恣意，他的作品不多，但是一落筆便驚四座，他對鹿港文化活動也相當關心。常言：「我愛文炳詩作之豪放、精闢。」而施文炳則謂：「每讀漢英詩，皆能道人所不能道者。每觀漢英詩，常自覺我非作詩之料。」施文炳示王漢英〈讀經〉一詩云：

　　一卷常存笑暴秦，　前細究典墳真。

有心為國開文化，不做尋常摘句人。

此詩渾如天成，可見其眼界氣度。王漢英另有〈嗑瓜子〉詩三
首，可以看出其思路之細膩與靈活：

橫施辣手直生擒，口不留情恨入心。
休問咬牙兼切齒，結來瓜葛世仇深。（三之一）
不輸紅豆種情深，滋味耐人簡裡尋。
鼓動門牙三寸舌，抱腰解甲奪芳心。（三之二）
凶殘牙爪肆吞侵，弱種何辜感不禁。
記得瓜分曾殺母，滅門又呈剿兒心。（三之三）

（五）洪寶昆、王友芬、林荊南等

民國四十一年十月，洪寶昆先生創瀛海吟草，共出三期，民國
四十二年四月更名為詩文之友，當月出版第一期。施文炳於這時期認
識王友芬、洪寶昆、林荊南三先生於彰化，三人愛施文炳之才，鼓勵
有加，並成為忘年之交，對施文炳來說，他們是亦師亦友，交契至
深。王友芬先生與夫人邱淑英女士，更是視施文炳如自己的孩子，常
予以關懷照顧，並在商務上屢予協助，施文炳敬之如父母，數十年如
一日，恩深義重。

詩文之友社長期出刊《詩
文之友》。

《彰化縣文學發展史》有關詩文之友社的
敘述，施文炳認為有必要做一個澄清。據施文
炳回憶：洪寶昆推行傳統詩，把畢生的精力及
心血都投注在詩文之友社，別人辦雜誌是賺
錢，他辦《詩文之友》是賣田園。洪寶昆和一
般傳統文人一樣，對臺灣光復後推行北京話、
忽視傳統文學有太多的憂心，他認為如此下
去，臺灣文化早晚會被侵蝕殆盡，而詩是保護
臺灣文化重要的一環，所以他不求名利，窮其

一生為這一個理念奮鬥犧牲。這一點我們可以從周定山《臺灣擊缽詩選·序》看出：

> 詩文之友社由癸巳創刊，……於彈丸小島，經濟盪漾中，間遭艱鉅困厄者屢矣。其經營之慘淡，戮力以維持。多賴主持者洪寶昆先生，不顧勞怨，忍耐調度，隻手挽回狂瀾。然而身心交瘁矣。其苦心孤詣，非局外人所能道也。……該社素取有稿必登，盡量容納，以滿足其發表欲。成大眾詞藻之樂園。於扶持名教，鼓勵後學，獎掖詩道，宣導道德。厥功甚偉。十年來缽韻鐘聲，風起雲湧，異軍突彰，英才輩出。而絃誦不絕於耳，維繫棉綴之斯文，該社與有力焉。……

又曰：

> 寶昆先生不忍該刊數千詩人之心血，徒留湮沒。介予於百餘期刊。約五萬餘首詩中，遴選精粹，輯帙成書，用以紀念十周年之叢籍。並貢獻愛護讀者雅意。雖屬小刊物，而於我國詩史中聲自有一席。乃不可少之文獻也。

於此，我們至少可以知道以下幾項事實：一是經濟盪漾，間遭艱鉅困厄、經營慘淡；二是洪寶昆先生，隻手挽回狂瀾、身心交瘁、苦心孤詣；三是有稿必登，目的在使《詩文之友》成為大眾詞藻之樂園；四是鼓勵後學，獎掖詩道，宣導道德。再者，《臺灣擊缽詩選》應也是詩史中不可少的文獻。

洪寶昆先生認為文化不分省籍，所以他與各地詩友連結不斷，不分國別、不分省籍，全都網羅進來，大家一起以詩會友，主要目的是為維持詩風不墜。而《彰化縣文學發展史》第六章述及彰化詩文之友社改組一事及外省人強力主導、刊物迎合執政者一文，蓋因當時社會背景如此，編者有如此推測，不無道理。然施文炳認為事實並非如

此，有損及洪寶坤等諸文老們的聲譽。施文炳說：「實際情形並非如此，《彰化縣文學發展史》編者可能受當時為白色恐怖時代，情治勢力介入各界太深而有此推測。」

《彰化縣文學發展史》第六章云：

> 筆者以為，這是頗不尋常的改組。……社長職務改由外省籍的張昭芹來接任（後改為軍系出身的何志浩），原來的社長不僅降為副社長……原來的社長擁有的自由度已大幅的被刪減，……這樣的重組，……「收編」的意味不可謂不濃。

又云：

> 大批外省人投入，……幾位跨越政壇與詩壇的大老（于右任、賈景德……）的強力主導，都使得臺籍詩人在傳統詩壇的領域裡退居次要地位，在刊物的編輯上……提倡戰鬥意識，並極盡所能讚揚執政者。……

所謂外省人士介入「收編」，可能是編者推測。事實上，詩文之友社所延聘的這些外省人皆是當代名詩人，不但重視臺灣詩學的發展，且對詩文之友社相當支持，幫助極大，如常提供書畫供義賣，作為《詩文之友》印刷費，捐款做基金等等。（按：《詩文之友》無錢繳納印刷費時，洪寶昆曾向于右任、賈景德等元老訴苦，于右任於是出面邀請一大群當代元老及名士如張大千以及其他名畫家，每年提供作品給詩文之友社義賣，便是一例。）洪寶昆認為維護文化不該有省籍之分，純是詩文來往，自是不會有其他想法，因為感謝這些人士為詩文之友社良多貢獻，所以主動聘請他們擔任會長，聊表感謝之意，動機很單純，只是掛名，即榮譽職。

據施文炳言：當時張昭芹因年齒之尊而聘為社長，何志浩為施文炳好友，時任總統府參軍，常隨蔣介石出入，公事很忙，哪來餘暇管

詩文之友社之事，詩文之友社人事皆由洪寶昆親自選聘，而被聘者皆係對詩文之友曾經出過大力之士，屬於尊重與酬謝性質，根本無所謂「收編」、「不尋常改組」等事。詩文之友社自始至終由洪寶昆一人全權自主，並未有外人介入或干涉情事，應予澄清。蓋洪寶昆

詩文之友社出版的台灣擊缽詩選。

與于右任、賈景德、莫德惠素有交往，情治單位從未有過干涉詩文之友社之事。

　　而所謂的「原社長自由度已大幅的被刪減」一語，也非事實，詩文之友社在民國五十二年出版《臺灣擊缽詩選》，民國五十六年出版《現代詩選第一集》，民國五十八年出版《臺灣擊缽詩選第二集》，民國六十年出版《現代詩選第二集》，民國六十二年出版《臺灣擊缽詩選第三集》，發行人均為洪寶昆，詩文之友社的會務持續進行，造福許多詩友，其所謂的「自由度」意指什麼，令人不解。

　　對於《彰化縣文學發展史》所言：「刊物編輯提倡戰鬥意識，極盡所能讚揚執政者。」施文炳的反應是十分傷心，不知道編者根據何事有此說法，他說，他二十二歲認識洪寶昆，洪寶昆死後，施文炳替洪寶昆清還了一大筆借款，並由王友芬擔起續刊之責，直至王友芬九十餘歲時，要施文炳接管《詩文之友》，施文炳因事忙不敢同意，勸王友芬放棄而停刊止，施文炳一直是該社主力，他長期參與詩文之友社，對一切文友、社務進行及宗旨相當了解，他不諱言有些詩社有些時候也會為虛應時事出題，詩文之友依例刊出（該社素取有稿必登，盡量容納）。而當時政府控制輿論是實，但對詩文之友卻無人干涉，投稿者難免有諂媚當政者，乃當政者教育偏差影響，時勢如此，若因此而苛責作者，則有欠厚道。這樣的說法對部分的詩人們及詩文之友社的社務人員來講，實在很冤枉，應予澄清。

還要特別一提的是，總編輯林荊南。林荊南本名林富，荊南為筆名，係日治晚期至戰後台灣文學界重要作家之一。昭和十二年（1937），任臺灣新聞社員林支店記者，透過實地採訪，撰文砲轟日人經營之製糖會社欺壓農民，遭日警嚴辦，險遭收押而一時聲名大噪。民國三十九年三月，當時白色恐怖，被以莫須有罪名遭情治單位逮補拘禁綠島監獄新生總隊。民國四十一年五月一日獲釋時，方知自己犯下的是「意志不堅、思想左傾」之罪，被關七百九十四天。（本案於九十一年初提出冤獄賠償，於九十二年二月判賠1,165,000元，然林荊南已於九十一年六月辭世，算是遲來的正義。）

　　林荊南於出獄後，因其文才任職於彰化縣農會，《詩文之友》創刊乃兼任總編輯之職，洪寶昆逝後，林遷居臺北，欲將總編輯之職移交施文炳，施文炳一向不喜掛名，堅持林荊南仍任總編輯，他感念林荊南二、三十年來對《詩文之友》的付出，答應以執行編輯名義負編輯全責。至林荊南逝世，任《詩文之友》總編輯達四十年之久。

　　林荊南係當代新舊文學的創作者，精讀漢詩，因漢詩格律甚嚴，導致初學者卻步，乃創「巷中體」詩法，不限平仄與對仗，作者較易發揮，開漢詩之先例。在賴和平反入忠烈祠時，曾撰寫《忠烈祠裡的大文豪》一書，肯定賴和的文學地位。

　　施文炳自民國四十二年初會林荊南，其才華與人品受到林賞識，亦師亦友，交誼凡五十年，林荊南子女及其婿蔡榮章（有茶博士之稱的陸羽茶藝創辦人）也成為施文炳的文章知己，兩代交情，難能可貴。

五、與詩結緣

　　施文炳第一次參加鹿港聯吟大會比賽時，年紀尚輕，其詩作〈尋梅〉榮獲第一名，施讓甫見其詩，笑著說：「口氣這麼大！」意指結句報負大，笑謔之間對學生是讚賞有加。此次參加詩吟大會的人都還是詩壇大老，這樣的年輕人出類拔萃，讓大老們刮目相看。原詩云：

　　　玉骨冰肌不染塵，隴頭幾樹笑迎人。
　　　東風驢背山巔雪，獨占江南第一春。

　　第二次得獎作品為〈冬日漫興〉，亦為第一名。其詩作如下：

　　　小陽時節暖如烘，攜杖漫遊小院東。
　　　雪映遠山涵鬢白，菊殘荒圃遜楓紅。
　　　乾坤滿眼情何似，歲月驚心思不窮。
　　　樽酒樓頭堪一醉，浮生閒日幾回同。

　　施文炳第一次參加全國詩人大會比賽時，在三、四百位詩人作品之中，其首唱、次唱皆獲得十名內，詩作為〈椰雨〉及〈柳下聽鶯〉：

　　　雙柑斗酒趁春晴，出谷金衣得意鳴。
　　　賞勝人貪春綺麗，尋詩我愛韻輕清。
　　　為憐百轉調新曲，何似千絲攜客情。
　　　堤畔傾樽頻側耳，間關猶作故園聲。

（〈柳下聽鶯〉）

夾道風聲椰葉翻，沛然一雨暗乾坤。

瀟瀟逸響催詩急，南國歸思斷客魂。

（〈椰雨〉）

施讓甫對施文炳充滿了惜才、愛才的心情，告訴施文炳：「你的詩作佳、學問飽，不應閉門造車，應和外人多接觸。」於是半強迫式的帶他出門，從此，施文炳開始參加詩會，與外人接觸，故而結識洪寶昆，加入彰化詩文之友社。

某日，在王友芬家，洪寶昆對施文炳說：「炳啊！吟一首作今夕紀念。」施不敢不從，於是現場為詩一首，後題詩名為〈詩文之友社夜宴，席上呈王友芬洪寶昆諸詞長〉：

嘆鳳傷麟吾道衰，頹風待挽杖賢才。

太平洋上波濤壯，珍重新篇繼福臺。

狂歌舞劍且徘徊，百尺樓高酒滿杯。

放眼乾坤春正麗，吟邊莫問劫餘灰。

此詩一出，滿座大驚。當時，施文炳年僅二十出頭，尚未知詩之好壞，能得前輩厚愛惕勵，讓他對寫詩更有信心。

施文炳說：詩人須培養泱泱氣度，方有名世之作。在臺灣的詩壇，施文炳代表鹿港，外地人一談到鹿港，便會提到他。他不但為鹿港、為臺灣傳統文化的發揚扮演關鍵性的角色，對詩文之友社付出心力，促成詩聯社、傳統詩學會成立，並舉辦全國詩人大會，提倡詩風，促進各地詩人交流，與國際間文化交流盡心盡力。若非有「諸事肩挑」的泱泱大度，怎可能完成這等艱鉅的工作。

民國四十一年歲次壬辰閏端午日，朱啟南於〈壬辰年慶祝詩人節鹿港聯合本省中部四縣市擊缽吟大會手冊〉中曾有一段話：

余謂臺灣詩學，由沈斯菴倡之於前，唐景崧繼之於後，中斐亭

中歇，牡丹社開，正氣得賴保存，道統無慨廢墜，逮日據時，蹈秦覆轍，經義已滅，詩社勃興，所謂道雖虎變，事則蠡行，故沉淪五十年，精神不減，探索四千載，聖緒猶存。詩之效也。

又云：

時逢五月既望，公延四地佳賓，展詩人令節，未嫌少遲，振民族精神，頓增莊敬，擬題拈韻，刻燭攤箋，律題築港，絕題詩聲，爭舞筆花，客多蘭亭者楔，後催缽體響，緣締竹林清遊，亦培養家國命脈之道，豈吟詠風月之情者乎？

壬辰年慶祝詩人節鹿港聯合本省中部四縣市擊缽吟大會手冊。

這些話語對施文炳日後以詩為志業亦有所影響。「故沉淪五十年，精神不減，探索四千載，聖緒猶存，詩之效也。」「亦培養家國命脈之道，豈吟詠風月之情者乎？」這種思潮瀰漫於當時詩壇大老間，師長們如此教誨他，所以他責無旁貸扛起宏揚詩教的責任。

癸丑全國詩人大會入選作品手抄本。

早年施文炳曾自組「淇園詩社」，後又加入周定山所創的「半閒詩社」，施文炳對詩社的參與度頗高。光復以後，在鹿港舉辦的的詩會，除了前兩次，幾乎都由施文炳獨挑大擔。民國六十二年（1973），鹿港聯吟會在鹿港天后宮舉辦「中華民國癸丑全國詩人大會」，施文炳擔任總幹事，統籌所有大小事務。農曆三月（六十二年四月二十九日）於天后宮主辦全國詩人聯吟大會，撰〈鹿港簡介〉及〈鹿港八景〉於大會手冊。冬，參加第二屆世界詩人大會獲第一名（中華詩人聯吟），詩題〈宏揚詩教〉，從此，聲名大噪，監察院院

長張維翰贈親撰對聯：「文章千古事，炳耀一時英」以資慶賀。

　　民國六十八年（1979），鹿港舉行第二屆全國民俗才藝活動時，施文炳主辦全國詩人聯吟大會，其詩作〈鹿港攬勝〉榮獲左右雙元，其詩作如下：

> 二鹿名津譽海東，沿城瀏覽感無窮。
> 三千里外開新域，四百年來尚古風。
> 劫後繁華前代異，眼中景物故園同。
> 尋根絕嶠唯斯邑，擷俗先歌拓地功。

　　當時，左詞宗陳南士對此詩作的評語是：「超以象外，得其環中，筆力健舉，不同凡響。」右詞宗成惕軒的評語是：「以騷壇好句，寫鹿港名區，極為得體。」

　　民國七十年，施文炳在恩師許志呈力促下，共創「文開詩社」，咸認詩道不可廢，乃於民俗文物館開課授徒，作業餘研修，努力於傳承的工作。並出版《文開詩社集》，在序文流露對詩教的弘揚初衷：

> 爰於辛酉之春，成立詩社，俾利於社務之推展，公議以文開名
> 社，一則以紀沈公斯庵始開吾臺文化之功，二則以示繼承文開
> 書院薪火於不斷，而弘文開宗，大義存焉。社以青年材俊為
> 主，鹿江吟會諸老為輔，相期晨夕切磋砥礪，或燈下傳箋，或
> 花前對詠，鉢韻鏗鏘，詩聲磅礴，社運蒸蒸，綿百年而弗替，
> 是所厚望者也。

　　序中，施文炳也談到民國六十二年全國詩人大會盛況：

> 民國六十二年，歲在癸丑，暮春之初，特假天后宮召開全國聯
> 吟大會，來自金馬臺澎，與大陸各省寓台之詩人名士，五百餘
> 位，濟集一堂，古城攬勝，詩酒聯歡，盛況空前，而歷數循環

竟與蘭亭勝會不謀而合者，不亦奇乎？余生而有幸，承同會諸
公，推委主策其會，親觀其盛，誠如羲之所云：「後之視今
者，猶今之視昔。」則曲水與鹿水，千秋韻事足堪媲美而同垂
不巧矣！

　　民國七十二年，文開詩社在鹿港國中主辦「中華民國癸亥年全國
暨中部四縣市詩人聯吟大會」，施文炳擔任執行長，大會中由頂番國
小演出詩吟搭配扇舞、鼓舞、劍舞、彩帶舞，福興國中則也搭配演出
太極拳、劍舞，加上文開詩社的吟唱，精采而別開生面，獲得佳評。
　　民國六十二年冬，中華民國詩社聯合社在臺北舉辦「第二屆世界
詩人大會中華詩人聯吟」，施文炳詩作〈弘揚詩教〉掄元，詞宗許君
武評語：「詩學造詣，鹿港龍頭。」其詩作如下：

　　磅礡元音震八荒，
　　天留海嶠紹前唐。
　　興詩待藉如椽筆，
　　重寫中華史冊光。

　　民國六十四年，四十五歲時，施文炳之
詩作〈詩盟世界〉應世界桂冠詩人會邀稿編入
《世界大同詩選》（*ANTHOLOGY ON WORLD
BROTHERHOOD PEACE*），施文炳「世界詩
人」之名由此而來。該書中對他的介紹如下：

施文炳詩作被收藏於桂冠詩
人會《世界大同詩選》中。

SHIH WEN-PING is from Taiwan,
Republic of China.　He was a First Prize
awardee in ChinesePoetry during the
2nd World Congress of Poets. He also
received the First Prize more than ten

times in the National Poetry Contest. He is Managing Editor of a bimonthly publication, "China Poetry and Essay", founder of Lu-Kang Poetry Club, Director of Changhua Poetry Research Society and member of the Chinese Traditional Poetry Society. His pen name: Hesun Chen.

而其詩作被翻譯為〈*WORLD HARMONY THROUGH POETRY*〉：

O poetry, the voice of an encouraging spirit,
The resounding call of all mighty God.
The innocent pen expresses the truth,
Will awaken the people of the world.
The verses with enthusiastic tears become
Sweet rain which nourishes living beings.
And there contains godsend communion
In the article's extensive wordings.

May we have a common oath
To strengthen the decaying morality.
Under the light of golden laurel wreath,
International friendship be won with prosperity.
Let's expand the power of justice,
And advocate eternal peace.

其〈詩盟世界〉原文如下：

心聲激發振天聲，醒世時教缽共鳴。
筆自無邪存正氣，詩因有淚哭蒼生。
文章磅礴機緣契，肝膽輪囷道德撐。

金桂標冠聯國際，長伸公義倡和平。

　　民國七十一年文開詩社配合第五屆全國民俗才藝活動，舉辦「國際詩人聯吟大會」，施文炳任執行長，來自各地海外人士聚集一堂，為鹿港有史以來第一次國際性文化盛會。大會節目有文開詩社漢詩朗吟、日本松堂流吟舞、頂番國小詩歌朗吟團詩吟、日本岳澄流吟舞、韓國名歌星金鳳嬉演唱韓國民謠、彰化縣詩學研究學會詩吟等等，堪稱國際文化交流盛會。許志呈在大會手冊中有〈國際詩人大會感言〉云：

> 幸門生施文炳君，為人熱腸古道，維護古城固有之文化，不遺餘力，且善深思，遠慮過於常人，為有鑑於將來之需要，創設文開詩社於民俗文物館中，滋培後起之秀達五十餘人，斯文一線，始得賴之以存，其功誠為未可泯也。

　　民國九十四年六月，施文炳以〈鹿港懷古〉四首七言絕句獲得第十六屆金曲獎「傳統暨藝術音樂作品類最佳作詞人獎」，以七十五歲高齡攀越人生高峰，這項殊榮在鹿港小鎮一時傳為佳話。〈鹿港懷古〉是施文炳在民國五十年文祠重修時，步臺中名詩人郭茂松先生遊鹿港詩作原韻所寫，由其弟子施瑞樓演唱收錄在「施瑞樓的詩吟世界——百家春」專輯中，由上揚唱片公司提報角逐金曲獎，同時入圍者有李子恆、李泰祥共三人。

　　同年十一月，施文炳重組「文開詩社」，特向主管單位提借文開書院，為地方開了許多學習課程，一則善用古蹟，二則提供文教界聚會課讀場所。他認為詩社不該只是學詩，所學項目要寬廣，所以詩社開啟了許多免費課程，包括漢學、詩學、聯對、詩吟、樂曲、劍舞、花藝、書道以及其他與詩教、藝術文化有關的各類課程，舉辦相關活動，並與國內外作文化交流等，讓有心於學問人士於業餘有一處學習、研究、切磋的園地。詩社業務交棒以後，他依然關心社務，鼓勵後進，直至晚年。

六、詩作獲獎紀錄

時間	獲　獎　事　紀
1958	以〈冬日漫興〉於鹿港丁酉聯吟首唱中掄元。
1959	以〈尋梅〉於鹿港吟會擊缽掄元。 以〈詩脾〉於鹿港吟會擊缽掄元。
1961	以〈電視〉於鹿港吟會擊缽掄元。 以〈定塞望洋〉第一首於全國掄元。 以〈唱片〉於鹿港吟會擊缽掄元。
1962	以〈稻孕〉於半閒吟社課題擊缽掄元。 以〈儒林修楔〉於全國大會掄元。 以〈戀春〉於全國大會掄元。
1963	以〈鬧洞房〉於鹿港聯吟會例會擊缽。
1964	以〈耕耘機〉於半閒吟社課題掄元。
1966	以〈鶴心〉於鹿江聯吟會課題掄元。
1968	以〈文廟謁聖〉於鹿江聯吟會課題掄元。
1969	以〈中秋月蝕〉於鹿江聯吟會徵詩掄元。 以〈曲巷冬晴〉於鹿港聯吟會全國徵詩掄元。
1972	以〈重九鹿港文武廟弔古〉於全國詩人大會掄元。
1973	參加第二屆世界詩人大會（中華詩人聯吟）， 以〈宏揚詩教〉獲第一名。
1974	以〈甲寅端午北投雅集〉於全國詩人大會掄元。
1975	以〈春日謁漢寶天寶宮〉於全國掄元。 以〈茗談〉於中國傳統詩學會中三元。
1979	以〈鹿港攬勝〉於全國掄雙元。
2005	以〈鹿港懷古〉奪得第十六屆金曲獎傳統暨藝術音樂最佳作詞人獎。

七、著作

1	《臺灣尋根攝影專輯》 施文炳撰文、林彰三主編攝影（台中：省府教育廳，1981）
2	《施氏世界》 施文炳主編（彰化：世界施氏宗親總會，1984）
3	《老古蹟新用途座談會成果紀實》 施文炳編（彰化：施金山文教基金會，1998）
4	《深度探索溪湖鎮的過去、現在與未來導覽手冊》 施文炳主編（彰化：施金山文教基金會出版，1999）
5	《彰化縣口述歷史第六輯溪湖蔗糖產業》 施文炳主編（彰化：彰化縣立文化中心，2002）
6	《溪湖鎮蔗糖產業（下）》 施文炳主編（台北：彰化縣文化局，2002）
7	《義天宮志》 施文炳編（台北：義天宮管理委員會，2002）
8	《台灣末代傳統文人──施文炳詩文集》 施文炳著，洪惠燕編、林明德審訂（台中：晨星出版社，2008）

施文炳小時候與父母兄姐合照全家福。

結縭夫妻。

居家合照。

全家福。

家人合照。

59年鹿港詩人聯吟大會。

60年施文炳赴菲回國洗塵會。

63年鹿港樹石研究會成立。

繪圖手稿。

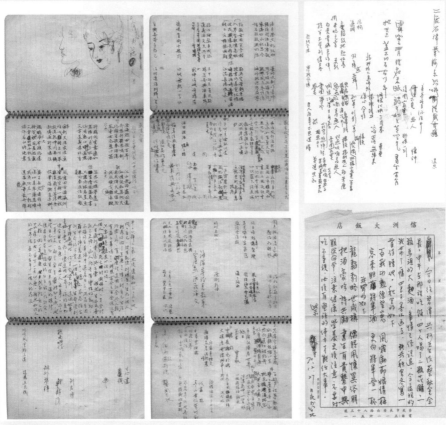

筆記原稿。

第二章

施文炳的
鹿港意識

鹿港，舊名「鹿仔港」，後來簡稱「鹿港」，另有「鹿溪」、「鹿津」、「洛江」、「鹿江」、「沖西」、「福隆」等名，皆為歷代文人所通用。鹿港位於彰化縣，面臨臺灣海峽，北接線西鄉、和美鎮，南鄰福興鄉，東濱秀水鄉。關於「鹿港」一名的由來有多種說法，各有淵源，而較為可能的是：昔日開發前，莽原中鹿群出沒於港邊，故稱為「鹿港」。

　　鹿港附近本是海阪荒原，明末已有漢人市街形成，到了清代，由於鹿耳門淤塞，遂將鹿港開拓成為臺灣最大貿易港及經濟文化要地，史稱臺灣文化第四期為鹿港期（自康熙二十三年臺灣正式入清版圖，至南京條約五口通商為止，共一百五十八年），這期間是鹿港最輝煌的時代。鹿港位居要衝，為臺灣中軸、距大陸最近，乾隆四十九年（1784），清廷詔許福建泉州的蚶江與鹿港正式對渡，開啟了鹿港繁榮的契機。鹿港全盛時期號稱人口十萬，當時，鹿港商業繁榮，設有八郊組織，市集熱絡，經濟發達，人文薈萃，繼臺南府城而成為臺灣第二大都市，與臺南、艋舺（今萬華）有「一府、二鹿、三艋舺」之美稱。

　　明鄭時，劉國軒領兵屯半線，範圍包括鹿港，現今鹿港「安平鎮」便是明兵駐防地，清以後歷派水師駐守，鹿港因為開正口、設同知、駐游擊等等，促進了彰化平原之開發與鹿港商業之繁榮。然因港口屬天然河口，流沙變幻不定，道光以後更因為濁水溪氾濫，影響船舶入港，在航運上逐次向外變遷，由王功、番仔挖、沖西港再至福隆港，鹿港因而逐漸衰頹。日人侵臺之後，鹿港與大陸通商斷絕，加上日人商務壟斷，鹿港漸趨沒落，人才大量外流而一蹶不振，終成廢港。

　　民國四十八年（1959），鹿港天后宮舉辦了一次紀念媽祖出世千年的「媽祖千年祭」，這次活動，湧入大量的外地人，鹿港街道為之堵塞，所有食物幾乎都被搶購一空。隨著活動的舉辦，鹿港地區各角頭紛紛使出渾身解數，搬出富有傳統文化特色的各項表演，包括「報馬仔」、「落地掃」、「藝閣」、「踩高蹺」、廟宇神明出巡……等

等。這一次的「千年祭」對施文炳的啟示很大，他赫然發現，原來鹿港所保留的傳統文化項目是那麼豐富，內涵又是那麼有深度，這些豐富的地方民俗表演其實就是鹿港重要的文化資源。

他認為鹿港文化的覺醒應該肇端於這次活動，因為「媽祖千年祭」之後，臺灣各地宗教活動開始展開，鹿港的名字漸漸被外地人提起，進香團也慢慢的再度來到鹿港。一直到一九七〇年代全國民俗活動的舉辦，鹿港重新被注目，鹿港地區的文化活動更是如火如荼的展開。同時期，因為臺灣人鄉土意識的覺醒，各地文化活動開始熱絡，人們努力進行「尋根」的行動，鹿港於是頂著它「文化重鎮」的光環，扮演著「溯源」的角色。換句話說：想了解臺灣文化一定會先想來了解鹿港文化。施文炳常常說：「鹿港因沒落而得救，鹿港要復興，以古蹟為本。」鹿港應擁有別人所沒有的一切，應該善用。他在〈古城鹿港〉中談到：

> 鹿港，這個久被世人遺忘的小鎮，猶如中流砥柱，獨力擔當著「維護臺灣傳統文化」的重責，在現代逆流動盪中屹立不動，靜靜地看著別的地方正被歐風美雨侵蝕而漸改變。這個當年睥睨八方的臺灣第二大都市，在乾隆、嘉慶、道光年間的全盛時期，人口號稱十萬，民力殷富、人文薈萃，為臺灣經濟文化中心，有一府二鹿三艋舺美譽，自海港職能的喪失而漸趨式微，而且一直因人才外流而顯得頹廢不堪，但鹿港畢竟有四百年悠久而光輝的歷史，所謂王謝堂前燕子雖不復見，而烏衣巷口夕陽依舊，鹿港雖然沒落，卻擁有別人沒有的一切，那就是鹿港的歷史、鹿港的文化。

鹿港雖然曾經沒落，卻因為有悠久而光輝的歷史，擁有別人沒有的一切。正因為這樣的認知，施文炳一頭栽入對傳統文化的鼓吹與倡導，從詩學的宏揚到古蹟的維護與關照，更擴大對失落的老臺灣重新注以活力以及對社會的關懷等等。諸如歲時文化活動、鹿港八景介紹

及其他徵詩、舉辦全國性和國際性詩會、參與民俗活動、反杜邦運動、阻止龍山寺增建鐘鼓樓，力護龍山寺之完整、參與武廟修建、文昌祠重修、爭取文開書院改為縣圖書館案、向中央政府申請設立鹿港木器工藝專業加工區、規劃臺灣民俗村、促進施金山文教基金會成立等，他無不親身參與，時時以「復興鹿港」及「發揚臺灣文化」為己任。

一、文化發展的倡導

　　施文炳以為維護文化，空叫口號無用，宣傳之後就要落實，必需檢討改變方向，方有濟於事，他認為建設文化須從根本做起，近期臺灣社會嚴重失序，人心不古、道德淪喪，需要要社會各界以及從事教育人士，並肩努力，對下一代灌輸文化意識，加強倫理道德教育，臺灣文化終會發揚光大。對初期國民黨政府壓制臺灣文化很不以為然，他說文明國家大都立法保護鄉土文化，臺灣卻背道而馳，令人痛心。這是四十年來不斷被談到的問題，他說：「我們生於臺灣，長於臺灣，卻對臺灣文化不了解，對臺灣歷史不了解，對我們而言是一種恥辱，不但對不起祖先，也對不起自己。」他對文化發展的倡導十分投入，也做得相當扎實。這裡將他所做過的相關的文化活動分別略述於下。

（一）元宵燈猜活動

　　鹿港燈猜活動由來已久，而施文炳早在民國五〇年代（20多歲）時就開始參與，早期與王漢英、丁玉熙、許志呈、蔡茂林、王世祥等共同發起，在武廟舉辦，後來粘錫麟、許漢卿、許圳江、洪寬志等人又加入共同舉辦。元宵燈猜活動是鹿港重要的文化活動之一，它連帶附加的社會教育意義十分可取。鹿港耆老丁玉書先生曾經談到鹿港在正月、八月時，就會有人主動號召舉辦，方式很多。更早之前

丁玉書於編者訪問時暢談當年燈猜往事。

鹿港的燈猜是有動作的，他談到其中一個謎題：取一已裝水之臉盆，盆上置火鉗一隻，鉗上置「大人」一個，銀元兩只。猜謎者取銀元兩只納入自己懷中，將「大人」推入水中，謎底曰：貪財害命。蓋以火鉗為橋，「大人」為過橋之人，取人銀元、推橋上之人入水，便是「貪財害命」。丁先生說施文炳參與鹿港燈猜活動是受到丁玉熙、王漢英等人的鼓勵。當時燈猜謎底大約都以《四書》、《唐詩三百首》等書中之句為謎底，故攻讀古書者不少。筆者曾訪問粘錫麟、許圳江兩位老師，暢談當年以鹿港八景向全國徵詩、元宵燈猜往事及鹿港文化再造問題。詢及當年舉辦燈猜活動時的鹿港文化背景時，粘錫麟語重心長的分析：

1. 鹿港文化可以說是又古又長又深，早已融入各個家庭的日常生活之中。鹿港人教育子弟有三字箴：「字、墨、算。」即熟讀古書、勤習書法、並會用算盤，修為與謀生並重。鹿港人擔任教師之密度為全省之冠，文開國小新宮口附近一條約百公尺的小巷，居然就住了三、四十位老師，這是一種極其優良的傳承，讀書人之被重視可見一斑。

2. 鹿港對傳統文學的傳承努力有加，許多文人宿儒都曾經開館授課，授課內容幾乎都是古經書、古詩詞、吟唱詩詞或習字臨帖⋯⋯等。而「燈猜」是離不開傳統文學的，非傳統文學式的「燈猜」只可說是「猜謎語」，鹿港人熱衷「燈猜」和飽讀詩書有絕對的關係。

施文炳則認為「燈猜活動」因為有趣，可以製造熱絡氣氛，大人小孩都喜歡，而且風尚所及，每人為了順利猜中，都抱著大書小書，台下伺候，蔚為奇觀，其實這也是一個最好的教育法，很多孩子因此而能主動去翻讀古書，深究其意，而且變成一種群眾行為，大家互相討論或觀摩，無形中增加許多知識學問，加上聰慧得獎者倍受肯定，於是其他人爭相倣效，成為一種風氣。

（二）「鹿港八景」全國徵詩

在當代，施文炳可以說是首次用文字宣傳鹿港的人，他以實際行

動邀請前輩及眾人投入鹿港文化復興行列，帶動眾人認識鹿港、吟詠鹿港，是出力出錢最多、影響最遠的人。

1. 緣起

滿清割臺後，因商務被日人壟斷，鹿港更形沒落，大部分人口外流，經濟一落千丈。當時，富者將資金外移大陸或南洋，有不動產者留一人護產，其餘皆歸大陸，一些無資產的人只好流落他方去討生活。鹿港曾經繁華一時，人才很多，如工頭善於管理、領導工人，而會計皆出自舊時大商戶，經驗豐富。這些人才表現優秀，為各地所器重，爭相聘僱，故都向外發展，成為有名的「鹿港苦力」及「鹿港帳櫃」（現稱會計），真正留在鹿港者，幾乎都是老弱婦孺或苦守老家及無處發展者。日本統治臺灣五十年，鹿港這種生態恆續維持。光復後，國民政府接收臺灣，一些新興都市有其發展依靠，而鹿港幾乎沒有絲毫生機。

民國四十幾年，施文炳二十多歲，他常和許志呈、蔡茂林等與其他志同道合之士聚會，這些人幾乎都是鹿江聯吟會成員，經常聚在一起，以文會友，也一起思考如何復興鹿港。他們心痛於鹿港竟然沒落到無人知曉，常有人問起：「鹿港在何方？」聽來實在慚愧，認為有責任復興鹿港，而應該如何著手？文人們想的當然是以「文」為始。帶著緬懷先人的心情和熱切的期望，他們決議利用詩會出課題寫詩，讓其他外地的人能夠因為寫「詩」，也有機會一同來認識鹿港、關心鹿港。

2. 為鹿港定新八景

鹿港因沒落而沉寂，人們無以為生，乃動腦筋作小本生意，這些小本生意大都為家庭工業，如製扇、製鏡台、木器行等，由於繁華時期所留下的一些高級師傅的手藝，因此也有很多人學木工，「大木」蓋房子，「小木」作家具等。施文炳認為別地方的人是「吃四面」，而鹿港人「只吃兩面」，因為在海路方面，海港收益斷了，少數人從事曬鹽、討海、插蚵，純是靠天吃飯。而陸路呢？木工業工資少，養家不易，追不上物價。他認為發展鹿港應該以改變經濟環境為先，而

要改變鹿港經濟環境，最現成的本錢是古蹟，僅存於鹿港眾多的歷史建築是臺灣文化瑰寶，他深信有朝一日，鹿港將成為尋根聖地。但若沒有宣傳，誰會知道鹿港，他憶及恩師施讓甫再三叮嚀要宣傳鹿港，於是在雜誌上寫文章，如《福建月刊》、《詩文之友》等，目的是宣傳鹿港。同時，他結合了一些志同道合的朋友及文化界有識之士以徵詩為始，每月一題，向全國徵詩，讓全國各地詩人都能認識鹿港。

　　首先，施文炳向周定山、許志呈、王漢英、蔡茂林、施福來等鹿港文人請教，並和他們共同研究如何進行此項工作，大家都認為古八景已多處不存，可另定新八景。他回家苦思，為鹿港定了二十多處佳景，包括：「鹿港斜陽」、「北頭晚霞」、「瓊樓懷古」……等等，命名完畢，自己先試選了八處，選畢，再送至周定山住處，請周定山選，結果兩人所選不謀而合，也就是鹿港新八景的由來：「楊橋踏月」、「龍山聽唄」、「西院書聲」、「曲巷冬情」、「古渡尋碑」、「寶殿篆煙」、「蠔圃迴潮」、「海噬春嬉」。

　　這樣的選擇其實是有多方考量的，其中「楊橋踏月」、「龍山聽唄」、「西院書聲」、「海噬春嬉」為古八景的四處，另加「曲巷冬情」、「古渡尋碑」、「寶殿篆煙」、「蠔圃迴潮」共八景。其中「西院書聲」原為「泮池荷香」，而「寶殿篆煙」原為「后闕篆煙」，取其代表湄州，地位崇高，因天后宮後面有凌霄寶殿，供奉玉皇大帝，故改之。「古渡尋碑」旨在讓世人了解「敬義園」義舉，記取功德，永傳於世；「海噬春嬉」係因當時海濱可以戲水，也是一景；「蠔圃迴潮」因海港已不見，變成千頃蚵園，為鹿港一大特色。

　　「北頭晚霞」標題雖好，但尚不足成為一景，況且已有「蠔圃迴潮」一景，同地點只取其一，故未用。而「鹿港斜陽」因為感覺過於蕭瑟，也未被選用。「瓊樓懷古」之瓊樓為現今鹿港民俗文物館，當時這建築雄偉的辜家大和宅第，經常是大門深鎖，無法窺見其堂奧，故未採用。八景定名後，鹿港民俗文物館始成立，後來他又將「瓊樓懷古」改為「瓊樓擷俗」，以符其實。

　　3. 鹿港八景介紹文

當年手動單張油印機。

當年徵詩時以刻鋼板、油印、裝訂之文稿。圖為〈西院書聲〉之預告及簡介。

　　施文炳向全國詩人徵選鹿港八景詩所做的介紹文，係自民國五十八年（1969，39歲）開始選寫，原定每月一題，包括「鹿港懷古」共九題，約花了兩年的時間。本案之執行共有四人參與，由施文炳蒐集資料、訪查、撰稿，粘錫麟、許圳江刻鋼板抄錄，李錦浩負責油印裝訂，四人小組除施文炳之外，都在小學任教，利用課餘時間，大家本著愛護鄉里初衷，無怨無悔，犧牲假期，埋首工作。

　　當年資料印刷極其不便，施文炳買來一部手動油印機，大家開始工作。想想：四人在昏黃的燈光下，手持鐵筆一字一句刻鋼板抄錄謄稿，一張張滾油墨印刷，一份份裝訂，工作有多繁重？而這群愛鄉青年卻甘之如飴。這些徵稿通知要寄發、要收件、要送詞宗評審，又要送「詩文之友」發表，工作甚為辛勞。這些工作皆是義務性質，無酬勞可言，甚至連郵資、紙張、雜支等費用，都由施文炳自掏腰包處理，所有啟事油印、稿件收發也都在施文炳住處進行。

　　以下以最簡單的方式把手邊所能找到有關鹿港八景全國徵詩的資料稍作整理（如次頁圖）。

　　為了寫〈鹿港八景介紹文〉，施文炳到處訪問耆老、實際調查、蒐集資料，他翻閱各種書籍，以其流暢的文筆寫出內容最翔實的鹿港種種，情景交融，娓娓道來，當年二鹿光華，歷歷在目，常常令人不勝唏噓。〈鹿港八景介紹文〉抒情兼敘事，其中之歷史典故皆經考

期別	詩　題	交卷日期	詞　宗	備　註
七	蠔浦迴潮		天——王梓聖 地——施一愚 人——吳東源	
八	楊橋踏月	58.11.15		
九	龍山聽唄	58.12.15	天——劉嘯廬 地——許遂園 人——施文炳	
十	寶殿篆煙	59.5.30	天——蕭獻三 地——高文淵 人——許遂園	交卷處：鹿港鎮街尾里新興街三號施文炳收。
十一	西院書聲	59.9.30	天——周定山 地——呂左淇 人——傅秋鏞	入選前三十名列入鹿港文獻以垂永念。
十二	古巷冬晴	59.12.25	天——高泰山 地——顏其碩 人——蘇宜秋	
十三	海漩春嬉	60.4.20	天——楊乃胡 地——施一愚 人——施文炳	
十四	古渡尋碑	60.8.10	天——白劍瀾 地——王清斌 人——吳東源	
十五	鹿港懷古	61.3.20		

＊本圖空白處資料待查。

證，是施文炳為撰寫鹿港史之準備工作。

　　民國六十二年（1973，43歲）四月二十九日，中華民國癸丑全國詩人大會以及七十一年（1984，54歲）國際詩人大會在鹿港天后宮舉行，施文炳再度把〈鹿港八景介紹文〉和〈鹿港簡介〉刊載於大會手冊上，其中〈鹿港八景介紹文〉內容因篇幅關係，他曾經做了一些濃

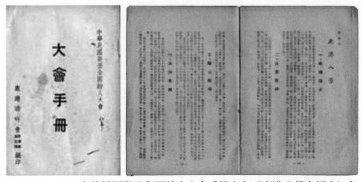

中華民國癸丑全國詩人大會手冊中有〈鹿港八景介紹文〉和
〈鹿港簡介〉。

縮，但還是十分精采。

（三）提倡詩詞吟誦

對於詩風的傳承，鹿港總是居於領導地位，日治時代，詩社林
立，一直到今，對於詩教之維揚，仍然有不少鹿港籍人士在各地擔任
執牛耳角色。施文炳曾在〈文開詩社集序〉談到鹿港詩社的傳承：

……繼拔社、蓮社而鹿苑、芸香、過渡、鹿鳴、鹿江、聚鷗、
大冶、淬礪、新聲諸社，先後成立。詩風既盛，而所披也遠，
各地嚮而應之，一時三臺詩社如雨後春筍，南北詩人聲氣互
通，明為禊修，暗圖恢復……光復而後，大冶、鹿江、淬礪諸
社碩彥尚多，吟風弄月，韻事猶盛於前；而洪園、半閒兩社相
繼成立，與三島文士唱酬頻仍，乃合諸社，總稱鹿港聯吟會。

他有〈學海〉一詩：

深無止境奧無窮，鄒魯淵源一脈通。
只恐歐風掀巨浪，中流砥柱仗群公。

施國雄曾為施文炳的〈曲巷冬晴〉譜曲。

對歐風東漸，世風丕變，臺灣文化精隨、優越的傳統，越來越不受重視，傳統文學式微，懂詩的人越來越少，令人憂心成為絕響。

他認為詩有其音樂性，出自靈性，故容易動人，尤其是漢詩，必須融匯音樂和情感才能成為不朽佳篇。他在〈概談漢詩〉寫道：

> 「詩」是根自靈性所寫出的美文，而有花般的美麗，又有音樂般的動聽，就像上帝的語言，神聖而感人。如果把「詩」當作「美」的代名詞也未嘗不可。……漢詩所講究的是精神上的最高境界，也要有藝術的美麗與悅目，有音樂性的和諧與動聽，融匯了思想感情的昇華，兼具了聲、色、情感，須有其理想與生命的存在，方能成為耐人尋味、留連的不朽佳篇。

有音樂、有律動的詩才是詩，詩詞非唱而吟，故應曰「詩詞吟誦」，而非「詩詞吟唱」，所以他積極提倡「詩吟」。鹿港國小施國雄老師曾經將施文炳的〈曲巷冬晴〉一詩譜成曲，教學生吟詠。而鹿港鎮頂番國小則是提倡詩詞吟誦成績最為卓著的學校。

1. 緣起

施文炳一直強調「詩教」之傳播發揚應從學校作起，方能收事半功倍之效，惜一直未能實現。民國六十五年（日本昭和五十一年，1976，46歲）十一月十三、十四兩日，施文炳應邀代表臺灣詩學界至日本參加日本詩吟神風流創始五十周年慶典。大會在日本東京日比谷公園舉行，參加此次盛會係由外交部行文給教育部，教育部委託時任臺北瀛社社長李建興先生邀請參加（名作家羅蘭亦同行）。

日後羅蘭曾寫信給施文炳並寄來一份剪報，即〈抑塞磊落之奇

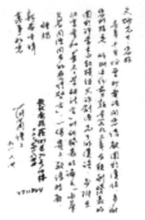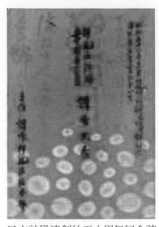

羅蘭寫給施文炳的信箋。　　　　日本神風流創始五十周年紀念詩
　　　　　　　　　　　　　　　吟大會手冊。

才──鹿港詩人許劍漁先生〉一文，其中一段寫到日本這一次大會吟
詩狀況：

> 開始是民國六十四年的端午節，有日本詩社來臺慶祝我們的詩
> 人節，我偶然興之所至……寫了一篇〈東瀛來客有古風〉在
> 《中央日報》發表，……日本詩社邀請這邊的詩社到日本訪
> 問……，全團幾十位，只有我一個是新來的「外省人」，……看
> 他們怎樣把「漢詩」變成日本的一份文學資產，鄭重其事的上
> 台吟唱，令我們中國人不解的，只是他們把吟詩也加入了大和
> 民族的「殺氣」，提倡吟詩的另一目的竟然是為了練氣和強身。

　　羅蘭所謂的「殺氣」，應是指「劍氣」，乃日本人吟詩時的氣氛
營造，也許也是加入了「劍道」之類的表演所致。日本人對「漢詩」
不但重視，而且視為國粹。會中吟詩、書法、插花、舞劍等同步演出，
益增詩吟氣氛的作法，施文炳倒是另有所感觸，他認為這也是一種推
行詩歌吟誦的好方法，若是用我們中國固有國粹搭配，如書法、茶藝
等，也應該可行。羅蘭在這篇文章中，同時也提及傳統詩的寂寞：

談至鹿港的文風，我曾有一段時間和包括鹿港施文炳先生在內的本省傳統詩人相處。……而更重要的是和同圍詩人有機會相處，沿途聆賞他們用閩南語吟詠唐詩和他們自己的作品，使我這直接接受到「五四」新文學運動影響的「外省人」感慨很多，同時也理解到傳統詩在現代文學領域裡的寂寞。

這一點也是最讓施文炳憂心的事，傳統詩在現代文學領域裡，不但寂寞，而且式微，有消失的危機。對於傳統詩人的寂寥，施文炳亦有感慨。他也曾在《劍魂詩集序》提到：

鹿港自昔人才輩出，能詩者頗眾，惟有集傳世者寥寥。詩人著作，嘔心瀝血，任其湮泯，良可惜也。

因為文人的自謙，加上社會大眾的輕忽，我們感到詩學式微的危機，施文炳力促學童吟詩，努力推行詩教，就是這種危機感的驅使，希望這樣的努力和傳承，能繼續發揚，保存鹿港鼎盛的文風。

2. 提倡學校吟詩風氣

長久以來，施文炳一直認為詩學提倡宜由學校開始，他常鼓勵學校教詩，惜孤掌難鳴，再摻以其他因素，實施起來，成果不彰。施文炳從日本帶回大會手冊，向頂番國小校長許再興再度提及，並建議他如法炮製。許再興校長學識豐贍，對這早就有獨到的看法，他認為鹿港人吟詩很好聽，也有心想去作，對於施文炳的建議，以詩吟劍舞表現，確有特色。乃下定決心，在學校推行漢詩吟誦社，並配以劍

編者訪問許再興，暢談當年首創吟詩團之事。

舞、書道。他招攬音樂、舞蹈、書法等專才，苦心訓練一大隊學生。據他回憶：

> ……當初我錄了音也有了譜，後來有機會，我集合了一些老師，剛開始老師們有人說很難聽，我慢慢的解說，告訴他們好在什麼地方，後來組成團下去訓練，我就將我偷錄的這些請老師寫出譜來，剛好我的小舅子在台視，找了一個導演到鹿港來拍攝專輯，然後引起華視現今大陸尋奇的製作人，又派人專門來錄頂番國小吟詩，因此全國轟動，詩詞吟唱就從那時候開始。……我將中國的民族舞蹈融合在吟詩裡面，將它立體化，到各地去表演，全省出名。到後來，日本也來邀請頂番國小去日本表演，我離開頂番國小以後，學校也有繼續在推廣。

民國七十二年（1983，53歲），頂番國小在許再興校長的領導與全體師生的努力下，終於成立了頂番國小吟詩團。推出之後，成效卓著，第一次應文建會之邀在臺北社教館公演，邀請參觀對象是駐臺外交官，頂番國小表演後落幕，在久久不息的熱烈掌聲後，觀眾衝上舞台，爭相要拿學生在節目中寫的書法，場面幾近瘋狂，頂番國小吟詩團一夜成名。

日後，他們經常舉辦全省性觀摩會，也曾到全國各地展演宣揚傳統藝術的吟唱方式，蔚成教育界一股風氣，各縣市都舉辦了這種比賽或觀摩，也帶動了各級學校推行「唐詩背誦」、「每週一詩」……等等吟詩教學及相關活動。

頂番國小的詩歌團。（資料取自鹿港第十七屆全國民俗才藝活動專輯）

頂番國小的詩歌團盛名遠播，後來還接受文建會補助。目前頂番國小除傳承過去模式外，並加入「臺灣囝仔歌」，結合鄉土文化繼續努力，其組成方式包括了國樂演奏、吟唱訓練、舞台排位、報幕訓練、舞蹈排演、書法訓練，頂番國小對詩歌童謠推廣更是熱誠有加、活力無限，值得欽佩。

這種成果，若非施文炳極力倡導，加上許再興校長不畏艱難，努力突破教育的瓶頸，絕沒有今日臺灣學校教詩之風氣。施文炳說：「學生吟詩風氣養成都是許再興校長的功勞，我只是提議而已，若非許校長默默付出，哪有今日？」許再興是施文炳的恩師施讓甫先生的女婿，對鹿港的用心亦如其岳父，令人感動。

（四）創立鹿港盆栽學會

樹石盆栽，是我國獨有的藝術之一，歷代聖哲、詩人、書畫家等，常以之和書畫、琴棋、詩歌等相輔生輝，用以增加生活情趣，美化人生，具有修身養性、轉移社會風氣之功效。

盆栽是將大自然景象壓縮於一小盆鉢之間，既可玩賞於几席之上，又可關懷於一樹一石之間，每一盆栽皆是一世界，置身山川奇景之間，如同沐於習習微風之中，仿若天籟之音響於耳畔，盆栽是一種極精緻的藝術。

施文炳與鹿港盆栽學會的成立，有一段姻緣，頗富戲劇性。鹿港原有一些人對盆栽相當有興趣，急欲正式組會供大家觀摩學習。組會自當找一個領導人物，大家商定聘施文炳為會長，原因是：1.施文炳為盆栽集團外人，避免大家為爭名而破壞和氣；2.施文炳知名度夠，足以取得眾人信服。他們決定在老人會成立大會，事先未告知施文炳。當日，有多人電話邀請施文炳至老人會聚餐，他拗不過大家的盛意，騎著腳踏車至老人會門前時，忽聞：「施文炳一票！」之聲不絕，施文炳大驚，急忙入內，

鹿港盆栽學會會徽。

卻聽見：「來了！來了！」他在不明究裡下被公推為第一屆盆栽學會會長。眾人盛情難卻，他雖堅拒也無法改變當選事實，只好有條件接受，答應一年任期，誰知一作就是三年。

　　民國六十三年（1974，44歲），鹿港第一屆盆栽學會展出，地點在鹿港新設臨時市場。施文炳既被推為會長，自是勉力担此重責大任。此外，他也為鹿港盆栽學會設計會徽，以鹿港盆栽學會之「名」與「義」為核心，綜合鹿港（地名）盆栽（主旨）學會（機構）整個名稱及其精神與獨特風格，以圖案方式表達，兼顧型態美、色澤之調和與整體之配合，而加以設計。

> 白地：代表純潔無邪。綠色三角：綠色代表青春活力，又代表樹色。三角表示樹形，又表示稜稜石態，影射「盆栽」。三角尖象徵鹿角，影射地名之「鹿」字。多三角組成幾何圖案，表示研究，即「學」字。三角幾何圖案由核心起作人字形，有層次向外伸展，表示有組織、有中心，影射「會」字。上三角尖端向上突出拱門，表示向上發展，欣欣向榮之象。下三角尖如樹木之根盤，向左右伸展，入地生根，表示基礎穩固。青色圓環：青色代表和平豁達，又代表水色，以示雨露潤沾之意。圓環象徵港灣，上留拱門，表示港口，影射地名之「港」字，有不閉關自守而能溝通外界之意。圓形表示圓滿，與三角形構成整體，表示團結一致。會旗紅字：代表赤忱、熱情與活力。

　　民國六十四年（1975，45歲），鹿港盆栽學會舉辦中區盆栽邀請展，施文炳為此前往豐原，邀請漢忠醫院院長林漢忠先生參展，林先生喜盆栽，有頗多日本黑松。林先生不僅爽快答應，並允諾臺中縣及臺中市部分由其負責邀約。

　　施文炳一改盆栽展以往作風，以竹簾為襯景，每六尺間隔一景，每景精心布置，並於會場中播放臺灣民謠輕音樂，氣氛高雅、靜穆，而且參展盆栽為當時臺灣最精華部分，引來許團體專程來參觀，而轟

動一時。

民國六十五年（1976，46歲），鹿港盆栽學會為促進盆栽藝術交流，應學甲盆栽學會會長李漢卿之邀請，於民國六十五年十月十日、十月卅一日由鹿港盆栽學會會長施文炳及學甲盆栽學會前任會長李漢卿（當時為學甲盆栽學會榮譽會長）代表雙方，分別在學甲慈濟宮紀念館，及鹿港鎮中山堂兩地簽署結盟證書，共書金蘭之譜以後，又交換結盟證書、會旗，永締姊妹之盟。施文炳撰結盟證書，其文如下：

> 親賢近直，古有名訓，慕德希風，世作美談，或以文會友，或取德成鄰，誠論交之道也。貴我兩會，地域殊而旨趣同，今願共書金蘭之譜，永締姊妹之盟，比蘭桂而訂交，指金石以堅約，地久天長，道義是敦。

自是以後，鹿港盆栽學會於歷屆全國民俗才藝活動中都擔當了主要活動展出，有時也和書法作品聯合展出，展出期間經常是熱鬧滾滾，相當吸引人。

（五）參與全國民俗才藝活動

民國六十六年（1977，47歲），鹿港青商會成立，積極推動鹿港民俗才藝活動。據施文炳說：某日，他在鹿港菜園黃錫楷處，巧遇洪性榮，洪談及青商會，欲為鹿港作一點文化活動，當初青商會的構想只是划龍船、舞龍舞獅等較熱鬧的活動，施文炳認為年輕一輩欲為地方作事，應大力予以支持和鼓勵，只是龍舟賽南北兩地舉辦已久，而舞獅更是普遍，因

施文炳於名家書畫展時致詞。

此宜加入一些有地方特色的文化活動，方能吸引人潮。

施文炳建議加入鄉土文化部分如藝閣、陣頭、落地掃、武館、書畫展、木器雕刻展、鹿港工藝品特展、美食展、物產展等有鹿港特色者，另外，可以運用鹿港的古蹟及產業舉辦具有地方特色的活動。他認為鹿港的文化資源太多了，該展現的應該還有這些極富文化深度的項目，主張應將鹿港文化產業化，鹿港產業文化化。洪性榮非常贊同，也獲得青商會回應，於是鹿港的民俗才藝活動大方向決定展開，並帶動全國許多鄉鎮以地方文化為主之活動。

當初，鹿港青商會辦理民俗才藝活動時，不敢預期會有第二期，誰知道推出以後，迴響熱烈，欲罷不能，鹿港的全國民俗才藝活動如火如荼展開，而且持續至今三十餘年。一個活動能夠延展如此之久，除了活動策劃得宜外，有正確理念的文化走向更是支撐的力量。

施文炳一再強調：鹿港人不是散沙，鹿港人的團結，眾志成城。在全國民俗才藝活動裡，他參加策劃，必要時則主持詩會、盆栽展、書畫展等重要相關活動，舉辦書畫展，有一屆將義賣所得全數捐為鹿港民俗才藝活動經費，另有一屆則將展品百餘件捐給天后宮圖書館。

施文炳說：鹿港舉辦的民俗活動如此成功，鹿港青商會功不可沒，這樣一群年輕人如此有心，實在可佩。青商會是扮演主導「組織」的角色，文教界則扮演「策劃」角色，加上各寺廟及各社團「動員」結合各界的力量。可以說整個鹿港人的整體投入才是「全國民俗才藝活動」成功的主要原因。

（六）尋回失落的老臺灣
——對「臺灣民俗村」的投入

一九七〇年代的臺灣時局充滿了詭譎，一連串的政治事件包括保釣運動、中華民國退出聯合國、十大建設開始、蔣介石去世、中壢事件、中美斷交、美麗島事件等，整個社會不斷的受到衝擊。一九八〇年代，蔣經國宣布解除戒嚴、政治改革。此時臺灣經濟突飛，社會功利主義瀰漫，勞資問題、公害問題層出不窮。鹿港爆發了反杜邦事

件，鄉土意識快速萌發，臺灣文化歷經世局動盪，飽受衝擊。然而鄉土文化乃民族之根，豈能任其湮沒。為延續傳統臺灣文化的使命感及責任感，很多年輕人開始回鄉，踏上自己的原生地，想了解自己的家鄉、重新認識自己的土地、挽救日漸式微、世俗化的家鄉文化。臺灣民俗村的構想與開發就在這樣的氣氛中醞釀形成。

1.「臺灣民俗村」的規劃設計與籌建

民國六十二年（1973，43歲），鹿港民俗文物館成立以後，鹿港有了一個收藏及展示地方文物及歷史的地方，鄉土意識的萌發使鹿港有了更進一步的發展。謝東閔當省主席時，辜偉甫曾請款補助規劃鹿港民俗館前之民俗市街。之前，施文炳已有「古鹿港重現」的構想，開始思考「臺灣文化園區」設立方案，並大抵完成設計大綱。

當時漢寶德有民俗館擴大計畫，在民俗館前之空地上規劃小型古蹟區，連結「進士第」的設計。雖範圍有限，但施文炳認為這樣可以連結整個鹿港古蹟區，未嘗不是一件好事，可是此案卻因不明原因停擺。施文炳乃再度將自己設計的舊案重新設計完成。具規模的「臺灣民俗村」的理念重新浮現。

當時他約了七、八位朋友想一起進行這樣龐大的計畫，預計經費五億，尋覓約一百公頃的土地，要考慮水電、交通，為了考慮基本觀眾，必需要近都會區人口密集之處，因大面積土地不易取得，只是一個理想中的夢想。但他並未因此罷手，仍託人四處尋覓。

未幾，政府有規劃彰化縣八卦山觀光的開發計畫，施金山買了一片地，想規劃世界花園或機械遊樂場，他向施文炳請教。施文炳乃將各項優劣作評估，予以仔細分析，認為缺乏競爭條件，並向施金山說明，建一座遊樂區必須有其特色—「少競爭而能持久」的主題，方能立於不敗之地。施文炳正愁於找不到大面積土地，所以建議創設「民俗村」，並將自己原設計之內容告知施金山。他建議「文化性遊樂區」，以文化為特色，因為：一、文化無競爭，愈久愈有價值；二、文化是活的，可以靜、動態並存。

施金山大表贊同，但因為自己不懂文化，所以聘施文炳為首席顧

問，著手規劃。民國七十七年（1988，58歲），施文炳將花了數年規劃的「臺灣民俗村」設計案提出，並向施金山建議：因為此案係由一人規劃，而「臺灣民俗村」屬大型投資案，他認為必須集思廣益，乃推薦施人豪、蔡志展及中研院民族所許嘉明等人共同參與審查。

此案也曾由施文炳與施金山帶至日本電通公司，電通公司專門設計大型遊樂區，對此案做了深入的研究，以為此案設計周全，每項細節皆很完整，電通公司所未想到的，也全規劃了，只是關於臺灣文化的部分，他們未盡了解，電通公司告訴施金山，建議依原規劃進行。

施文炳認為臺灣以往因過度追求新文明，而忽略了舊傳統，鄉土文化在新時代潮流衝擊之下，日趨沒落，過分國際化導致民族風貌盡失，傳統文化乃民族之根，若要建立有民族特色之社會，則必須重視傳統，善用傳統。傳統民俗文化乃是歷史經驗的累積，亦即人類追求進化的成果。保持舊有文化，方能從中了解歷史的經程。現代文明對人類而言，是一項進步，但也有其缺點，正如舊文化也有其優劣，應該知所取捨，方能臻於善美。故必須新舊兼容，作更妥善的調和與運用，才有可能走在時代的前端。

從「臺灣民俗村」八十一年（1992，62歲）六月簡報，很清楚的揭櫫「臺灣民俗村」設立的宗旨：

(1) 發展觀光，繁榮國家經濟；維護文化，重建民族自尊。
(2) 寓教育於遊樂，作為臺灣傳統民俗文化之維護與傳薪、發揚之所。
(3) 以觀光帶動區域繁榮。
(4) 展現先民開拓臺灣艱辛歷程，啟發愛鄉愛國情操。
(5) 創立國際水準而富民族文化特色與鄉土精神內涵的觀光勝地。
(6) 宏揚臺灣傳統文化，提升國際地位。
(7) 吸引國際觀光客，促進國際文化交流。

這樣的宏旨正好配合了當代鄉土文化意識覺醒的契機，在符合國家政策之下，施文炳和顧問團通力合作，「臺灣民俗村」逐步規劃完成。其規劃過程為：

(1) 參觀世界各地觀光區與文化設施，蒐羅資訊。
(2) 廣徵國內外知名學者、專家與社會各階層人士之意見。
(3) 敦聘國內外各類顧問公司專業人才參與作業或提供技術與資訊。
(4) 設立研究部門，負責相關文獻資料之搜集研究與考證。
(5) 遴聘專家，作實質規劃設計。
(6) 敦聘知名之學者、專家為顧問群，提供專業性指導。
(7) 徵聘各類專業人才，參加公司行列，負責推動。
(8) 由各部門內提出方案，經專家與顧問群嚴格評估研議後付諸推行。

　　在硬體方面，「臺灣民俗村」以傳統建築群為主，展現臺灣社會的演進過程，在建築風格上，嚴格遵守舊有規矩，不論型態、尺寸、材料、技術，悉遵古法，以存其真，包括各種禁忌與習慣，務期達到「純傳統」與應有水準。

　　這樣龐大的建築，聘來多位名建築師，遵照指定形式作設計，由於現代建築師對古建築多不甚了解，因此，設計圖、施工圖均由施文炳親自審查修正，全村的動線規劃，最後也由他親自繪製主導。民俗村有臺灣開發以來各種建築，如：土、木、竹、石、磚等建物，另外，建築物各項用途、屋內配置、置放物品及配合活動等，包羅萬象，也都由他一人規劃設計。

施文炳為麻豆古厝題字。

花了六年多的時間，施文炳擬定整項開發計畫，與施金山二人親自指揮各專業人士之開發與施工。從民國七十六年（1987）到八十二年（1993）間，臺灣民俗村成功的遷建了臺南麻豆五房古厝、北斗奠安宮、嘉義一條

中視電視劇「斷掌順娘」於民俗村拍片時，施文炳於開鏡典禮時致詞。

龍、廖氏診所、新北投火車站、斗六一條龍、留月山莊、蔡安恭宅、柳營別墅、彰化三合院、鹿港古厝等十二棟歷史性古建築。各自座落在臺灣民俗村的適宜位置。更有全省各地因開拓道路時將伐除的百年老樹移植至民俗村內，臺灣民俗村可以說是臺灣三百年歷史的縮影，是一種活的文化櫥窗。

在軟體方面，依各區各類設施配以昔日生活方式、生產情形、歲時年節、婚娶喜慶、宗教性活動、民間技藝、戲曲歌謠、藝術文學、童玩雜耍等等，以靜、動態兼具方式呈現，讓遊客有如走入時光隧道，並經由參與各種活動，體驗先民生活。而且內容不斷更新，著重真實文化體驗內涵。

施文炳在〈從遊樂區觀點看休閒事業的經營管理〉一文中提到：

> 臺灣民俗村的設立，並參考了迪斯耐推陳出新的做法，讓遊客
> 百來不厭，而以主題化、大型化、多元化作為考量，創立了臺
> 灣第一家，以臺灣鄉土文化為主題的遊樂區，除文化之外，有
> 自然教育園區、現代機械遊樂區、休閒渡假區，是臺灣第一家
> 設有飯店，會議廳，可以容納二千人聚會的大型交誼場地、大
> 型購物中心、大小餐廳、小吃街等多元而綜合性的內容，便是
> 以前瞻、宏觀、創新的經營理念，開臺灣遊樂區兼具文化教育

與休閒渡假等多功能風氣之先，成為同業爭相效仿的對象。

他甚至為「臺灣民俗村」寫了一首〈臺灣民俗村歌〉，由其好友施國雄作曲，從歌詞中，可以看出他對「臺灣民俗村」的期待與憧憬。其歌詞如下：

> 臺灣民俗村，歷史的寶山，民俗的桃源。
> 文化繼中原，懷念咱祖先，唐山過臺灣。
> 拼生命、流血汗，開創這片天。
> 咱生、咱長在臺灣，
> 臺灣是咱的家園，祖先香火靠咱傳，
> 傳子傳孫傳永遠。

這樣一個有理念、有特色的「臺灣民俗村」，理應凌駕一般遊樂區之上，因為它已不單單只有娛樂性質，而是一間大教室，一間幾乎容納所有臺灣文化教材的專科教室，可惜因經營不善而落得結束的下場，令人唱嘆。

2.「臺灣民俗村」的起落

初期「臺灣民俗村」的聲譽飛躍於一般遊樂區之上，當時遊客屬臺灣第一，它的文化特色吸引來了社會各界人士，尤以許多文教界的機關學校爭相來此參觀，觀光客會震撼其文化內容的豐富，除了老屋的復建仿建、從各地拓寬道路將移除的百年老數百餘株移植於此，還有建物內外的相關配

當年李登輝總統與宋楚瑜也曾到民俗村參觀。

置等靜態展示，更有相關表演活動，如古婚禮的迎娶、各類戲曲及民間技藝表演等，都帶給觀光客不一樣的感受，它的新鮮感以及深度，的確帶來幾年風光場面，也帶動不少商機。施文炳在〈從遊樂區觀點看休閒事業的經營管理〉提到：

> 本村的最大特色是，娛樂休閒兼具，內容設計係針對社會各界，包括各年齡層遊客的需求作考量，因此具備了歷史、民俗、文化、古蹟、教育、遊樂、休閒七大主題，在本村可以了解臺灣鄉土文化，了解自然生態，可以遊樂，開會、聯誼、購物，可以渡假休閒，開創了臺灣第一家文化性、多元化的綜合遊樂區先例，有效獨占了市場先機。

這時期，施文炳內心充滿了希望，一個理想的開創，得之於天時、地利、人和。他不僅成功的將民俗村帶往一個經營高峰，也結合了文教界、學術界各路人馬一起努力，最重要的是，他終於實現維揚台灣文化的夢想。「臺灣民俗村」開幕時，他以〈臺灣民俗村〉為題，寫下了自己的心情：

> 玉嶺崔巍鎮海東，泱泱文化世尊崇。
> 一村史物收羅富，易代民風展望豐。
> 溯古重尋匡世策，追源先頌拓台功。
> 鴻圖肇創開新運，錦繡河山日正中。

「臺灣民俗村」從無至有，而至輝煌呈現在眾人眼前，然後又悵然落幕，施文炳歷經人生中的最大起落，其中酸甜苦辣，百味雜陳，外人無法得知。他述及民俗村時，依然是把理想和民俗村劃上等號，那曾是實現文化大夢的地方。談到民俗村之衰落，他黯然神傷。他花了六年時間義務規劃設計，拒絕一切酬勞；開幕了，也投入了巨額資金，目的只是希望能為臺灣盡點心力。他飽經世故，深切了解「無

施文炳於民俗村古婚禮中留影。

編者訪問鹿谷鄉廣興村村長張輝邦張登雁父子。

常」二字的真諦，雖然痛心，又能如何？雖然他賠了錢財，負了一身債，但對此看得很淡，令他痛心的是民俗村的沒落，臺灣失卻了一個重要的文化教育園地。

事實上，民俗村問題出現後，股東們也曾開會，願意出資重新經營，努力設法復業，怎奈種種因素，錯失良機，令他徒呼奈何。

編者因為施文炳在南投縣鹿谷鄉廣興村寶興宮留有楹聯書法，而前去訪問廣興村村長張輝邦，始知張村長的兒子張登雁曾被聘為「臺灣民俗村」景觀顧問，張登雁曾當選為民國七十三年（1984）十大傑出青年，獲「神農獎」。他對「臺灣民俗村」的落幕亦不勝唏噓。他分析「臺灣民俗村」衰敗的原因：

(1)「臺灣民俗村」係家族企業，經營理念和創村的理念有落差。因為大幅度改變原來構想，民俗文化展示場成為商業買賣點，整個文化特色全部走樣。

(2) 民俗村成功推出後，其用人的觀念開始回歸到之前傳統產業經營的商人本色，一些專業人才在低薪聘用及不受尊重的種種壓力下，一一出走，成為別家遊樂區的高階分子。張登雁不諱言，民俗村前三年如專業訓練所，把極優秀的人才往外推出，自然走向衰疲。

(3) 有人說，權力使人迷惑，經營者若是好名，不願意採納忠言，依自己意見行事，缺少永續經營的理念，甚至用人不當，喜聽讒言，導致有如被五鬼運財一樣，最後終被掏空。

(4) 民俗村敦親睦鄰的工作不善，常遭地方非議、員工未受尊重等都是大漏洞的小缺點。

民俗村之有今日，也非一朝一夕，施文炳憂心在先，又痛心在後。憂心的是太多文教界的友人因為它的關係而投入，有的是幫忙協助民俗村的籌建，有的卻在財務上幫忙，導致嚴重損失。套一句張登雁的說法：「這些人都是掛炳伯的眼鏡來的。」施文炳痛心的是這些文化遺產會不會因此而遭湮滅。張登雁語重心長的作了一個結論：「那就是『文化人』和『生意人』之間落差的問題。」這樣有「臺灣味」的「文化村」，籌建的過程如此嚴謹，生意的手法卻如此粗糙，真令人感慨。

（七）協助成立施金山文教基金會

繼「臺灣民俗村」成立之後，施文炳力促「臺灣民俗村」董事長施金山成立「文教基金會」，其宗旨乃在「實現文化美夢，共植文化種仔」。施文炳以為這樣的作為可以平衡營利事業對文化推廣庸俗化的影響，基金會的成立，目的在結合更多熱心公益的專業人士，以整體本土文化永續經營的視野、理念來推動本土文化保存發揚的工作。

民國八十二年（1993，63歲），施金山文教基金會成立，首任執行長施尊雄先生同時擔任「臺灣民俗村」副總，在會務的推動上，難免有資源整合上的光環效應，這樣的負面影響讓人總是把「臺灣民俗村」和「施金山文教基金會」劃上等號。然而期間所推出的活動，事實上也讓參與者對本土文化的認同以及對廣大群眾造成的迴響均有其實質上的價值與意義。如：臺灣鐵道文物展、臺灣古地圖展等，引發的鄉土情懷確實令人欣慰。施文炳繼任第二任執行長後，推行方向就更寬更廣更有深度了，他跨出「臺灣民俗村」，走入鄰近社區，與地方結合，從事彰化縣社區總體營造之民俗文化推廣活動。這期間舉辦

的活動如下：「臺灣樟腦產業的興衰與消長／綠色的臺灣史詩——樟樹篇特展」在臺灣歷史博物館展出，因為展場布置令人如至深山林與樟寮間，其內涵與相關文物的完整性也是歷來展場之一大突破，水準極高，參觀者眾，相當轟動；「溪湖蔗糖產業調查研究、展覽、踏查活動」，花了將近兩年的時間，動用了四十五位耆老口述歷史，一百零五位耆老與會座談，完成一部非常寶貴的史料紀錄，目前已出版專輯《彰化縣口述歷史第六輯溪湖蔗糖產業》，意義十分重大。綜觀施金山文教基金會所推出的活動，可以歸結出一句話：傳承文化香火，維揚臺灣本土文化。施文炳的心中築有一個文化大夢，這個夢想隨著機緣一步一步的走，能做多少就做多少，盡力而為也順勢而為。正如他在《彰化縣口述歷史第六輯溪湖蔗糖產業》序文所說：

> 鄉土史料之采集，異於一般研究，有其迫切性存在，嘗道「世事滄桑，轉瞬之間，便成歷史。」可見此類工作，由不得一拖再拖。等到需要之時，已找不到痕跡。有鑑於此，施金山文教基金會，乃將有限人力，投入地方史之調查與研究。冀為本土

年度	活　　　動
86年度	·花之藝博覽會 ·老古蹟新用途座談會暨專輯出版 ·認識臺灣鐵道文化系列活動一／阿里山火車碰壁鬧熱行 ·認識臺灣鐵道文化系列活動二／戀戀北投溫泉 ·認識臺灣鐵道文化系列活動三／天人菊的故鄉——澎湖
87年度	·認識臺灣地方產業開發系列活動／ 　臺灣樟腦業的興衰與消長 ·燕霧保、茄苳腳、花壇文史尋根（協辦） ·青少年休閒活動推廣系列一／風神少年兄 ·鹿港古蹟修護研討會 ·青少年休閒活動推廣系列一／糖的世界歷遊記 ·八十七年度全國性文教基金會業務研習會 　（教育部主辦，基金會承辦）

88年度	・青少年休閒活動推廣系列三／小小農夫插秧記
	・臺灣省鄉土文化區域性導覽活動／ 深度探索溪湖鎮的過去、現在與未來
	・來去花壇尋訪稻米的故鄉——小小農夫體驗營
	・學習也瘋狂 ——文教基金會終身學習列車／生態關懷學習列車
	・臺灣樟腦產業的興衰與消長／綠色的臺灣史詩 ——樟樹篇特展
	・溪湖蔗糖產業調查研究、展覽、踏查活動
	・民間藝術保存傳習——鹿港施鎮洋木雕技藝傳習計畫

　　文獻之彙集，盡一份綿帛。

　　「世事滄桑，轉瞬之間，便成歷史」，的確，我們對於鄉土史料的採集研究，應該是越快越好、越早越好。滄海桑田，轉眼成空，要由歷史的痕跡再去修補歷史、還原歷史，畢竟又是一段艱辛的路程。

二、古蹟修護的關照

（一）鹿港復興，古蹟為本

臺灣曾有「一府、二鹿、三艋舺」之諺語，充分說明了「二鹿」在臺灣發展史上所占的地位。當年繁盛時期的各種發展造就了今日的鹿港，鹿港因鼎盛時期留存至今的是豐富建築與文物，這些寶貴的文化資產使鹿港成為一座露天博物館，也是一部活的歷史。鹿港雖然沒落了，卻因為沒落而得救，歷史性建築物因跟不上新時代腳步、無力改建而保存了原貌。穿梭在鹿港的大街小巷裡，「三步一小廟，五步一大廟」是鹿港的特色，鹿港幾乎無處不是古蹟，無論從什麼角度來看鹿港，它都是值得深度探索的小鎮。

施文炳有四首〈步臺中郭茂松〈鹿港懷古〉原韻〉的詩作，寫盡鹿港繁華及沒落的兩種時代兩樣情，令人有滄桑之感：

> 一、潮漲潮平眼界開，潮聲淘盡幾人才。
>   沙灘日落鷗眠穩，不見飛帆海上來。
> 二、無復芹香出泮池，當年遺蹟弔憑詩。
>   野花零落青雲路，似聽絃歌憶稚時。
> 三、江溆帆檣夢已賒，炊煙夕照萬人家。
>   楊公橋上頻回首，蘆管秋風冷岸花。
> 四、十宜樓畔話從前，人去空留屋數椽。
>   曲巷徘徊尋勝蹟，紅磚斜照色猶鮮。

其中「無復芹香出泮池」係指當年鹿港士子及第，必回鄉祭孔謝師恩，遊泮水為一大盛事，泮池原種有白蓮花，旁則種芹菜，採芹即取其勤之意，如今只能憑弔。另外，「江溆帆檣夢已賒」係指當

年汕板、航船停泊到楊公橋一帶，裝卸貨物。兩岸蘆花翻白，常有孩童取蘆草作笛吹之，其韻清切，今已不復見。

施文炳於鹿港文祠中所題的詩句。

鹿港古蹟多，且具有豐富的歷史背景，民國四十二年（1953，23歲），臺北下來一群國外教授，他們是來鹿港參觀的，臺北友人委託施文炳導覽，雙方於文祠會合，在施文炳帶領下，參觀路線由文祠—鹿港民俗文物館—五福街—天后宮—泉州街—日茂行—埔頭街—金盛巷（九曲巷）—龍山寺。其中有幾名為日本人，施夾以臺日語說明，對鹿港的未來發展也提出他的看法，他說：鹿港雖然海港收益斷絕，繁華煙消，但鹿港留存的古蹟，不論其數量或其完整性皆屬臺灣第一，鹿港猶如一座露天博物館，其豐沛的文物內容又是一部活的歷史。鹿港要復興，這些文化遺產就是資本。而鹿港經歷經時代潮流及外來文化的衝擊，雖然外地到處國際化，惟鹿港因沒落而得救，鹿港要復興，古蹟為資本。換句話說：古蹟為鹿港復興之契機，而鹿港必將成為臺灣文化之瑰寶，尋根聖地。

（二）古蹟列管

施文炳對復興鹿港有他的見解，對於古蹟修護的關照，他認為迫切需要的是維護古蹟、利用古蹟及古蹟列管。鹿港龍山寺為國家一級古蹟，龍山寺在臺灣光復以後，很長的一段時間，其廂房等曾充作鹿港中學教師宿舍。民國六十二年（1973，43歲），龍山寺裡一群菜姑們欲增建鐘鼓樓（時鹿港中學教師已搬遷）。他得知此事，認為鹿港龍山寺係清代臺灣三大名剎之首，其規模宏大、建築精美，而且二百年來尚保存完整的原貌，是臺灣很重要的文化財，不宜作任何改變，於是向時任主委的紀海濱先生建議，絕不可有任何變動而毀了龍

山寺的原貌，否則會成千古罪人，後悔莫及。紀主委乃向管理委員會報告，大家皆有共識而阻止了一段時間。然而這一群菜姑卻私下募足了增建鐘鼓樓款項，僱匠設計，並言：各地舊廟皆改建新廟，為何我們自己出錢不能增建？委員會雖然阻止，但菜姑不聽，並擇日開工。施文炳託了很多人去遊說，但不得要領。施東方見狀，建議投書，於是由施文炳撰文，很多文教界朋友及地方人士聯名寄該寺委員會，極力主張絕不可改建，但菜姑很強勢，委員會無力阻擋，事已決，施文炳相當懊惱又著急。

眼看著龍山寺改建工程即將發包，施文炳著急萬分，適逢東海大學教授漢寶德帶學生至龍山寺，漢寶德聽聞此事大驚，立即向委員會進言：「龍山寺係臺灣僅存的國寶級建築，絕不可任意改變，否則會後悔莫及。」他再三拜託委員會絕不可妄動，菜姑們聞之，乃說：「原來施文炳講的都是真的。」於是紀主委馬上請施文炳來，施文炳告訴漢寶德「鹿港古蹟得以保存是因沒落而得救，鹿港應為露天博物館。」他懇求漢寶德以學術專家的立場向政府建議，希望能比照日本之古蹟列管方式，將龍山寺及全臺各地古蹟列管，漢寶德答應願意為龍山寺義務規劃。其實漢寶德早已致力於古蹟保存工作，對這樣的事自是義不容辭，於是即刻展開行動。民國六十二年（1973）龍山寺得以「國寶」身分而受到保護，而後才進行規劃設計，開始復古工作。後來龍山寺只設計兩旁廂房等，始未遭破壞。施文炳對漢寶德致力於古蹟維護之事相當感佩。

民國八十七年（1998，68歲）十一月七、八日，施文炳曾以財團法人施金山文教基金會的名義，以愛鄉之情關心文化資產的維護，舉辦「鹿港古蹟修護研討會」，在「鹿港龍山寺彩繪修護計畫研討會」中，他語重心長的談到相關專業的問題：

> ……專業性的問題有時在學術上的邏輯會與實際作業有所出
> 入，所以尊重專業非常重要，學術上的理論基礎加上真正從事
> 這個行業的技術人員，……以他們的專業技術來融合學術上的

民國57年，施文炳與視察文武廟官員合影。

理論，共同探討問題應如何對症下藥處理古蹟？現在對古蹟維護的看法，除了從業者的地位未受尊重以外，……問題出在商業利益的考量，為了賺錢，導致古蹟維護受到很大的誤導，政治利益和商業利益嚴重扭曲了古蹟維護的正確意義，這點我們應該好好思考。……

關於這一點，鹿港年輕一輩的李奕興也有他的看法：

……所謂古蹟，是我們如何去面對歷史的問題，好比秦始皇墓，老共也可以挖啊，但人家採取不挖的方式，為什麼？因為他們認為有一些技術面的東西，科技方面在還沒有十足把握的時候，寧願留給以後的人去做，這就是至少對歷史還有一些保留……

鹿港的古蹟應該是鹿港人的，但是因為法令和行政的影響，鹿港人去關心都只能在外圍，無法真正進入到古蹟維護的體系核心去關

民國57年，施文炳向縣長陳時英爭取修建文祠。

心，在地人使不上力，這是值得深思的問題。

（三）古蹟有效維護與利用

　　我國《文化資產保存法》於民國七十一年（1982）公布實施，為古蹟保存維護工作邁出了第一步，而古蹟保存下來，如何賦予生命力，就得依古蹟之現況、性質、結構來考量，如何和周遭環境作一個綿密的結合，讓古蹟得以再利用，又不成為另一種破壞，這就亟待智慧思考了。以鹿港文武廟及文開書院為例：

　　民國三十八年（1949），國軍進駐鹿港文開書院，事實上，國軍進駐的還包括文廟、武廟，民國六十四年（1973），書院遭回祿之災，國軍退出書院。這段時間，古蹟是被再利用，但也是在被破壞，長達二十幾年，鹿港居民甚至有人未踏進這裡一步。武廟因為供奉有關公神像，還有居民前往拜拜，而文廟和文開書院幾乎沒居民進入。

　　早在民國五十七年（1968，38歲）時，基於文武廟為鹿港之門戶，施文炳與一些熱心人士即發起募款活動，翻修武廟。當時，還

動員人力，請縣長陳時英等人來視察，並請撥款重修文祠，建議於文祠、文開書院設圖書館，當時，視察官員對居民們熱心捐資維修武廟及對施文炳之文化理念大表讚賞，陳時英應允撥款，希望鎮公所儘速行文至縣府申請， 誰知當時主鎮政者未予重視，申請案提交鎮公所，卻石沉大海。

再三的打擊，讓施文炳十分痛心，但是他不因此而灰心，民國八十六年（1994，64歲）十二月，他在施金山文教基金會任內策劃了「老古蹟新用途座談會」，座談內容十分務實，包括專題演講、座談紀實、案例觀摩、專文發表。透過這樣的實務性的討論，的確引發了許多迴響，人們對古蹟的有效維護與利用，更有一些思考的方向。

其實，每一個古蹟都有它獨自的生命和個性，古蹟的使用規劃不應失去它成「古蹟」前所代表的意義及精神。施鎮洋對古蹟的修護及再利用的問題就提出他的書面意見：

1. 由於民間的反對意見是負面的影響，因此政府應重視私有古蹟所有人的應有權利。
2. 古蹟維護的過程偏重於硬體的修護，軟體的營運規劃過於忽略，應該就這點給予重新思考。
3. 古蹟的再生與利用應具全民共識，古蹟生活化使用之後才能讓古蹟延續其生命。
4. 關於鹿港古蹟保存區最終營運規劃是商業化或純生活化應該給予討論確定。
5. 古蹟維護施工應遵循古法，例如：屋頂施工蓋瓦不可採用水泥。

在傳統文化的傳承和發揚中，「古蹟」具有很大的時代意義，可惜長久以來，由於政府的乏善管理和民間大多數人因不了解而漠視，許多「古蹟」都未被好好規劃及維護，常常是任其荒廢、傾頹，甚至任其荒煙蔓草，成為拍鬼電影之片場，實在可悲。施文炳對鹿港的古

蹟未能有效維護與利用，殊感可惜，他認為古蹟的維護要避免破壞古蹟，避免民怨，主事者當慎重處理。而施鎮洋也認為古蹟修護後，若有管理員，比較不會有一些問題發生，品質才不會差。而古蹟沒有再生、再利用，沒有軟體，只停留在硬體，古蹟的精神無法發揮，又如何去做歷史回顧？

對於香火鼎盛的鹿港天后宮，施文炳早年已為天后宮做宣傳，民國五十九年（1970，40歲）時，他以鹿港八景向全國徵詩時就敘寫了〈寶殿篆煙〉，對天后宮的沿革、歷史作過詳細的蒐集資料。後來他又建議鹿港天后宮設立文物館，他在倉庫雜物堆中取出文物並加以整理，如木碑，進香龕等，這些文物尚貼有他所寫的說明字條。目的是保護文物兼供遊客參觀。施文炳參與廟務工作非關信仰，而是對文物古蹟的關照。

施文炳認為施民雄是最有心發展媽祖事業的委員，在任內對天后宮的管理，作過很多改革，也主導了很多宗教活動，對天后宮及鹿港確有很多正面的貢獻，常為天后宮事務、活動及各項興革徵求施文炳的看法。天后宮建大排樓時，施明雄希望施文炳撰聯，他乃寫信拜託監察院代院長張維瀚及總統府參軍何志浩等人撰寫，他們皆是詩人，更擅書法，其想法是宣傳鹿港，除了讓幾位元老多認識鹿港，也為鹿港留下一些名人書蹟。

三、愛鄉運動的投入

　　施文炳認為鹿港人不是散沙，鹿港人愛鄉的心情比別人都熱切。他是一輩子的鹿港人，對鹿港的關懷不落人後，包括反杜邦運動和鹿港造鎮計畫，他一直參與其中，但他的一貫作風是作幕後推手。

　　從民國七十五年（1986，56歲）六月的「反杜邦事件」一直到民國七十六年三月杜邦公司取消在鹿港設廠計畫為止，「杜邦話題」一直是鹿港各界的焦點。彰化縣公害防治協會於民國七十五年十月成立，施文炳應李棟樑的再三邀請，擔任秘書長的職務，實際參與了許多決策。民國八十五年，「朝陽鹿港協會成立」，執行民俗文化建設，施文炳擔任藝文組召集人，鹿港造鎮計畫中，他詳細規劃了藝文類所需要執行的工作，希望鹿港的行動會帶動全臺發展。對鹿港的關懷其實也是對臺灣整個社會的關懷。

（一）反杜邦運動

　　杜邦事件是鹿港史上的一件大事，也是臺灣環保運動的一個開端，在當時是備受注意的一個議題，它很可能被不當誤解為一個政治角力。事實上，反杜邦運動的確是李棟樑參選縣議員的一個政治訴求而成功的社會運動。

> 反杜邦運動的發生，頗為戲劇性，原因是起於縣議員選舉。正苦於找不到有力的政治訴求，巧逢政府宣佈准杜邦在彰濱設廠。便以反污染為主題藉以吸收選票。結果當選了，為了政治誠信，實踐競選諾言，不得不硬著頭堅持下去，竟然演成了轟動臺灣的社會運動。
>
> 時勢造英雄，或者英雄創造時勢。李棟樑因為反杜運動成了臺

灣環保英雄，也為他的政治前途奠定了雄厚的群眾基礎。

這是施文炳在反杜邦十週年紀念時所寫〈反杜邦十週年回顧〉中一段文字。其實，他所關懷的重點在於「環保」。當初，李棟樑找施文炳商討反杜邦之事，施文炳要求數據，因為只有事實擺在眼前，才有可能訴之於大眾，施文炳也才有可能答應共同努力。李棟樑果真拿來美國環境評估數據，施文炳認為鹿港確實會有危機，於是答應參與。

他認為知識分子應領導社會，為公義挺身而出，有犧牲自己的勇氣，不應有什麼「立場不便」之說，所謂立場不便乃因身為公教人員，因白色恐怖影響，唯恐被波及。他同時發出口號：「愛鄉無罪。」沒有政治訴求，沒有其他利益，愛鄉是他唯一的訴求。

鹿港於此時凝聚的民氣銳不可當，大家籠罩在這樣一個濃厚的「捍衛家土」的氣氛中，於是《鹿港風物》第三期裡幾乎都是這個話題，卷頭語寫出〈反對「杜邦」聲浪中的省思〉、李棟樑寫了〈「杜邦」設廠之我見附反「杜邦」運動大事紀〉、蔡國樹寫出〈我愛鹿港，反污染運動之省思〉、施乃宣寫了〈遊子長繫故園心──一個工程顧問對杜邦擬在故鄉設廠的關懷〉、田舍老人甚至還寫了〈請聖母救命〉；《鹿港風物》第四期繼續有陳火泉執筆的〈起於自愛，止於愛人〉、洛僑的〈萬年不改漢家風〉……等等。

編者訪問鹿港前鎮長李棟樑先生，談及「反杜邦事件」。

民國七十五年（1986）十月，彰化縣公害防治協會於成立，在《鄉情月刊》上也以「反公害」為焦點。如：許立的〈討海人與反杜邦運動〉、粘錫麟的〈在請願的道路上〉、黃溪南的〈死亡商人──杜邦目錄與

版權〉、施文炳的〈在歷史與現實之間〉……等等。當時，臺灣尚無相關環保法令，施文炳認為也可藉此力促政府制定相關法律。鹿港成功的反杜邦活動，這是鹿港人一次歷史性的大團結。

為了更了解「杜邦事件」，編者曾訪問過當年反杜邦主角李棟樑，他回憶說：

> ……七十六年三月八日在鹿港天后宮停車場處演說，演說之後遊行，……警察用擋劍牌，第一次出動鎮暴盾牌，我們衝不過，就由別處去繞。當時施文炳先生騎機車從後面追過來，一面向我們大喊：「不管如何，不能退回來，拼也要拼下去。」他給我們的鼓勵很多。……

施文炳說：

> 鎮暴部隊發生後，情治單位用盡辦法阻擋協會行動，於是寫了數百條標語，李棟樑派人在半夜偷偷將這些反杜邦標語貼在中山路兩旁柱子，在當時政治局勢之下是非常危險的舉動。

施文炳在當時是一個精神鼓舞者，他用文字、用行動支持這個愛鄉活動。十年後，他寫下了一些感言，值得大家深思：

> 杜邦運動讓群眾上了一堂環保課，也促使臺灣社會環保意識抬頭。讓政府不得不正視環保的重要性，也證明了「民不可逆」這句話的真義，「民不可逆」給為政者一種啟示，令人意外的是反杜邦運動而後，臺灣社會便有了不斷的抗爭。社會運動被過多的濫用，很多的抗爭已經變了質，不再是為了社會公義，而是為了私利。有樣學樣，反杜邦運動竟成了壞榜樣。「功利社會」復有誰會注意到反杜邦運動是「出於一種對國家、對鄉土的大愛」呢？

反杜邦運動竟成了壞榜樣，這是他心中的一個痛，之所以回顧，就是要反省，反省知識分子參與社會活動應有的堅持，也反省當初的努力是否對人們帶來什麼效益，人們所還要努力的應該是什麼？

> 反杜邦運動十年了，戒嚴令已經解除，環保法令也已訂定。並已付諸施行。諷刺的是我們未曾從反杜邦運動獲得任何效益，臺灣的環境污染比十年前更為嚴重。惡臭的河川、遍地的垃圾、污濁的空氣、有毒的食物……環境的惡質化日甚於一日，我們竟然視若無睹，政府的公權力何在？老百姓的公德心又何在？我們應該痛加反省，面對惡劣的生活環境，也該覺醒了，「環保」需要我們每一個人都主動來做、用心來做。否則有朝一日，臺灣不再是美麗之島，而是一個人類不能居住的重污染之島，則悔之已晚矣。

　　面對一個這樣大的議題，人們應該反省的還是「環保」：「環保」需要我們每一個人主動來做、用心來做，否則有朝一日，臺灣就不再是美麗之島了。

（二）參與鹿港造鎮計畫

　　近年來，鹿港以舉辦民俗才藝活動漸漸喚醒人們沉睡的記憶，以活動的廣度吸引大量的觀光客，民國八十五年（1996），鹿港進行規劃「鹿港民俗文化廣場及綵街區」，以為鹿港觀光建設之依據。施文炳因原設計有嚴重缺失，恐招民怨，他提出很多建言，惜建築師並未採納，以致後來發生了居民抗爭事件。

　　民國八十五年（1996，66歲）「朝陽鹿港協會成立」，執行民俗文化建設。其推展委員會分：古蹟組、民俗組、教育組、藝文組、工藝組、宗教組。施文炳擔任藝文組召集人，他為藝文組做了一個詳盡的計畫，希望能夠保存鹿港內斂的文化深度，讓鹿港的傳統文化光輝繼續閃耀。筆者簡單製表，略述於後：

朝陽鹿港推展委員會藝文組工作計畫　施文炳策劃

項目	工作重點	工作細目
傳統文化	活用及善用鹿港傳統文化資源，使能永續存在並發揚	漢學及各項藝文講座、南北管及地方戲曲研習、南管工尺譜之整理、藝文著作搜集出版
產業文化	加強地方特色。協助業者設計創作生產高級產品。提供業者市場資訊。促進創立鹿港特產加工區及商店街	手工藝品（扇、雕刻、中國結、童玩、木偶、玻璃製品、陶瓷）、家具木器、神器、神像、神龕、神轎、宗教用品、加工業產品、農、漁產品等
宗教文化	維護傳統、但不迷信、提倡健全的宗教思想、塑造有文化內涵的宗教環境	祭典祭儀之復古及興革、寺廟文物文獻整理及景觀改善、民間歲時年節、宗教祭祀儀式標準、寺廟文宣、簡介、沿革
社區文化	建立無污染、無犯罪、祥和好禮而富人文藝術的高級社區	加強環境衛生、營造鹿港人文精神社區、古蹟名勝維護、普設公園綠地、守望相助、舉辦社區活動、促進社區團結
生活文化	注重傳統文化意涵的表達，營造鹿港文化精神內涵	衣：提倡傳統特色服飾、舉辦服裝設計、教學比賽、傳統服裝展覽及表演
		食：烹飪教學鄉土美食。茶藝講座。富鹿港文化藝術的餐館與飲茶風。鹿港點心之復古與精緻化。鹿港點心街或市集
		住：住家門面之傳統化、藝術化。住家環境之美化。商店、辦公室傳統文化氣氛營造
		行：行車禮讓。車輛標語富文化意涵。行人禮貌。道路美化及障礙物之清除

		休閒育樂：各項休閒育樂研習營、造鎮活動、社團、公益活動
		家庭倫理：倫理教育、孝行運動、親子時間
無形文化	注重潛移默化的境教，恢復鹿港淳樸的民風以及鼎盛的文風	民風：倡導節約守秩序、重禮貌、守望相助的古風。動用社會資源、參與公益活動。鼓勵青少年投入朝陽鹿港行列。提倡無犯罪運動。
		文風：設群眾讀書廣場。擴大教學項目。多設各項研究班、擴大參與範圍。動員社會學校家庭提倡讀書。營造讀書風氣恢復鹿港文風

　　卸下了召集人的職務後，他有點傷感的說：「官方的立場和我們的理念不同。」筆者認為，民意和行政的落差才是工作推行的困難之處。其實，對於以上龐大的工作計畫，需要的還是鹿港人再次的大團結，光靠官方推動、少數人支撐，確實是有心無力、施展不開的。

四、結語

　　施文炳經歷，從縱的時間來看，他跨越了日治時期、國民政府戒嚴時期、臺灣經濟穩定時期、全民政治時期；從橫的歷史文化事件來看，他又橫跨雅俗兩個領域，從他的交友、從事的文化工作、社會運動，以及作品中，他所表現的寬廣和深藏不露令人讚嘆。施文炳對鄉土的認同、參與，是位道道地地的知識分子，他言人所未能言、做人所未能作，奉獻心力於文化事業中，還有為鹿港、為臺灣盡心盡力，無怨無悔。他的影響至深且遠，說他是「鹿港文化人」，絕非過譽。

臺灣民俗村
（蔡滄龍提供）

反杜邦運動
20周年慶簡報

（蔡明德等攝影，剪報由彰化縣公害防治協會提供）

會徽含意深刻

△「彰化縣公害防治協會」的會徽，包含黃、紅、藍、白、綠色及星星，根據該會解釋：

其中具有相當意義。內中三個交錯的圓圈。上面的黃色圓圈代表太陽的陽光，左邊的紅色圓圈代表生生不息的生命，右邊藍色圓圈代表取之不盡的綠水。

白色的底，代表無所不在的空氣，綠色外現代表青山綠水的環境保護。南顆星星則代表炯炯發亮的眼睛。在環境保護的努力下，獲得最清新乾淨的品質。而交錯的圓圈代表組織、理想、團結，也代表陽光、空氣、水等生命的密不可分。（圖文吳增和）

（攝萍青著者記報本）。眾民滿擠場現，會明說邦杜反」的行舉堂禮小國港鹿在（圖）

湧雲起風、邦杜絕拒
舉盛襄共民鎮港鹿
反
境環染污重嚴鈦化氧二：調強彬文楊士碩學化

[本化]彰化縣鹿港鎮境內有大規模之……

第三章

說港
傳鹿

一、關於鹿港遷街的傳說

（一）前言

鹿港自清乾隆四十九年正式開港，與福建泉州之蚶江通商，即成為臺灣中部要口，舟車輻輳、貨物吞吐不絕，行郊雲集，有八郊之設。「行郊」者係由一地區貿易之商賈或同業，相謀設公會訂規約，以增進共同之利益為目的，即「同業公會」。『郊』之定義為「聚貨而分售各店曰郊」。郊由各種業者所組成，內專營泉州者稱泉郊，廈門為廈郊，外如油郊、布郊、糖郊、染郊、籤郊、南郊（南郊係專營廣州方面者）。北至福州、天津者，則稱為北郊。市場廣大，自然而然商務發達，乾隆、嘉慶、道光年間為全盛時期，人口號稱十萬，與臺南、艋舺同稱臺灣三大都市，而有「一府、二鹿、三艋舺」之稱。

鹿港老照片。

張曉峰《臺灣史綱》且稱，自康熙二十三年臺灣設府，以至南京條約五口通商為止，共一百五十八年之間，為臺灣文化史之鹿港期。這一時期臺灣農田水利與海上貿易多可稱道，民力殷富，人文蔚起，亦是鹿港之黃金時代。

鹿港屬於河港，凡遇大風雨，溪水氾濫，挾帶大量沙土，淤塞港口，甚者形成新沖積層，使海岸線逐漸西移，早自明季便常見此種情形，至清末、日據初期，因濁水溪氾濫，港口淤塞，港勢漸走下坡，雖然不如昔日榮景，但日本政府仍指定為特別輸出入港，准與外國通商，與大陸貿易尤為興盛。迨民國二十六年中日戰爭以後，兩岸貿易斷絕，乃成為廢港。於是人口大量外流，商業不振，市況蕭條，文物流失，古蹟頹廢。二戰終戰之初，約在民國三十四、五年間，國民黨政府接收之過度時期，港禁鬆弛，大陸帆船恢復來鹿港通商，惟曇花一現，未幾又關禁。直到最近三十年來，鹿港在每年端午舉辦全國民俗才藝活動，「鹿港復興人人有責」之使命感讓鹿港全體住民傾力合作，此前幾乎被世人遺忘之「鹿港」之名，方再度引起國內外之注意與重視。令人意外者，鹿港因港口關閉，而一蹶不振，卻因沒落而得救，因未隨時潮而改變，除不見天（五福街）於日治時期市區改正時拓寬而拆除屋頂之外，一切皆保留二百五十年前遷街時的原貌。由於其歷史性以及古蹟、寺廟、文風、民風……等皆有完整保存，而成為臺灣訪古、尋根聖地，每年來鹿、遊覽、參觀、採風、進香者遠超百萬之眾，而今以臺灣文化重鎮地位復興中。

（二）荷蘭人與臺灣

對臺灣開發有很大關鍵性而有所牽連的歐洲人，即西班牙與荷蘭，西班牙只占據北部小部分，不久便撤出，對臺灣無所影響，故在此論述，而荷蘭人之占據臺灣，在臺灣開發史上，確有一段重要的影響與過程，故將其情形略作提示。

西洋人認識臺灣，首推明萬曆十八年（1590）有葡萄牙船通過臺灣海峽，彼輩與當時的海盜倭寇等互相勾結，臺灣一地即為其所偵

悉。旋見島上佳木葱蘢，繁蔭可愛，近海有漁船帆影，山間有原民足跡，乃以葡萄牙語「福爾摩沙」即「美麗之島」稱之，從此美麗之島之名即遠佈於歐洲。

明萬曆三十年（1602）荷蘭東印度公司提督韋麻郎，率艦隊十二艘，航來南洋，分遣二艦，經馬來半島東岸，駛往廣州，試獲新市場，當時葡萄牙人占據澳門為根據地，荷蘭人一來便到遭葡萄牙人抵死阻禦，並為明、葡聯合軍所敗。明萬曆三十二年（1604）八月，荷蘭人至中國海域遇暴風漂流至澎湖，未遇任何抗拒，乃伐木築屋為久居計，後因明撫按嚴禁奸民下海，由是接濟路窮，荷蘭人無所得食，十月末揚長而去。

明天啟二年（1622）荷蘭人率兵艦六隻，兵二千名捲土重來，再佔據澎湖，設砦據崎，掠奪中國漁船六百隻，奴役中國民工，在各島嶼建築堡砦。後又犯金門等地要求互市。又侵奪臺地，築室耕田，久留不去。又在澎湖築城設守，求互市，守臣懼，說以毀城遠徙，即許互市。未幾荷蘭人又與明朝軍隊發生戰端，一時難決勝負，交戰八個月後，明朝政府終於讓步，跟荷蘭人訂了二條條約，達成和議。

條約之一：荷蘭人放棄澎湖，對於佔領臺灣則不過問。

條約之二：允許荷蘭人與中國通商互市。

荷人從之，天啟三年（1623）果毀其城移舟去。然其據臺自若也，已而互市不成，荷蘭人怨，復築城澎湖，尋犯廈門。天啟四年（1624）荷蘭人乞和，允予退出澎湖，即拆去城砦，運糧下船，半月後東向侵奪臺灣。

早於天啟二年（1622）七月二七日，荷蘭艦隊司令官，科納留散耶散，嘗率艦隊，至臺灣南部西海岸探險，從臺窩灣（今安平，昔名：一鯤鯓）入臺江測量港路，並作詳細記錄，以備他日之退路。可見荷蘭人侵臺有全盤計劃。

荷蘭人於天啟四年（1624）放棄澎湖後於同年十月，率兵艦二隻，載兵十六人、瑪瓏（爪哇）土著三十四人、荷蘭水手三十人，於十月二十五日抵達臺灣西海岸，向先住民詐騙一牛皮地，荷蘭人講

鹿港老照片。

明，只要一牛皮大土地，結果將牛皮剪成絲線，圍了一大片。旋入臺江，由臺窩灣登陸，即佔領之。並將北線尾及其附近二小沙島亦置於勢力範圍內，在東印度公司管轄之下，設置領事，掌理島內事務。一六三〇年在鯤身（安平）築「熱蘭遮城」，漢人稱為紅毛城（即今之安平古堡），防備外海。接著於 六五二年在今日臺南市，築「普洛賓榭城」（即赤崁樓）作為辦理政務之廳。荷蘭人佔領臺灣的目的，是把它當成東方貿易的根據地。施行剝削政策，顧來大量中國民工，奴役原住民，從事開墾。

　　荷蘭人之事暫且不提，先談鹿港建街之事於下：

　　大凡市街之形成有如下數種：一為政治性需要而形成的街市，如臺南、鄭氏屯田所劃定的區域內所建立者。二因農耕而形成聚落或市街，如吳沙開發宜蘭地區。三因商務而形成的街市，如鹿港，始起因於漢人與原住民互市。

查鹿港之開發則與一般地以農耕為目的者不同，即如上述，係因商業所形成的市街，其年代，據故老相傳係始自明季。

鹿港一帶昔時為平埔族，巴布族之居住地，稱馬芝遴社，明末已有漢人移住，中有興化人、泉州七邑人、及漳州人，又有粵省潮州人，諸邑之人紛至沓來。先在今鹿港街之東北，北橋頭，客仔厝，（現水廠）一帶，建立市街。昔時鹿港有天然河港，可泊巨艦，早在荷蘭人來臺很久之前，漢人不但與土著『互市』，並己建立市街（指舊鹿港），之前土著因未與高度文明的外界接觸，文化原始，多以漁獵為生，故不懂錢幣，古時彰化平原多鹿群，土著打鹿，其鹿茸、鹿皮對漢人而言，有極高的經濟價值，因此有大量的交易，即以物易物，漢人所提供交換之物品，據故老傳聞，大概有如下等物：

1. 食品類：有豆類製品，如豆豉、豆油、豆乾、豆腐乳、可以長久貯存的魚、肉製品，如鹽魚、魚脯、肉乾、鹽肉，尚有糕餅、蔬果製品，以及他種土著所無的食物種類。

2. 中藥材、絲綢、衣物布匹、碗盤、陶、磁器、木、石、銅、鐵

鹿港老照片。

鹿港老照片。   鹿港老照片。

類製品與工作　具等等。尤以金屬器具為土著所最愛。

　　3. 比較特別是人性男女愛美的共同點，包括全身妝扮的東西很多，如項鍊、耳鉤、手鐲……，化妝品種類如胭脂、水粉、香料……等等。

　　漢人在此，與土著交易多獲巨利，故冒險來臺者日眾，古老相傳：舊鹿港市街之建立，應在明萬曆（1610~1630）年間。

（三）鹿港原名鹿仔港，後來略去仔字而稱鹿港

　　臺灣與中國福建只一水之隔，漢人何時入住臺灣不得而知，然宋元以來，漢民已漸入居臺灣，明嘉靖萬曆之間來者愈眾，知其姓名者有顏思齊、鄭芝龍及其所屬之外，有很多無名英雄，或隨顏鄭而來，或個人為種種原因冒險來臺者，為數頗眾，人已多，住的問題必先解決，加上商務貨物屯積，生活起居，經商店面，自然而然，必需建立市街以應。時之福建有很多地區如漳泉，經濟情況不佳，聞臺灣四季如春，沃野千里，稻穀一年可收三季，又與鹿港航程最近，故爭相沓來，互市可獲巨利，因之加速促成鹿港市街之建立，觀其海港功能之設計，與日後數百年的基礎建設，早在遷街當時已全部完成。

　　前段已講過，鹿港屬於河港，凡遇大風雨，溪水氾濫，港口淤塞，尤以大水挾帶大量沙土，造成新的沖積層，使海岸線逐漸西移，另在新成海岸沖積一大片新生地。舊鹿港街因地理變遷，地勢卑濕，

主因是距離新港彎較遠，為了海港貨物交通運輸之便，新來的移民，便建議在新形成的港口別建新市街。早來的移民因所有建設與不動產全在舊街，一旦遷移則損失難以估計，因而反對，但因地理變遷，其影響面很廣，利害得失之間，必須有所選擇，因主張新、舊兩派議論難決，乃經雙方協調，推選公正人士作中裁，提出「秤水」之法，即用容器裝兩地之水，秤其重量，認為水重之處即好地理，故以「水較重之處為勝」，新來移民用智慧，在井中倒入大量海鹽，因鹽比水重乃是常理，結果新移民勝出，而決定遷街於現址，時公元一六六一年（清順治十八年辛丑、明永曆十五年）。是年，鄭成功復臺，荷蘭投降，筆者少時常聽先慈常談云：「兒時常聞前輩耆老談論說，鄭國姓打臺灣，趕走紅毛仔之時，鹿港正在遷街，並提秤水之事，引為趣談。」筆者曾經將有關鹿港遷街確實年代，請教過宿儒施讓甫、周定

（許蒼澤攝影）

山、以及其他多位前輩，每位皆異口同聲說：「鹿港於一六六一年從舊鹿港遷街於現址，乃是婦孺皆知之事，無容置疑。」筆者好友，前臺灣大學黃得時教授，前常由其學生們陪同來鹿，搭乘三輪車，走遍大街小巷。另一位是對鹿港有深入研究的林衡道教授，其後面總有一大群學生跟隨，他對鹿港之歷史文化瞭如指掌，每條街，不論一磚一石皆如數家珍，他倆與多位地方名士交情匪淺，皆言：「一六六一年鹿港遷街之事，在當時而言，可以說是一項浩大的工程，尤以鹿港臨海，克服季節風的科學建築，如非有高度智慧決難完成。」

鹿港市街大體而言可分三大區：

1. 港口區

一條自泉州街轉入埔頭、九間厝、低厝仔、過六路頭一帶，市街建立在海水所到之處，房屋皆為長方型，長度比寬度常有一、二土倍之多，屋後建至潮汐所到之處，內有依據潮汐起落不同高度所需，而設的石埕，船舶可直接駛入其內，船上貨物可直接搬運，入後屋內倉庫，倉庫前進是起居處　前則有天井，再進便是面臨埔頭街的商務店面。

2. 黃金商業地區：地勢高平，不畏洪水的五福街。

馳名於世的「不見天街」俗稱「五福街」，即為長、泰、和、福、順五段，原係海上一浮嶼，因頻經風雨，沖積沙土，而與內陸相接，其地勢高而平，不畏洪水，（八七水災鹿港被大水掩沒，只有五福街未淹）整條街蓋有屋頂，不怕風雨侵襲。　五福街起自土城口，為東方，進入五福街，至媽祖廟口已變為西向，整條街以「彎弓型」有效消化強勁季節性北風。

3. 馳名於世的「九曲巷」：

　　(1)起自泉州街，經埔頭、九間厝、低厝仔、暗街仔、米市街、
　　　　杉行街至龍山寺。

　　(2)另有一條起自新祖宮邊，飫鬼庭，經後車路，過菜市場，再
　　　　接五福街後十宜樓，金盛巷，狠狽庭、開臺媽祖廟興安宮、
　　　　魚池底、到馬路（三民路）、龍山寺邊。

(3)又有一條起自天后宮後接牛頭，民俗文物館安平鎮、石廈街仔，鹿門莊，接往彰化古道，餘不再細述。

鹿港市街臨海，九月起的季節風特強，以上所指巷道，非直建，而是一小段便有一曲，有效擋住鹿強風，一入巷中，靜暖如春，故有九曲巷之稱。

（四）鹿港街市與堪輿學神奇傳說

另一項值得稱道的是「海港功能的巧妙運用」以及「優越地段的高效率運用」。鹿港市街，自土城口進入五福街地勢高而平，直到崎仔腳，顧名思義，到崎仔腳，三山國王一帶，地勢便向下滑落，天后宮在昔日潮汐會到石堦，建街時便移高處土壤，將低窪之處填高，而成今貌。整個市街走勢由東而西，係大自然與人類智慧所結合。

故老傳說：鹿港係五爪龍、與龍蝦出海吉穴。泉州街是龍蝦吉穴，清代鹿港首富「日茂行」便是龍蝦頭部，屋前是海，地理靈應有如是說。

五福街係五爪龍，如俗語所言「神龍見首不見尾」，從土城口到

（許蒼澤攝影）

（許蒼澤攝影）

菜市場前，名六路頭。由玉珍齋前伸一足，在市場前展開五爪，南邊一爪向美市街，一爪往車程，一爪往車圍方向到市場後，轉而向北，與另一邊，北來一爪，會合把市場抱住，北邊一爪向後車路，一爪向暗街仔，一爪往市場後，與對向一爪會合，故有六路頭之稱。相傳現在的第一市場，古昔是一富豪的銀倉，形似龍的五爪抓著金印。鹿港有一則很有名的詐賭事件與此有關，相傳一群賭徒設局，招富豪之子，在一張大眠床上賭四色牌，該床三面，包括床頂罩全裝有明鏡，一群人合股，在半盞油燈尚未點完，便贏了天文數字的賭款，因數目太大，白銀不容易計算，乃用粟攤，一攤一攤，共裝十八又半個夏籠之多，但看其銀倉只少了一小角而已。一夜之間菜園出現了十餘位富戶。

　　鹿港風淳俗樸，人民不會說謊，鹿港第二公學校所編《鹿港風土志》裡所紀載：「鹿港於一六六一年遷街。」不但與故老相傳者完全相同，其實也有事物可以佐證，如「鹿港紅毛城」，容待下面分述於有關傳說，可以斷言係千真萬確之事。

　　今年是公元二○一一年，數自一六六一年遷街迄今，已歷三百五十週年。

（五）荷蘭人在鹿港建紅毛城

荷蘭人來臺，可能早知漢人在鹿港建有市街，故在鹿港建立城堡，作為貿易據點，本地人稱為紅毛城。另彰化有紅毛井。

紅毛城位置在員大排水過福興橋，直向往王功，橫向東往西勢，西往二港仔之十字路正中央，筆者曾經在一九六一年前後，多次前往現址查看，尚殘留傾圮未完的城垣遺跡。城垣紅磚材質、尺寸與安平古堡完全相同，據當地農友黃春票先生言：「紅毛城附近有紅毛塚，開闢員大排水時，劃入該區而被毀。」本鎮宿儒丁玉書先生，時任財政課長，曾從鎮公所檔案室尋出日據時期地圖，（即大正十三年陸軍測量圖），紅毛城位置赫然在目，可資証明。

筆者少時曾聽先慈常談遷街故事，內容如下：明朝時期，漢人在舊鹿港一帶建有市街，建街確實年代不詳，因當時海港位置在此，原濁水溪分流有一條從該處出口，船舶皆停靠是處，裝卸貨物。後來常因洪水，挾帶大量沙土沖積，而海岸線逐漸西移，船隻不能停靠，而在今日鹿港街之處，形成新港澳。船舶便改停於新港灣，於鄭國姓打臺灣，趕走紅毛仔之時，在此建之新街市。

（六）結語

筆者常常閒來便一個人騎車，或與三五朋友在大街小巷躑躅，眼中所見的是三百五十年前先民們為了子子孫孫建立了有一處安居樂業，世世薪火相傳之所，以其智慧、血汗建立千秋萬世之基。回顧歷史、面對未來，對當年先民們甘冒黑水溝波濤之險來臺，與殺人獵頭的土著為伍，與風土瘴癘搏鬥，用生命開闢臺灣、創建鹿港，其功也偉矣！我輩應該懷恩感德，珍惜臺灣，珍惜鹿港。

二、鹿港龍山寺傳奇

（一）一級古蹟——鹿港龍山寺簡介

鹿港龍山寺始建於明永曆七年（1653），由臺灣佛教開山祖肇善禪師所建，永曆十五年（1661）鹿港遷街，始以磚造改建。原址在鹿港市場北側五十公尺處（現暗街仔），為開臺最早佛寺。康熙而後，鹿港逐漸形成對內對外交通要津，人文薈萃，商務發達，乃於乾隆四十八年（1783），由泉州都閫府陳邦光提倡遷建於現址，八郊士紳響應，共募淨財八十餘萬，遠自佛蘭西購買石材，由福州批運杉木，延聘大陸名匠設計興建，寺屬北宋宮殿式建築，所用石材，據估價高達數億現值。全寺昔有九十九個門，以山門、五門、戲台、正殿、後殿為區分，各隔以大庭，配以南北西廊，內接禪房靜室，殿後有靜園，花木扶疏，寺之前後，原有澄潭印月（俗稱日月齊明，今已堵塞），儼然有上方之勝；其規模宏大，建築巍峨，構造精巧、古樸、幽靜、莊嚴、雄偉兼而有之，自昔有「臺灣紫禁城」之稱（俗稱皇帝殿）美譽，稱為臺灣三大古剎之首。

嘉慶年間，曾為泉州臨濟宗巨剎開元寺之分寺。日據時期指定為本願寺末寺，歷派高僧主持弘教。本寺主神為觀音菩薩祀於正殿，以鏡主公、註生娘娘配祀，旁祀十八尊者；後殿原為北極殿，左右設龍神、風神位。光緒二十五年（1899）九月，日人強佔正殿，以祀本願寺阿彌陀像，將寺中原有神像，悉盡棄於大庭，眾乃暫借港底齋堂安置。至光緒三十年八月九日，始迎回本寺入祀於後殿。民國十年（1921）舊曆十月初六日夜九點，後殿失火，強風助長火勢，一發不可控制，全寺佛像，除唐代銅鑄觀音及伏虎尊者以外，悉遭焚毀，鎮山文物存無一二。越日街眾善後，將劫餘文物佛像暫安置於北廊（戲台邊）。民國十七年，再由大陸聘名雕刻家來寺雕觀音座像與十七尊

龍山寺山門。（林彰三攝影）

羅像。龍王諸神佛。民國二十五年，管理人黃秋等向本願寺力爭，獲准乃重建後殿。迨至臺灣光復，始將本願寺阿彌陀像移祀後殿；北廊之觀音、羅漢諸神像迎回正殿奉祀，眾善信自動捐資，另雕藥師、地王諸佛像，配祀於殿後。民國五十一年，又擴大尊鎮殿觀音、護法、韋陀像入祀正殿，始成今觀。顧自始見三百二十五年來經二次遷建，閱四個朝代，歷經滄桑，經無數次浩劫，而能依持創建時寺貌，成為臺灣唯一保持最完整之古代寺廟，堪稱奇蹟。而與鹿港之開發、興盛、衰頹、沒落至於復興，有密切不可分關係。尤以建築藝術，備受全世界專家學者們之推崇，譽為「臺灣之藝術殿堂」、「中國建築學之寶」，為研究中國建築者必造訪之地，而馳名於世。

由於歲月久經，風雨侵蝕，簷瓦磚塈剝落傾圮者多，南北兩廊早已破壞不堪。民國六十三年承名教授漢寶德之建議，以「國寶」保護，經其規劃設計，開始復古工作。第一期兩廊工程於民國六十四年開工，六十七年五月告竣，其餘亦將陸續分期進行，一時復古工作完成，不但為國家保存無價瑰寶，在歷史、宗教、學術、觀光各方面，皆有其權威性意義與價值，對古城鹿港之發展，甚至整個臺灣之文化維護，必有極大的影響與效益也。當步入本寺山門前廣場，面對這一座臺灣最大的佛寺，緬懷昔日一群偉大的拓荒英雄們，拼生命冒波濤之險，由大陸渡臺，在此與殺人獵頭的土著為伍，與惡劣的風土瘴癘博鬥，前仆後繼，開闢蠻荒的情景。可見到鹿港的黃金時代，港集舳艫，市繞金屋的繁華景象，更忘不了臺灣的移民們以血淚寫成的五十年抗日史實，我們當可自慰暗淡歲月已成過去，鹿港已由頹廢中抬起頭來，趨向新時代；我們當可引以為榮，因為留存於此的一磚一石，盡是我們的先人們，以血汗與智慧，融鑄而成的無價瑰寶。

一杵晨鐘敲醒了塵夢，唄葉悠揚，香篆昇騰與朝霞交織，化為漫天雲彩，巍峨殿宇上東昇的曉日，就像鹿港四百年歷史文化，光芒萬丈，照耀八荒。

（二）鹿港龍山寺大事紀

朝代	年號	歲次	公元	大　　事
明	崇禎十五年	壬午	一六四二	溫陵苦行僧肇善奉石雕觀音像登鹿港，結廬港畔苦修，為佛教傳入臺灣之始
	永曆七年	癸巳	一六五三	肇善禪師初創龍山寺於鹿仔港畔（現暗街仔，市場北側五十公尺處）為臺灣最早寺院
	永曆十二年	戊戌	一六五八	肇善親誌鹿港龍山寺地理識
	永曆十三年	己亥	一六五九	肇善回溫陵龍山寺，迎唐代觀音銅像來鹿
	永曆十五年	辛丑	一六六一	順治十八年鹿仔港遷街於現址（舊鹿港在現北橋頭附近）始以磚石改建本寺
清	康熙六十年	辛丑	一七二一	臺灣佛教開山始祖肇善禪師圓寂，壽一零八歲
	雍正三年	乙巳	一七二五	重修舊龍山寺
	乾隆十七年	壬申	一七五二	重修舊龍山寺擴建靜室
	乾隆三十八年	癸巳	一七七三	舊寺隘窄，八郊士紳集議擇地遷建未果
	乾隆四十七年	壬寅	一七八二	泉州都閫府陳邦光提倡遷建新寺，地方士紳響應發動捐募
	乾隆四十九年	甲辰	一七八四	聘粵籍名堪輿家廖長庚尋龍點穴，選定建寺地址
	乾隆五十年	乙巳	一七八五	募淨財八十餘萬，延聘大陸名匠設計，擇吉興工創建新寺於現址

乾隆五十一年	丙午	一七八六	五月初五午時，廖長庚埋鎮龍珠地理讖於後殿庭中龍喉井，工程告竣，擇吉奉像入寺
嘉慶二年	丁巳	一七九七	指定本寺為泉州臨濟宗開元寺之分寺歷派高僧主持弘教
嘉慶三年	戊午	一七九八	彭江、許克京、劉華堂獻石獅一對，添建山門前墻，全寺規模始齊
道光九年	乙丑	一八二九	林廷璋暨八郊士紳率眾重修，王景福、董其事、王蘭佩記立碑於寺
道光十年	庚寅	一八三十	楛旱求雨，甘霖普降，嘉義縣知縣張縉雲獻法雨如來匾額於寺
咸豐八年	戊午	一八五八	郊商士紳鳩資重建
咸豐九年	己未	一八五九	由寧波鑄造大鐘乙口，為臺灣最大的銅鐘
光緒廿一年	乙未	一八九五	明治廿年七月九日下午四點，日軍侵臺入鹿口，佔龍山寺，隔日撤出，八口抗日志士集寺圖謀恢復，苦旱無水，挖地掘泉，發現龍喉井、鎮龍珠地理讖。十二月日本本願寺派臺灣開教使佐佐木一道來鹿，設佈教場於天后宮
光緒廿二年	丙申	一八九六	正月，日人設佈教場於本寺
光緒廿三年	丁巳	一八九七	八月十六日，日本特級和尚光明智曉奉山命來主持佈教九月，日本辦務署長矢粝昇二發起設真宗教會於此（正殿由臨濟宗開元寺主持文蓮

		一八九七	佈教，後殿由光明智曉傳教）
	光緒廿四年	一八九八	五月，紳士商人十人團體為納祖先牌位，創立孝恩會 八月十九日佐佐木歸山辭職
	光緒廿五年	一八九九	九月，日本當局命令撤銷龍山寺佈教場，將鹿港街本寺以外二十一間寺廟，指定為曹洞宗末寺，曹洞宗派駐彰化教使長田靚禪接本寺，主持僧文蓮提出抗議，申請改宗無效。長田強佔踞正殿，將原有佛像遷出大庭，奉本願寺阿彌陀佛像入殿，群眾抗議無效，乃將佛像暫遷港底齋堂 十月，日本當局認可設置說教所 九月十二日，光明智曉正式就任
	光緒廿七年	一九〇一	一月，置夜學部
	光緒廿八年	一九〇二	五月，創立青年教會 六月，台中醫院租賃南北廂房為分院，設女子部，集日前與本省婦女卅二名布教
	光緒廿九年	壬寅	一九〇三	十二月，泉州臨濟宗開元寺派駐本寺主持文蓮病逝。全部財產盡歸日僧光明智曉接管
	光緒三十年	甲辰	一九〇四	四月十二日，日本本願寺正式頒佈本寺為其末寺 八月九日，獲臺灣總督之寺院許可。獲鹿港支廳許可募款二、六九四元重修本寺，由港底齋堂奉佛像返寺祀於後殿

中華民國	一○年	辛酉	一九二一	新曆十一月九日（農曆十月初六日）夜九點，後殿火災，本寺鎮山文物焚毀將盡，六日街眾圍毆光明智曉，將劫餘佛像臨時安奉於北廂 （戲臺邊）
	十七年	戊辰	一九二八	全縣信徒聯名向本願寺抗議，爭執撤銷其末寺名義未果。地方士紳發動募款，由大陸聘名匠雕刻十七尊者，暨鎮殿觀音像以復舊觀，仍安祀於北廂
	廿五年	丙子	一九三六	管理人黃秋提倡，重建後殿，與本願寺協議十一月興工
	廿七年	戊寅	一九三八	十二月後殿告竣，共費九、七○○餘元，由財產積立金開支，奉右廂神佛像入後殿安座，並由財產積立金撥支五、○○○元重修山門、五門及正殿，年九積廢，至此煥然一新
	廿八年	己卯	一九三九	十一月十七日，光明智曉病逝，葬於崙仔頂
	廿九年	庚辰	一九四○	五月一日，二等槀授渡邊正信，奉山命來寺主持
	卅六年	丁辛	一九四七	二次大戰結束，台灣光復，街民擇吉奉後殿神佛像入祀正殿，移阿彌陀佛像入祀後殿
	四十年	辛卯	一九五一	設免費珠算補習班
	四十一年	壬辰	一九五二	捐寺產田地五甲餘，充鹿港中學建校基金，南北兩廊原由某紗廠占用為工廠，大加破壞，乃暫修繕充為鹿中教職員宿舍，寺因年久失修，

			破漏不堪，經會議決定將財產生息，全部撥交管理人黃秋主持重修
四十七年	戊戌	一九五八	六月重修中殿
四十九年	庚子	一九六〇	成立管理委員會，陳壽昌任主委
五十一年	壬寅	一九六二	九月二十二日，新雕鎮殿觀音像繞境安座
五十四年	乙巳	一九六五	秋，重修五門正殿拜亭，拆除戲台，聘名油畫家郭新林油漆
六十一年	壬戌	一九七二	管理委員會改選，紀海濱任主委
六十二年	癸丑	一九七三	名教授漢寶德建議本寺作國寶維護
六十三年	甲寅	一九七四	重建南北兩廂，由東海大學建築系設計，四月七日，縣長吳榮興動土典禮
六十六年	丙辰	一九七七	五月十一日，重建北廂挖地基於八角窗北側地下，發現三塊黑石碑記勒記道光九年重修，泉廈郊商船戶捐獻緣金，載運磚石、石灰鑄銅鐘等事
六十七年	丁己	一九七八	三月，本寺復古工程，敦請漢寶德教授作全面性規劃五月，兩廊及新建金爐、廁所等工程告峻
七十年	辛酉	一九八一	六月，唐觀音像失竊
七一年	壬戌	一九八二	四月，刑警局來電認領
八九年	庚辰	二〇〇〇	九月廿一日，因集集大地震有部分毀損
九十一年	壬午	二〇〇二	蔡其建重修……
未完待續			

三、鹿港八景之一：龍山聽唄

池中蓮蕊井中泉　色相空時智慧圓
鐘磬夜深聲寂處　龍潛滄海月懸天

（文詳見彰化學008，台灣末代傳統文人——施文炳詩文集
　　P.192-193）

龍山寺藻井。（《鹿港三百年》，林彰三攝影）

丁玉書函
（施文炳收藏）

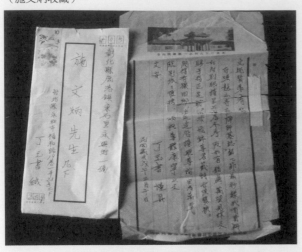

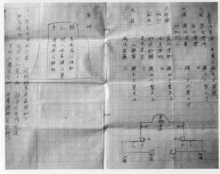

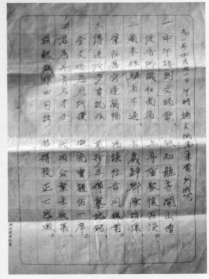

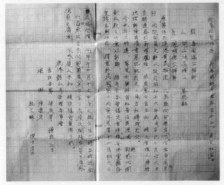

四、七月普渡 （本文普渡地點照片由魏鍾生提供）

　　鹿港有俗語有「三無」之句，即「清明不歸無祖，七月不歸無普（無普渡），年到（過年）不歸無某（無妻）。」現在來談鹿港七月普渡：普渡之正式名稱為「于蘭盆勝會」，其起源相傳係出自「木蘭救母」，普施地獄餓鬼故事所延伸而來者。鹿港在前清時期係臺灣經濟文化重鎮，為臺灣對內對外交通、經貿樞紐，人文薈萃、商務發達、民力殷富，七月普渡便會大肆舖張，藉普渡祭祀機會作交際，宴請賓客、連絡感情。因此七月整月各角頭輪流施普，大家都有機會作

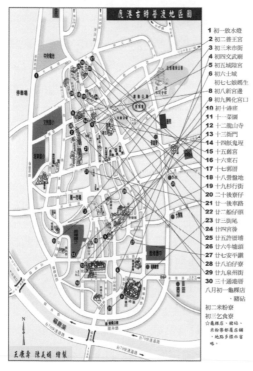

1 初一放水燈
2 初二普王宮
3 初三米市街
4 初四文武廟
5 初五城隍宮
6 初六土城
　初七七娘媽生
8 初八新宮邊
9 初九興化宮口
10 初十溝墘
11 十一萃園
12 十二龍山寺
13 十三衙門
14 十四猴鬼垣
15 十五舊宮
16 十六東石
17 十七郭厝
18 十八營盤地
19 十九杉行街
20 二十後寮仔
21 廿一後車路
22 廿二船仔頭
23 廿三街尾
24 廿四宮後
25 廿五許厝埔
26 廿六牛墟頭
27 廿七安平鎮
28 廿八泊仔寮
29 廿九泉州街
30 三十通港醮
八月初一龜粿店
　　、糖砧
初二米粉寮
初三乞食寮
☆龜粿店、糖砧、
米粉蔘郝屬店舖
，地點多標示從
略。

鹿港普渡圖。（王康壽提供）

東，而定了如下日程，編成〈普渡歌〉，各角頭便以依照歌中所言日子，輪流舉行祭拜。直到日治時期，因二次大戰物資統制，日本政府頒令，改為統一於七月十五日一天共同舉行，沿續至今。

鹿港後來因港口關閉，大部分人口外流，而有「鹿港查埔、臺北查某」俗諺。鹿港人在外地一向以團結著稱，凡失業無以為生，只要向鹿港人開口求助，都會解囊相助，但有先決條件，即念出鹿港〈普渡歌〉，證明是真鹿港人。〈普渡歌〉全篇如下：

「初一放水燈」（放水燈為閤港性祭典）
七月初一放水燈　八郊大燈做頭前
巡迴角頭繞全境　水燈放海招水靈

初一天未亮，約在寅卯時刻，地藏王廟便請道教法師，豎壇誦經作法，開啟鬼門，稱為「放庵」。地王廟前有三門，北邊門為「地獄之門」終年關閉，只有七月初一可開，讓眾鬼魂（好兄弟）出去享食。當天八郊，各準備書有郊名大燈，各郊郊首（即爐主）捧水燈，由「紅甲吹」前導，遊行五福街及全鹿港各角頭，　再行到大崁頭點燃水燈，放入港溝隨水流出海，以招引水魂。此儀式稱為「放水

燈」。港溝位於現文開國校西側，昔日溝水甚深，在此落水很難獲搶救。這一天各寺廟、庵、觀會豎起燈篙，篙用整枝竹帶葉，將燈掛在頂端，每到傍晚，將燈拉下，添油點火，再用轆轤繩，將燈向上拉，縛於上面。入夜燈光便照亮大埕。至於一般民家單用燈篙笠掛在家門外簷前下，每夜點火照亮街路，以便　鬼行走。

　　在地藏王廟，一大早便有很多街眾，擔來三牲酒禮拱奉地王、五味碗加一個水，放於廟前地藏王塚，祭拜後將三牲、五味碗擔回家，（地藏王　位於現在青雲路、舊福興鄉公所連接舊鹿港溪一帶。）下午半晡日落前，各戶在家門口排出桌子，用五味碗、小三牲、四方金、銀紙、更衣、白錢等物祭拜好兄弟。所有祭品，包括金、銀紙,全要插上香，表示係敬奉之物，讓好兄弟放心享用。桌下要放一盆水，加上毛巾，讓好兄弟洗手面。俗語說：「祭神如神在」，也是「人道關懷」的一種溫馨表現。在廟埕則有來自各地的大戲，如亂談、四平、九甲、布袋戲等，這天均無料演出，其目的是接洽各角頭戲路。入夜地王廟設有特大水轍數支，請道士誦經作法事，有水難之家屬，則可前來牽轍，以拔救亡者靈魂。

「初二普王宮」（屬於廟普）

初二王宮輪廈郊　普壇設在大港口

旗下船戶全部到　供品爭奇競豐饒

　　王宮位於現公會堂。在前清時代為「廈郊」會館。內奉祀蘇府王
爺。廟名「萬春宮」宮內有古井，神座設在古井上面。內有紙糊「王
爺馬」，相傳王爺馬常顯靈到廟對岸，烏魚寮埔覓食，農民不堪其
擾，追趕不及，乃用泥土丸擲之，竟粘在馬尻，追過港溝便不見，農
民不信遍尋各處,，一直到萬春宮，發現廟內王爺馬之馬尻粘有未乾
之泥土，此事一傳十，十傳百，人人好奇，相爭來廟觀看，也使王宮
香火更加鼎盛。

　　日據時期，因港口功能喪失，來往廈門船隻漸少，而至絕跡。時
之管理人陳懷澄、陳藻雲等人，將廟產捐獻與鹿港街役場（公所）。

拆王宮建公會堂，並將沿革
勒一木牌於壁上，將王爺神
像移往竹篾街鳳山寺（郭聖
王廟），鑄有萬春宮三字之
古鐘則移至文祠。王宮普渡
範圍除王宮附近以外，草仔
市聖媽（有應公廟）附近亦
同日舉普。

「初三米市街」〈為民間普第一天〉

初三輪普米市街　祭拜米糧與屋齊

粟倉粟埕皆在內　演戲請客分龜粿

　　初三輪著米市街，顧名思義，此地在前清時代，係米殼集散買
賣之所，整條街全是米商。其東側有十八間米倉，官糧皆貯放於此。

西側直到大眾爺塚，有大粟埕，收冬時期曝粟之用。因為全街皆米商，因此普渡時都會做紅龜粿，宴客後分贈客人。

「初四文武廟」（係八郊郊商共普）
初四是普文武廟　八郊士紳共籌謀
搭棚舖張像做醮　慷慨花錢頭不搖

文祠係文武　廟與文開書院之合稱。位於街尾（新興街）後面。左擁「土城」右有八卦山脈擁持，面對大肚山，眉案朝拱於前，鹿港溪環其後。相傳為「猛虎雄踞」吉穴，主「代出賢才」。文廟前有泮池，武廟旁有「沁秋井」俗稱「虎井」。「桐陰觀奕」、「泮水荷香」、「虎井烹茶」、「西院書聲」皆為不同時期之鹿港八景。

文廟建於嘉慶十一年，原除三穿門（拜亭）之外，有前、後殿，前殿奉祀文昌帝君，兩旁以天聾、地啞配祀，後殿奉祀至聖先師孔子。前有泮池，內種白蓮花。寓「出污泥而不染」之意。池畔昔日種有芹菜，凡士子赴府城考試，秀才及第，必回鄉採芹、祭孔、謝師恩為一大盛事。

文武廟原為三進式，即拜亭、正殿、後殿，日據初期欲拆文武廟，利用其木材建學校，後殿被拆，因街眾抗議乃罷，而存今貌。二

戰後國民黨政府領臺，約在民國三十四、五年間，陸軍裝甲部隊進駐文祠，竟然派兵將文昌帝君（泥塑像）搬出，投下泮池，而成空廟。因駐軍，屬軍事重地，禁止人民進入，數十年之久無香火，記得是一九九〇前後，駐軍只存一營，並開始與百姓有所接觸，時之鹿港義勇消防隊，隊員全為義務，不支領薪水，故稱義消，全體隊員曾組兄弟會，每年六月廿四文衡聖帝聖誕，必會往武廟恭請武聖神像鄉遊行五福街，有一年，竟然新雕塑一尊聖帝神像，入廟奉祀，時之武廟年久失修，正殿屋頂破一大洞，方由附近住民，自動提倡修建武廟，街眾聞之，主動捐款者塞諸於途，因收款人手不足，時筆者家住街尾，乃被喚前往協助，曾經有二位基督教徒來廟捐獻，並云「文祠係鹿港文化聖域，非關宗教，人人有責維護。」聞言令人深為感動。乃組重建委員會統籌建築事宜，未幾武廟竣工落成，街眾慶幸聖蹟重光，自是來廟參拜者絡繹於途，而聖帝靈感，香火鼎盛尤勝於前。

文廟則於二〇一〇年六月，由縣文化局重新整修，並塑新文昌帝君神像入祀安座。

昔日凡逢孔子聖誕，必舉行抬孔子牌位遊行五福街，由童生（學生）抬出，由秀才或舉人抬回，以示及第、高昇之意。為鹿港自古，行之已久活動，已成定例，只惜二戰終戰後未再舉行。

武廟建於嘉慶十七年，主祀神「文衡聖帝」，即「武聖關公」。以「關平、周倉」以及「赤兔追風馬」配祀。武聖關公為儒、釋、道三教所共祀之神，一般民間有關公、關夫子、武帝、文衡聖帝等稱號。佛教所稱者有「伽藍護法」、「韋陀護法」，為觀世音菩薩左右護法。道教稱為「關帝爺」、「伏魔大帝」、「帝君爺」，儒教則稱為「文衡聖帝」。

文開書院建於道光四年。占地二公頃餘。為昔日士子課讀之所。正殿奉祀「朱子」（即朱熹）、「魁生」、並以二十八位海外寓賢配祀。院外左邊即青雲路，昔有排樓一座，上有匾額書「青雲捷」四大字。書院有「鹿港文化搖籃」之稱。其制度完善，有月考、歲考，設有巨額獎學金，足夠支付往臺南府考試，往返旅費。書院代出人才，

為世所稱。

文祠屬於閣港廟，歸八郊管理，因八郊財力雄厚、「富可敵國」，因此普渡時會大肆舖張，供品除全豬全羊之外，會演各種戲劇，頗為熱鬧。馬關條約割臺灣與日本，時日本北白川宮能久親王領兵征臺，曾到鹿港視察，在書院休息，乃立石碑「北白川宮能久親王御視察之所」作紀念，中國國民黨領臺時，凡日本所留東西，不管其重要性如何，下令全部毀掉，當時鹿港鎮公所民政課識員丁玉熙先生，認為日本領臺是史實，文物不該毀掉，顧工把石碑移於置物室，靠壁，用泥土塗抹，與壁成為一體，在他要退休之時，再三囑咐筆者：「有朝一日臺灣必成民主，到時可把泥土清除，現其原貌於世。」筆者遵示，於重修時顧工清除泥土，恢復其原狀，今石碑在書院左廂前第一間。

「初五城隍宮」
城隍廟在菜市頭　妖鬼有埕對面朝
右邊有巷透宮后　神靈庇佑雨風調

城隍廟名鰲亭宮，內祀城隍為「忠祐侯」，廟位於菜市頭與崎仔腳分界處，廟前有廣場，稱「飫鬼庭」為原有市集。昔日船員上陸時，都會在此飲食，因船上食物較缺，一下船便在此大吃大喝，肚子餓，吃相難看，被笑稱像妖鬼，故稱此處為「妖鬼庭」，日據時期改為第二市場。距今約一、二十年前，另在水上口至電臺一帶，設臨時市場。最近為改善市容，而將廟前市集淨空，作為人行通路。廟後為宮後、大囝、車路墘。宮後居民多為「潯海施氏」又稱「後港施」，大囝則居「陳埭丁氏」。昔日為運輸鹽埕所產之鹽，在宮后與正良塚之間，特開闢一條大路，舖有「輕便車」鐵軌，直達火車頭。因此稱為「車路墘」。（正良　即第二公墓，本公墓在前　王福立任鎮長時，自鹿草路至彰鹿路之間，開闢中正路，時清塚作公路。）

城隍廟名「鰲亭宮」原來為三進，民國二十三年鹿港市區改正，

拓寬大路，臨大街之照亭（山門）被拆除，而成今貌。前殿主祀神為「忠祐侯」配祀文、武判官、六神，吏皂。左右兩壁奉祀二十四公，此二十四公乃預備，信徒要請城隍神像到其家安鎮時，如果神像不足，則以二十四公其中一位代替。因奉請神尊之人未歸還，故至今二十四公尚未完全歸座。多年前曾因六神中有三尊被盜走，派人南北

各等地尋找，終於在高雄一家古董店發見，而恭請回廟。除此之外尚有千里眼、順風耳、以及大爺、二爺（俗稱矮仔爺），因祂右手拿令牌，左手拿鐵鍊，又稱「板牌爺」或「范無救」。昔時街上有人如遇盜竊，而查緝無著時，則恭請板牌爺到其宅前，露天設香案奉祀，祈速破案，頗為靈驗。以前新竹科學園區宏碁電子公司，失竊四千餘萬元電子配件，憲警查無線索，其董事長施振榮先生以孝聞名，聽從母親之吩咐到龍山寺、天后宮、城隍廟參拜，並恭請「板牌爺」到新竹科學園區安鎮。擲筊核示七日內可破案。第五天八爺指示要回鹿港。第六天請神尊回鹿，第七天警方宣佈破案。鹿港城隍靈異一時間傳遍全臺。另有一則奇談，昔日建城隍廟時，係敦聘泉州名匠住廟雕塑神

像，有一位大木匠（建築木匠）名叫許第者，常到場向雕塑匠師，指指點點說：「這裡不好看，那裡不對……」，師匠全不理會，到最後雕塑馬夫之時，竟把那一位嫌東嫌西的，許第面貌刻上，眾人一見大笑不止，說：「大木匠許第已變成城隍爺馬夫了」。可見這一位雕塑師功力。

「初六土城」
初六土城近文祠
昔日軍營駐水師
城門對面有魚池
老榕樹下曉風徐

　　土城係清代水師營盤地。位於板店街東南至頂街尾背面，四周有濠溝環繞，南邊有一大魚池，與文武廟相對。水師營原在泉州街，薛王爺宮一帶，初建時係以竹為城，後改用木柵圍之，稱為「木城」。同治元年（1862）戴潮春反清革命，水師營曾紹龍大老被殺，營盤木城被毀，乃遷於此處建土城。日人據台時在和美建製糖會社，造鐵路以便運輸甘蔗，乃將土城拆除，建鹿港火車頭（車站）。筆者少時在鐵路南邊，有一大片廣闊空地，有數棵大榕樹，為納涼好去處，另一角為劈柴、編竹、火炭集貨場。普渡時，住在附近人民、車頭工作人員、劈柴、竹寮工人、及米穀商人皆參普。

「初七七娘生」
初七便是七娘生　　糖粿油飯禮如儀
鵲橋牛女會佳期　　乞巧虔求好針指

七娘媽，又稱七位夫人。世俗

奉為兒童守護神。七夕便是七娘媽生日，家家備辦「七娘亭」（縛竹為架，上貼彩色圖紙，中印有七夫人像），下午約三點後，將八仙桌排於屋簷前祭拜，供品有糖粿、胭脂、搽粉、紅紗、芙蓉、圓仔花、萬壽菊、四菓（龍眼、香蕉、鳳梨、梨或柑桔，寓有「招來吉果」之意，以兆好彩頭）。七娘媽係天上神祇，平時家庭內並未奉祀。因此點香在簷前呼請前來受享。因此又稱「簷口媽」。同時準備小三牲、油飯，點香向臥房呼請「床母」。金銀紙以外再加「床母襖」（印有衣服、柴梳、鏡、等的黃古仔紙）供床母便用。祭拜一個時辰，擲筊以問可否燒化金銀紙，獲得聖筊後，將七娘亭與金銀紙焚化後，將七娘亭，所殘留的竹架、胭脂、搽粉、紅紗，置放於屋頂，以示已呈天上。如果小孩十六歲則要「脫絭」，將出生後，在端午節所求的，五色絲串絭焚化，並特別製作大座七娘亭祭拜後，做紅　粿粽，分贈親友，以示孩子成人。

　　七夕又稱「乞巧節」，自古相傳，牛郎織女兩星，一年一度在今夜相會。天上喜鵲會成群搭成「鵲橋」，讓雙星在橋上相會。在今夜未婚小女會在庭中排設几桌香案，以糕餅、文旦柚等物祭拜月娘，並穿針引線，以求有好手藝，好針指。便是自古所傳「乞巧」。

　　　「初八新宮邊」
　　　初八輪到新宮邊　　主普當然益源施
　　　刣豬屠羊善排比　　山珍海味各爭奇

　　鹿港共有三座媽祖廟，鹿港最早，也是臺灣最早媽祖廟便是興安宮。（詳註於初九與化宮口條）第二是舊祖宮（天后宮）（詳看十五舊宮）。第三便是新天后宮。清乾隆五十一年十一月，彰化林爽文反清革命事起，南路有莊大田響應之，不旋踵即遍及全臺，革命勢力之流佈，如火之燎原，一發不可收拾。清兵雖然數次派兵，傾力以抗，終不敵民怨，各地官衙被毀，官員或死、或降、或逃，只存少數地區未被攻破，局勢危急震撼清廷，先是，在中國本土之閩粵間流行

有「天地會」之結黨者，乾隆四十八年，有漳州人嚴煙，來臺傳天地會。大里杙莊有林爽文者，待之如上賓，與之連絡，更使其黨徒紛紛入會，除林爽文之外，較著名者尚有劉升、陳泮、王芬（即本鎮福靈宮，平海大將軍王芬大哥），並有淡水、鳳山多位義士率眾加入，歃血、瀝

酒，固結盟好，誓為黨援。自是鄰近邑互通聲氣，勢更壯大。

　　昔日臺灣各地，每因農耕灌溉而爭水，時有爭紛，因此各村落，或與鄰村聯盟，組織自衛隊，成群結黨，以防外侮。林爽文少時曾充縣捕，旋即辭役，及壯，墾田治產，家頗富饒，近鄉多巨族，時起械鬥，蔓延數十村落，爽文亦集眾自衛。

　　林爽文之役其起因，實緣於清廷在臺政治腐敗，人民生活艱難，民怨積久所激發者。清廷有感於臺灣戰局由劣而轉入危急，且日趨嚴重，乃於八月初改任協辦大學士陝甘總督嘉勇侯福康安為大將軍，聲言調川、湘、黔、粵、閩、浙、鄂等省之兵十萬，十月廿八日乘順風，由福建崇武澳出發，一夜而戰船數百艘盡抵鹿港，鹿港港口檣桅如櫛，接連數里，林爽文聞之，以為真有十萬大軍，始感惶懼。

　　十一月初一日，福康安令貼布告曰：脅從者罔治，歸鄉不助賊者，給與盛世良民旗一桿，凡村莊有此旗者不使加兵，心理戰術奏效，於是良民聞風領旗者不絕，脅從者多散。清軍南北一路掃蕩，爽文圍攻諸羅，因官民死守以抗而不克，後來清廷將諸羅改名為嘉義，

以紀其功，雙方歷經大戰，爽文終於不敵，攜眷逃往內山之集集埔，疊石為堡防守，十月五日又被攻破，爽文父林勸、母曾氏、妻黃氏、及弟壘，均被所獲，最後退守於南投山中，（有爽文路地名即是）。五十三年正月初四，爽文窮途末路，逃匿於淡水中港老衢崎，乃投於所善之高振家覓食，曰：「他日與你共富貴。」高不聽，轉而獻之於官。旋送京師被殺。此役白爽文於五十一年起義，至五十三年二月止，凡一年又三個月，清廷先後出動軍旅不下十餘萬，軍需尤夥。事平後論功行賞，福康安及外六人皆建生祠於臺南，又繪從征二十功臣之像於紫光閣，並以福康安率領艦隊到鹿港外海，因風強無法靠岸，而祈求聖母，一時風平浪靜，順利登陸為由，奏請清廷，乾隆皇帝頒布聖旨，撥御帑金勅建天后宮（新祖宮），昔稱「官廟」，只許文武官員朝拜，禁止百姓進入。廟前當時之有「文官下轎、武官下馬」石碑。自日本領臺便無此限制。由於前已有媽祖廟，乃稱先建者為舊祖宮，稱本宮為新祖宮，以別先後。新祖宮因係勅建廟宇，所祀千里眼、順風耳二尊神像皆戴官帽、穿官鞋、著官服。全臺媽祖廟絕無僅有。聖母　像則為「軟身媽」與船上奉祀者相同，

其實清廷勅建新祖宮，實際上有其政治目的，旨在安撫天地會餘黨，因媽祖原為古昔秘密社會組織「船幫」之主神，船幫即天地會前身，滿清入關，大漢民族國土被占，一群忠於明廷之士，成立反清復明秘密組織，「天地會」，其誓盟有「天為父、地為母」，故以此名會。入會者皆以兄弟相稱，稱首領為「大哥」（如王芬大哥）。因大漢已失去中土，乃稱為「洪門」，因洪字有三點，故又稱「三點會」，圖謀反清復明大業，洪門勢力遍布全世界。會眾有其神秘連繫、表明身分方式。二十年前筆者赴菲律賓，在宿霧市與洪門人士（內有多位當地有名之富商）有過接觸，據云：在東南亞洪門勢力依然很大，囑筆者，如遇困難可用某法，　時會有人出面協助。

話入正題，新祖宮普渡範圍為新宮口，益源埕一帶。主普為「益源行」施氏。成為定例。甲午割臺，日人領臺後，本宮乏人管理，年久失修，廟宇頹廢，終戰後國民黨政府發行愛國獎券，有一木匠名

「賑財」者，買獎券到此祈求中獎，結果未中，乃遷怒於神，竟拿手鋸鋸聖母　像頸部，鋸到一半時被人撞見阻止，街眾於是募款大修廟宇，成為今貌，保存了聖蹟。

　　「初九興化宮口」（開臺媽祖）
　　初九輪普興化宮　開臺媽祖世共稱
　　久閱滄桑神有靈　三五零年德澤深

　　「興化宮」又稱「興安宮」，筆者年少時（1937-1942）神明繞境時，常看到廟燈與廟旗，上書「開臺媽祖」四字。按古老相傳最早來鹿港者乃興化人。由興化籍人士捐資興建此廟。興化宮是臺灣本島最早媽祖廟。鹿港係於一六六一年從舊鹿港遷街於現址，相傳興安宮建廟係同一時期。觀其廟廟宇造型、規格、規模，皆符合鹿港最古老建築型式，民間傳說自有其可靠性。張炳楠氏《鹿港開港史》稱「興安宮建於康熙二十三年」，不知根據何處？並不正確，因臺南大天后宮係康熙二十二年施琅平臺之時，將寧靖王府改為天后宮，興化宮有「開臺媽祖廟」之稱，必定比臺南更早。一六六一年遷街時建興化宮，自古昔傳言至今，自可確信，無用置疑。
　　「興安」二字取義於「興化平安、興發慶安」。依宮內石碑記載：該廟有廟產，即五福街（中山路）有店舖三間、廟側一間、六路頭（現市場口）北、豬仔市、三棚店（不知所指）之土地及房屋，廟產不少。惜管理鬆弛，廟宇荒廢，所慶幸者因近期政府保存古蹟政策，指定為「三級古蹟」撥款重修而恢復舊觀，現已有專人管理，

實堪慶幸。

　　「初十港底」
　　初十港底史堪論　　人潮車馬鬧紛紛
　　海中全是往來船　　當年榮景跡無存

　　港底，顧名思義，即海港之內底，此處在清代係港口船舶停泊處，而滄海桑田，港口因流砂淤塞而成陸地，後來有人開始在此建築房屋，久之終成聚落。地點在廈菜園與地藏王廟之中間地帶。係頂厝、中厝、尾厝及坎頂四部之總稱。據說清乾、嘉年代，港底有十八家竹寮（竹材行），五家米穀商戶，整條街全是商戶，形成市集，頗為熱鬧。尾厝南側，靠鹿港溪邊，原有大糞窟。昔日農民多會集糞便做堆肥，因此有糞窟之設。常有農民來此購買，下田作基肥。坎頂昔日有一座祖師廟，咸豐年間一次水災被沖毀。所奉祀祖師神像被人救出，改祀於福興鄉外埔庄。祖師出巡時所坐神轎係藤條所製，與文祠聖旨亭同樣。

　　相傳當時十八間竹寮，共同奉祀三尊佛像，稱「三光（公）佛」。咸豐年間水災，港口淤塞，竹材行皆關門，以致無人奉祀，而由中厝黃成發（國術拳師黃炎興之父）奉祀於其宅。普渡範圍包括頂厝、中厝、尾厝與坎頂。

　　「十一菜園」

十一菜園分頂廈　三曹五快有官衙
普渡如要邀賓客　多在福興大橋西

　　菜園位於大將爺　西，現鹿港國小（清時北路理蕃同治署）西南
方。東南向與港底為鄰。分頂、廈菜園二部分。頂菜園有順義宮，內
祀順府王爺、配祀玄天上帝。清代其側有「三曹」如現代派出所。廈
菜園以北極殿為信仰中心，內祀玄天上帝、配祀黃府王爺。昔日「五
快」即第五捕快（如現代刑事警察局），在廈菜園。菜園，是種菜之
地、居民大部份姓黃，昔日職業以務農者居多，並以養豬為副業，因
此每逢普渡，家家戶戶宰豬屠羊為其特色，故有「菜園豬、街尾戲」
之地方諺語。菜園住民所耕作田園大部分在鹿港溪南，福興庄一帶，
因此普渡時會宴請當地農民。田畑所種大部分為稻穀、花生等物。因
此有多家相關商戶。比較有名者以黃慶源、黃德和為首，製油廠以七
柱內較具規模。鹿港俗諺有：「過菜園街，如未聽到銀聲就會衰。」
可見當地富裕情形。
　　另有一事須特別一提，即威靈廟，俗稱大將爺廟，主祀神為明朝
抗清殉國名將，追封少保指揮僉事劉公名綖，配祀謝必安、范無救二
將軍、牛爺、馬爺、枷爺、鎖爺、七宮夫人，與鹿港五方土地之西方
土地。廟初建於清康熙年間，原廟址在現菜園路正中央，一九三七年
市區改正，開闢菜園路之時廟宇被拆，神像借祀於順義宮，一九四七
年由黃金獅獻地重建於現址，一九五五年落成，後又數次改建重修，
牌樓及大殿已失舊觀，為恢復古時廟貌，乃於去年開始規劃重建，
今、明年便可落成、金碧輝煌，殿闕壯麗，神靈顯赫，庇佑萬民，自
可預期。
　　威靈廟屬於閣港廟宇，七月普渡，地藏王廟與大將爺廟，皆豎起
燈篙，法師坐座變食普施鬼魂，初一由地王放庵，三十日由大將爺收
庵。大將爺一生忠烈，平緬寇、平羅雄、平朝鮮、平播酋，歷經數百
戰，威名震八方，功在國家。《明史》與《尚友錄》皆有詳細記載。
　　員林鞏寶：菜園在昔日曾經發生一件傳奇性故事，有一位黃姓

青年事親至孝，鄰里稱道，因家貧又失業，苦無以奉養年邁雙親，鄰近有人開賭場，知他困境便叫他在賭場做雜務，替賭客買東西，賺點外快。有一段時間收入少而缺錢，只好向路攤　一點食物給母親止飢，自己則強忍飢渴，到外面尋找工作，半夜因飢餓過久，昏到在大將爺廟（威靈廟）前，夢寐中聽到有人向他說：「快去，員林仔輦連漫十八斗（局）。」員林古稱（廈籠仔）。他睡眼朦朧，不知不覺向員林方向走，約在過午時分到達員林三山國王廟口，在一株大榕樹下有一群人正在壓輦寶，他竟然能隔着鐵蓋，看出賭盤所開的是「孤腰」（即紅一點），他身無分文，看到地上有一個紅柿蒂，隨便拿起來壓於孤腰處，一開盤竟然是紅一點，內場把柿蒂看作一元，便賠他二元。第二盤他將二元壓同一紅點又中，再以四元、八元、十六元、三十二元一直將所贏金額全部壓上，一連串贏了十八盤。他想起夢中說：「連漫十八斗。」便停止不再賭，已破賭場紀錄。內場與賭友皆君子，一大群人笑着向他道賀，並用「紅甲吹」歡送他回鹿港。回到家即向雙親稟告詳情，母親說：「吾兒至孝，皇天有所補於你。可將錢拿去作生意，並要立志做好事，行善積德報答神恩。」後來他經營米穀終成巨富，而樂善好施，濟助貧弱做功德，成為地方美談。

「十二龍山寺」

龍山寺為國家一級古蹟，屬於北宋宮殿式建築，昔有九十九門，為鹿港佛教聖域，是臺灣三大古剎之一，有臺灣紫禁城之稱。

龍山寺普渡範圍包含寺口、金門館附近地區。

相傳在明末崇禎年間，泉州有一位苦行僧，法號「肇善」者，奉一尊石雕觀音佛像欲往普陀山，船出海在半途遇颱風，飄流到鹿仔港附近，便在港邊結草為廬苦修，相傳此為佛教傳入臺灣之始。後來方由「開山和尚純真樸公」在現暗街仔建立第一座佛寺，即所稱之「舊龍山寺」。按前清康熙年間鹿港已形成對內對外交通要津，萬商雲

集，舊龍山寺位於暗
街仔，因香火鼎盛，
寺窄不敷眾用，而
於乾隆五十一年丙
午，由都閫府陳邦光
主倡，八郊士紳響
應，輸財出力別建新
寺於現址。寺占地
五千一百點八三坪。

歷代屢有重修。主祀神為觀世音菩薩，配祀「境主尊神」、「註生娘
娘」。從祀有龍王尊神、風神、與十八羅漢。

甲午馬關條約割臺，日本從京都西本願寺迎來阿彌陀佛像（連佛
龕），改稱龍山寺為「西本願寺末寺」。並派和尚光明智曉來寺主
持，而將正殿觀音佛祖等佛像，移出放於大庭。經草仔市齋堂林普
海，俗名「豆油海」者，率眾恭請佛像暫祀於其住宅，未幾再移祀於
港底齋堂。港底齋堂則成為「鹿港街佛教殿堂」。後經街眾向日本當
局抗議，乃迎回祀於龍山寺後殿，因日本僧人占據，參拜者漸少，而
於大正十年發生火災，石雕觀音像與十八尊者，除了伏虎尊者之外全
被焚燬，只存一支石雕佛手與石座，一尊唐代銅雕觀音像，佛帽打斷
一小角，現尚存於寺。筆者兒時，曾親見從中國泉州敦聘而來的木雕
師，駐寺雕刻十七尊羅漢像，補足所燬毀佛像。一九三九年後殿重建
完成時，將全部佛像遷入奉祀。一九四六年二次大戰終戰，中國國民
黨政府入臺，日人撤離，乃將後殿佛像全部遷回正殿奉祀。日本阿彌
陀佛像則祀於後殿，同時另行雕刻藥師佛與地藏王菩薩佛像，配祀於
左右，即今貌。一九八三年指定為國家一級古蹟。九二一大地震，正
殿燕尾及山門受損，乃由　成企業蔡其瑞、蔡其建昆仲捐款修建，已
於去年竣工落成。蔡氏功德無量。

只是全廟油漆、彩繪係出自郭新林先生之手，至今已歷數十年，
飽經風雨，破損嚴重，重修與否，爭議不斷，至今未決。按舊例，寺

廟油漆彩繪，只可有效保存二十年，因此例以二十年，必須重作一次，並敦聘當代最有名匠師施工，展示當代藝術。希望主事者，善與反對者溝通，早日施工，恢復舊觀。

「十三衙門」

十三衙門管海防　竹篾有街位在東
輸誠禮拜敬由衷　官普與民無不同

衙門，即北路理番同治兼鹿港海防署，位置在現鹿港國小，正門面對馬路。後面即大將爺塚。左與竹篾街（德興街）為界。右接菜園、越過馬路為港底。彰化銀行後面（金盛巷）有一棟大厝，便是衙門大老，北路理蕃同治官舍，所以亦在十三日普渡。

北路理蕃同治兼鹿仔港海防，原設於彰化縣城，乾隆五十一年林爽文反清革命，彰化縣衙被毀，五十三年事平後移駐鹿仔港。另外為了加強鹿港之海防，原駐安平之臺協水師左營，改駐鹿仔港，初駐現安平鎮，未幾又移於北頭，其編制人員有游擊一員、守備一員、千總一員、把總二員、外委六名、額外三名、兵三百零七名、戰船九隻。且在北頭建有木城，設有衙署一座，但於乾隆六十年，陳周全反清事件時，營房遭焚燬，乃建土城，移駐於土城內，並新設游擊署一座，營房五十三間，軍裝火藥庫一座，砲臺一座。

鹿港在清代有天然河港可泊巨艦，早自明末已有漢人市街。施琅平臺，臺灣入清版圖，清廷為防止臺灣成為盜賊的淵藪，遂於康熙二十三年採施琅等

人之議，頒訂〈渡臺禁令〉限制中國大陸船舶、人民渡海來臺，並設有水師汛駐防。把總一員、目兵一百名、哨船二隻。內分笨港（北港）四十名、哨船一隻；猴樹港十名。四十三年加添設沿海官兵哨船遊巡、設砲臺、煙墩、望高樓於要地。由此可知鹿港在康熙年間已有水師汛駐防於此，為鹿港設防之始。康熙末年鹿港因沙壅，港口淺狹，乃將把總兵船移調三林港，但仍留哨船一隻駐防鹿港。雍正元年清廷增設彰化縣。雍正九年，清廷為防止大陸人偷渡至臺，乃在鹿港設九品官巡檢一員、下置皂二名、弓兵十八名、民壯四名。巡檢之職類似今日之地方警察，受知縣指揮監督，掌管警務、監督地方義塾，但因鹿仔港位處海防要地，因此鹿仔港巡檢署除負責稽查馬芝遴、鹿港地區之外，亦須負責稽查虎尾溪至大甲溪一百四十五里船隻出入。嘉慶二十一年將鹿仔港巡檢司移至大甲。當時福建漳泉地區產米不多，需由臺灣援濟，因彰化為產米之區，廈門向有平底船往來鹿仔港購買米穀，運回中國大陸銷售頗有利潤，因此在鹿仔港未設正口之前，私販多由泉州蚶江到鹿港走私貿易。乾隆四十八年福建將軍永福鑑於此，乃奏請開放鹿港為正口。四十九年清廷乃淮泉州之蚶江口，與臺灣鹿仔港設口對渡。

是年因鹿仔港開設新口，商船聚集易生宵小，且稽查船隻私渡奸匪、盜載禁物等事，以鹿港一巡檢，微職難以經理，而彰化原有之官又不能兼顧，至於淡防（淡水）鞭長莫及，唯有理蕃同治，同駐縣城，離港僅二十里，堪以就近往來稽查，並可督飭鹿仔港巡檢，所以清廷諭令，設於彰化縣城之北路理番同治特兼鹿港海防，後移駐鹿仔港。

光緒元年清

廷對臺灣行政區域作調整，將北路理番同治改為南、中路撫民理番同治，各移駐卑南（今臺東）及水沙連（日月潭），以利統治與開發。並將原駐南投之彰化縣丞移至鹿港。將原駐鹿港之理番同治裁撤。光緒十年，清廷將臺灣中路理番同治再移駐鹿港，且將駐鹿港之彰化縣丞往移至南投。光緒十三年臺灣改設行省、臺灣分設郡縣，並於光緒十四年將鹿港同治裁撤，再將南投縣丞移駐鹿港。

「十四飫鬼庭」
十四輪到飫鬼庭　抗日義士十二名
無端受戮笑不驚　英雄氣概好名聲

飫鬼庭，位於菜市頭與崎仔腳中間。即城隍廟（鰲亭宮）正對面，以前為市場，現已移出淨空。昔日在庭之西北角，有幾個隆起，用石灰抹成圓丘型古墓，相傳係乙未年日軍侵臺時，到處尋找反抗者，到城隍廟前，看到有十多人逃入城隍廟內，日軍進入逐一詢問不得要領，認為非土匪便是抗日分子，便拖出在飫鬼庭就地鎗決，埋葬於此。稱為「十二公」後來遷葬崙仔頂王恩大哥（福靈宮）旁，另立小廟奉祀。

「十五舊宮」（舊祖宮）
舊宮地位本崇高　世稱闊臺聖媽祖
八郊主祭例沿古　規模大稱水陸普

天后宮原有舊廟，位於現址北邊五十公尺處，康熙六十年由開闢八堡圳聞名之施世榜獻地創建新廟，於雍正四年落成，向湄洲祖廟恭請五尊鎮殿聖母像之一「湄洲二媽聖像」永祀於鹿港。本聖母寶像，有全世界無可比擬的稀有性。論年代有已近千年歷史。因湄洲祖廟已毀於文化大革命，本尊聖母寶像，成為全世界碩果僅存之「湄洲祖廟開基聖母寶像」，係出自千年前名雕塑師之手，全金身，頭身比例合

理，貌相莊嚴而有慈母慈祥表情、令人一見便有慈愛溫馨，如見母親般的親切感。論其價值已屬無價之國寶，而有其無比崇高地位。因政局影響，臺灣與中國有一段時期斷絕來往，鹿港天后宮因全臺唯一，奉祀湄洲聖母寶像，而成為媽祖信仰中心，因此詩人有「朝山鹿港即湄洲」之句。

舊祖宮即舊天后宮，因屬於閣港大廟，更可稱為閣臺媽祖廟。本宮奉祀之聖母寶像在前清時，曾經發生一件意想不到之事，鹿港在三月聖母聖誕前，依例組團往湄洲謁祖進香，湄洲天后宮正殿有五個神龕，全部刻於石壁之內，每龕尺寸剛好容納每尊聖母像，鹿港分香者係二媽，在第二龕，進香時便將神像安奉於第二龕內。交香後該宮主持僧竟然說：「本尊媽祖是本宮之物，不得請出去。」時之八郊爐主大驚，到湄洲進香，回臺未請回媽祖聖像，必會被眾人打死，因而據理力爭，但主持不肯，後來八郊爐主說：「世間只要肯花錢，沒有解決不了之事。」乃給與祖廟巨額壓爐金，方將聖母像迎回鹿港。因恐如此事情再次發生，乃依照原尊尺寸另雕一尊，以備後來進香之用，便是現在所稱之「進香媽」。

另有一項 極富戲劇性故事發生於日據大正十二年，鹿港天后宮由施姓族人組團往湄洲謁祖進香，鹿港名人施性瑟先生任團長。在湄洲交香後待取祖廟聖母大符以便起駕，祖廟主持僧因尚未收到壓爐金，遲遲不將聖母大符蓋廟印，施先生心急，因起駕不能錯過吉時，乃想到壓爐金未付，即從進香袋取出一大包用紅紙包好之壓爐金，交與主持，主持方取出聖母大印，蓋好一大疊靈符，取壓爐金入房內，施先生生氣，看主持不在，便用進香旗將祖廟大印挑入進香袋內。主持從內面出來時撞見，因壓爐金數目頗巨，甚為驚喜，便道：「祖廟大張黃紙聖母像（木板）大符，與祖廟聖母　璽，就贈與鹿港天后宮永存，以作祖廟分香根據，讓後世了解兩宮　史淵源，未嘗不是好事，祖廟再另刻一顆便可。」此印現存本宮為「鎮宮之寶」。由於這一次經驗，施先生便請泉州名彫刻師來鹿，仿湄洲媽聖像另彫一尊，稱「聖大媽」做為日後進香之用。

文化大革命後，筆者曾往湄洲島，原有祖廟建物全被紅衛兵焚燬，只存一塊高約二台尺、寬一尺多石塊，刻有昇天洞三字，其他不見有任何與廟有關物品。後來當地政協主委林文豪先生，主持重建，鹿港天后宮管理委員會特提供，昔日湄洲祖廟照片，並率先捐款，建朝天閣，並由筆者撰寫〈鹿港天后宮捐建湄洲朝天閣碑記〉，刻石立於湄洲祖廟傍最高峰。未幾北港朝天宮、大甲鎮瀾宮等廟相繼捐款，竣工落成後，舉辦媽祖研究國際會議，題為：「海內外學者論媽祖」，筆者有幸參與盛會，受林文豪主委之邀，提出〈媽祖信仰在臺灣〉論文一篇，收錄於其出版專集。有感於湄洲祖廟重建，一切神像全部新雕塑，乃向時任舊祖宮主委　王登海先生及委員相議，恭請本宮「古大媽」奉祀於湄洲祖廟。以証兩廟淵源，香火相傳永恆不替。

話歸正傳，鹿港天后宮（舊祖宮）沿革記載：本宮聖母係前清康熙二十二年，施琅平臺時由祖廟湄洲天后宮恭請為護軍之神渡臺，施將軍班師回朝時，其族侄世榜懇留於本宮奉祀。據民國十七年戊辰春季（日據昭和三年，1928）羅君藍謹序：湄洲天后宮住持僧淨芳共同著名，由鹿港興華堂印書局承印之「鹿港舊祖宮湄洲天上聖母」大符

（中有聖母聖像）有如下記載：「鹿港聖母之　像乃是康熙二十二年施靖海將軍之戍幕僚藍理，同湄洲之僧恭請而來俾鹿崇祀，至雍正三年即始建此天后宮焉。」（按舊祖宮係康熙六十年動土興工，雍正三年落成。）

　　乾隆丙午彰化林爽文反清革命，福康安統領大軍欲由鹿上陸，舟及港口突遇大風撼之欲覆時，福康安虔禱聖母，頃刻間風平浪靜，托庇軍船傍岸全部無虞。後蒙御賜「神昭海表」匾額四字。迨同治年間（1862-1865）戴萬生反清陷城，勢甚猖獗，還率眾擊鹿港，翌晨萬生兵不戰自退，有人詢之頭目，據云：親見一女將帶白袍軍隊，自海岸而來，軍威殊令膽寒心驚，知是聖母顯靈，是故撤退而歸。而在前與戴潮春有歃血之盟，悔而欲歸順者，有恐背盟以遭天遣，莫不進退維谷，是以聖母天顯神通，降乩指示，令備清水一缸於廟庭，燒神符三道於其中，凡有從戴發誓者掬之漱口，皆可洗滌其罪，一時遠近聞風來會之人，數以萬計，爭掬水洗口、頃刻間廟庭已汎濫成澤國，而缸水不竭，眾人無不驚嘆聖母之靈異，而感其匡救之恩。光緒年間又御賜「與天同功」匾額。以其往昔往湄洲進香，或三五年一回，或十數年一回幾成為例。在光緒七年間廈門啟建大醮發生瘟疫，知聖母謁祖回鑾至蚶江、懇求聖母赴廈，顯大神靈排解，而廈門卒賴以安。不謂陵谷變遷，直至大正五年（1916）春，再行謁祖之典式，及其鑾回益著靈異，救人於九死之中者指不勝屈，此聖母之靈感無所不至也。

　　乾隆年間林爽文反清革命後，清廷撥御帑金別建新天后宮，乃稱新祖宮，舊天后宮則稱為「舊祖宮」以別先後。舊宮原在現址北邊五十公尺之處，康熙六十年為擴大規模，由施世榜獻地改建於現址，當時以重金敦聘中國大陸有名之石、木雕刻師，與宮殿建築師，住鹿港主導工程，雍正三年竣工時，向湄洲祖廟，恭請湄洲祖廟開基鎮殿二媽，蒞鹿奉祀於本宮。根據大正十二年重修舊祖宮時，由主任委員辜顯榮署名緣金簿文中有：「本宮自雍正三年建廟至今……」之語。（筆者親見該緣金簿）可資證明其真實。

　　另有一本天后簡介則云：「明萬曆十九年（1591）建本宮奉祀

媽祖」。而鹿港係於一六六一年由舊鹿港遷街於現址，上文所言一五九一年則是在舊鹿港時代。筆者推測在舊鹿港時代建立媽祖廟亦有其可能，只是年代久遠，難稽其詳。姑且存之以供後賢參考。本宮聖母世人稱為「湄洲媽」而不稱「鹿港媽」，蓋因本尊聖像是湄洲建廟時之開基聖母，全臺只此一尊，故其地位尊貴無與倫比。由此分香寺廟，遍布於全臺灣各角落，難以計數，實際應超過千座廟宇。如北港朝天宮、麥寮拱範宮、朴子配天宮、埔里恆吉宮、彰化南瑤宮、大肚永和宮、土庫順天宮、台西安海宮、溪州后天宮、板橋頭天門宮、二林仁和宮……等等，皆由本宮出祖分香。

有鑑於神明信徒遍布全臺，普渡規模必需足以供八方鬼魂之量。因此自昔便以八郊為主普，蓋其財力雄厚，富堪敵國，故其普渡規模甚大，稱為「水陸普」，必需設壇，請法師坐座，施法變食大施餓鬼。所謂「變食」，據傳係無依鬼魂為數必多，恐所預備祭品不足其用，故請法師施法，將供品變多，一變十、十變百、百變千、千變萬……至無數萬，讓眾鬼魂皆可得食，稱為「盂蘭盆勝會」。

舊祖宮媽祖由八郊輪流為大檀越之外，民間奉祀大致如下：「施姓奉祀大媽、黃姓奉祀二媽、許姓奉祀三媽、「柑仔店」奉祀四媽、日用什貨商奉祀五媽、陳姓奉祀六媽。各媽祖會均組有媽祖轎班會。天后宮廟地係由施長齡（世榜）捐獻，是所以大媽爐下為宮後、後寮仔潯海施姓為多。二媽在泉州街建有二媽會館，其爐下即泉州街、菜園、東石等黃姓。三媽由許進士肇清的牛墟頭為首，許厝埔十二庄與麥嶼厝許姓為其爐下。四媽、五媽為其所屬日用什貨商為爐下、六媽以慶昌陳堯為主，所有陳姓為其爐下。現在八郊已沒落，由天后宮主祭，值年爐主、首事等共同提出供品與祭。二次大戰時，日本政府準備長期戰爭，而實施物資統制，重要民生物資皆用配給，按人計量，只足以維生而已。因鹿港普渡之時都會宴請親友，七月共三十天，每日都由輪普角頭請客，甚為浪費，乃下令「全臺灣統一於農曆七月十五日普渡」，終戰後延例未改，全鹿港同日舉行，而不再有宴客情形。後來臺灣九二一大地震死傷慘重，全臺灣各角落不分都市、鄉

村，貧與富，家家戶戶輸財出力，拯救災民，發揮了人溺己溺，大愛無私精神。鹿港一地自九二一全鎮投入救災開始，各角頭神明聖誕與節日便不再宴請賓客，節省其花費，改作其他協助弱勢與貧困者之用。一改往昔浪費習俗，其正面影響深遠。由於此次善行讓世人看到「臺灣是一個大家庭、人人皆是一家人，永永遠遠，禍福相共不分不離。」的真義。

七月十五日為地官聖誕，俗稱中元節。自普渡改為十五日，地王廟放庵儀式亦改在十五日，三十日收庵亦改在十五日晚，在威靈廟（大將爺廟）舉行。

另註：昔日舊祖宮在每年正十五日東郊迎春遊行之外，並在三月初一、初二日兩天出巡繞境，第一天外境、第二天內境，北頭蘇大王爺為副駕。行列順序如下：

（一）路關牌。

（二）大鼓吹陣。

（三）八郊大燈各一對，即「泉、廈、簑、布、染、糖、油、南」。（另一個時期有北郊）。

（四）鹿港各角頭廟宇神明旗幟、鑼鼓、神轎。全鹿港約有五十餘座寺廟。因此繞境場面浩浩蕩蕩。

（五）副駕與陪駕之旗幟、班勇、班頭、鑼鼓、神轎。

（六）正駕（聖母）旗幟、肅靜回避牌、宮娥、香花女、香擔、聖母鳳輦、日、月扇、隨香善男信女。

聖母出巡後全鹿港分為頂、廈角輪流，每晚舉行落地掃化妝遊行。另有一說是每年農曆四至五月之間，俗謂「青黃不接之時」，昔日經濟全看農業收入，豐年則景氣好，一切生意皆好，否則相反，四、五月田農尚未收人，市場生意自然受到影響，因此想辦法製造人潮，便在市場前由一人扮程咬金跳假童（乩童）開始，每日皆由各角頭自動推出節目，以市場前（玉珍齋前）十字路為界，分頂廈角拼陣。所扮演節目大都與忠孝節義、倫理道德、或諷刺政治、官場、社會弊病為主，移風易俗之義至明。當然其中也有一些引人捧腹之戲謔

性項目。

　　筆者小時曾經聽說清末時期多貪官污吏，某一次「落地掃」，有人扮裝「土城大老上任」，即北路理番同治，前面一群人，有的擔家具，有的擔椅、桌、衣櫥、木箱……等等，接著是十名衙役（官差），舉著肅靜迴避牌，一面大鑼、一路邊走邊吹打「號頭、嘯角」。其後面是六名女婢、一頂轎，內坐著三姨太、接著又一頂轎六名女婢，上坐著二姨太、其後面又有十二名婢女、一頂裝飾華麗大轎，坐著大太太。其水後面則是六名奴僕、一位師爺、一頂大轎，上面坐著土城大老（水師遊擊），一行浩浩蕩蕩走到六路頭，玉珍齋前（市場口有六條路，一條住五福街「中山路」、一條往後車路、一條往暗街仔、一條往大將爺廟、一條往車埕、一條往美市街，故有此稱。）忽然從人群中走出一男一女，男的身高約四尺半、女的則有六尺左右，二人見土城大老轎一到，便大叫「大人啊！冤枉啊！」就在轎前跪下，衙役走上前大聲叫道：「有何冤枉？快向大人稟告。」男的便道：「大人啊！我身高只有四尺半，我妻身高有六尺。根本不相配，故時常口角吵鬧，請老爺排解。」老爺聞之便問師爺如何回答，師爺便細聲在其耳邊道：「如此如此……。」大老便大聲怒叫：「有人告錢銀，有人告家產，但無人告夫妻長短，中間若合和，長短我不管，服或不服？若不服，押下去打三十下大板。」夫妻聞之大驚，齊聲答道：「服！服！服！」觀眾皆大笑，也很佩服扮老爺的急智。閒話不提，且談後段。

　　記得媽祖聖誕一千週年慶典，數十萬觀光客湧入鹿港，其萬人空巷情景令人難忘，全鹿港大街小巷途為之塞。全街賣店以至路邊小攤凡可食之物皆一掃而空。付錢與否皆隨客之便，不予計較。如街尾家俱行，家家準備宴席，邀請在其店前等待觀賞熱鬧遊客，本此聖母千秋慶典係二次大戰終戰後，臺灣全境第一次大規模之宗教活動。之後才有其他地方舉辦，可以說是開臺灣宗教活動風氣之先。

　　「十六東石」

東石位置近網埔　前後同向均狹路
朝朝討海生計苦　全賴眾神來保護

　　東石位於鹿港市街最北端，與郭厝、後寮仔毗鄰，合稱北頭。昔日其居民十之八九以討海捕漁為生，從事近海漁業，比如：大乾、罕腳、養蚵等，即討什海。後來機械發達，在竹筏上加裝馬達始可往遠海捕魚。每年冬至前後烏魚期乃大豐收時。地理上而言，因靠海，九降風（九月起的季風）特強，故聚落成排皆南向，建物低矮，巷道亦窄，因此冬天季風起時此處只聞風聲而風不入，可見先民智慧。最北端為黃姓、中段為郭姓，與後寮仔隔界南段為楊姓所居住。東石有東興宮，奉祀李府千歲，另有北頭忠義廟，奉祀關帝。

　　「十七郭厝」
　　十七郭厝後寮頂　清真有寺鎮是境
　　戊戌水災殿宇傾　四次遷移始定鼎

　　郭厝靠近東石東側，建築格局與東石同樣，一律南向，住民多數為郭姓，因而有郭厝之稱。北側為陳、莊二姓，南側有吳、施二姓居住。
　　特別一提的是郭聖王廟「保安宮」，保安宮前身係伊斯蘭教清真寺，其創建年代甚早，應追溯到鹿港遷街時期（1661），由郭姓人士所建。鹿港古老相傳，凡金、丁、白、馬、郭五姓皆回教徒，至今郭姓祭拜祖先時均不用豬肉。回教清真寺一

般而言並無奉祀神像，可能為族群風俗有關，即漳、泉籍人士皆祀有神像，入風隨俗，因而奉祀「郭聖王」以免有所異於他人。自創建迄今經過四次遷建，最初廟地在東北角靠海之處，即李王爺池邊。昔日東石北側全是海，潮汐來時海水淹到天后宮石垰，福德祠每在漲潮時四周皆水，福德祠則浮在水中，術家言：係鴨母穴。水上口原有燈臺，故有燈臺腳之稱。李王爺池（東興宮）四週，昔日皆漁池，（久已填平），一九五八年歲次戊戌，臺灣中部大水災，死傷慘重，清真寺與郭聖王廟皆被毀，郭聖王廟遷建於南三節巷，樂觀園北魚池邊，但清真寺未再重建。第三次在現址邊巷道東邊第二間。又於一九九四年甲戌南遷重建於現址。按第一次廟地與清寺相鄰，共同使用一個古井，井上有亭，用轆轤取水。因未重建清真寺而建廟宇，鹿港這一處重要宗教、歷史遺蹟從此消失，實深可惜。甲戌年重建時曾邀本鎮詩友撰寫廟聯，筆者曾經撰好一對，因無暇書寫而未用上。聯文如下：

　　　　教溯伊斯蘭　　朝代幾經猶存聖蹟
　　　　地開巴布薩　　殿堂三徙如奠宏基
　　　　　　註：鹿港古昔為原住民「巴布薩」族居住之地。

　　　　「十八營盤地」
　　　　十八是普古營盤　　永安宮祀薛王爺
　　　　周全起義勇當嘉　　紹龍忠節史堪誇

　　　營盤，顧名思義便知是軍營，係清代鹿仔港水師左營遊擊官署。位於泉州街永安宮（薛王爺）一帶，普渡區域範圍不大。左前方為

泉州街，右前方為船仔頭，中間是一處深入陸地海灘。清代在此建有木城，為水師營地。乾隆六十年三月陳周全反清革命，初十日豎旗於荷包崙莊。是夜周全以數百人來攻鹿港；殺理番同治朱慧昌。四更抵遊擊營，鹿港水師左營遊擊曾紹龍，長汀人，武舉出身。列陣以待久戰，陳周全幾敗。時鹿仔港多遊民（即俗稱之羅漢腳），因清季官吏貪瀆、腐敗，民無以為生，人民多半同情革命黨，因此周全軍將敗之

時，羅漢腳拋投磚石，以助其勢，喊叫聲震天。時因天色未明，官兵以為皆敵，勢孤膽怯乃敗，曾紹龍拒營門，周全軍因前門不得入，乃從後門進人。紹龍身中數鎗，終因力竭被殺。事聞清廷，予卹賜祭世襲祀昭忠祠。現永安宮內有一尊著滿清官戴神像即曾紹龍。事後清廷廢此營，別建新署，以土為城，即俗稱之「土城」於文祠前。位於現鹿港火車站、隆昌公司至福興農會一帶。

陳周全臺灣縣人（臺南），天地會黨人。自林爽文反清敗後，守土官兵不以吏治為意，孳孳為利，乃與鳳山陳光愛共謀招人入會，從者數百，遂議起事。乾隆六十年春二月光愛　石井汛，未破被殺。周全走彰化，彰化乃天地會基地，林爽文餘黨尚有存者，與黃朝、陳容集餘黨，而自為會首，以洪棟為軍師，禡旗糾旅，至者數千人，三月

襲鹿港，同治朱慧昌、遊擊曾紹龍、外委任尚標均戰沒。周全再攻彰化城等地，後亦敗戰被殺。

「十九杉行街」
十九輪着三行街　地區長而街路狹
燈篙笠頂五彩花　宴客椅桌排整齊

杉行街位於米市街與龍山寺中間，路寬與五福街相同，大約有十一、二尺寬，昔日整條街皆杉行，故有是稱，所賣係福杉，由福州用船運到鹿港，當時臺灣森林尚未開伐，磚、瓦平均來自泉州，石材則來自惠安。杉行街除杉行之外，有多間糊紙店，對燈篙笠之設計，皆別出心裁，五花八門，爭奇鬥艷，美麗可觀而馳名遐邇。普渡範圍包含竹篾街（現德興街）、草厝仔、草仔市一帶。

「二十後寮仔」
二十當着是後寮　頂接北頭西三條
李王爺公管角頭　普渡祭禮做真夠

後寮仔位於天后宮北角，郭厝、東石之南，現玉順里復興路皆屬之。日據時期海邊有鹽埕，出產生鹽，特開設一條輕便車鐵路，經後寮仔、宮後、崙仔頂，至土城口火車頭，裝上火車，經彰化轉往安平精製。

「廿一後車路」

廿一算來後車路　福順店後小巷道

如花藝妲善招呼　王孫公子變情奴

　　後車路係昔日碼頭區，與福興、順興兩街中間巷道，南自大路頭（第一市場邊）起，向北直至雷公埕（原消防隊，一銀鹿港分行）中間，穿過三山國王廟。碼頭區則指暗街仔，低厝仔、瑤林街、九間厝、埔頭街，全長約四百公尺，路寬十至十二台尺，有多處轉角，如九曲巷。後車路端接雷公埕之處，有一座鹿港僅存隘門，上書「門迎後車」，為後車路之標示。雷公埕原有馬芝堡鹿港區長辦公處，大正九年（1920），臺灣自治制度實施，統轄鹿港、頂厝、頂番三區為鹿港街。人員增加，辦公處不符使用，乃遷至崎仔腳（原衛生所）辦公。後改為俱樂部，又改為圖書館，再改為消防隊廳舍，民國七十年售與一銀，設鹿港分行。

　　後車路一帶昔日有多間藝妲間，成為富家公子、文人墨客聚會之所，夜夜笙歌，頗為熱鬧。後來酒家、藝妲間根絕，方成今貌。

「廿二船仔頭」

廿二排到船仔頭　港邊昔日有燈樓

船舶夜間作指標　猶多富豪與行郊

　　船仔頭在土地公宮後面，這一帶昔日靠近海岸，為船舶停泊之

所，岸邊有一座燈樓，夜間上燈，以便船舶入港有目標可循，因此又稱燈臺腳。現屬玉順里三條巷一帶，南岸則為泉州街，清代鹿港首富，林日茂行即在此，昔日有謂：「有日茂行的厝，無日茂行的富；有日茂行的食，無日茂行的好額。」（好額即富裕之意）相傳前清乾隆年間，嘉慶君遊臺灣，經鹿港，曾夜宿日茂行，並書「大觀」二字以贈。查歷史並無記載此事，而且乾隆年間，臺灣正值林爽文反清革命，遍臺戰火，一國儲君，豈會冒大險遊臺。市井傳言虛實難知，姑且存之，可作飯餘清談，未嘗不可。泉州街附近原有牛墟堀（現天后宮停車場），海岸線直伸至天后宮廟埕前，經長久淤積，海岸線西移，船隻無法停靠，終成廢港，滄海桑田令人感嘆。

「廿三街尾」
廿三街尾在南廈　　全條共分三節街
盡頭便近鹿港溪　　普渡演戲通港多

街尾在土城西南角，分頂、中、廈三節街，頂街自土城南至青雲路，中街自青雲路至街尾往舊福興鄉公所一條通路，廈街從此直到近鹿港溪岸為止。

街尾整條街，全是木器傢俱行，包括衣櫥、化妝臺、書桌、神桌，因鹿港之細木作工夫獨到，美觀耐用，貨真價實，大受歡迎。自日據時期，至戰後約在一九四五至一九九〇年左右，全臺灣各地不分南北，不論嫁娶、入厝，必定到鹿港選購。街尾末端有舊鹿港溪橫跨，前清彰化縣知縣楊桂森，捐俸建「利濟橋」，人念其德，稱為「楊公橋」。後來開闢員大排水，另造新橋，因溪南接福興鄉，故名福鹿橋。楊橋踏月為鹿港八景之一。

昔日普渡時，每二、三間店便合資獻演一棚戲，因此整條街好戲連棚，非常熱鬧，故有「菜園豬、街尾戲」之俗諺。

「廿四宮后」

廿四宮后車路墘　城隍廟後義塚邊
只有大圍是丁姓　其他全部潯海施

　　所稱宮后即天后宮之後，宮后共有大圍、夫人媽宮、車路墘三區，大圍姓丁者居多，其他地區大多數為潯海施姓，因北邊為正（崙仔頂塚），因此無法伸展擴大，境內富美宮奉祀蕭相國，臨水宮祀陳靖姑（即臨水夫人），臨濮宮祀伽藍尊佛，復興路東邊有臺灣臨濮堂施姓大

宗祠，世界臨濮施姓宗親總會，彰化縣施姓宗親會址亦設於此。每年舊曆正月初四，為例行祭祖之日，海內外施姓旅人歡聚敦親，場面熱熱，施姓族人向以團結著稱，名傳遐邇。

　　「廿五許厝埔」
　　廿五輪普許厝埔　位在東南庄頭多
　　許姓歷來出英豪　排普祭品如山高

　　許厝埔在鹿港大街東北，延伸至東南有三區，昔日來鹿進香共有三隊：
　　（一）「頂十二庄」，稱為「海埔十二庄」，即為：柯厝、海墘厝、海埔厝、紹安厝、牛埔、竹圍仔、山寮、埔尾、新厝、魚寮、恩

隆（因洪水被埋沒於洋仔厝溝中）、頂洋仔厝。

（二）「中十二庄」，由北起為舊鹿港（脫褲庄）、草厝、港后、頂厝、碑　、東勢寮、林投園、以上七庄屬鹿港鎮管轄，橋頭、白沙屯、頭前厝、田寮、下番婆等五庄屬福興鄉，因住民姓許者居多，故稱為許厝埔十二庄，亦稱東十二庄，每年三月要來天后宮進香，現未繼續，而在農曆四月擇日　營，十二庄同日舉行頗為盛況。

（三）「廈十二庄」（又巷稱同安寮十二庄），即浮景、番社、社尾、粿店仔、西勢、同安寮（以上屬福興鄉管轄）、盧厝、大有（包括竹頭角）、番同埔、崙仔腳、牛埔厝、西勢湖以上屬埔塩鄉管轄。

註：七月普渡廈十二庄不在內。

　「廿六牛墟頭」
　廿六來到牛墟頭　橫街仔對市場口
　先講楊厝公館後　崙仔頂內一齊包

玉珍齋前東向過十字路便是橫仔，到三王爺廟一帶，稱為牛墟頭，當境土地公宮，原名景福宮，後改為景靈宮，蘇府三王爺為主神，土地公、土地婆為配祀。為昔日稱「田仔垵」，為牛墟所在地，旁有牛塭堀，係牛隻沐浴池，後填平建天喜市場，普渡範圍包括頂、

廈崙仔頂，同日舉普，區域內昔日多農戶，屠宰商亦不少。東奇堂係武進士許肇肴公館，也是許姓祠堂。

「廿七安平鎮」
廿七算來安平鎮　石廈長興共比鄰
土城之北作藩屏　車埕同日有原因

安平鎮是昔日軍營。乾隆五十三年，原駐安平之台協水師左營，改駐鹿港，初駐此處，依舊部名稱安平鎮，後移於北頭。安平鎮為鹿港通往彰化必經之地，板店街與五福街界一條巷道，即石廈街，再進入安平鎮，鹿門莊（某富豪別墅）經橋頭、頭前厝、田寮、下番婆、崎溝仔、馬鳴山，直至彰化城。

鹿港古諺有「好柴不流過安平鎮」之語，昔日家用煮飯火柴，皆須從彰化擔到鹿港，比較耐燒樹種較受歡迎，便在此處被買一空，故有是言。

普渡範圍白玄安平鎮　、石廈街、外板街、長興、泰興、和興，隔金盛巷之車埕亦同日舉普。港后進入安平鎮，原屠宰場通往石碑　有一座隱龜橋，附近通稱「大港溝」，現已無蹤跡矣。

「廿八菜仔寮」
廿八輪普菜仔寮　位在文開國校后
古早面臨大崁頭　天天海產免受飲

　　范仔為一種蟹類，生於潮間帶，漁民在海灘搭有竹屋，採集范仔時休息之用，後來流沙淤塞而成為陸地，便有人在此建屋，終成聚落。普渡區域包括文開國小後面、打棕埕、暗街仔、低厝仔，即原海灘竹筏集中之區，皆同日舉行。

　　「廿九通港普」
　　廿九號稱通港普　　收庵坐壇早起鼓
　　供品排列滿街路　　等待日暮倒燈篙

　　七月有大小月，小月只有廿九日，而無三十日，為了每年同一日舉普，以免因大小月而有所變動，故定於廿九日，通港普即全鹿港，在廿八天未輪到角頭，集中在此日舉行。另有一說，據丁玉書先生言：有三十日之時則在廿九普泉州街。並云：泉州街以日茂行為中心，街分前街與後街，古昔海口尖端，日據時期稱為大崁頭，位於海尾庄前方，地帶即大崁頭、范仔寮、普庵公宮、真如殿，潤澤宮前彎出聖神廟，左彎入鹿港溝，至港底，便是碼頭區，全長約一公里左古。

　　本區以黃姓居多，二媽會館在集賢宮「北極大帝」對面，後彼設幼稚園，本以日茂行頗有盛名之外，在后街尚有黃進士玉書往宅，自

港口淤塞，碼頭改於沖西港，便一直走下坡，不再有當日繁榮。

　　七月普渡期到月底，廿九日在威靈廟（大將爺潮）舉行大法會，設壇、坐座變食普施後，在日暮時收庵，將好兄弟送回地府。下午在各戶門口以五味碗、牲禮敬奉各路好兄弟，燒好金紙完畢後，將初一日各寺廟所懸掛燈篙，以及各戶門前所掛者，全部拆除，以示普渡結束。

　　　「三十口龜粿店」
　　　三十輪普龜粿店　整月繁忙莫怨嫌
　　　滾滾財源不是貪　敬神敬鬼本心甘

　　普渡時次廳中排設八仙桌，中置紅色燈座，供品除五牲或三牲酒禮、燒熟、看桌、花粉桌、五味碗之外，尚需龜粿、粽、魔呼粿、八紛、糖菓等等。龜粿店忙碌異常，收入亦多，故在此日舉普，答謝好兄弟，過七月便要準備做中秋餅，又有一番忙碌。

　　　「初二米紛寮」
　　　八月初二米粉寮　七月米粉當大銷
　　　菜市柑刈共今朝　普宴人客樂相招

　　普渡屬於閤港性大祭典，一連三十天，家家戶戶宴請賓客，花費驚人，市場各種生意皆大發利市，米粉銷路驚人，乃是意料中事，初二有菜市場、柑仔店、米粉寮同日舉普。

　　「初三乞食寮」
　　初三排到乞食寮　　角頭輪普已全了
　　不知明日何處要　　乞來龜粿等治飫

　　鹿港昔日為中臺灣經濟文化重鎮，民力殷富，因此各地失業者、遊民皆會招群來鹿港，尋找就業機會，一些無力謀生之人往往淪為乞食，以乞討維生，知鹿港富庶之地乞討容易，乃成群結隊而來。昔日為了收容乞食，而設有二處乞食寮：一在崙仔頂，稱頂寮；一在港底，稱廈寮。各寮皆有「乞食頭」管理，提供食宿，有病則予以治療，平時初一、十五、初二、十六，乞食頭會帶隊，到五福街乞討，久之成例，五福街各商戶必會預備零錢分發，乞食頭會在旁監督，分來之錢全交乞食頭，將總金額抽取幾波先，作管理、膳食費，其餘則半分與眾乞食。頂寮因風颱倒塌，只存廈寮，後來亦廢。

　　七月整月普渡已全完，長達一個月，乞討所得數目可觀，每人貯蓄以備不時之需，可以安心有一段時日免於煩惱生活。就在此日舉行普渡，以謝好兄弟。七月普渡便在此日真正圓滿結束。（內有部分資料係碩石老人丁玉書先生提供）

五、鹿港八景十二勝

（一）八景

龍山聽唄（龍山寺）。后闕朝山（天后宮）。
楊橋秋月（福鹿橋）。西院書聲（文開書院）。
瓊樓擷俗（民俗館）。曲巷尋詩（九曲巷）。
彰濱曉日（工業區）。鹿渚洄潮（鹿港溪）。

（二）十二勝

文祠謁聖（文昌祠）。武廟求籤（武聖廟）。
磚街訪古（五福街）。泮水觀蓮（文廟前）。
澄江競渡（鹿港溪）。古井觀泉（沁秋井）。
公園曉操（體育場）。藝巷薪傳（桂花巷）。
沙屯煙雨（白沙屯）。海漩晚霞（沖西港）。
龍蝦出海（日茂行）。猛虎跳牆（文武廟）。

天后宮媽祖像。（林彰三攝影）　　天后宮香爐。（林彰三攝影）

鹿港九曲巷。（林彰三攝影）　　鹿港巷弄。（林彰三攝影）

六、中秋

　　中秋即秋色平分之夜。《禮記》：「是月也日分」、「復雅歌詞」，蘇東坡作〈水調歌頭〉，內有「瓊樓玉宇高處不勝寒」。「韓偓詩」有：「露和三屑金盤冷，月射珠光具闕寒」之句。

　　《異聞錄》：唐明皇與申天師、道士洪都客，中秋夜遊月中，見一大宮府，榜曰：「廣寒清虛之府」，天師引明皇躍身煙霧中，下視王城，嵯峨若萬頃琉璃，內見素娥十餘人，皆皓衣霓裳，乘白鸞舞桂樹下，樂音清麗。明皇歸，製霓裳羽衣曲。」

　　《太平廣記》：「趙知微有道術，中秋積陰不解，知微謂人曰：能昇天桂峰賞月否，曳杖而出，既闢荊扉而皓月如晝，捫羅援蓧，及峰之顛，舉酒而歸，風雨宛然。」

　　《仙釋傳奇》：鍾陵西山有一座「遊帷觀」，每年一到中秋佳節，各地遊客便蜂擁而至，車馬喧闐，士女雜沓，頗為熱　。太和末年，有一書生，名文簫者，亦聞其名，而往參觀游覽。忽然間在人群中，看見有一位女子，二八年華，貌美如花，沿路歌唱，聲如鳳鳴，歌曰：「若能相伴入仙壇，應得文簫駕綵鸞，自有綵繻并申帳，瓊臺不怕雪霜寒。」歌罷穿松而行，文簫聽其歌感到很奇怪，伊尾隨其後，想看個究竟，孰不知該女子竟然開口道：「文簫啊！請隨妾來！」便帶他到絕頂，不久便有仙童持「天判」來，寫道：「吳綵鸞以私欲洩天機，謫為民妻一世紀。」女子見了文，便偕文簫下山，歸鍾陵成婚，以圓宿世姻緣。

　　中秋佳節，歷史上有很多傳奇故事，難以一一細述。話歸本題，來談談鹿港的中秋韻事。中秋佳節在鹿港，有很多節目，如南北管演奏、各寺廟燒香、拜土地公、每個家庭團圓賞月、中秋餅與文旦柚，是不可或缺的應節禮物。

昔日龍山寺前有一大魚池，面積有數公頃大，中秋佳節會用綵船，上載聚英社管友演奏，泛繞池中。各詩社都會在此日，舉開擊鉢聯吟，並在夜晚開吟宴，對酒詠月。記得莊太岳先生〈鹿港竹枝詞〉有「尋常一樣中秋月，偏在楊橋分外明」之句。先賢有不少膾炙人口之作，只惜手中無資料，難知其詳。現代文開詩社，依例會召開賞月晚會，歡渡佳節。

七、鹿港傳奇故事

（一）偷碇賊討債

清時鹿港港埠商務繁忙，郊行均有船舶與大陸通航。而施、黃、許乃鎮內三大姓，人多勢大，如族人被外姓欺侮時，必興師問罪，絕不輕易放過。在封建時代，社會豪族之惡勢力很大，可私自處理糾紛，而不守官府之約束。當時有一施姓之郊行商賈，某夜捕獲一個侵入行內的小偷，是個飢寒無助的少年，偷一個船碇正想離開，被店員發現，逮個正著。依當時律法，應將小偷交官法辦，官署大約判監三五天。施家沒有把小偷移送法辦，私自施以「打活結」之刑，即吊刑，釀成命案。

施氏豪族恰逢施家夫人待產，全家忙於張羅接生事宜，當其臨盆之際，忽見被弔死之小偷，滿身血跡，竄入主婦之閨房，即聞嬰兒呱呱墜地啼聲，主人驚叫一聲：「遭了！偷碇賊來討債！」

此兒生下，因命中缺水，乃取名「壬癸」，因長相英俊，活潑靈巧可愛，深受父母溺愛、任其揮霍，終其一生將施家之田地財產耗費殆盡。此乃「現世報」也。

時之官府雖知此事，雖知私刑山人命亦不追究，因昔日為官者均抱「千里為官只為財」，只要「三年官，二年滿」，只要自己平安無事，對於地方治安、人民疾苦從不關心，而且又怕得罪豪族，惹來麻煩，只好睜一眼、閉一眼，任由豪族私了。惟天網恢恢、疏而不漏、善惡到頭終有報，只爭來早與來遲。

諺云：「財勢不可盡用」、「七尺槌留三尺後」。奉勸世人平時應多積德行善，不可恃勢欺人，庶免果報及身、禍延子孫，而後悔莫及。 （2010年10月文開季刊五期）

（二）賣子索命

這是鹿港街真人實事的一則現世報的故事。昔日北頭漁村，為討海人聚居之地，民風較為純樸，而無子嗣人家乞子之風氣很盛，因昔時醫學及科學不似現在進步發達，不孕之婦女無法生育，不像現在可藉人工授精，所以只好乞養子女，以免無後絕嗣。

乞子途徑一般說來有三種：一為託親友或鄰居尋求過繼；二為委託商人到外地尋找對象，立字據買子；三為託牙婆（專門買賣人口之婦人）來買子。而北頭黃姓夫婦中年不育，遂託鄰居賣搖鼓之商人代為物色聰明伶俐之小孩，想買個孩子以傳香火。當時買賣兒子方法有二：一為賣斷，收取銀兩較貴，小孩即永遠與親生父母斷絕親情，不再來往；二為貧苦人家索取些許現金濟助而不賣斷，過門受養，長大後仍可與親生父母認親來往；兩者價錢多寡相差甚大。西螺有一婦人，因家貧，婆婆重病，不得已將獨子給人認養，以謀取一些金錢來為婆婆治病，情非得已，當然不肯賣斷。不料賣搖鼓之仲介者卻存心不良，矇蔽雙方，向北頭黃姓夫婦謊稱「賣斷」，須付一筆數百元之費用，黃家乞子心切，遂如數給付。

越數年，西螺之婦女因思子情殷，遂千里迢迢自西螺來到鹿港欲探視其子。至鹿港始知受騙，其子已被賣斷，養母拒門不納，不允母子相見，婦女傷心欲絕，無奈怏怏離去，歸家後鬱悶寡歡，自責甚深，遂懸樑自盡。死後冤魂不散，化為厲鬼，到鹿港向仲介者索命。仲介者雖請神扶乩欲求化解，無效，終於暴斃喪命，此乃其貪取不義之財所受果報。

賣搖鼓之仲介者育有二子，一在鹿港，一在日本。不久，在鹿港之兒子也得急症死亡，在日本留學者僥倖逃過災劫。仲介者死後，有漁夫郭慶安租其屋，郭是年輕力壯，新婚不久，膽子也大。夜晚女鬼經常作祟，床會移動，門窗會搖晃。郭氏遂燃香向冤魂祭告：「冤有頭，債有主，我沒害過妳，請你諒察，我是窮人家無恆產，才會租此屋子暫居，請妳放過我吧！」但也覺得此屋不宜久居，興起搬遷之念頭。

有一天，郭慶安到市場販賣魚貨，看到附近有一相士，幫人測

字，據說很靈驗，遂趨前請益。相士要他寫個字以測吉凶，郭稱不識字，相士又問他是哪裡人？他說：「東石。」何名？他說：「慶安。」相士說：「重石（與東石諧音）穩固，慶安無事，你可不必搬家。」結果郭氏就沒遷居，照常租住，並成為日後發跡之地。

仲介者旅日次子，後來因病返回鹿港，不久病逝，女鬼索命造成之騷動，終告平息。（據故事提供人郭慶安九十餘高齡，親口傳述）

（三）攔轎告狀

鹿港全鎮大小寺廟百餘所，經常舉行各種迎神賽會，以及暗訪活動，出動各角落之信徒以藝閣鬥奇爭勝，這是一般宗教性的遊行盛況。鹿港除了宗教活動之熱烈精采外，昔日另有一種民間遊行，以「拼角頭」之方式，由頂、廈角各粉墨裝扮沿街遊行表演，而於六路頭（現第一公有市場）前兩陣會合或各獻其技，或相互戲謔消遣，鬥文不鬥武，形成風氣，謂之「落地掃」。

落地掃之緣起，由昔日清明節「拼角頭」之習俗演化而生，晚清時代漳泉族人不合，時常械鬥，後衍生為頂、廈角落因細節糾紛，互約在清明日於畬仔頂（第二公墓）東西為界，互以磚石擊擲，隔著壕溝各逞武力，雖有流血受傷，亦不得投訴官衙，各由角落負責安撫。至隔日即兩方言和，相安無事，據稱藉此可消除「瘟疫」云。

落地掃之遊行，大都由市井攤販起假童（乩），假藉神明指示辦理之時段，再由頂、廈角信眾準備互相嘲謔、鬥勝，各規劃設計角色、人物、戲碼，著手化粧遊行，以博街眾一粲。此種民間習俗，大都在秋收以後，人們藉活動以排遣無聊，凝聚群力，促進角頭之團結，而且鹿港地區入秋九降風大作，大陸船隻銳減，市況蕭條，落地掃之舉辦有活絡商機之功能。

鹿港落地掃活動於清末及日人據台初期最盛，扮演藝閣最膾炙人口的有：「擔肥沃菜園」（鹿港廈角有聚落名菜園），「羅通掃北」（北頭屬鹿港頂角），「雞尾（街尾，鹿港廈角地名）鵝（與擎同音）尻川（屁股）」，以及「攔轎告狀」等。

清末鹿港廈角今火車站附近，有「土城」之設置，乃水師游擊之駐地。主管官員稱「土城大佬」，為人強悍霸道、貪瀆好色，鎮民不滿，有思藉「落地掃」之化裝遊行，以笑料反諷。時「六路頭」（市場口）之商人，因生意清淡，遂假借神旨扶乩，欲舉行落地掃，俾引起各附近鄉村及街內民眾來觀賞，以便增加生意，並反諷為官者之顢頇惡劣。於是頂角之街眾扮演「大佬出巡」之戲齣，而廈角之街眾則不甘示弱，暗中準備攔轎告狀，不讓頂角陣頭占得光彩。

　　是夜，頂角演「佬爺」、「師爺」、「侍從」、「皂隸」一行，浩浩蕩蕩由北頭出發沿五福街（不見天街）向廈角前進，佬爺坐在大轎內銜大煙管，做得意狀，旁隨師爺及妾婢，由皂役開路吆喝而來；來到六路頭，突然路邊竄出一對夫婦，一高一矮，相偕跪地攔轎，大呼冤枉。

　　佬爺：「大膽刁民，攔路喊冤，所為何故？」

　　夫：「冤枉喔！小的身高七尺二，妻子僅四尺八，不公平呀！」佬爺一愕，急忙召來師爺，細聲商討，不久師爺湊近佬爺耳邊面授機宜一番。

　　佬爺：「爾夫婦聽著：有人告田園家產，無人告夫婦長短，中央若合，頭尾不管，服是不服？」

　　圍觀民眾哄然大笑，鼓掌叫好，都稱讚師爺之機伶，以及佬爺之明判。

（四）因果報應

　　日據時期，大正十四、五年間，菜園有一位富豪，名黃含，雙手五隻指甲皆長期不剪，如卷紙般捲起，以指甲套保護，如西太后，人皆稱他為「長指甲」。他經營油車壓榨花生油、麻油、菜子油等。黃家原以糖業起家。按當時之油車、米穀、糖業、以及行郊皆屬富豪。

　　另有一人名陳金灶，人皆叫他為「鬼仔灶」，其祖陳士珍為彰化縣師爺，其父陳其，經營糖業。是有名奸商，心術不正。在五福街茂順隔壁（玉珍齋對面），有店舖，號新慶豐。據云：該棟房屋原為當年反清革命首領，施九段所有。

據傳：鬼仔灶之先人設仙人跳，謀財害命。大陸商人夜宿其家，陳某以其妻美色勾引，然後捉姦，以沒收其所有財物為條件始放人，大陸商人因羞憤而自殺身亡。

　　陳金灶有一女，嫁於鄰近上述之富豪，黃含之長子黃雲為妻。其目的為謀奪黃家財產。鬼仔灶因此常藉故到黃家，拜訪黃母，訴以愛慕之意，終於發生不倫之事。久之紙包不住火，兩人姦情，早已傳遍於遐邇。日治時期民風淳樸保守，男女間之猥褻行為，為社會所不容。鬼仔灶之女婿黃雲，因其母不貞而深以為恥，圖謀報復。鬼仔灶在彰化設有商行，每日必往彰化處理事務，他身穿西服、頭戴中節帽，手拿雨傘，搖搖擺擺，到車頭候車，欲搭臺糖八點多五分仔火車前往彰化。黃某知其習慣，手拿管仔刀，到車站等候，一見鬼仔灶便上前，大聲叫道「鬼仔灶，今日要替我父親報仇。」言罷拿起管仔刀，孟刺其胸部，只聞鬼仔灶哀叫一聲，用手掩胸走到辜本醫院，（位於火車站前，原丸吉運輸公司，即今福華鏡行）。因失血過度死在醫院。黃某犯案後便向派出所自首，地方群眾久憾 陳金灶之惡，呈陳情書與警察局，要求莫究黃雲殺人之罪，警方亦認為黃雲為民除害，而放縱不與追究，囑其逃往他鄉外里。黃便搭五分仔車，到彰化轉搭縱貫線火車，到基隆，乘日本輪船逃往大陸。

　　鬼仔灶死亡，出殯之時，經過六路頭（玉珍齋前面）棺木墜落地上，屍水四溢，嗅味經過五年依然不散，直到市區改正，拓寬五福街方止。鬼仔灶棺木抬到崙仔頂，因鬼仔灶作惡多端，群眾不讓其安葬於鹿港，當時敦聘秀才鄭貽林為「點主官」，因住民反對，鄭秀才點主不成而回。世俗所傳「點無主，活無久」，果然不久便逝世。

　　鬼仔灶嫁給黃雲為妻之女兒，後來淪為乞丐。鬼仔灶之子名天申，畢業於日本慈惠醫科大學。回臺後在鹿港開業，未久即遷往大甲開設診所，忽然暴斃。年未三十。人云：「大甲乃天申無頭，安有活命！」巧合乎？或冥冥中註定？人謂：「失德者豈有善後」，果報何其速耶！奉勸世人引以為鑑。

　　諸惡莫作，眾善奉行，自能避災遠禍，轉運招福。願與諸君共勉。

八、鹿港蝦猿

　　「蝦猿」分公與母，即雌、雄，母的有卵，俗稱「有仁」，如蟹黃；公的則無仁，俗稱「冇猿」。

　　蝦猿生長在潮間帶，其穴多在土質地，因比沙質地較不易被潮汐沖毀。穴離地面約一至二尺深，故蝦猿不是用抓的，而是用掘的。掘出的蝦猿先用水洗清，分出公、母，公的腳長，母的腳短，一見便知。鹿港較馳名的是「鹹蝦猿」，其作法是清水酌量，加上鹽，把它攪散，用火煮滾後，把蝦猿母倒入，再滾二、三次，使其入味，其香較濃，但不能過久。冇猿「無仁」，並沒有母的獨特香味，故用油炸，加上一點鹽與胡椒粉，香酥可口，而受人喜愛。

　　蝦猿一年四季皆有，盛產期是冬至前後。全臺灣唯獨鹿港海灘有此物，產量有限，掘之費力，嘗言：物稀為貴。因其營養成份高，加上獨特的「甘沁香淳」美味，成為佐酒、配飯的珍饈而馳名於海內外，是頗受歡迎的餽贈妙品。

九、廣告系列

（一）美士曼廣告

驚奇！驚奇！

請看！那霧中的花兒朦朧，卻很誘人。
　　　那天邊的彩虹，令人憧憬與遐思。
想想！那夢裡的佳人，讓人傾心與思慕。

您想不想？您的產品像那樣的迷人、讓人一見「鍾情」嗎？
美士曼　以先進、專業的設計與技術，
為　您打造　超現代的品牌與形象，
讓客戶一見傾心，　愛！不釋手。

追求卓越　創造驚奇。

美士曼以積極、誠信、盡職的三大堅持，
為您的產品量身設計、創新。
讓你的產品
高貴──無與倫比。
美麗──超越巔峰的名牌。
讓您獨占先機、領袖商場。

（二）大東雕刻工具廣告

發現至寶！　寶刀只適合英雄！

☆工藝界的奇蹟☆　──大東雕刻刀，幫你創造藝術巔峰──

大東雕刻刀鑿是陳家獨門 焠鋼秘技 精煆，
渾然天成，樸實無華，鋒利、易磨、耐用，
讓使用者，順心應手、創造不朽。

國家藝師李松林大師與令公子薪傳獎得主李秉圭先生，薪傳獎大師大施鎮洋、施至輝、黃媽慶等十餘位，獲國家首獎的大師、各地名雕刻家，皆選用大東工具

──工欲善其事，必先利其器──
希望成為　國際級　雕刻藝術大師，
大東雕刻刀！是　您不二的選擇。

（選鐵、選鋼、剪材、火煆、包鋼、打造、成形、焠鋼、鑄印、磨鋒、成品。）

（大師級所用的工具，必須大師級匠師的加持，方能展現其功力。）

（大東雕刻刀是大師級雕刻家唯一的選擇。）

附錄：新版鹿仔港夜談大綱

一、史前：原住民、漢民入臺、開發、移民、原鄉、唐山公、唐山媽、娶番婆。

二、紅毛城與中國民工：年代（紅毛城位置）。

三、地理形勢與變遷：形成市街＝遷街（古市街地圖）。

四、交通：海路＝陸路（海陸交通圖）。

五、防禦系統：不見天街、隘門、鎗櫃；上、中、下十二庄。

六、氏族分佈區域：（氏族分佈圖）。

七、維生方式：漁獵、農耕、工、商、其他：山、醫、命、卜、相、乞討。

八、政治：官署、管轄、自治團。

九、社會：羅漢腳、乞食、鴉片、玟間（賭場）、賭博（乞食寮；頂、廈寮）。

十、治安：盜賊、強貢、海賊（蔡牽）

十一、交通：抬轎、人力車。

　　　運輸：擔工、二輪車、手拉車、牛車、輕便車、汽車、火車。

　　　金融：九八行（十元存九元八角）（代表性大戶：施合發、泉盛）、委託行、船頭行，（包辦轉運、轉售。八郊之貨抽成，即傭金。）（寄倉、由船主指定。碼頭工人由石廈、后宅。菜園分占、不得相侵。）

十二、宗教：儒、釋、道、伊斯蘭、耶穌、天主、原住民等教。

十三、漢民宗教

　　　通俗神祇：佛祖、觀音、孔子、關帝、媽祖、王爺、太子爺、郭聖王、夫人媽、註生娘娘、境主、土地

公、地基主、簷口媽、地藏王……。

神媒：法師、童乩道教、神祇、三清道祖（即李老君、元始天尊、通天教主）……。

神媒：紅、黑頭道士。

宗教行事：間病、歹夢出賣……（小兒夜哭：天蒼蒼，地蒼蒼，我家有個夜啼郎，往來君子讀三遍，便教一睡到天光）。

十四、寺＝廟＝教堂＝齋堂。

寺＝主持、廟＝廟公（廟祝）、基督教、天主教＝主持神父、牧師。

十五、教育：學校、書院、私塾、義學。

課本：三字經、千字文、人生必讀、四書、五經、瓊林、秋水軒尺牘、指南尺牘、商務尺牘、千家詩、唐詩、宋、元、明、清詩、史記、昭明文選、文心雕龍。

十六、民間習俗

鎮宅：石敢當、對我生財、獅仔咬劍、山海鎮、八卦鏡、風獅爺。

公共設施：大礐（公共廁所）、浴堂。

人際關係：結義（換帖）認養、鰲子。

十七、人物傳奇

敬義園紀念碑。（林彰三攝影）

十宜樓東西兩側前後相通，係騷
人墨客夜吟品茗之所。（林彰三
攝影）

十宜樓內的拱門與月窗。（林彰三攝影）

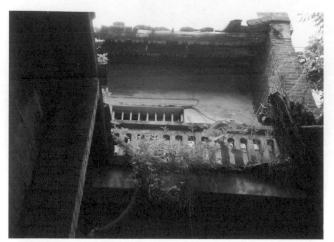

十宜樓內部照。（李昭容攝影）

121號天井修復前。（李昭容攝影）

（李昭容攝影）　廳堂施工前。舊有彩畫油漆以佛青及朱紅色為主。
　　　　　　　　（李昭容攝影）

（李昭容攝影）　　　　　　　（李昭容攝影）

（李昭容攝影）

（李昭容攝影）

中庭側邊磚面灰泥雕字，修復前，上刻有「妙書鴻戲秋江水」。（李昭容攝影）

庭園側邊書捲窗修復前。（李昭容攝影）

庭園側邊牆面修復前。（李昭容攝影）

第四章

《員嶠輕塵集》
詩作增補

一、詩作

桂冠詩人英文介紹

（64年詩作入選《世界大同詩選》，桂冠詩人會）

SHIH WEN-PING is from Taiwan, Republic of China. He was a First Prize awardee in Chinese Poetry during the 2nd World Congress of Poets. He also received the First Prize more than ten times in the National Poetry Contest. He is Managing Editor of a bimonthly publication, "China Poetry and Essay", founder of Lu-Kang Poetry Club, Director of Changhua Poetry Research Society and member of the Chinese Traditional Poetry Society. His pen name: Hesun Chen.

WORLD HARMONY THROUGH POETRY

O poetry, the voice of an encouraging spirit,
The resounding call of all mighty God.
The innocent pen expresses the truth,
Will awaken the people of the world.
The verses with enthusiastic tears become
Sweet rain which nourishes living beings.
And there contains godsend communion
In the article's extensive wordings.

May we have a common oath
To strengthen the decaying morality.
Under the light of golden laurel wreath,
International friendship be won with prosperity.

Let's expand the power of justice,
And advocate eternal peace.

本作品〈詩盟世界〉原文如下：
心聲激發振天聲　　醒世時教缽共鳴
筆自無邪存正氣　　詩因有淚哭蒼生
文章磅礡機緣契　　肝膽輪囷道德撐
金桂標冠聯國際　　長伸公義倡和平

壬午歲末書懷　2002
烹茗靜看歲欲更　　經年蝸守負詩盟
難除俗擾因名累　　慨看利趨與世爭
筆底雲煙聊寄趣　　眼中人物懶閑評
何如載美尋春去　　花下傾樽聽曉鶯

過小半天　2004.3
山鄉幽靜遠塵氛　　竹杖悠閑撥曉雲
問路莊園逢野老　　相邀煮茗話春耘

新城訪舊　2004.4
翠徑春殘花已落　　蒼山日出霧初開
看門村犬如相識　　搖尾抬頭迓客來

雪山月夜　2005.1
梅開雪後景奇佳　　月亦多情現彩華
只恐梅花宵寂寞　　捲簾邀月伴梅花

新婚賀詞　2005.6
新婚喜祝寫新辭　　月朗星輝景出奇

緣定三生圓夙願　情偕鸞鳳永相隨

文開書院題壁　2005
西院流風感昔時　滄桑歷劫總堪悲
江山今喜歸民主　重振斯文信可期

重修武廟題壁
（鹿港文開書院、文昌祠、武聖祠合稱文祠，或稱文武廟）
2005.10.23
一　劫後重修仰聖門　滄桑往事不堪論
　　宮墻濡墨題新句　鴻雪他年認爪痕
二　喜見莊嚴殿宇新　衣冠來謁正佳辰
　　百年興替尋常事　惟待儒風廣化民

時事感懷　2008.5.23
物價飛升缺主裁　無能治國釀凶災
誰知政黨重輪替　馬上便看百姓哀

戊子九秋郊居即事　2008
海嶠秋晴菊正開　東籬煮酒約朋來
無端亂局違清興　嗆馬街頭叱下台

偶感　2008. 9
一　年來腦智昏難濟　已缺從前精與銳
　　倩本人旁誤作情　還將棣字書成隸
二　無求甚解說淵明　宏論千秋誤眾生
　　書本如非深究讀　難防晴字錯成睛

慶祝員林成街二百八十年　2009.5.5

閩東客俗本純真　盛會宏開慶吉辰
林仔街頭尋勝蹟　興賢院內聚騷人
從知拓土輸心血　莫忘招群歷苦辛
貳捌零年回首望　懷恩感德紀先民

賀瀛社創立百週年社慶　2009.3.8

以瀛名社義堪研　抗日興詩史久傳
割地焉能忘國恥　盟鷗偏愛續文緣
當修濟世匡時筆　來寫安邦定國篇
北邑今朝參盛典　期頤喜祝伴群賢

尊重女權　2009.3.8

婦德同稱即婦功　從來懿範世同崇
重男風俗今宜改　兩性平權建大同

梁庚辛、梁施富賢伉儷白金婚慶，詩以祝之　2009.4.5

白金婚慶盛筵開　末席叨陪亦快哉
積德之門天亦佑　盈門濟濟棟樑材

時事感詠　2009.4.6

一　痴愚總統實堪哀　大位原從賄選來
　　一副嬉皮顛笑臉　不知差恥辱吾臺
二　金融海嘯發陰威　經濟崩盤局日非
　　政府依然無善策　群民失業究何依
三　威權復辟事堪憂　鐵腕橫施阻集遊
　　國會渾如山賊寨　任憑惡黨亂圖謀

夏日書懷　2009.6

一　芳郊小築署無瑕　　遯世端宜避俗譁
　　忽起童心思畫鵲　　隨開電腦亂塗鴉
　　登山憶昔吟偏壯　　對酒談心量莫誇
　　卻愛文餘尋逸趣　　墻邊修竹種奇花

二　鳳凰花發滿林丘　　逝水流光季近秋
　　如畫溪山風軟細　　多情猿鶴語溫柔
　　文章有骨難循俗　　名利無心易遠憂
　　淡出騷壇尋至樂　　邀朋賞勝作清遊

三　年臻七九老當休　　白髮蕭疏滿鏡秋
　　防謗宜謙居驥尾　　逃名切忌作龍頭
　　難忘塵劫風兼雨　　為續詩盟鷺契鷗
　　文字緣深同几席　　何辭裁句快相酬

四　朗朗乾坤又一秋　　行囊重整作遨遊
　　迎眸天海胸懷曠　　入句雲山境界幽
　　俗世瘋狂迷利欲　　冰心凜冽釀清流
　　三餘惜取勤編撰　　荏苒光陰去不留

五　經年株守未曾休　　皓首窮經負所求
　　風月無邊堪嘯詠　　江湖隨處任優遊
　　從知處世誠為本　　如欲談交德可儔
　　自笑豪情今未減　　待攜詩卷寫宜秋

六　慈濟慈悲道不孤　　普天之下證三無
　　長懷俗世憐貧弱　　深入人群化昧愚
　　導正心靈傳大愛　　宏施功德奠良謨
　　靜思精舍遙瞻仰　　浩蕩恩波遍海隅

七　便捷飛機任去來　　空中航路網般開
　　我依雅座嘗名點　　客享閒情薦酒杯
　　平穩翱翔輕似鳥　　從容升降響於雷
　　為尋異俗觀風物　　東亞諸邦繞幾回

八　秋涼時節雨聲催　　夜半傾盆挾迅雷
　　蘇旱霑農原所待　　釀災生禍豈能猜
　　林邊一夕成澤國　　山下連村變土堆
　　屋倒人亡驚瞬息　　呼天不應實堪哀

九　驚傳巨變世皆憂　　政府無能惹眾愁
　　民正動員忙拯濟　　官偏參宴樂歡酬
　　山區最怕颱風季　　窪地難防土石流
　　馬統低能劉揆妄　　哀哀百姓命該休

先慈忌辰誌痛　（農曆五月十六日）2009.6.8 草於無瑕小築

一　事當十五少年時　　二戰全球局正危
　　病榻呻吟聲轉激　　沉痾累母痛難支
　　註：二次世界大戰末期，先慈別世未幾，美國在日本廣島及長崎
　　　　投下原子彈，日本宣布無條件投降。先慈在余小學六年時曾
　　　　向恩師黃春花先生預言日本必敗，果如其言。

二　問病難知孰劣優　　外科翻向內科求
　　中醫不解西醫術　　誤診偏教藥亂投
　　註：先慈係腿部之病，應受外科手術，時醫學未發達，漢醫難斷
　　　　病症而致延誤。

三　慈親棄養苦成獸　　日守墳前暮始回
　　夜半醒來尋無母　　掩衣偷泣淚如催
　　註：夜半偷泣，因恐父親聞知而傷心也。

四　日月如梭感慨長　　江湖馳逐冒風霜
　　親恩浩蕩如天地　　六五年來未敢忘
　　註：先母棄養至今六十五年，親恩欲報已無時。

五　祖宗神位供於堂　　晨夕恭焚一柱香
　　今日清樽虔禱祝　　祭如親在共來嘗
　　註：今日先慈忌辰，如例祭拜。回思往事，內心惻然。

六　比喻花木重栽培　　缺水焉能按季開

生滅由天難斷料　安危非已可刪裁
潛心不畏千般苦　失恃方知百事哀
庭訓嚴遵強自立　掀天豪氣壓群才
註：當年庭訓永不敢忘也。

秋日書懷　2009 己丑仲秋

一　淵明晚節可稱儔　籬菊傲霜艷九秋
　　鐵漢何曾悲失路　豪情猶待快盟鷗
　　騷壇霸戰魁爭奪　學海躬修願久酬
　　絕似晴空塵不染　一輪明月照心頭

二　一壺香茗傍窗邊　漂泊江湖話昔年
　　早創商機時未濟　頻經塵劫志方堅
　　奪魁偏愛生花筆　助困常傾糴米錢
　　處世唯誠無怨悔　窮通成敗總由天

樂山綺思　庚寅歲首 2010

擎天玉嶽勢嶇嵌　翹首雲端發浩吟
欲寫新詞歌絕景　寒泉凜冽淬詩心

憶少時　2010

　　新歲值庚寅，年亦登八十。軀體尚安康，神清氣未失。浩蕩父母恩，生我與佳質。碌碌說平生，時非苦難述。十五失恃悲，二戰局正危。三國德日伊，投降憶當時。萬民喜展眉，高舉青天白日旗。歡慶迎王師，誰知世事與願違，從此人民忍挨苦日子。威權政府缺法治，官吏貪瀆營私不為恥。中國軍隊乏軍紀，占民家，不講理。購物不付錢，強搶橫奪如土匪。接著金融風暴起，一日有三市。本來一元一斗米，日日竄升不停止。升千升萬漲無底，購物時，錢比物多人累死。臺幣成廢紙，飢民無人恤。為革財政不得已，發換新臺幣。四萬與一比，政策意雖美，人民空歡喜。清寒窮困滿鄰里，我亦家貧難度日。

織廠任童工，作息賴自律。寅初即起床，門外黑如漆。煮紗兼曝紗，日暮事方畢。回家用晚餐，即奔會計室。記帳兼結薪，事完收紙筆。同事齊相邀，影院看劍客。自忖勤有功，嬉遊本無益。少年立志時，豈可貪安逸。忙裡惜三餘，書塾夜攻書。莊氏名士居，和興有佳譽。夜靜行人疏，神清俗念除。忽聞詠關雎，清音入耳傍。登門禮如儀，拜見劍魂師。言溫貌清奇，問我來何遲。上課讀書詩，汲古博新知。春風本無私，頑嚚賴化滋。自誓守門規，今生長追隨。師生之情如父子，春風化雨榮桃李。社創文開有緣起，二鹿聲名聞邇邇。薪火久相傳，重振文風從此始。……（待續）

野趣　2010.1.13
雲開雨霽日昇東　散策東郊野趣濃
花氣襲人風吻面　如詩如夢繪難工

歡迎瀛社、澹廬諸詩盟蒞鹿　2010.3.13
瀛社澹廬客遠來　尋盟契雅聚文開
豪情最喜風騷會　題罷新詞薦酒杯

餞春　2010.4
一　清樽一酌禮東皇　深恐落花失舊香
　　隔歲相逢知有日　偏因暫別惹情傷
二　枝頭鶯老燕歸巢　一種痴情只自嘲
　　有意留春春不住　空勞美酒薦東郊
　　註：文開季刊第五期。

悼沈子英　2010.4.25 / 26
一　風塵往事忍追尋　綺夢醒來淚濕襟
　　寂寞江樓空對月　宵深風露冷詩心
二　金石同堅記誓詞　甘諧白首地天知

　　　　料因曾作前生約　　紅粉多情永不離
三　客邸重逢慰所期　　連床笑語訴相思
　　難忘春宴溪湖夜　　一曲情歌醉美眉
四　記曾臨別醉裝痴　　人散楊橋夜靜時
　　有約盧山圓舊夢　　溫泉試浴興吟詩
五　鯨飲通宵酒未停　　英雄相見惜惺惺
　　笑稱儂是風流種　　雞唱荒村醉未醒
六　萬縷離愁訴向誰　　挑燈夜半獨敲詩
　　焉知世事難預料　　暫別翻成永別時
七　噩耗傳來感太遲　　籌完後事告方知
　　憑教掛劍酬知己　　難補平生欠與虧
八　黃泉渺渺魄何之　　形影如生繫夢思
　　雲散風流春已去　　螺溪風雨不勝悲

八秩生辰述懷　2010

一　年迎金虎慶元正　　頂禮神前表至誠
　　賀歲欣看梅吐馥　　偷閒偏愛酒怡情
　　時因政弊朝綱亂　　民盼天和世局平
　　八秩生辰聊自祝　　功名一笑傲公卿
　　註：少時先嚴示曰：你命宮無官祿，況賦性剛直，不宜仕途。有
　　　　文星，如以文酬世，必有聲名，如有所成更應謙虛自省，與
　　　　人為善。故遵父命，致力於學問。遇事必反躬自省，慎戒貪
　　　　客。不慕名利，是所以海闊天空，清安自在。

二　富貴浮雲夢幻般　韶華如水去無還　芸
　　窗每惜三餘貴　　客路何曾片刻閒
　　絕垢詩心通造化　　掀天豪氣壓河山
　　堪憐濁世多貧弱　　體悉知誰為濟艱
　　註：臺灣自政黨論替，馬政府執政，經濟政策錯誤，導致富商坐
　　　　享巨利，貧民苦無隔宿之糧，富者愈富、貧者愈貧，失業人

口劇增，哀鴻遍野，惟自漸無力可為，悲痛於心深感無奈，又能如何。

鹿港遷街三百五十週年慶　2010.5.5

一　提筆亟思撰巨篇　　題宜鹿渚史重詮
　　追源上溯明中季　　互市新開海外天
　　甘為遷街拋祖產　　惟因見港變桑田
　　喜逢三五零冬慶　　功紀先民句再填

二　泥淤舊港証滄桑　　當日遷街策劃詳
　　勘水論山尋博厚　　分區造鎮見堂皇
　　船通中外商機富　　業展工農利澤長
　　三五零春文化史　　海濱鄒魯世稱揚

三　沙淤舊港費思量　　擇地遷街近水鄉
　　加蓋通衢天不見　　如迷曲巷寶深藏
　　民知詩禮存淳俗　　郊善財經集萬商
　　三五零年評二鹿　　輝煌文化冠臺陽

　　註：文開季刊第六期。

題文開書院　2010.5.12

英才培育義堪欽　　西院莊嚴近水潯
文武毗鄰宮苑靜　　滄桑久歷劫痕深
千秋道統承洙泗　　二鹿淳風越古今
薪火尚期傳不綴　　立言宣教正人心

　　註：文開季刊第六期。

日月潭　2010.5.17

一　依山開闢路盤旋　　轆轆輕車翠嶺邊
　　幽谷泉清風淡蕩　　春郊花馥景鮮妍
　　潭稱日月明於鏡　　舟逐煙波快若仙

涵碧樓頭閒把酒　挑燈續寫紀遊篇
二　水社前端水一灣　片舟來訪牡丹園
　　圍觀邵族原民舞　男女相牽繞作圈
三　傾聽杵歌逸興生　分明一曲訴衷情
　　悠揚月下清音起　疑有蛟龍出水聽
四　原民生計本辛艱　漁獵農耕盡靠山
　　知命樂天安我素　窮鄉開拓作仙寰

有感　2010.6.13

交如白水貴謙卑　眼界宜寬忌管窺
天外有天安有際　心中無我即無私
多才莫若多修德　自滿何殊自作欺
氣度當期容海嶽　霜蟾在抱醞清奇
註：文開季刊第五期。

待端陽　2010.6.13

連朝汩水雨瀟瀟　小聚文開逸興饒
有約天中詩酒會　待刪妙句入鮫綃

彰濱曉望　2010.6.11

載筆彰濱趁曙晞　來看造陸解幾微
當年工業開新紀　今日綠能創契機
廠舍區連輸水塔　樹林青接釣魚磯
綜觀千頃黃金地　經濟煌煌正起飛
註：文開季刊第五期。

新版山鄉憶舊　2010.6 .15

一　風櫃梅花霧社櫻　年年花事最關情
　　梅開臘月櫻三月　好為花神晉壽觥

二　傳來天籟勝簫笙　向曉枝頭得意鳴
　　簾外弄晴驚好夢　間關山鳥不知名

三　片爿櫻花句尚存　碧湖春晚夢重溫
　　聞鴉憑弔當年蹟　巒大山頭客斷魂

四　清境當年號見晴　山涵麗日曉風輕
　　新鮮蔬果聞遐邇　星斗夜觀象緯明

五　踐約驅車訪翠峰　群山深處有農莊
　　清和時節桃初熟　如蜜如漿味飽嘗

六　濁水滔舀此發源　沿溪尋訪舊荒村
　　曾經夜宿原民宅　席地高歌把酒樽

　　註一：日治時集濁水溪源頭諸流，匯於巒大水庫，即碧湖。建發
　　　　　電廠，流出之水引入明潭再發電。

　　註二：甲辰小春客巒大，聞鴉啼，歸時先嚴已別世，不孝罪深。
　　　　　前有詩四首記其事。

　　註三：濁水發源自干卓萬古域。

竹山

一　婚前創業事難忘　凡事皆須自主張
　　短缺資金惟克苦　山間採貨費周詳

二　常投客館號東方　曉色微明便整裝
　　載運杉材批發廣　為求微利走他鄉

三　分材檢尺一場忙　無力從工轉學商
　　酷熱驕陽逢六月　如流汗水濕衣裳

水里

一　電所先稱水里坑　臺灣首座世知名
　　當年善用明潭水　創造光明惠眾生

二　濁水溪邊有土場　木材堆積再分裝
　　銷售南北商機富　拓展鴻圖策劃詳

三	鐵路車頭近市塵	馳名旅社憶新新
	產銷交易中心地	長此為家忍苦辛
四	掌握商機賴自強	江湖馳逐冒風霜
	從知交際關成敗	一笑相邀入醉鄉
五	買醉山樓友並肩	爭誇玲雪美如仙
	香羅座上稱常客	半載偏慳一面緣
六	林間散策聽啼鶯	淡淡花香曉日晴
	麗影池中疑是幻	匆匆一瞥已心傾
七	出身名校學堪欽	寄跡青樓慨嘆深
	玉貌如花驚絕艷	堪誇一笑值千金
八	一聽鄉音倍覺親	只緣家變墜風塵
	偷生忍辱為還債	賣笑難能不賣身
九	山鄉初識女英奇	善畫能文更解詩
	自是緣深心志洽	欣然為友亦為師
十	燈前笑語酒頻斟	話可投機底處尋
	同是天涯淪落客	萍浮蓬轉感偏深
十一	輪材路接外車埕	集集當年有盛名
	權柄全歸林管處	經營孿大責非輕
十二	馳逐風塵四十年	龍頭欲占志須堅
	南征北討忘年節	兒女家鄉客夢牽
十三	摸黑驅車冒曉寒	崎嶇山路似龍蟠
	荒郊野店人煙少	停買豆漿當早餐
十四	姑姑山上景幽清	曲徑驅車向曉行
	掘　當年成幻夢	至今人說許平卿
十五	海拔超高大氣稀	望鄉山上曉風微
	難忘去國榮民淚	客滯天涯久未歸
十六	丹大山通五里亭	沿途伐木響丁丁
	運材連載車行急	曲徑羊腸險輒生

埔里

一　初訪眉原憶昔年　　驅車薄暮入荒村
　　鮮蔬米酒山豬肉　　一夜狂歡笑語喧

二　伐木林場記惠蓀　　長年商務忍辛勤
　　重車輸運批南北　　多職身兼萬緒紛

三　歷劫風塵苦不辭　　從無悔怨嘆臨岐
　　鵬飛早抱凌雲志　　一展雄圖信可期

四　佳景山城譽久馳　　重來擷俗並尋詩
　　牌樓高聳稱三聖　　殿闕莊嚴映曙曦

五　牛眠虎伏地靈鍾　　山水清幽畫意濃
　　寶剎如林明四境　　蒼巒聚秀疊千重
　　人間仙境詩宜頌　　海國中心點可宗
　　氣候溫和風樸厚　　如斯寶地實難逢

六　世稱埔里富人文　　櫻社堂堂樹一軍
　　當日宣儒弘教化　　梅公善舉永傳芬

　　註：施梅樵先生創立櫻社，始啟埔里文風，筆者至友、名詩人王
　　　　梓聖即其入門弟子。

七　肅穆心香禮聖神　　莊嚴宮闕景清新
　　忽聞鄰院書聲朗　　初會騷壇老士紳

八　神交十載見何遲　　翰墨因緣譽久知
　　宴上閒評茶與酒　　燈前笑論史兼詩
　　欽渠學博承洙泗　　愧我才疏守拙痴
　　喜見廬山真面目　　從茲雅契可相期

　　註：埔里孔廟初會訪王梓聖詞長。

端午文開雅集　　2010.6.16

龍舟簫鼓值天中　　西院賡詩雅興同
應節香蒲存古俗　　投江角黍弔孤忠
時非難阻民心變　　政弊愁看國運窮

今日獨醒焉有用　憑誰撥亂起瀛東

雨夜　2010.6.16

一　頻年漂泊走天涯　落寞鄉心只自知
　　孤館殘燈迷客思　征途宿雨亂歸期
　　敲窗擾夢三更後　寄望霑農二月時
　　愁絕通宵聞滴瀝　明晨開霽禱天慈

二　氣候常憂反歲時　宵來倏忽聽淋漓
　　陰晴失序成災速　桂玉縈心入夢遲
　　既見甘霖來有意　方知造物本無私
　　惟憐貧弱愁聞雨　政弊官貪訴向誰

　　註一：倏：式竹切，倏忽：疾也。《吳志‧薛綜傳》倏忽之間。

　　註二：薪貴如桂、米貴如玉。語出〈蘇秦傳〉。

　　註三：媒體近期頻密報導，政府治國無能，政策錯誤百出，擴大
　　　　　規劃工業區，引進高污染工業，如預定在大城設立的國光
　　　　　八輕，係雲林縣拒絕，據傳係彰化縣長卓伯源所引進，媒
　　　　　體報導，其嚴重污染，範圍廣及全臺灣，中研院院長李遠
　　　　　哲及數十位院士、以及千餘位學者、醫生聯名反對設立，
　　　　　而吳揆卻主張設立，犧牲人民生命安全、創造企業財富，
　　　　　政府帶頭鼓勵，雲林六輕污染已嚴重造成災害，不解吳揆
　　　　　及卓先生動機如何，對這一項犯有如此嚴重錯誤的行為，
　　　　　會作如何解釋呢？令人納悶。又如苗栗大埔，棄苗栗縣現
　　　　　在尚有而未用的，廣大工業區不用，卻要強制徵收農地。
　　　　　據媒體報導，是否有官商勾結，貪瀆枉法之嫌，局外人不
　　　　　得而知。其他各地，有類似情形者不知凡幾，求救無門，
　　　　　急思變革，惜當權者充耳不聞，人民何其不幸耶？！

　　註四：文開季刊第五期。

夜雨　2010.6.17

一　窗外瀟瀟韻亦奇　挑燈把筆靜敲詩
　　清晨急起庭前望　一片汪洋水滿池
二　天助連宵沛澤施　蘇生潤物解燃眉
　　驅雷掣電淋來急　濟涸防焦落未遲
　　濕遍田疇豐有待　凉生枕簟樂堪知
　　挑燈坐聽西窗畔　卻憶巴山話別時

註一：簟音店，竹蓆也。

註二：文開季刊第五期。

論詩　2010.6.18

以詩言志捷於文　造句推敲萬緒紛
此道求成無別法　三分天賦七分勤

註：文開季刊第五期。

人生　2010.6.18

人生遭遇本難知　造化安排信莫疑
苦樂愁歡來靡定　升沉成敗變隨時
追因有待道心顯　談果端憑稟賦奇
積善家門天必佑　何須惶恐鎖雙眉

註：文開季刊第五期。

偶感

年青力壯有何憂　任事當爭第一流
克服千艱憑毅力　商機掌握展鴻猷

留春　2010.7

文開聚首約同班　泮水風舒景致閒
為請東皇長駐駕　莫教花落失歡顏

文開小聚　2010.7

學貴精勤廢不該　文開今日喜重來
時光如水宜珍惜　一月聯吟只一回
註：文開季刊第四期。

落花　2010.7

一　桃李春風本一家　春來紅白泛香霞
　　何時反惹春風妒　吹落庭除滿樹花
二　李花開白牡丹紅　盡是東風惠化功
　　不怨傾盆連夜雨　竟然花落怨東風
三　春來春去本尋常　花落教人失主張
　　自嘆春殘愁未了　何堪夜雨萎殘香
四　啁啁鳥語落花天　遍地殘花意惻然
　　花落因憐花命薄　刪詩酹酒祭花前
五　花已飄零尚有香　長亭折柳思偏長
　　徒看片片隨流水　細雨江堤惹斷腸
　　註：文開季刊第四期。

謝文成鄉兄書法展誌盛　2010.12.2

朗然神韻氣專精　舞鳳翔鸞格自成
八體清奇風骨健　淋漓大筆見豪情
註：八體，秦書有八體曰：大篆、小篆、刻符、蟲書、摹印、署書、
　　殳書、隸書。收錄於文開季刊第六期。

玉山頌　2011.4.28

巍巍玉嶽鎮瀛東　白雪晶瑩光奪目
擎天千仞聳晴空　睥睨群巒渺亞陸

崖懸壁峭境難通　　走獸飛禽何處宿
下眺平疇北接南　　邐迤城市樓排列
稻田四面綠油油　　雨順風調糧少缺
偏多貧弱苦末除　　終宵展轉徒關切
解困亟需眾力扶　　欣看踴躍輸心血
卻笑浮生夢幻般　　自投羅網任磨折
霹靂雷聲破妙思　　神遊六合夢奇絕
乾坤莽莽本無邊　　今古悠悠焉有別
腰懸長劍發豪情　　胸塞寒冰凜大節
蓋世功名淡若煙　　屠龍意志堅於鐵
漫言仙鶴笑群雞　　且待淳醪邀眾傑
抬頭溥溥仰穹窿　　混沌初開憶洪荒
碧岫青岩曉霧籠　　光騰七彩日疃疃
磅礡五峰景象雄　　超凡聖潔位高崇
不朽精神亙古同　　我來濯筆太平洋
欲寫新詞愧欠工　　三呼萬歲氣如虹
禮讚山靈禱由衷　　境安民富與物豐
臺灣國運永昌隆　　臺灣國運永昌隆

註：文開季刊第六期。

慶祝文開詩社創立三十週年　2011.4.28

興詩宏道善籌謀　　社創文開展壯猷
桃李如春逢化雨　　龍麟有種出名流
青燈雪案勤無悔　　鄴架曹倉喜盡修
教澤霑濡三十載　　師恩浩蕩紀從頭

註：恩師指許夫子劍魂。

敬題武廟　2011 辛卯 清和

恭參武廟仰威儀　　青史昭然証所之

義結桃園堅誓約　忠扶漢室帥雄師
千秋俎豆香煙盛　萬古綱常典範垂
喜值天和風日好　輸誠薦藻獻新詞
註：文開季刊第六期。

靜觀　2011.8.26
大度能容似地天　弘觀造物悟真禪
怡然自得清安樂　心鏡澄明月共圓
潛心齋院琴書舊　回首風塵歲月更
最愛文開聽課夜　淋鈴聲和讀書聲
註：文開季刊第六期。

塔塔加行　2012.4.5
歲逢辛卯節隆冬　如春天氣實難逢
搜奇覽勝興偏濃　二三友好快相從
前程何往願聽儂　仍循蠻域舊遊蹤
記曾初訪年當壯　載筆重來髮已蒼
歲臻八二感龍鍾　忘為防疲備短筇
世局維新環景變　江山歷劫海栽桑
人文進化無窮界　尖端科技作先鋒
交通網密連全國　多元經建續堪揚
高架有橋通僻壤　輕車無阻上高岡
貧瘠村庄成富庶　崎嶇道路變康莊
十八重溪流莫測　三千海拔距難量
雲端聳目遙瞻仰　丹岩映日發祥光
　玉嶽巍然天際立　奇偉神秀高莫及
群巒環擁翠可拾　危崖深澗水流急
搖竹穿林風習習　途看野老整囊笠
行行行行又行行　走過蜿蜒路幾程

塵囂遙隔境幽清　吻面風徐快意生
田陌相連有農家　只見稻蔬不見花
中央山脈景觀嘉　弄晴雲樹影婆娑
百餘公里少誤差　始抵名區塔塔加
靠邊停妥指前方　便見溫馨古樓房
遊客中心門設鎖　石塔欄外草成牆
煙埋霧鎖苔侵徑　氣冷寒生地結霜
業歇于今人罕至　亭臺園圃幸未荒
望中佳景明如畫　情牽疇昔夢猶香
群英載美笑荒唐　西廂權作溫柔鄉
評花鬥句話連麻　把盞盡歡事不忘
片刻流連聊自慰　殷期再訪願初償
住慣繁華都市客　不妨放假整行裝
尋幽遠離俗紛擾　有情山水且徜徉
浮雲富貴皆虛幻　百歲人生夢一場
肺腑之言非媚俗　慎思明辯分直曲
素讀詩書夜秉燭　為惜分陰反自縛
舒展身心有妙藥　大自然中尋至樂
來朝選勝親邱壑　攜柑載酒邀猿鶴

註：文開季刊第11期。

杯中月　2013.1

一　玉盌香浮太白淳　冰蟾倒影色如銀
　　人生若夢皆虛幻　靜賞何須別假真
二　中天兔魄印金駱　上下交輝夜二更
　　此是禪玄真妙境　豁然心海共澄明
三　皎潔銀蟾映酒甌　雙輪圓滿豁雙眸
　　風清氣爽中秋夜　乘興南樓一醉謳

註：文開季刊2013.1。

詩人筆　2013.1

如椽勢欲壓群倫　　初試雲箋墨染均
燈下求精勤練帖　　樽前題句樂酬賓
揚風但願騷魂振　　契雅相期正氣伸
緣底霜毫堅似鐵　　丹誠所至力千鈞

註：文開季刊2013.1。

冬日漫興　2013.1

一　海東時值小陽春　　夜雨連宵淨市塵
　　天際無雲懸曉日　　江邊有客釣銀鱗
　　尋根曲巷人如鯽　　裁句南窗思入神
　　首獲烏魚風味好　　紅樓設宴約儒紳
二　風過九降漫重陳　　十月陽和氣似春
　　海水朝宗舟破浪　　山巒極目景迷人
　　盟鷗契鷺宜西院　　說古談今有舊鄰
　　勃勃吟情何所遣　　携樽攬勝句裁新

註：文開季刊2013.1。

時事述感　2013.1

一　偏執多疑說獨夫　　不如阿斗實難扶
　　顛狂提倡無薪假　　口筆先批白賊吳
二　民生罔顧實堪哀　　油電雙調太不該
　　納惡藏奸工算計　　弄崩經濟毀吾臺
三　退撫年金十八趴　　摧殘財政有前科
　　綁樁偏厚軍公教　　踐踏勞工感太苛
四　爭譏笨蛋本虛傳　　常用奸謀術已專
　　黨國強兼權獨攬　　躊躇滿志快若仙
五　燒錢為樂習難除　　揮霍多年國庫虛
　　強迫人民陷水火　　害群之馬應先除

六　禍起何時不敢猜　當年暴政恐重回
　　毋忘民主爭非易　數萬精英命換來
七　裝瘋賣傻假痴愚　弊政沉痾葯已無
　　驚見威權今復辟　聯中叛國罪當誅
八　蠻橫中國似幽靈　打壓臺灣手不停
　　今日侵門兼踏戶　為何親共夢難醒
九　堪証衙門八字開　貪官污吏列成排
　　殃民禍國良心泯　牢獄終身罪合該
十　載酒偕朋賞勝來　冬晴十月稻江隈
　　街頭又見人潮湧　嗆馬聲聲叱下臺
　　註：文開季刊2013.1。

踏雪尋梅　2013.1
水隈行遍換山隈　為覓冰姿去復來
落木凝寒風徹骨　吹葭報臘管飛灰
因聞淡淡幽香透　方見疏疏艷蕊開
天散玉塵鋪滿徑　扶筇躑躅句頻裁
註：文開季刊2013.1。

春燕　2013.1
曾記陽和百卉開　銜風剪雨上樓臺
只因政弊民皆苦　可見巢傾鳥亦哀
羽族知機循節候　官場枉法釀殃災
低迷景氣如冬冷　焉敢如期展翅來

癸巳春詞
宜春筆寫句新編　首祚天開癸巳年
一柱心香虔禱祝　祥符豐稔樂連連
註：文開季刊2013.1。

題四君子墨水繪　2013.11.8

花發南枝　香聞潤壑　色艷東籬　風生巇谷

鞭馬歌　2013

壬辰之年選元首	選出天龍一大醜
記得從前拿米酒	到處招搖像小丑
大權在握無制肘	凸槌常因亂開口
凡有過錯皆他人	好處全歸馬友友
攬功卸責有一手	臨事猶豫看左右
朝官犯罪罰偏輕	野吏粒錯判以斗
利臺宇昌說害臺	惡毒造謠傷對手
為爭大位算計精	妄想愚民以利誘
國庫偷來黨庫豐	買票綁樁敗選風
外交休兵計暗藏	賣臺鎖國為傾中
冒假為真慣說謊	裝瘋賣傻詐難防
飛升物價說應該	踐踏勞工出鬼胎
政弊官貪長不改	燒錢舉債更胡來
巧用權謀填國庫	重調油電劫民財
中國農產與臺同	八三零種品類豐
輸臺旨在滅臺農	那管臺農生計窮
吾臺經濟已蕭條	何堪造孽毀殘苗
自由市場設陷井	冒充臺產作外銷
毒乳害人案未消	中農用藥皆超標
扼殺吾臺經濟體	害民害國罪難饒
臺灣產物品高超	物美價真譽久昭
官方註冊有商標	廣輸國際利高調
只因笨馬心狠毒	與民為敵頻作惡
斬除異己固大權	毀憲亂政威權復
百業蕭條何所依	哀鴻遍野暗夜哭

又來服貿害更深　九波總統成首惡
國黨人多霸立院　願當傀儡聽馬意
強擋法案毀公理　不但害人亦害己
為護吾臺保民主　罷免英九莫軟手
暴政必亡天道昭　馬幫政權命不久

題四君子　2013.11.29

一　和靖欲妻梅　淵明偏愛菊　幽香獨羨蘭　虛心當學竹
二　雪蕊開南枝　幽香聞絕壑　正色艷東籬　清風來嶙谷
三　春尋崁頂梅　秋採籬邊菊　夏賞谷中蘭　冬吟淇澳竹
四　花發南枝　香聞幽壑　秋艷東籬　風生嶙谷

詠蘭　2013.12.20

滋榮九畹寬　芳潔挹清露　空谷絕纖塵　幽香頻暗度

祝陳佳聲校長全家福書法專集問世　2014.1.20

文壇久慕學深研　翰墨論交證有緣
八法書精毛穎銳　全家福滿墨痕鮮
春風校苑榮桃李　道統儒林紹聖賢
喜見精華將付梓　洛陽聲價邇遐傳

鹿港蚶江對渡石碑

蚶江鹿港闢航程　海禁初開季紀清
對渡碑銘當日史　摩沙細讀感頻生

莊伯和、張瓊慧賢伉儷蒞鹿有寄

貴客遙來喜不禁　美人名士舊知音
相逢非易匆匆別　遙望雲天寄慨深

詠竹

風來清戞玉　月上影侵堦　數竿搖鳳尾　瀟灑恰詩懷

詠梅

清遊每愛水雲間　載筆尋梅意自閑
記得眉原春訊早　花開如雪滿前山

詠菊

一　籬菊開時蟹正肥　興來煮酒傍柴扉
　　邀朋共享兼提筆　草罷新詞醉始歸
二　無錢買醉訪陶家　覓句移情賞菊花
　　老圃秋來開正艷　卻憐彭澤酒須

賞菊

風雨重陽後　尋盟處士家　秋容欣淡泊　午夢笑繁華
子美情偏重　淵明興倍賒　東籬堪小隱　詩酒足生涯

鹿江釣月

輕舟短棹約朋行　秋半楊橋夜二更
風拂磚堤波瀲灩　涼生碧宇氣澄清
袁宏泛渚成佳會　庾亮登樓博雅評
趣在冰輪光皎潔　投竿不羨有鰲鯨

賞秋

江山如畫景清奇　攬勝尋幽漫笑嗤
爽颯西風涼荻浦　蕭疏楓葉艷江湄
敲詩頓憶袁枚興　作賦堪憐宋玉悲
一種閑情生物外　忘機煙水樂開眉

沙屯買秋

一　西風颯爽菊當開　屯訪白沙日幾回
　　為愛孤芳標晚節　酒錢略省換花來
二　九月東屯景致幽　尋芳莫漫笑風流
　　餐英屈子心繫楚　愛酒陶公趣在秋
　　不惜千金貿半圃　皆因五色醉雙眸
　　提花雀躍歸來晚　明日清樽約鷺鷗
　　　　註：文開季刊第五期

贈許清棟師棣

綠莊餘子本多才　積學窮經志不灰
教澤宏施勤繼往　儒風揚化喜同來
欣看藻彩英華煥　更慕霜輝朗氣皚
不辱師門惟以愛　傳薪培俊壯文開
註：許清棟字澄宇，號綠莊餘子。

新蟬

春去便知赤帝臨　繁英落盡氣澄清
微蟲也解詩人意　初試枝頭第一聲

姑蘇旅次　話別陳子清

煮酒江樓約再逢　姑蘇城外客留蹤
烏啼月落楓橋畔　坐聽寒山半夜鐘

溪頭神木

鐵幹虬枝葉鬱蔥　稱神巨木世推崇
三千歲歷滄桑劫　依舊干霄氣勢雄

伐木運材

臺灣檜柏世難求　　伐自高山品質優
輸集土場憑木馬　　流籠再送到溪頭

攀越奇萊山

岩崩草沒徑難尋　　古木參天氣凜森
境秘山高流水急　　崖危勢險積雲深
霜風刮臉寒侵骨　　野棘傷肌痛入心
禽獸無蹤人跡絕　　蠻煙瘴雨古猶今

寄志鵬兄金門

男兒報國秉心丹　　百戰沙場豈等閒
故取鮫綃題絕句　　凱旋筵上與君看

題福建月

筆力鏗鏘記雪鴻　　匡時衛道發奇光
閩臺風物依稀在　　一卷燈前憶故鄉

題松鶴圖

圖形敷彩筆求真　　丹頂霜翎自出塵
石古泉清松有節　　九皋鳴徹地天春
註：文開季刊第六期。

題鵝群圖

偶訪山鄉遠駕車　　觀鵝遣興漫嗤余
呼群列隊描成畫　　待換羲之一紙書
註：文開季刊第六期。

書窗聽雨

冷然靜室一燈明　　入耳滂沱勢不輕
掣電驅雷驚好夢　　敲窗打竹亂殘更
潛心齋院琴書舊　　回首風塵歲月更
最愛文開聽課夜　　淋鈴聲和讀書聲

註：文開季刊第六期。

李秉圭同社刻劃觀想特展，詩以祝之

齋敦松下友情溫　　鴻博君才敦比論
觀想鵬搏詳刻劃　　研尋豹變越籬藩
藝風頻奪天工巧　　神韻深含贊化元
豈止通禪刀筆妙　　胸藏別有大乾坤

註：文開季刊第六期。

題紅梅圖

風櫃村邊濁水隈　　含香冒冷報春來
雪姿輕敷胭脂色　　妝點疏枝得意開

註：文開季刊第六期。

祝某君定婚

姻緣宿世約三生　　六禮今朝喜訂盟
來日待看鸞配鳳　　花車百輛樂相迎

偶感

經籍勤修數十年　　騷壇歡聚競奇篇
奪魁非有神來筆　　心血窮輸豈偶然

扶桑紀遊

初訪名城會眾賢　木曾村外柳橋邊
櫻花艷冶春三月　美酒重溫異國緣

卦山懷古

一　拼死殲倭護海東　揮軍禦敵血流紅
　　人來弔古抬頭望　塞上秋風氣尚雄
二　當年激戰久傳聞　八卦山頭日又曛
　　閱代興亡尋常事　至今人說黑旗軍

東勢林場攬勝

尋幽東勢約朋儔　橐筆重來季近秋
吻面風徐花爛熳　沿山樹綠鳥喇啾
扶持林業關經濟　開創商機重計籌
有福清遊無俗擾　浮生此外復何求

畫梅

傍石花開有數枝　香清蕊艷種稱奇
江城歲晚閒無事　渲綠濡紅綴以詩

畫蘭

分諸幽谷品堪珍　浥露籠煙本出塵
王者之香名久著　妙生心匠筆傳神

畫菊

欉菊東籬獨耐寒　興來樽酒對花乾
宜人一片秋情麗　繪入丹青恣意看

畫竹

鳳尾搖風筆染熏　　幾疑清韻耳中聞

蘇髯漫笑居無竹　　一幅臨窗欲掃雲

鷺江春夢　　本篇為真人實事

一　　君本桐城富貴家　　書香奕代世爭誇

　　　芸窗十載勤研讀　　立志青雲實可嘉

二　　學當博古與通今　　鄴架曹倉久浸淫

　　　落筆清奇風骨健　　珪璋聲價重儒林

三　　妾身居近洛陽橋　　來往君家路不遙

　　　閫訓幼承明婦道　　勤修詩禮夕連朝

四　　書香門第兩家同　　繼代論交義是崇

　　　指腹為婚緣早定　　私心暗喜配才雄

五　　結彩張燈值吉辰　　花車百輛喜迎親

　　　合歡杯飲洞房夜　　魚水相歡綺語頻

六　　女貌郎才羨煞人　　鴛鴦成對夢成真

　　　欣君有志陶朱業　　大展鴻圖晉水濱

七　　自古商場似戰場　　先機獨占計須詳

　　　運籌帷幄關成敗　　鬻貨通財重有方

八　　開行容易管來難　　物價高低有暗盤

　　　市況需求多變數　　志須堅定向前看

九　　常言萬事起頭難　　少本經營異一般

　　　借貸為求周轉便　　頻增債負費籌攤

十　　前境自知不可為　　窮途末路究何之

　　　誰知世事難預料　　潦倒商場悔已遲

十一　失業何須萬念灰　　從知凡事可重來

　　　遭逢逆境尋常事　　前有康莊路待開

十二　依依話別柳亭邊　　此去鷺江意志堅

　　　衝破萬艱成大業　　相期衣錦整歸船

十三	光陰如矢不停留	忘卻他鄉歲幾週
	受盡風霜嘗盡苦	業成百貨作龍頭
十四	高樓連棟住堂皇	萬貫家財富一方
	使婢差奴兼買妾	連朝賓客應酬忙
十五	野史無情說買臣	負心誰復記天倫
	久忘家有糟糠在	畢竟新人勝舊人
十六	流水無情去不回	阿郎心事費疑猜
	春風不解相思恨	夜半偷偷入夢來
十七	十里薰風綺麗天	觀蓮泮水客磨肩
	鴛鴦成對池邊戲	顧影形單只自憐
十八	香閨寂寞睡偏遲	無奈離愁只自知
	千里遙天雲路遠	傷心又見雁來時
十九	謀職他鄉應有期	不知何故賦歸遲
	思君方解征婦怨	夜半西樓月滿時
二十	伉儷緣深愛不移	真情真愛兩心知
	枕邊細語纏綿夜	往事悠悠逝莫追
廿二	凜冽霜風夜扣扉	愁君客路缺寒衣
	夢迴夜半空垂淚	枕冷襟寒苦自持
廿三	魚鴈難通訴向誰	茅廬獨守總堪悲
	天涯不盡相思苦	偏對阿郎無怨辭
廿四	鷺江雨後水連天	萬戶春風又一年
	誰解泉州城一隅	倚門有女待團圓

註：廈門又稱鷺江，泉州又名刺桐城。（待續）

和風

一	如春送暖拂無痕	微笑之鄉俗可喧
	禮讓謙恭民厚樸	人文二鹿証根源
二	知時吹拂遍郊原	迫退寒威第幾番
	舒柳催花來有信	親肌吻面去無痕

春江淡蕩波浮綠　曉日渾融氣轉溫
一種生機看不見　居然大化及元元
註：文開季刊第11期。

海國春濃

東皇司令曆新頒　民主之邦說臺灣
日麗風和花爛熳　溪清柳綠水潺湲
崔巍群岳千層疊　浩蕩汪洋四面環
自是人間真福地　如詩光景勝仙寰
註：文開季刊第11期。

詠柳

章臺有句似詩函　誰解依依舊意咸
細葉含烟舒媚眼　長條垂綠染春衫
陶潛栽處情偏逸　楊植題來句不凡
底事江堤腸易斷　忍看攀折送歸帆
註：文開季刊第11期。

題垂柳燕飛圖

一　千條垂柳綠成圍　燕子知時繞徑飛
　　未解春愁丁好夢　聲聲巧語憶烏衣
二　芳郊日暖曉風微　粧閣簾開燕子飛
　　度柳穿花嬌對語　尋詩有客共忘機
　　註：文開季刊第11期。

鹿港巡禮

一　二鹿流風著海東　泱泱文化寶深藏
　　尋根瀏攬抬頭望　萬戶樓台日正中
二　聲名二鹿譽瀛東　載筆觀光並採風

　　　　見証吾臺開發史　　輝煌文化究難窮
三　聞名二鹿傍江潯　　久歷滄桑　痕深
　　　　一種尋根懷古意　　重來拾句感難禁
四　先民開拓歷辛艱　　二鹿繁華世久傳
　　　　曲巷徘徊尋勝蹟　　淳風薰沐客留連
五　鹿渚名津與昔同　　沿街攬勝興無窮
　　　　繁華今日開新局　　當記先民拓地功

彰縣建縣二百九十年來的藝文演變

顯彰皇化史堪陳　　奕代儒風世所珍
二九零年經蛻變　　藝精才博滿群倫

竹枝詞

一　臺灣一隻漏屎馬　　所講政見全是假
　　　　騙票奪權用奸計　　就職百天便見底
二　外交棄守實堪哀　　一意傾中欲賣臺
　　　　國共聯手藏禍害　　打倒馬統大家來

傷時

午後片時閑	鄴架展書讀	今朝節立秋	酷熱猶三伏	揮扇汗如珠
解衣思坦腹	雪藕頻調冰	聊以滌煩燠	典奧久留神	意倦閉雙目
偶來一窗風	盆蘭散幽馥	滿室新涼生	清爽逾薰沐	情適更忘形
曲肱枕案牘	魂漸入華胥	頃刻幻蕉鹿	彩筆夢江淹	妙句拈來速
耳邊忽有聲	疑似鷖啼谷	醒來舉頭看	茅齋唯我獨	几上電話機
鈴聲斷又續	曾約上西巒	臨行推速速	自笑風塵身	那來清靜福
束裝急喚車	遙指山之腹	生計本累人	江湖長馳逐	枉讀萬卷書
烏私為養蓄	空懷入世心	時艱長雌伏	嗷嗷憂眾生	絕境如舟覆
官貪政不清	傷民毒如蝮	物價日升揚	工賤酬偏縮	貧者無宿糧
兒飢半夜哭	濟困常傾囊	自慚力窘蹙	邦國不可依	保眾安有孰

何以解倒懸　苦思繼昏夙　老天若垂憐　雨順歲三熟　但願民飢時
皆有一瓢粥　更望世昇平　百業齊興復　閭里起笙歌　蒼黎同鼓腹

飲酒歌

嗜酒僻不良　有時須勉強　交際重商場　難免被拖入醉鄉
君說我海量　千杯長不醉　似飲甘蔗湯
君說我技強　呼拳十勝九　似虎搏羔羊
君更說　我具佛心腸　坐懷不亂始至終　見色能不迷　志比鐵石剛
我豈敢　橫行酒界逞英雄
空嘆息　人心多不古　世態盡炎涼
人情與義理　現世講不通　只看你禮數重不重
或者三杯酒　邀飲溫柔鄉　天大的事情　或可再商量

鹿江泛月　1960年前　鹿江聯吟會擊缽
一　蘭舟一葉泛漣漪　共對西風把酒巵
　　淺醉低吟蘇子賦　狂歌高唱庾公詞
　　光分上下雙輪映　身任浮沉四海之
　　興盡江鄉歸去也　滿船明月滿囊詩
二　輕舟搖曳水漣漪　皓魄當空景色宜
　　萬里婆娑浮桂影　一輪激灩映江湄
　　扣絃奏樂歌聲起　擊缽催詩逸興馳
　　難得良宵賡雅會　放懷天地醉瓊巵
三　雙槳輕搖逸興馳　江山如畫夜何其
　　波沉鹿水瀲瀲月　曲唱西風瑟瑟詞
　　把盞吟秋酬舊約　臨流垂釣共新知
　　有人舟上調清管　欸乃聲傳水一涯
　　註：本作品第二首收錄於周定山編輯《臺灣擊缽詩選第一集》（詩
　　　　文之友社發行　民國53年2月）頁29及洪寶昆編：《現代詩選
　　　　第一集》（台北：詩文之友社，民國56年1月初版）頁303。

九曲巷訪古　1960年

春風曲巷蹟空留　世事滄桑感不休
無限登臨懷古意　攜樽來訪十宜樓

九曲巷聞琵琶有作　1960年

分明一曲訴辛酸　隔巷琵琶古調彈
莫更繁華談二鹿　危樓斜對夕陽殘

註：某日於金盛巷聞琵琶聲聲，於腳踏車上所寫，即到王宅示漢英。

鹿港懷古　1961左右 步郭茂松原韻 文祠重修時作
　　　　　　（第十六屆金曲獎最佳作詞人獎）

一　潮漲潮平眼界開　潮聲淘盡幾人才
　　沙灘日落鷗眠穩　不見飛帆海上來
二　無復芹香出泮池　當年遺蹟弔憑詩
　　野花零落青雲路　似聽絃歌憶稚時
三　江渺帆檣夢已賒　炊煙夕照萬人家
　　楊公橋上頻回首　蘆管秋風冷岸花
四　十宜樓畔話從前　人去空留屋數椽
　　曲巷徘徊尋勝蹟　紅磚斜照色猶鮮

註一：昔日士子及第，必回鄉祭孔謝師恩，遊泮水為一大盛事，
　　　泮池原種有白蓮花，旁則種芹菜，採芹即採其勤之意也。

註二：本作品第一首為鹿港文昌祠題壁，親撰並書。

註三：本作品第三首所言為昔日汕板、航船停泊到楊公橋一帶，
　　　裝卸貨物。少時孩童取蘆草作笛吹之，其韻清切，今不復
　　　見。

註四：十宜樓橫跨金盛巷如十字故名。

註五：某年中秋施梅樵等十位名士夜宴櫟社林幼春於樓，時日人
　　　據臺，臺民抵死以抗，惜未濟，梅老嘆曰吾輩枉讀詩書，
　　　愧不能為國披肝瀝膽，皆如廢人。林幼春曰：書生報國當

以筆當戈，留得青山在，不恢復無日，惟寄情風月以待時耳。而此樓宜詩、宜酒、宜書、宜畫、宜琴、宜棋、宜文、宜茶、宜古、宜今。乃以十宜名樓。定期集會，明則文宴，暗圖恢復，於是梅樵、子敏諸先生乃相繼赴臺灣北中南各地設社，傳播漢學，一時各地詩社如雨後春筍，有志青年爭相參與，日人領臺半紀，吾臺文化得以存者，諸公功不可沒也。

註六：相傳十老即施梅樵、莊太岳、林幼春、陳子敏、蔡子昭、王席聘、施少雨、許劍漁、洪棄生、陳懷庭諸先生也。（詳待考）

辛丑詩人節鹿江雅集　1961年

一　令節中天弔汨羅　鉢聲搞盪鹿江波
　　漫空梅雨蒼生淚　亙古騷魂愛國歌
　　勵志椎秦吟轉極　賡詩弔屈感偏多
　　菖蒲劍興騷人筆　合待中興作魯戈

二　忠魂喚起合高歌　辛丑詩盟感若何
　　除癘驅邪蒲作劍　誅奸建國筆為戈
　　會開洛渚情偏切　客弔湘江恨轉多
　　濟濟衣冠賡令節　中興待整舊山河

鹿港迴潮　1965年前

朝宗猛湧古城西　巨港滄茫望欲迷
萬馬突圍驅雨電　九龍捲穴鬥鯨鯢
秦皇欲渡鞭無石　衛鳥難填塞有泥
重闢海門期異日　樓船遙指魯戈齊

註：　相傳沖西港有九龍朝港之穴，即九條水路湧向鹿港，風水佳，故鹿港萬商雲集、經濟發展，人文薈萃。

春遊鹿港　1965年

文明二鹿憶當年　載酒來探旖旎天
樓訪十宜人吊古　街通五福吉占先
楊橋柳色東風裏　海滋漁歌夕照邊
車馬交馳今勝昔　繁華重寫入詩篇

春遊泮池　1969.6鹿港聯吟會擊鉢次唱

攬勝文開願不違　鴨頭春水漾晴暉
人來涉翠東風裡　一例謝公逸興飛

註：文祠前有泮水，型如半月，內種白蓮花，昔日士子考試及第必回
　　鹿謁聖，遊泮水，謝師恩，為一大盛事。

謁天后宮玉皇殿　1970年

山泉澗藻選難齊　一念真虔禱福禔
仁孝惟憑天可達　輪誠不用借仙梯

鹿江集讀後感

任他世俗謔狂痴　學到無名始算奇
青史料知千載後　三臺猶誦鹿江詩

註：施梅樵著有捲濤閣詩草、鹿江集傳世。

鹿江憶龍舟　1970年鹿江聯吟會擊鉢

令節臨江讀楚詞　繁華疇昔繫人思
空聞鼉鼓喧天壯　不見龍舟破浪馳
古港重開功必竟　新機共創責毋辭
待看四海瀾安日　踵事增華定有時

曲巷冬晴 1969年6月掄元
彷似烏衣動客心　當年二鹿蹟難尋
隘門日暖街衢靜　殘礎痕斑歲月深
人自倚墻閑曝背　我來訪古費沉吟
宜樓依舊風流散　悵觸滄桑感不禁
註：本作品收錄於 洪寶昆 高泰山編輯《臺灣擊缽詩選第二集》（詩
　　文之友社發行 民國58年6月）頁221。

蠔圃洄潮 1969年12月鹿港聯吟會課題
沖西西望接汪洋　簾竹成區似插秧
疇昔通津誇鹿渚　于今海味冠臺陽
朝聞採蠣歌聲沸　暮見朝宗浪影張
自是漁蠔生計足　臨流莫漫嘆滄桑
註：本作品收錄於 洪寶昆 高泰山編輯《臺灣擊缽詩選第二集》（詩
　　文之友社發行 民國58年6月）頁167及洪寶昆·施少峰編著：
　　《現代詩選第二集》（彰化：詩文之友社，民國60年11月初
　　版）頁299。

海噬春嬉 1971年4月 鹿港聯吟會課題
十里沖西水蔚藍　清遊載酒並攜柑
七鯤日麗風濤靜　古港春深草木醰
拾貝閑情同野叟　弄潮健技羨奇男
臨流自笑童心在　足濯滄浪樂且耽

楊橋踏月 1970年2月 鹿港聯吟會課題 掄元
一　楊橋佳景久知名　覓句宵深雅興生
　　虹影沉江波瀲灩　蟾光印足露晶瑩

千秋利濟懷賢尹　二鹿繁華慕古城

鰲背扶筇尋勝蹟　無邊風月動吟情

二　杖藜人趁玉輪明　佳景楊橋夜倍清

二水合流通荻浦　三虹連鎖枕江城

金堤玩月襟懷爽　鰲背尋詩步履輕

利濟當年陳蹟在　不妨躞蹀到殘更

註：本作品收錄於洪寶昆‧施少峰編著：《現代詩選第二集》

（彰化：詩文之友社，民國60年11月初版）頁299。

龍山聽唄　1970年6月鹿港聯吟會課題

又傳梵唄鹿江汀　寶剎龍山佛有靈

証果但期參一指　拈花定已悟千經

木魚響處禪機妙　清磬喧時俗夢醒

老我風塵多感慨　何當鎮日靜中聽

註：本作品收錄於洪寶昆‧施少峰編著：《現代詩選第二集》（彰

化：詩文之友社，民國60年11月初版）頁299。

寶殿篆煙　1970.10 鹿港聯吟會課題（未寫）

西院書聲　1971年1月鹿港聯吟會課題

分明句讀出窗幽　側耳文開雅韻流

觸我斫思懷刺股　有人展卷正埋頭

青黎光映三更月　木鐸風傳一院秋

吾道淪亡悲此日　絃歌重聽感悠悠

註：本作品收錄於李冰人執行編輯：《傳統詩集第一輯》（台北：中

華民國傳統詩學會，民國68年7月）頁38-39。

古渡尋碑　1972年2月鹿港聯吟會課題

園欽敬義筆重拈　古徑來探遠豈嫌

王魏芳徽昭史冊　　滄桑巨港滿葭蒹
當年旌善文猶在　　此日觀風蹟已淹
彷似硯山斜照裡　　摩挲細讀感頻添

重九鹿港文武廟弔古　1972年掄元

二鹿聲名史久馳　　海桑有蹟耐尋思
題糕聖域逢佳節　　聞鐸杏壇憶稚時
西院傳經功紀蔡　　東廂聽雨句懷施
採芹盛事成追憶　　落拓青衫感不支

註一：日人領臺禁止漢文教讀，蔡德萱先生不畏壓制，繼承文開書院
　　　薪火，傳佈吾臺文化，維鹿港斯文一線於不墜功也偉矣。

註二：壬子重陽彰化縣詩人聯誼會成立大會首唱1972 左元右八左詞
　　　宗楊嘯天右詞宗陳輝玉。

註三：本作品收錄於文炳輯：〈三臺擊缽錄〉《福建月刊雜誌第十八
　　　期》（台北：福建月刊社，民國61年11月）頁84。

鹿港天后宮題壁　1973年癸丑全國詩人大會

一　宮名天后鎮江干　　功德巍巍欲寫難
　　春雨淋漓詩戛玉　　潮聲浩蕩筆翻瀾
　　龍蟠石柱雲騰黑　　香篆金爐火映丹
　　知是湄洲分聖澤　　漫天甘澍潤毫端

二　天后宮高放眼觀　　篆香輕幻彩霞漫
　　七鯤浪靜詩初就　　四壁書成墨未乾
　　靈仰湄洲欽母德　　功敷瀛海息鯨瀾
　　臨池默把心香薦　　雨露蒙霑到筆端

癸丑仲冬道教張天師源先與臺北蕭獻三暨南北諸吟侶蒞鹿同謁龍山寺　1973年

禪關來扣正良辰　　百八清鐘迓貴賓

靜室香飄茶有韻　江城日暖氣如春
道原一本同儒釋　緣締今朝證果因
古剎龍山傳唄葉　靈心頓豁悟凡塵
註：中國宗教有儒釋道三教合一之稱。

端午節鹿港民俗館雅集　1974年9月鹿港聯吟會課題
雅會欣逢五月天　蒲觴共續鷺鷗緣
浴蘭猶見傳荊俗　把筆重書弔屈篇
詩愛溫柔敦習尚　館存文物證桑田
一鄉興替關吾輩　珍重儒風繼古賢

王功福海宮龍泉井　1975年前
一脈寒泉湧海濱　斯民攸賴惠霑深
功猶巨濟誰能任　奉盞分甘愧問心

鹿港民俗文物觀感　1975年鹿江詩會聯吟擊缽
輝煌史物此重參　莫把興衰付筆談
論武何人齊靖海　崇文有院記斯庵
民知詩禮風猶尚　地閱滄桑蹟可探
啟後承先光二鹿　還需鄉黨責同擔
註：施琅平臺封靖海侯。沈光文斯庵，始開吾臺文化，文開書院紀其
　　功也。

龍山寺即事　1975年
車馬繁華古要衝　緬懷鹿港舊街容
我來重拾兒時夢　一聽龍山寺裡鐘
註：余家住龍山寺南，兒時常嬉戲於此，一磚一石充滿兒時回憶。

謁鹿港龍山寺　1977年
天開形勝映朝曦　九九門深殿宇巍
香篆經臺僧說法　參禪有客共忘機
註：相傳龍山寺昔日有九十九門。

鹿港攬勝　1979年全國掄雙元
二鹿名津譽海東　沿城瀏灠感無窮
三千里外開新城　四百年來尚古風
劫後繁華前代異　眼中景物故園同
尋根絕嶠唯斯邑　擷俗先歌拓地功

題龍山寺九龍池
池中蓮影井中泉　色相空時智慧圓
鐘磬夜深聲寂處　龍潛愴海月懸天
註：本作品收錄於李冰人執行編輯：《傳統詩集第一輯》（臺北：中
　　華民國傳統詩學會，民國68年7月）頁39。

王功觀海　1985年
王功港外句重尋　撼岸鯨濤動遠心
萬里長征豪氣在　樓船何懼海雲深

夏日謁王功福海宮　1991年前
宮參福海結文緣　重續鷗盟值暑天
番挖薰風潮正漲　王功新霽景偏妍
望洋作賦胸懷曠　低首焚香禱祝虔
立廟崇功人報德　賡詩合頌桂森賢
註：楊桂森，嘉慶年間任彰化縣知縣，頗有政績，捐俸倡建王功福海
　　宮。

濱海即事　1991年

蹴岸濤翻賤雪花　蒼茫海色港之涯
片舟獨羨煙波客　閑理絲綸釣月華

過人豪教授故宅

風塵琴劍憶前遊　煮史烹經此聚鷗
今日瑤林街上過　秋風落寞讀書樓

楊橋即景　1994年

一　虹跨一溪青　楊橋舊有名　尋詩堤畔立　月白水無聲
二　楊橋尋勝蹟　景物異當時　欲證滄桑劫　宮前讀舊碑

沖西晚眺　1994年

沖西日落晚潮奔　目力難窮黑水源
遺世久忘桑海事　天風浩蕩動詩魂

甲戌年端陽前一日鹿港雅集　1994年

鹿渚尋盟載酒肴　賡詩擷俗共知交
明朝待續中天約　祭罷靈均句再敲

鹿港護安宮重建落成綴句題壁　1994年

護安宮闕聳江濱　題壁人來值吉辰
祠近文昌神赫濯　橋涵利濟景清新
一龕香火傳靈蹟　易代滄桑証劫塵
此日重修詩祝禱　甘霖溥澤萬家春

護安宮題壁　1994年

宮闕祥雲繞　鯤溟曉日晴　丹階喧鼓樂　四海慶昇平

北頭口占　1995年

海澨起高樓　滄波萬里收　興來一樽酒　邀月共清謳

月夜過漢英故居　1995年

烏龍茶佐落花生　萬卷樓中展笑吟
對坐論詩情如昨　磚街人渺月空明

註：王漢英居號萬卷樓。

端陽鹿港采風　1997年前

尋根橐筆值天中　古港繁華與昔同
江賽龍舟存楚俗　街喧南管見泉風
三臺稱冠人材濟　二鹿流徽史蹟豐
自是海濱鄒魯地　民淳俗樸擷難窮

鹿港鎮公所廣場題壁　1999年

二鹿繁華蹟可尋　滄桑閱後劫痕深
風存鄒魯人文盛　依舊聲名冠海潯

意樓　2000年

香夢醒來淚濕巾　天涯盼斷未歸人
思君日日樓頭望　壘壘楊桃又一春

金門館題壁　2000年

一　江城攬勝逐遊鞭　館謁金門集眾賢
　　井取靈泉閑煮茗　雞由樹下話當年
二　莊嚴靈蹟港之潯　橐筆來參客整襟
　　館署浯江源溯遠　一龕香火繫鄉心

曲巷冬晴　施文炳作詞・施國雄作曲

妨似烏衣動客心　　當年二鹿蹟難尋
隘門日暖街衢靜　　殘礎痕斑歲月深
人自倚墻閒曝背　　我來訪古費沉吟
宜樓依舊風流散　　悵觸滄桑感不禁
人自倚墻閒曝背　　我來訪古費沉吟
宜樓依舊風流散　　悵觸滄桑感不禁
宜樓依舊風流散　　悵觸滄桑感不禁
啊啊啊　啊啊啊　啊啊啊　啊　鹿港
啊啊啊　啊啊啊　啊啊啊　啊　鹿港

二、對聯及其他

（一）對聯
臺灣臨濮堂施氏大宗祠
血濃於水睦族敦親千枝蕃衍懷臨濮
葉落歸根流長源遠萬派朝宗滙鹿江

宗祠美全廳
美俗敦風弘治化　全忠盡孝正倫常

草厝真武殿
一　真言驅劍指　無邊法力妖魔懾　武德伏龜蛇　千古威靈愷澤敷
二　真宰福群民　聲靈赫濯敷鯤島　武當傳聖蹟　殿闕莊嚴鎮鹿江

安和宮
一　安境顯威靈南巡北狩　和民重典範德厚恩潭
二　正邪明察惟恩威並濟　香火長新與日月爭輝

鹿港威靈廟聯　2011.6.23
一　威鎮鹿江陰陽爕理神功著　靈昭鯤島海陸蒙庥愷澤敷
二　忠心昭日月平寇安邦光國史　浩氣動風雷降魔懾鬼顯神威

水里天聖宮
一　后恩浩蕩七海波濤資極濟　聖德巍峨九天雨露普霑濡
二　祥發湄洲萬類霑庥歌聖德　恩被水里一鄉恆保頌神功

三　聖心仁善德體蒼穹弘惠澤　　母愛慈悲民皆赤子賴岼檬
四　靈昭日月四海無波恬聖澤　　德配乾坤萬家有慶沐慈恩
五　報德崇功山城立廟觚稜壯　　庇民保境水里著靈俎豆香
六　聖德仰湄洲神靈罔替　　母儀昭海國俎豆常新
七　介福輸誠舉世咸欽神靈赫　　安邦護國斯民攸賴澤霑深
八　涵瑞雪地脈鐘靈山蘊玉　　繞祥雲神宮聚秀水環螺

埔里地母廟乾元殿

乾綱太始　無聲無臭涵中氣變黃金地
元化真精　至極至虛宇內天開白玉京

鹿谷石城寶興宮慚愧祖師聯

煙霞世外情　林篁影疊雲階綠　風月詩中意　仙茗香飄午夢清
寶善正民風　崇功報德存淳俗　興鄉開聖域　禮佛參禪結靜緣
正門
群山青香篆與祥雲糾彩　萬籟寂佛燈共古月交輝
外左
求泉卓錫千秋靈顯龜存井　留偈歸空萬里雲開月在天
寶剎現靈光陰那分靈霑澤遠　興鄉修法相石城立廟俎豆新
梵音繞嗃地闢方壺成淨土　法相莊嚴香傳海國濟蒼生
通柱
山澗聽流泉十里茶香春有韻　禪堂觀皓月一簾竹影夜無聲
放牛畫地千古神靈傳史冊　折葦渡江無邊法力濟蒼藜
淨域富詩情幽壑閒雲皆入句　名區多勝景晴山雨樹總宜人
柱外
鳳凰山擁翠宮闢巍峨開淨域　龍馬案朝青風光明媚即仙鄉
禪堂觀皓月　山澗聽流泉
寶劍發毫光秉正誅邪威顯赫　興雲施法雨蘇生潤物澤霑濡
祖廟溯閩州禪林新闢成方外　師宗傳瀛嶠貝葉長喧啟法門

寶偈真經無邊佛法迷津渡　興仁導善一盞明燈覺路開
祖溯靈山修真度眾弘佛法　師承陰那洗鉢談經結淨緣
寶德體天心立廟開基功不朽　興邦憑佛力庇民護善澤無窮

正中神龕

青山肅穆祥雲繞　玉宇清虛古月明

靜室

雲山景常明靜室春深花自落　煙霞心與潔禪關晝永夢同清
爐火新烹半壺香茗窗前月　清歌互答一幅幽風世外情
風月擬仙寰採茶歌歇連山霧　林泉饒逸趣種竹人來滿袖雲
心中如有佛隨處皆祇園妙境　象外本無塵此間即員嶠仙鄉
萬象皆空海天自靜　纖塵不染水月常清

鹿谷石城土地廟

一　一旅開山功不朽　千秋立廟蹟長新

二　石可成金福求以正　城專衛土德化惟神

三　福本齊天惟秉正　德能載物合稱神

四　古道春深花自馥　石城晝靜鳥頻啼

鹿谷農試所郭寬福主任別墅楹聯

太原冠首

太和訓重勤兼忍　原道世尊德與仁

靜觀天宇胸懷曠　環擁山巒境界雄

儉樸精勤興家寶典　謙恭禮讓處世良箴

精勤儉樸興家道　禮讓謙恭處世箴

滿徑茶香含曉露　一林竹影弄晴暉

忠厚傳家	晴耕	雨讀	博學	多聞
	慎思	明辨	明德	親仁
	雲閒	山靜	月朗	風清
	鳥語	花香	竹笣	松茂

新鹿谷郭府柱聯　2012

大廳

橫披：一　勤儉傳家遵祖訓　二　勤儉傳家百世昌

一　朝霞光漫山千仞　芳樹翠連水一涯

二　錦織遙天雲煥彩　文成晴夜筆生花

三　君子有爭還揖讓　丈夫無畏在躬修

四　親賢慕德明儒道　憫世悲天體佛心

五　里重詩書風必厚　家傳孝悌福堪徵

六　禪心靜印中天月　春茗新煎古井泉

七　十里煙霞詩綺麗　一庭花月夢溫馨

八　讀書當惜三餘貴　處世但憑一字誠

九　豪氣含真理　芳花悅素心

十　持勤能成德　崇儉以養廉

十一　看花朝品茗　秉燭夜觀書

十二　樹綠山如畫　風清月滿樓

十三　安居宜靜境　此地即桃源

十四　庭前春草綠　窗外鳥聲酣

十五　山巒迎麗日　草木發清芬

十六　冰蟾心與潔　天宇氣同清

鹿谷天香製茶

一　天分仙掌長生露　香搗石城一品春

二　花月詩中意　江山物外情

三　江山綺思收詩篋　琴劍豪情入酒杯

民族藝師李松林先生百年紀念展

百年開特展　一代宗師風華再現

二鹿富人文　千秋絕藝薪火長傳

陳佳聲先生　佳聲冠首　2011.5.13

佳言名世傳三畏　聲訓端風（培英）證一流

佳言：善言也，柳宗元〈飲酒詩〉：清陰可自庇，竟夕聞佳言。

名世：謂名顯一世，謂其德業聞望可名於世者。

三畏：一、君子所畏三事也。《論語・季氏》：君子有三畏，畏
　　　　天命、畏大人、畏聖人之言。

　　　　二、元英宗朝，拜住拜中書左丞相，振立綱紀，修舉廢
　　　　墜，嘗奏：「臣有三畏，畏辱祖宗、畏天下事大，識
　　　　見未盡，畏年少不克負荷，無以上報聖恩。」

聲訓：謂感化人民之文教也。聲教：聲威教化也。其義與聲訓不
　　　　同，常見有誤用情形。

端風：導正世風。

培英：培育英才。二句可選一句用之。

一流：猶言同一流派，即同類之人，或第一等人。此指第一等
　　　　人。

贈黃金隆仁棣　2009.5.24

其一　金口善言稱一絕　隆名佳譽冠三臺

其二　臺灣奇寶　詮言正俗　鹿渚流風　取德為師

其三　臺灣一絕　能言善道　鹿港全才　博古通今

其四　妙語如珠　搏君一笑　名言為對　與我同歡

◎拋開俗累尋真樂　惜取春光作俊遊
◎靜聽溫婉窗前語　細品清淳午後茶
◎促膝談心香茗偏勞賢內煮　登壇爭霸奇文每在急中生
◎龍馬飛騰驅雨電　鯤魚變化動風雷
◎處世惟誠重磊落　切忌奢華貪利慾
　安分守己惡莫作　積善之家有厚福
◎漫笑疏狂欠遠矚　卻把良箴當戲謔
◎端陽　角黍投江天中弔屈　龍舟奪錦水上稱雄
◎閑詠　一　風中鐵笛傳秋意　海上驚濤愴夢思
　　　　二　勤修佛果消前孽　莫為浮名絆此生
　　　　三　心存佛性消塵劫　家有書香惹盛名
　　　　四　雲樓高聳崗千仞　秋色遙連水一涯
　　　　五　花月三更迷蝶夢　關山萬里怕雞聲
　　　　六　無限江山詩壯麗　有情花月夢溫柔
　　　　七　梅愛其清傲雪凌霜先傳春訊
　　　　　　躬修以敬敦仁養德永保太和
　　　　八　風霜記客清卅載江湖縈舊夢
　　　　　　詩酒饒豪興平生功業付浮雲
　　　　九　君子有爭還揖讓　丈夫無畏在躬修
　　　　十　薄命人憐花命薄　葬花揮淚哭花前

（二）其他

一	豪氣含真理	芳花悅素心
二	持勤能成德	崇儉以養廉
三	看花朝品茗	秉燭夜觀書
四	樹綠山如畫	風清月滿樓
五	安居宜靜境	此地即桃源
六	庭前春草綠	窗外鳥聲酣
七	山巒迎麗日	草木發清芬
八	冰蟾心與潔	天宇氣同清
九	朝霞光漫山千仞	芳樹翠連水一涯
十	錦織遙天雲煥彩	文成晴夜筆生花
十一	君子有爭還揖讓	丈夫無畏在躬修
十二	親賢慕德明儒道	憫世悲天體佛心
十三	里重詩書風必厚	家傳孝悌福堪徵
十四	禪心靜印中天月	春茗新煎古井泉
十五	十里煙霞詩綺麗	一庭花月夢溫馨
十六	讀書當惜三餘貴	處世但憑一字誠

義華冠首　義氣含真理　春華悅素心

東豪冠首　東方雞報曉　豪氣劍橫秋

教祈冠首　教無類聖賢言志　祈有心晴雨洽時

錦文冠首　錦織曉天雲綴彩　文成晴夜筆生花

桂庭冠首　桂子飄香秋月滿　庭梧鬱翠惠風清

蓮莊冠首　蓮沼看花朝品茗　莊園秉燭夜論詩

光華冠首　一　光輝迎曉日萬戶春風融瑞氣
　　　　　　　華彩絢朝霞千秋事業啟新猷

　　　　　二　光映金觥新歲酒　華開蕊艷玉堂春

文獻冠首　一　文修當惜三餘貴　獻曝但憑一字誠

　　　　　二　文采薰人瞻氣象　獻誠從政福家鄉

魚池鄉周府　再福冠首　再植善根仁作本　福耕心地孝為先
至誠慈善會冠首　至言化德多行善事　誠敬悲天同獻愛心
寶芸齋　施植寶冠首　訓傳家惟善德　芸窗勵學重精勤

1. 春聯

2004　廳堂　富貴如雲莫羨利名投世網
　　　　　　平安是福宜修道德作家珍

　　　書齋　債未完　錢債應清還　筆債可暫緩　俗債懶得管
　　　　　　情難斷　人　情莫輕漫　愛情皆虛幻　世情早看寬
　　　　　　橫披：何須計較歡喜就好

2006　憐貧弱但願人間皆富足　厭爭紛尚期天下早昇平

2009　廳堂
　　　玉山雪霽千條瑞彩朝陽麗　鯤海波澄萬戶春風氣象新
　　　橫披：積德修仁　華堂集慶　門葉：開泰　迎祥
　　　書齋
　　　富貴由天　若論窮通憑造化　風塵回首　方知際遇總因緣
　　　橫披：梅開新歲　筆寫宜春　門葉：琴韻　書聲
　　　門聯
　　　耽樂且序天倫　一堂孝友春能永駐
　　　安居毋嫌陋巷　萬卷詩書富亦堪稱
　　　橫披：春風曉日鴻運當頭

2011　書室
　　　古鎮風淳彩筆重描街北景　芳園日暖梅花先報海東春
　　　橫披：但期均富家家安樂世昇平　門葉：春濃　花艷
　　　大廳
　　　恪守中庸　敦仁明恕傳儒道　心存大愛　憫世悲天體佛心
　　　橫披：春滿臺陽蓬勃生機泰運開
　　　門葉：持勤成德　崇儉養廉

2012　大廳

龍興雨澤萬類蘇生春浩蕩　景協時和三陽啟泰運昌隆

橫披：但祈天眷民皆富足世昇平　門葉：年豐　物阜

書室

與世無爭閑撰詩文存至樂　於心有愛勤修善德秉真誠

橫披：梅愛其清凌霜傲雪傳春訊　門葉：春濃　花馥

女兒懿芳家　簡樸真善

天下無不愛之人因心有佛　身旁莫輕抛所厭當惜物如金

2013　**大廳**

天佑臺陽　但願年豐民富足　春回鹿渚　欣看運泰境祥和

橫披：心存善念　一堂雍睦樂天倫　門葉：親仁　慕德

書室　歲月如流水　惜取分陰勤著作

　　　　江山洽壯懷　裁來妙句快謳吟

橫披：心寬意遠　浩蕩乾坤收筆底　門葉：守拙　存真

◎韜光養誨　守拙存真　祥雲扶日　瑞氣盈門

2. 格言

謹於事慎於言。滿招損謙受益。愚之患在自明。有其忍乃有濟。智欲圓而行欲方。仁者莫大乎愛人。辭達則止，不貴多言。賢愚在心，不在貴賤。善由心發，德與日新。欲齊其家，先修其身。知足者，不以利自累。處世戒多言，言多必失。正己而後求人，則無怨。君子重修身，而貴擇交。將相本無種，男兒當自強。人無信不立，路不行不至。君子喻於義，小人喻於利。見賢思齊，見不賢而內自省。言人之善者有所得，無所傷。君子捨利而取義，小人見利而忘義。有好兒孫方是福，無多財富不為貧。君子之道，莫大乎以忠誠為天下倡。白日所為，夜來省己，是惡當驚，是善當喜。知足常足，終身不辱。知止常止，終身不恥。好名則立異，立異則身危，故聖人以好名為戒。不妄求則心安，不妄作則身安。弗食弗知其旨，弗學弗知其理。

附錄：文開詩社學員感恩述懷

一、文炳老師仙逝感賦

許清棟

（一）噩耗傳來舉社哀　俄然悲痛淚盈顋
　　　通儒素秉掀天志　俠士仍持揭地才
（二）惟願泉臺亦有溫　詩仙雅集杏花村
　　　希珍蔣達秋金在　飲唱邀師許劍魂
（三）久倡詩風興鹿渚　長將心跡寄文開
　　　何堪撒手騎鯨去　一代宗師喚不回

許圳江

（一）驚聞噩訊隕文星　往事追思緒不寧
　　　如友亦師兼父執　竟歸天府化英靈
（二）詩風倡導忘疲煩　社創文開志業存
　　　忝列程門空附驥　捫心深覺負師恩

張玉葉

驚聞噩耗嘆無常　頓失明燈倍感傷
西院詩吟猶在耳　恩師教誨永難忘

郭淑麗

卅六年來教誨深　歡顏再現夢中尋
紅塵寄語今安在　恍似書聲夜暮吟

張麗美

何堪一夕隔陽陰　遺照恭瞻淚不禁

志凜冰霜欽此德　歌悲薤露痛於心

已隨雲鶴仙山隱　惟膽驪珠曠世吟

誨我諄諄時九載　師恩難報海般深

侯美涵

慟泣鴻儒與世辭　音容已杳倍哀思

無垠學海圖精進　莫輟弦歌慰我師楊境滋

（一）驟聞仙逝不勝悲　絳帳春風宛昨時

　　　三絕才高難企及　殷殷誨教自心知

（二）創社文開桃李榮　發揚詩學大旗擎

　　　深心掛念斯鄉土　一旦登仙青史名

（三）說地談天論古今　胸羅萬卷眾歸心

　　　吾師羽化成仙去　虔獻鹿江懷古吟

（四）西院詩吟伴管弦　音容已杳感前緣

　　　望師夢裡來刪句　莫要長留真宇巔

王宜龍

文士同尊推泰斗

炳靈宛在荐衣冠

文詩秉志　成名昨日開風氣

炳賦招魂　弔影前身是月光

李政志

慟哭恩師不假年　文壇鐸毀輟歌弦

紅塵了斷情緣盡　騎鶴逍遙去做仙

尤錫輝

（一）傳來噩耗痛空前　生死寧知傾刻天
　　　剪紙焚香馳鹿渚　撫今追昔淚漣漣
（二）花甲從游覺已遲　諄諄鼓舞不言眷
　　　焚膏窮讀難承繼　匡扶詩教嘆誰規
（三）從知漢學待恢張　復社躬親鹿渚鄉
　　　慈愛豐儀雲幄斷　誰來賡續發文光

明於漢學創社功高留二鹿
德被里門弘文化俗譽三臺

二、文炳老師仙逝百日感賦

張麗美

生時逢亂世　筆耕守書田
高風併亮節　才藝一身兼
繪畫生如栩　出口成詩篇
騷壇執牛耳　桃李數百千
傷時憂國政　文運任雙肩
擷藻興詩社　締雅設吟筵
甚矣勞心懇　病魔結惡緣
何曾話離別　忽忽便歸泉
　承師習漢學　傾囊盡薪傳
誨我如慈父　高義恩似天
棄世已百日　駕鶴會群仙
音容嗟永隔　心喪服三年

三、文炳先逝世對年感懷

李政志

恩師棄世業期年　絮語思懷託杜鵑

佛國應猶邀舊友　拈花鬥酒論詩箋

尤錫輝

（一）囑咐昌詩道統學　恩師仙逝忽朞年

　　　懷恩慟念吟遺作　落日塋前涕泗連

（二）贈來著作感心扉　七載時光苒苒飛

　　　未及研求風雅妙　惘然何處乞詩歸

四、敬悼文開詩社明德公名譽社長千古祭文　尤錫輝撰

維　中華民國一〇三年三月二十四日歲次甲五農曆二月二十四

　　日，門生尤錫輝

謹以清酌庶饈致祭於　明德夫子之靈前曰：

嗚呼！先師

胸懷壯志，氣度洋洋。中西學貫，自溢書香。

心存漢學，聲望遠揚。精於碑對，粹及辭章。

兼工翰墨，又韻茶芳。專深文物，且熟鑑藏。

窮通古蹟，民俗并昌。力吹環保，惟益是張。

悠游琴劍，崇尚倘佯。盆栽間植，聊以養康。

嗚呼！先師

少修經典，未冠精通。廿三開館，授課邑中。

倫元詩界，聲譽日隆。綿延漢學，創社親躬。

木材營運，勞頓西東。賈商來販，和睦且公。

交遊廣闊，要及諸翁。機關主事，有始有終。

嗚呼！先師

思親詩作，聞者斷腸。纔欣倫樂，遽爾聞喪。

莘莘學子，頓感徬徨。問乎蒼昊，何忍招亡。

夫子夫子，輪轉是常。無憂世界，駕鶴何傷。

嗚呼哀哉

尚饗　　　　　　　　　　　　　　　　註：先賢施文炳先生字明德。

中秋吟唱現場揮毫。
（魏秀娟提供）

端午節活動籌備會。（魏秀娟提供）

文開詩社社長交接。（魏秀娟提供）

第五章

《無瑕小築文存》
增補

一、憶舊隨筆

（一）家世——憶父親的身教與言教

我生於動亂時代（昭和6年，1931），自二戰結束，中國國民黨政府占據臺灣，政府官員不以政務為重，吏治敗壞，貪贓枉法，只圖私利，視臺灣人民為三等國民，任其奴役支配。（詳看〈老子釋文〉一篇所引用之《臺灣省政府出版之二二八事件實錄》）

我少時家境小康，但先母平生勤儉治家，生活極為儉樸，三餐皆蕃薯纖糜，因大兄工作是鉋笠仔草，用臺灣一級木「黃檜」選擇木紋直紋者，鉋約五分之一公分厚度，再撚成絲條，如細草，編成笠仔，故稱笠仔草。因外銷商在大甲乃有大甲笠之稱。工資很高，起初有人介紹，說鉋笠仔草工資很高，鼓勵我大兄參加，先母聞之，不知虛實，乃在正月十五上元夜，在廳上焚香問神，等准「聽香」以斷可否，並問方向是西，便在半夜時分，手拿筊，向西直行，到龍山寺山門前，看見「肉員木」正在算鈔票。回家再以筊問神，連獲三筊聖筊，於是准許大兄就職，以數量計酬，結果賺了很多錢。時大甲笠大量外銷，因此工作量亦大，極需氣力，乃從糜中撈起米粒（像飯），給他吃。我與大姊、二兄則吃所殘留的糜湯，所配的是醬菜、豆豉，或菜舖、野菜，而且量皆有限制，先母時常說：「貧窮散赤，三餐無以為食的人太多，我們能夠止飢已不錯，要惜福。俗語說：大富由天，小富由儉。勤儉才有底。」二戰末期，我年十五之時，先慈因病別世，家中頓失支柱，當時我因備受母親溺愛，依然像十來歲小孩。我每早往母親墓前默坐，黃昏方回家，半夜偷泣，因恐父親知道而悲傷。

母親去世不久，日本戰敗，中國國民黨統治臺灣開始，因吏治腐敗、貪瀆所影響，經濟崩潰，物價飛升，一日三市，本來一斗米一

元，中午已變十元，下午已升為五十元，隔天已變三百五十元，一天又一天漫無止境的狂漲，終於突破萬元，而有斗米萬元之說。百姓叫苦連天，尤以貧家最為可憐，日人統治時，米一斗一元，五十年不變，因民以食為天，米糧係人民生存最重要之物，故日本政府維持米價平穩為首要政策。但中國國民黨來臺後，買一斤米、任何一件東西，所花臺幣竟遠超所買東西重量，臺幣有如廢紙，後來乃以四萬元臺幣（後來稱舊臺幣）換一元新臺幣，記得當時我在岡山空軍官校福利社任職，任總公司會計。往臺南採購洋菸，用四個四角餅桶裝滿舊臺幣，只購回半桶洋菸，可見當時情形，我家便是受到貨幣貶值，影響而變得一貧如洗。二次大戰之前，有五福街某富商，因賭米胶（稻米期貨）而大賠，欲賣花壇附近上等田五十餘甲（公頃），仲人介紹、鼓勵父親購買，父親計算彰銀存款買了尚有餘額，但母親反對說：父親對農耕外行，假設放租，因父親為人忠厚，而且其最大弱點是「心軟」，收田租之時，對方如訴苦要求減、欠，則不敢拒絕，並說日常生活可過就好，不要因貪便宜，而增加一項負擔，乃罷。殊不知這五十多甲田地之錢，後來中國國民黨政府來後，因貨幣貶值，竟然換不上一石米，其結果會如此實出意外。

二次世界大戰末期，日本政府因為青壯之人，皆徵往南洋各地參與戰事，生產力只靠國內老弱婦孺，為因應長期戰爭，乃實施物資統制，如米糧、布料，包括豬肉等重要性物品皆採配給制，比較需要體力工作之人，配額較多，以維足夠的生產力，但米價一斗一元，一般生活物資價格一樣便宜，三餐米糧配額雖有限量，但可佐以番薯、野菜，故足夠溫飽。當時因物資缺乏，而有暗取引買賣，即偷屠豬隻，買賣豬肉，一般都在鄉村屠宰，於夜間拿往市內賣給熟人，我的姑祖母家住下番婆，每在黃昏時候，把豬肉內用油紙包好，外用布袋掩蓋，放在我背上背回，因小孩比較不會引人注意。

我家自臺幣貶值，家境由富變貧，家中有價值東西是只存二個龍銀，是日治早期的銀幣，後來未再發行，數量少，故價格很高，父親想賣給外人未免可惜，乃往下番婆庄姑母處，說明來由，姑母一聽流

淚滿面，把龍銀收下，拿二斗多白米給父親帶回。當時可說一貧如洗，無隔餐之糧。生活困頓卻無解，原因是景氣不佳，失業者充斥鄰里，謀職不易。

當時余大兄的岳父在板店街經營水車店（昔日農田灌溉引水之具），購買水車農民遠近皆有，附近農村之外，常有西螺、虎尾、豐原、草屯、社口等地客人，賣水車則須配　到家，時父親失業，正愁找不到頭路，便買來一輛手拉車，載運水車。無水車可送之時，則替傢俱店運搬傢俱，如椅桌、衣櫃等木器往各地，因鹿港傢俱遵古法制，物精價實，各地如入厝、嫁娶便向鹿港選購。自有了工作　漸有多少收入，可以勉強維持起碼生活。但家徒四壁，父親口袋從未見過有錢。當時全臺灣公路皆用碎石舖設，手拉車載貨，必需力氣，父親為了一家生計，以勞力，沐風櫛雨，歷盡萬艱，掙來一家溫飽。（2013.11.21寫）

記得有一次載運水車往西螺，濁水溪自溪州到西螺，是日治時期所造，因二戰開戰，只完成橋墩，而無橋面，兩岸堤防約有一丈高，一個人拉手拉車要上提防有困難，便叫我隨車去，以便上坡時幫推，是日早上，拉車上路卻因九月季風太強，因水車長一丈二尺，當風面大，一路被吹，隨風速用走的，鹿港至西螺數十公里，我走得喘不過氣，回來因中氣不通，呼吸困難，有人介紹說，文祠有一種藥草，名「小還魂」，搗碎絞汁服之便好，我依其言採服，因小還魂，性寒散，平時已經營養不足，再服寒散之藥，弄得四肢無力。後來有人介紹街尾陳金條有散中氣藥粉有特效，購服之，方癒。

有一次載運木器往草屯，因社口橋被洪水沖毀，路不通，乃由臺中轉草屯。是夜半夜十二點左右，我從睡夢中被喚醒，草草吃了一點飯，並攜帶早餐便當，隨父親出發，跟在車後幫忙推車，常道：閉目三分眠，因疲勞過度很自然的邊行邊睡，到彰化大度橋已是早上了，乃停在路肩吃便當，然後再向臺中出發。到臺中已經過午，肚子很餓，到一家店舖，父親拿出口袋裡所有的錢，只能買一小塊糕仔，一人分一半，向店家分來二碗開水，暫時止飢，隨即上路。到草屯已是

黃昏時刻，到買家卸好傢俱已是晚餐時候，主人很客氣說：「一路辛苦，請入內用餐，吃飽以後洗澡休息。」我因太餓便狼吞虎嚥大吃一場，但父親一口飯入口，便大吐不止，主人說：「老兄飫過更，請先入客房休息。」言罷，主人家三位兄弟便拿起鋤頭往山上去了，經過二個多小時，拿着一梱植物根回來，磨漿，並煮成米糊模樣，裝滿一個大海碗，喚起父親說：半夜時分肚子會感覺飢餓，務必全部吃完，明日方有元氣上路。父親半夜醒來感覺很飫，便把一大海碗吃光。

　　一覺醒來已日上三竿，用過早餐便感精神很好，體力如常，便空車走上回程。沿途父親講解　史故事，評論各代英雄豪傑成敗原因，並明示為人處世的道理。其言：貧困到三餐不繼，便會思考如何改善。俗語說：不患貧，患無志，吃得苦中苦，方為人上人。大丈夫志在四海，當有掀天揭地之志。讀萬卷書，行萬里路，增加閱歷，方能開創理想天地。失敗是成功之母，人生一世難免會遭遇波折，須有耐心與自信克服萬艱、勇往直前、衝破逆境，必有新機。

　　父親說：今天我們這樣的落魄與困境，是一種很　貴的體驗，了解貧窮人之苦，所以要不時抱著悲天憫人之心，肯犧牲自己去幫助他人，而人生百歲，猶如白駒過隙，讓一卜中中中一不會吃虧。多做善事，施恩莫望報。俗語說：助人為快樂之本，施和受，寧願選擇施，有機緣助人是一種福。處世的不二法門是：與人為善，度量要大，氣要和，隱惡揚善，莫談人家私德，為官則清廉自持，不論從事任何職業，必須精勤盡職，切記「非分之財不取」，「錢財非寶，唯德是寶」，一塵不染，潔身自愛，方能遠離是非之擾。凡卓越成功的領導者，必須有遠的抱負、開闊的胸懷、敏銳的眼光、過人的智慧、豐富的見識、雍容的氣度。俗語說：唇齒有時也會相礙。每個家庭大大少少，難免會因意見相左情形，如能替對方立場設想，兄弟相忍、相讓便會無事，俗語所說「家和萬事成，家不和萬世窮」。每每載貨外出，回程都是如此，父親明訓，感懷在心。我遵循父親所言，但願兒孫們奉為家訓遵行，一家和樂，家庭自然會圓滿幸福。

有一次載貨往社口，時當六月，因天氣炎熱，汗流浹背，路肩有人放著一大桶麥仔茶，用紅紙寫「奉茶」二字，貼在桶上，麥仔茶上面浮著一些粗糠。父親說：「放粗糠的目的，是要讓趕路之人，吹散粗糠，讓呼吸緩和才入口，方不會氣逆而傷身。」並示曰：「如有心助人未必要有錢，供麥仔茶只是一點時間，便可讓路人止渴，放粗糠是一種細心，有心助人更需加上細心，務必謹記。」這一次是機會教育，讓我深刻省思未來如何善用。

　　先祖母別世後，父親便由番婆庄姑祖母養育成人，昔日農村，常因田園灌溉，因爭水而發生爭執，有時釀成命案，為了自衛，大多會敦聘武術師，教武功，並聘儒師教讀漢文。由表叔徐映口中得知，父親便在如此環境中勤奮練讀，武功是學長技仔，即白鶴拳，但父親一生從未提起學武之事。我記得在岡山時，曾蒙澤清先生教以武術，回鹿後在夜間再練，被父親看見，便以極嚴肅語氣指示說：「練武者往往會自恃有功夫而惹事，出社會最忌好勇，俗語說『好勇必敗』，楚霸王有萬人敵之勇，卻自刎烏江，你要學萬人友，無敵人最勇。」

　　而父親在經史方面涉獵，我未知詳細，但知其涉獵頗廣，常因進度要我讀何種書，如諸子百家、《史記》、《文心雕龍》、　代詩文等等。父親在家，手不釋卷，其勤學是一種身教，對我影響很深遠，我有今天的學識，便是受其精神所默化而來。再說：此次草屯之行，工資是二斗米，因當時臺幣直貶，乃以米代之。

　　其次，我先來談談洪氏家世：洪氏祖籍中國泉州，南門外小珍十二都，堂號「嶝山」，父親昭穆輩云為堯字云（詳看洪氏族譜）。我到泉州查詢地址，有人說，可能是小嶝島，但不確定。

　　豆公共有四兄弟，長名「弓」生子「興」遷烏日，生「乾」。次為先祖父豆公，生子流在，有子女四，長女順英，適紀。長男文蓁，生三男三女，長子勝男，次子勝福，三男勝雄，長女碧霞，次女富美，三女美華。我二兄名清、娶陳石瑞，生三男三女，長男德麟，次男德安，三男一平，長女惠鸞，次女惠燕，三女慧聰。我排第三，婆妻陳傑，生長男霽原，妻蔡淑慧，生二子，長東宜，次景堯。次男惟

中，妻張玉蓮，生一男承甫。

我的三叔公名「內」，眼盲，遷豐原東勢，不詳。四叔公名「頭」，遷番婆庄，養子進來。

四兄弟因家貧生活困難，四處流浪，後來輾轉來臺，先居番仔挖（今芳苑），不久四人各往外地尋求發展，先祖父豆公到下番婆其姊處，日人入臺，乃參加抗日，八卦山失守，逃至下番婆，後往秀水，由姑祖母介紹入贅沈氏，生先嚴流在公，（我的姑祖母，適下番婆徐家），因先祖父生平流浪天涯，飄泊不定，寄望從此有家室，不須再流浪，故取名流在，意即流已定也。先伯公弓與三叔公內一人往花壇，一人往烏日，四叔公頭亦與豆公同往番婆庄。先祖母沈銀娘歿後安葬於秀水崙仔頂，後來拾金安奉於鹿港我家祖塋。而先祖父在口庄再續絃，有一女係演戲小姐。

先嚴六歲，先祖母歿後，被寄養在姑祖母處，二十二歲時方由番婆庄以三十元入贅鹿港先母施氏家，生一女三男，女順英（適紀），長男文蓁，次男清，三男即文炳。我因母舅順國未婚，乃過繼為養子，改姓施。仍與父母親同住龍山寺南故宅。年幼時先慈便要我念《三字經》與《人生必讀》，雖不識字，只念書歌，但所念對後來讀書與處世，卻很有助益。

我八歲時入鹿港國民學校，所讀係日文，六年畢業，時六年級先生黃春花（日治時老師稱先生），說我成績優異，鼓勵我上中學，先母不同意，黃先生便親到寒舍，向我母親說，此子是可造之才，請讓其參與考試，爭取上進機會。家母乃以家貧為由婉拒，先生說他會替我辦清寒戶，可免學費。母親最後乃據實以告，說：「我看此局，日本氣數將盡，讀日文將來利用機會不多，我想讓他讀一些漢文以應未來需要。」先母對黃先生的美意再三言謝，並請其諒解。黃先生便向我說：「好好努力。」先生走後，先母便對我說：「世上有很多偉人，雖無學歷卻有大成就，只要肯努力不愁不成功。」在小學時父親鼓勵我多讀漢文，並說未來用處必多，果如其言。

當時國小畢業未上中學者，依規定入青年學校，要升二年時，二

次大戰結束乃停。隔年先慈棄養，享年五十。父親少母親二歲，當年四十八，時當壯年，卻終其生不言續弦，雖好友相邀也拒絕拈花惹草，唯一消遣，是與三五好友飲酒談天，父親酒量頗佳，自晨至夕，酩酊大醉方歸。我深恐多飲會傷身，苦勸不聽，我的二兄向我說：「父親內心的寂寞與無聊，唯有借酒麻醉，我們兒輩，應該善解、體會、順從，以盡孝道。」父親一生忠厚，古意，從不言他人是非，常因友人周轉困難，便會要我出手幫助。他晚年患胃癌之疾，到臨終，卻未曾有病痛的感覺，親友皆言：「這是他一生心存仁善，勤行善事所造因果，老天有眼，讓他安然歸仙。」父親平生不言他人是非，卻對我說：「書寫文章範圍廣泛，論時政得失、社會弊端，便須學孔子，褒貶森嚴法則，以維護社會公義。」父親一生言教身教，對我而言，勝讀十年書，唯我平生江湖飄泊，未能善盡子職，不孝罪深，今日係癸巳年舊曆十月十六，逢父親仙逝四十九年，特述父親平生事蹟，讓我子子孫孫知道先人德行，追懷感恩。古聖賢言，慎終追遠，民德歸厚矣。但願子子孫孫都能善盡孝道，行善助人，以我父親為模範，修身養德，抱造福人群善願，植福、惜福、再造福，全家 大大小小。親密和睦友愛，互勵，互助，共同守護家庭的美滿與幸福。（2013.11.19）

今天想談談我們三兄弟與大姊。父母親家教所影響，我與二位兄長很友愛，盡情盡義，平生從未口角，我少時不懂事，有時會大聲叫我大姊，但大姊都會笑說：「男子漢講話要斯文一點，才不會讓人批評無教養。」記得二戰結束，街上開始有人排路攤做小生意 ，火車頭前有人賣炸粿，我在附近賣香蕉。當時日本戰敗投降，在下番婆空軍基地日本兵，每天下午都會到鹿港買東西，因我是小孩，又會講日語，所以都會向我購買。大戰期間百業蕭條，頗久時日未聞炸粿香味，很想吃吃看，於是問我二位兄長。因賣香蕉已有收入，二位兄長皆同意，而賣了一塊炸粿，但三兄弟皆不忍心吃，每人皆想讓給其他二人。後來大兄說，分為三塊一人吃一塊，言罷便用手分，故意分大小塊。二位兄長便爭先將小塊拿走，留大塊的給我。我們三兄弟，還

有我大姊，凡有好處都是如此，一點可以自慰者，兄弟中有困難，我都甘心傾力、借貸以相助，未讓父親煩惱，但願我的子子孫孫都會如此，了解至親有難，加以相助是一種義務。我最為安慰的是家賢內助陳傑女士，我借巨款以助兄長紓困，而致負債累累，不但從未有過怨言，並說：「親兄弟有難豈能坐視不管。」

記得父親別世，喪葬事畢，有很多親友弔唁的弔軸布料，依俗例要分與各兄弟姊妹，傑便開口說：「我來分。」言罷便把布料分作三分，照理說，我有三兄弟，一位大姊，便要分作四分，我的表叔徐映與父親素如親兄弟，父親喪葬事項從頭至尾都靠他協助，他坐在傍看內人陳傑分布料，只分作三分，每分有三四十塊，傑各取一分給與大兄嫂及二兄嫂，另一分則從中取出三塊並說：「這是父親遺食頭尾，我留作記念。」尚存三四十塊，她說：「大姊的兒女比較多，請大姊拿回去。」表叔徐映見此情形頗覺意外，忍不住淚流滿面，說：「子賢不如媳婦賢。」我今生有幸，得此賢慧內助，婚後因經商失敗，一段漫長的困難日子，她從未有怨言，在家作手工以助家計，奉待父親以恭以敬，其孝行鄰里稱道，料理家事，照顧子女，讓我無後顧之憂，專心打拼事業。而今大姊與二位兄長均已作古，懷念當年，不禁熱淚盈眶。骨肉深情焉能忘哉！（2013.11.20）

（二）風塵父子行

西樓前月正明，涼露濕衣襟，移坐書房便開燈，一壺香茗近窗對空庭，追往事惹傷情，風塵馳逐苦零丁。午夜出家門，手拉車載貨趕路程， 卵石道面何不平，行行、行行又行行，直到身已倦，神不清，手推車半睡亦半醒，四面皆寂靜，只有父親沉重腳步聲。篙星斜，近五更，村犬吠，曉鷄鳴，東邊天漸白，一 輪旭日昇，已過彰化城，飢腸轆轆口亦乾，路肩小憩用早餐，菜餔以配泠飯丸，開水裝在水晶矸 ，一口潤喉便蓋瓶，拉車又起程，過了中午方暫停，路邊小店號，購買一塊糕，二人分食暫止餓，已過草屯街，接著過橋越烏溪，沿途依山樓房高連雲，直到日黃昏，方抵買主富家門，點交貨物

共幾份，林家好禮待殷勤，白米飯，滿桌佳餚香噴噴，餐後洗濯即上床，一夜酣睡到天明，早餐好，清糜小菜皆適口，工資換算米二斗，數天有飯供大小。

　　拉著空車上歸途，父親便講勸世歌，教我處世法亦多，今日受盡千般苦，閱歷凝成強基礎，凡事三思免犯錯，做事宜精莫潦草，誠信待人過當補，修身養性學趁早，勤奮有恆志不磨，最忌取巧裝糊塗，成事在人莫怕勞，肯輸心血獲必多。莫忘人格重操守，嚴戒貪瀆受利誘　，如非正當拒授受，任何好處忌插手，作奸犯科逃難久，為官清廉列為首，要我仔細看，有數不盡社會邊緣可憐人，家貧失業非無因，或老弱，或殘身，或者舉目無友親，暗巷偷泣夜難眠，運未濟志難伸，且展眉，暫待時，逆境必然有轉機，天道循環自可期，氣轉便見寒冬盡，春來日麗暖風微，群花競艷鳥鳴枝，萬象熙和事事宜，虔向蒼天再禱祈，風調雨順可預期，農作皆豐稔，稻穀蔬果鮮且美，無論工與商，討海打獵或者高科技，百業興盛喜利市，社會進化日千里，成功憑銳智，人人樂互助，紓困解急危。代代出好官，能為民造福，交流遍萬邦，文化融各族，一片祥和人皆樂，家家平安長富足，歡慶世昇平，有待詩以祝。

　　註：當時因國民黨官府貪瀆，相爭營私，吏治敗壞，嚴重的是財經政策毫無目標，而致貨幣大貶，物價飛升，一日三市，本來一斗米一元，數十年不變，但早上一元　，中午已變十元，下午便漲成六十元，隔日又升為五百元，一直飛升，不久臺幣便如廢紙，時我在岡山空校任職，要往臺南購買洋菸，用四個餅桶裝滿臺幣，買回半桶洋菸，所以凡是工資便以物換算，如取臺幣必然會吃虧。後來為了解決貨幣問題，而發行新臺幣，而以四萬元舊臺幣，交換一元新臺幣，漲風方止，物價平穩，市場買賣回復正常，只惜大部分的百姓已近清貧，而乏缺購買力，這一段財經風暴，社會大眾元氣大傷，受害嚴重，除了極少數富家之外，一般家庭大都無隔餐之糧，都以採野菜、收冬時拾稻穗，或者尋找蕃薯股溝，挖取殘留的蕃薯為食，每天只顧拼命為溫飽而想盡辦法。

在鹿港溪岸，曾經發生一件令人鼻酸之事，一位家境小康，年近五十的學校教員，家庭食口浩繁，因受到貨幣貶值所影響，收入難以維持家計，三餐不繼。大人可以忍耐飢餓，但孩子不能，而四處向親友借貸，惜都同樣面臨困境。方想到其表親在鹿港溪南，有一片蕃薯園，便於每日夜半人靜之時，偷偷挖幾塊回來，煮給孩子們止飢。因為他是讀書人，生性誠實古意，每次皆依照蕃薯股溝，從東至西一直進入。開始時，因被挖面積不大，未被注意，久了見蕃薯股整條被挖，方發覺有人偷挖，於是在夜半，出動全家人青壯，並請來數位朋友暗中監視，發現有人來偷挖，便大聲呼叫捉賊。老師突然　見有人叫捉賊，而且黑暗中見有多人圍捕，大為驚嚇，一旦被捕如何做人，一時心急，　一躍跳落鹿港溪。眾人一見大驚，其中二位年輕者便跳下溪中把人救起，一見驚覺竟然是自己表兄，便知是表兄生活陷入絕境，才會出此下策，表兄弟相擁而泣，並向老師說：「生活如此困難應該早說，咱們有數甲田園可收，未受景氣影響，自己至親，遭遇困難便有義務相助，如因客氣而受苦，於心何忍，景氣不佳是一時，相信會有改善之日，你可放心，我會每月提供足夠米糧與日生活費用，以免家人受苦」。

此事幸見有圓滿結果，但其他眾多人民呢？為政者的無責任，拖累了社會大眾受災殃，只惜如此情況不斷上演，是百姓有不幸的原罪嗎？令人費解。（2014.1.22）

（三）世局風雲憶少時

讀書的目的是在求知，所以不該只限於課本，應該多吸收一些不同方面事物，以增廣見聞。因此希望撥出一些上課時間，將少年時期發生的，極為重要的（世界局勢，包括影響臺灣很深遠的二二八事件）相關事項作一番探討。古聖賢云：鑑古而知今，以古為鑑，取其當、捨其不當。諒必有助於除弊革新，促進人類社會之進步與發展，爰述於下：

余生於一九三一年，未幾便進入大動亂年代。一九三七年七月

七日蘆溝橋事變，中日戰爭爆發。 一九三九年（昭和十四年）余九歲，入鹿港國民學校，（讀日文）一年級先生是吳福基（時稱老師為先生）。一九四一年十二月八日，日本偷襲珍珠港，爆發二次世界大戰。日本當局為長期戰爭作準備，實施物資統制，重要生活必需品皆採配給制，如米糧，布料包括香煙等，但物價便宜，一斗白米一元，數十年來皆如此，實施配給後雖然無往日充足，但不影響生計。余於一九四四年三月畢業，六學年級任先生親臨寒舍與先慈說明：「此子成績優異，建議讓其考中學。」因先慈認為日本氣數已盡，讀日文將來利用機會不多，待戰爭結束再視情形決定，因此未上中學，而依規定入青年學校。所教的是戰時社會，預備萬一，動員時所需的一些項目，如交通指揮、傷亡急救、手旗信號等等。因二次大戰正激烈，盟軍飛機開始轟炸台灣，人人只顧逃命，學校皆停課，因此青年學校只上了一年多，自此未再上學，所接受的正式的學校教育亦止於此。

一九四五（昭和二十年）一月廿九日近中午時刻，美國空軍B29轟炸機與P38（二個機身）戰鬥機空襲鹿港，在五福街崎仔腳投下很多500kg（五百公斤）炸彈，以及用機關鎗掃射，死傷枕藉，記得在鹿港街役場（鎮公所）對面搭帆布，很多屍體排在那裡，以待家屬認領。

註：日據時鹿港行政區 屬於臺中州、彰化郡、鹿港街。州首長稱州
知事，郡首長稱郡守、街首長稱街長。

同年六月廿五日（農曆五月十六日），先慈棄養。

八月六日，盟軍轟炸機空襲日本廣島，投下原子彈。八月九日，再投長崎，是人類有史以來，毀滅力最強的化學武器，將廣島與長崎二大都市夷為平地。八月十日當天，日本接受波茨坦聯合公告，由昭和裕仁天皇請求無條件投降。八月十五日，中美英蘇同時宣布日本正式無條件投降。

臺灣人因不願被異族統治，而對日人曾經以最激烈的反抗。記得少時，一般臺灣人皆稱日本人為「四腳仔或番仔」。（按：「番仔」一詞係昔日臺灣人對外國人的稱呼，指不同族類而言，並無欺視之

意。比如叫荷蘭人為紅毛番、紅毛城等。但四腳仔則不同了，四足乃指畜牲，很明顯有貶抑之意味。）清廷戰敗，當時的宰相李鴻章割臺灣與日本作賠償，被中國遺棄的臺灣人民，被日人統治達五十年之久，但臺民在文字、語言、宗教信仰、生活習慣等等，仍然保有相當完整的漢人傳統。到了大戰末期，臺灣各地遭受美軍日甚一日的空襲轟炸，為了逃命，很多人從城市疏散到鄉下，飽受流離失所之苦。我家因有前庭空地，故自行開挖「防空壕」，在盟軍轟炸時作掩護。時因物資缺乏，又有瘧疾肆虐，人人殷盼戰爭早日結束。當八月十五日本裕仁天皇親自發布投降，並向全國廣播，臺灣人獲知日本投降，無不含淚歡呼慶祝。

同年的十月十日，甫告脫離日本統治的六百萬臺灣人而言，是極具特別意義的日子。生平首次公開慶祝心儀仰慕的祖國—中國國慶，以萬眾歡騰形容並不為過。為示慎重，特由當時深孚眾望的社會名流林獻堂、黃朝琴、林呈祿、杜聰明、林茂生等組成「臺灣慶祝國慶籌備會」預為籌劃。十月十日當日，臺北街頭人山人海，人人興高采烈，如潮水般湧向慶祝會場公會堂（今中山堂），以能躬逢其盛為莫大之幸。時中國軍政要員尚未到來，一切活動皆由民間自行辦理，公會堂左右貼上兩行對聯，「欣逢雙十薄海同慶，恢復國土萬民騰歡」，正可反映當時臺灣人民心境。會中主席團林獻堂，特代表臺灣同胞，上電蔣介石致敬，電文有「臺灣光復，端賴　鈞座雄圖遠略，以及政府諸公、國軍將士努力奮鬥。登我民於衽蓆，拯臺灣於水火，凡我臺胞同心感戴」等，由衷感激之辭。自從日本投降，臺灣百姓無不企盼中國軍隊早日進駐，接替即將遣返其本國的日軍。

十月十六日傳聞：首批中國軍隊將於當日抵達基隆，熱情民眾即爭先恐後前往歡迎。一時基隆碼頭途為之塞。但自晨至暮，未見中國軍艦入港。有很多人夜宿碼頭等待。直至翌（十七）日始見中國軍隊乘坐美國運輸艦，陸續開入港內並登陸。歡迎民眾夾道歡呼，歡聲雷動。

這時疏散鄉間的城市居民一波波返回故里，重整殘破家園，各行

各業紛紛重新開業，忙碌中充滿著對未來幸福的憧憬與期待。忍辱受日人統治的臺灣人，熱切期待著即將成為世界四強之一的中國人，深感光榮與驕傲。於是爭相學習北京語、學唱北京語歌。

臺灣人誰也預料不到，心儀、期待已久的中國軍入臺，竟然是臺灣人民大　難的開始，被共產趕出來，逃到臺灣的中國國民黨流亡政權，就像土匪，倒行逆施，視人民如寇讎，百般的欺壓、凌虐，其罪惡之多罄竹難書，

十月十七日，首批國民政府軍隊，為陳孔達將軍所統領的陸軍第七十軍，乘美國運輸艦由基隆港登陸。一部分留駐基隆，其餘一部分乘火車抵臺北市，頓時等候在臺火車站內外的民眾紛紛湧向國軍，歡呼之聲響徹雲霄，市區內並有三十萬市民及各級學校師生歡迎，並高唱歡迎歌，歌聲此起彼落，其歌詞為「臺灣今日慶昇平，仰首青天白日清，六百萬人同快樂，壺漿簞食表歡迎，哈哈，到處歡迎，哈哈，到處歡迎，六百萬人同快樂，壺漿簞食表歡迎」。十月二十五日上午十點，臺灣省行政長官陳儀接受日本臺灣總督兼第十方面軍司令官安藤利吉的投降書之後，即時向全世界宣布：「從今天起，臺灣和澎湖列島已正式重入中國版圖，所有一切土地、人民、政事，都已置於中華民國政府主權之下。」

四書有「孔子謂季氏八佾舞於庭，是可忍孰不可忍也。」之語，當時的政府對各種制度皆有定規，凡朝廷，諸侯、與各級官吏，都有詳細的規範，八佾舞唯天子可用，諸侯是六佾，季氏是諸侯，只可用六佾，有僭越之罪，孔子對季氏提出批評，是為了維持朝綱。他大力主張褒貶，鼓勵以春秋之筆，對善行予以肯定，惡行則加以批判、貶抑。如此世間才有公理。嘗言：「隱惡揚善」，係指對個人而言，凡是一般人與人之間私事，如果是負面的則盡量替其掩蓋不提，若是善舉，則宜予以宣揚。此乃往昔社會教育子弟的重要課題。如果是「有關於國家、社會、公眾之事」則不能以此為本，主導國家社會有關事務，如有過錯，如果不予以批評糾正，任其胡作非為，則天下大亂矣，受害的是蒼生百姓。下文係對二戰終戰後，中國國民黨政權在臺

執政時的諸多不公不義之事提出探討。文中所引用資料，除《二二八事件實錄》（臺灣省政府發行，連戰作序）之外，部分係筆者在鹿港親經目睹者。為維護內容的正確性，均據實而寫，絕未刻意渲染。

　　人世間事往往令人難以預料，萬般期待早日來臺的中國國民黨軍，其狼狽情形有如逃亡的敗軍，如非親眼目睹絕不會相信。大戰期間人人企盼中國戰勝，早日太平，很多年齡較大的老者，每誇「咱中國軍人，經過嚴厲訓練，個個神勇無比，平時雙足縛鉛子，走路如飛，身輕如燕，用一枝雨傘，便可從高樓飛翔而下，所向無敵。」好像是在講日本電影的忍者。但是我在小學讀書時，每日聽到的新聞報導是「日軍已進入上海」，不久又報「日軍已攻下南京，蔣介石政府已遷往重慶」……等等日本軍戰勝的新聞，而事實便是如此。中國遍地烽火，中日雙方皆有傷亡。但受傷害最嚴重的是中國，中國自滿清末期的腐敗，於一八九五年李鴻章在馬關條約，割臺灣予日本開始，中國便進入多難的年代。一八九八年列強瓜分中國，一九〇〇年有義和團之亂，導致八國聯軍攻北京，一九〇四年的「日俄戰爭，戰場卻是中國東北。一九〇〇年以後，各地革命運動更加風起雲湧。直到一九一一年滿清政府垮台，中華民國建立，但有名無實，先有 袁世凱的專政，導致二次革命，雖然被壓下來，他卻更為囂張搞帝制，而致釀起護國軍之役；一九一六年袁世凱倒臺後情況更糟，演變成軍閥割據，各地軍閥大內戰，南北政府對抗，又有寧漢分裂、國共鬥爭，到了一九二八年勉強有所謂「北伐成功全國統一」的局面。但不久又陷入混戰，為了裁軍問題導致一九三〇年的中原大戰，其後開始五次剿共，在江西建立蘇維埃政權的中共勢力，從江西被國民政府軍打到延安，傷亡慘重。一九三六年發生西安事變之後，國共內戰停止，開始合作。連接而來的是八年抗戰，使國力大傷，直到一九四五年，八年抗戰打完了，才有所謂的「臺灣光復」。從以上可以看出，自一八九五年割讓臺灣予日本之後，一直到二次大戰終戰，整中國都在混戰、動盪之中，以戰爭次數而言，民國元年到十七年，由軍閥發動的內戰有一百四十次之多。以四川省統計，從民國元年到二十四年，

四川境內有四百次的戰爭，在如此動亂的社會豈有餘力建設，有餘力普及教育，提升文化呢？

　　中國會成為戰勝國，乃是託美國原子彈之賜，而非中國有實力戰勝日本。頗令臺灣人民意外的是長達五十年分離的政治現實，形成中國與臺灣之間，彼此認知上很大的差距，因中國大陸長達八年的抗戰外患告終，但內亂轉劇，一時之間國力與秩序均未恢復。讓人意外的，中國國民黨軍來臺就像土匪，到處掠奪，見了東西便任意取走。

　　筆者有一許姓朋友在市場賣豬肉，中國軍人把整頭豬拿走而未付錢，許某說：「尚未秤重、計算價錢。」那一群中國軍說：「我是國軍，拿什麼錢！」許某不肯，便被打得鼻血直流，眾眼昭昭，看著中國軍人大搖大擺，把整條豬抬走。有幾個中國兵未經同意，便把人家大廳的的兩扇大門拿走，說是要作床板用。鹿港文武廟有一部隊入駐，竟將文昌祠的「萬世師表」匾額拿下當眠床，並把文昌帝君泥塑神像投下泮月池。有的還強占，或徵用民家臥房。看到人家未關門就闖入，未脫鞋便踩上「榻榻米」。在餐廳看見女服務生便要親人家，不讓他親便要開槍示威。有軍人在黃昏時躲在巷口，看有女人經過，腳一伸將她絆倒，然後拍手大笑取樂，甚至連大肚子的孕婦也不放過等等。

　　我的好友，前臺東縣長黃順興，因批評中國國民黨，險斷送生命，乃偷渡逃往大陸，任中國人大會常委。他的回憶錄也提到，當時中國軍人的情形，軍人到照相館，隔天去拿時，說照得不好，但是不付錢，把相片放入口袋便走了。所以照相館以後不替軍人照相，軍人便拿起槍來把照相館櫥窗打爛。翻翻當時的報紙，如《民報》、《人民日報》，這種到處開槍、搶劫，甚至穿著製服，開著卡車集體搶劫的新聞經常出現。類似事件多得難以枚舉。他又說一則實事，有軍人到商店買東西，這個東西五十元，買了之後軍人要求老闆開一百元收據。當時的臺灣人很老實，從未碰過這種情形，但不開又怕惹麻煩，只好開收據給他。大概一個小時後，這個東西由另一個軍人拿回來，說東西不好要退還，老闆接受退還五十元，軍人卻拿出一百元收據，

要拿回一百元，老闆無奈只好退還一百元，平白賠了五十元，這種情形在日據時期絕不會發生。有一位麻豆人說，曾經聽過一位棺材店老闆講述一個經歷，有一個軍人到棺材店買棺材，因為部隊裡有人死了，結果二天後棺材又抬回來，不知詳情的人以為人死復活，原來是軍人把死者裝入棺材後出殯，可是在下葬時，只埋人而不埋棺材，把棺材抬回要退還，臺灣社會自古至今未看過一種事，只有中國軍來臺才發生。

這一種軍人胡亂情形太多了，不是要特意數落當時軍人的不是，而是軍紀之渙散、敗壞乃是祖國那一套文化醞釀出來的，他們認為這種情形在大陸可以，為什麼臺灣不可以，這是文化認知的差距。在民國三十五年這一年軍人鬧事情形太多了，從報紙可以看出，對後來造成二二八事件非常重要的因素，造成臺灣人對外省人極為不佳的印象，開始產生省籍間之隔閡。一九四六年發生的三大案件，鍾逸人曾經寫過這樣的文章：

◎新營事件：一九四六年中元節，臺南地區好久沒演戲，所以在新營演戲，戲演了一半，有二個穿制服的軍人拿著槍跑來，說：「不准演！」為什麼？理由是當時霍亂正在流行，不可以聚眾以免流行，所以不准演，奇怪，霍亂是飲食傳染，與演戲何干？因此惹起眾人心裡不快，開始叫罵，有人拋石塊，臺上軍人便開槍，而傷到人。

◎布袋事件：布袋地區因常有走私情事，地方亦鬧霍亂，因此實施戒嚴，長久與外界隔絕，物資缺乏，於是街民衝過戒嚴線要外出，士兵開槍射擊。

◎員林地區警察犯案，法院的法警到派出所去拘提警察，派出所的警察與法院的法警開槍對打的事件。說明了當時體制的混亂、法治的蕩然！

抗戰勝利，臺同胞滿懷熱忱，以為脫離日本出頭天了，對祖國期望相當大，自然失望亦大，來臺的中國軍以戰勝者心態胡作非為，國軍素質之差讓臺胞相當反感，可從下面二例看出：

1. 國軍駐軍副師長兼團長李上達，只會寫自己的名字。

2. 空軍有一位姓胡的少尉軍官被毆打於豐原市府前，幾乎快死了，過路的老百姓還人人加上一腳。可見百姓對國民黨軍恨之入骨的情形。我曾經聽過一位國軍退役的中校軍官談起，從大陸徹退時所見的實事，他們因避開共軍的追擊，而全旅官兵集體向海邊逃亡，一路到處可見國民黨軍，被百姓活埋在路旁的情形，可見在大陸，國民黨被百姓唾棄的情形如何的嚴重了。

再談當時來臺接收的是陳孔達（陳儀）部隊，其軍紀很差，看到腳踏車騎了走，看到人家門未關，便跑進去拿東西，坐車不買票，搭火車不走正門，從柵欄上跳進去，或從車窗跳出跳入。該軍一位少校參謀到蓬萊閣吃飯，對女招待動手動腳，惹起反感，乃開槍示威。此外六十三軍軍長黃濤在高雄抓了一條船，竟非法走私一萬噸糖到汕頭，說是用這批糖來安置全軍眷屬，如此土匪般行徑，讓臺灣百姓看了增加惡劣印象。而日人遺留的甚多軍品物資皆被盜賣。

一連串事件，讓臺灣人民覺得生存空間盡失，生命嚴重威脅。令人感到暴風雨即將來臨。民國三十六年二月二十七日，公賣局及警察大隊為緝拿私煙，而誤傷市民，演變成群眾火燒專賣局卡車，緝私員傅學通，在圓環附近取締，沒收一年老女販林江邁的私煙，老婦抵抗而被外省籍警察毆打，一批老百姓看老婦被打都大為不平，認為 他們是惡意欺凌臺灣人。該女為角頭老大同居人，其弟陳文溪遭傅學通有意無意開槍擊斃，群眾更為激憤。咸認為若非自衛，必會被迫上絕路，只好拼生命群起而抗。反國民黨政權事件終於在二月二十八日發生。

而其種下惡因的是中國政府官員倒行逆施，只知貪瀆、營私，不管百姓死活。導致民怨日激，是謂「官逼民變」造成今日的惡果。百姓面臨絕境，一種求生的本能所驅使，群起而抗，向威脅生命的威權挑戰，這便是慘痛的二二八事件起因。

已無路可退的臺灣人民，見外省人便打，臺灣人厚道，也很同情外省兵是被國民黨擄來的，他們也是受害者，來臺也是被迫的，只因未受教育者多，加上毫無軍紀約束，脫軌、橫行之事，自然不能避

免。故對付外省人，只打人，非不得已不會殺人。事發未幾國民黨便派出大軍，用裝甲車打頭陣，由基隆、高雄二港登陸，不分黑白，見人便開砲，用機關槍掃射，死傷枕藉。接著的是慘絕無人道的白色恐怖，當時的警備總部就像中國古時的錦衣衛，隨處抓人，中國國民黨認為「知識分子與富人」會造反，必需除盡，因此濫捕知識分子與富豪，凡高學歷或外國留學回臺之士、較有名的財閥，無一倖免，被抓而不知所終者，據聞有數萬之眾。

接著的是長達四十年的戒嚴，限制、剝奪人民的行動與自由，嚴禁旅居國外的臺灣人回臺，並派中國籍學生日夜監視，凡因單純為聯繫感情所組的聯誼會，便視為反動分子，為了監控這些學生，便向其在臺父母或家人恐嚇、施壓，或沒收其財產、誣控罪名拘押等等，所採取的是極為殘暴惡毒的手段，對付 手無寸鐵的善良百姓。可憐的臺灣人，其中亦有甚多中國來的外省人（有反對國民黨嫌疑者）皆被視為異己而被害。四十年之久，臺灣人為了對抗威權殘暴的中國國民黨政權，前仆後繼，流血淚，犧牲無數的 貴生命，始掙來今日的民主與自由。 史之罪可原諒，但不可忘。我們應該更團結，盡群力維護得來不易的民主與自由，讓我們的子子孫孫永享太平，不再受到威權凌遲之苦。「暴政必亡」，歷史如鏡，天道昭彰，「得民者昌，失民必亡」，為政者可不慎哉。

林宗光《美國人眼中的二二八》指出：「美國學者常提到當時中國人與臺灣人在文化及教育方面的差別，經過五十年日本殖民政治，臺灣人已受到日本文化的影響，不論衣食住行、語言及生活方式已與中國人有所別，不少受過高等教育的臺灣人亦已透過日本 甚至直接受到西方近代文化的薰陶，由於日本當局的提倡，臺灣人一般的教育程度遠比中國人高。不僅如此，臺灣人已在新式的工、商都市社會裡生活了相當長的時間，臺灣人的生活方式是從中國來的農民軍隊所未曾見過的。而中國人一到臺灣便以統治者自居，決意重新教育臺灣人，這點也是雙方衝突的原因。」中國人的行為更稱不上文明，官員的腐敗與軍人的掠奪既如前述，而一般中國人對現代生活用品又不認

識，常鬧出笑話，卡氏兒舉例描寫中國人到處掠奪腳踏車，卻不知騎法，只好背在肩上走，其狼狽情形可想而知。在鹿港筆者親眼目睹，本地居民家用（水龍頭）係從水搭引水，中國人見之便賣一個自行安裝在壁上，因無水可出竟向賣水龍頭的店舖要求改換等等。對外省人的種種批評都是負面的居多，但筆者以他們的立場設想，實很可憐。因其環境與遭遇使然，應同情而不該加以譏笑。惜因中國國民黨政權的腐敗無能，與掠奪橫行而不知反省，造成了「同情變為反抗」的嚴重惡果，實在很不幸。

在美國人眼中，中國軍人穿的是又破、又爛、又髒的軍服，光著腳或穿著草鞋，有人拿扁擔，有人拿雨傘，或背著鍋行走，宛如乞丐軍。令臺灣人看不起的是這些人的污穢，不注重公共衛生，到處吐痰的習慣令人噁心。（與筆者親眼目睹者相同）。而三十多年來在臺灣已經消失的霍亂與黑死病，在中國人抵達不久又流行了。港口檢驗站的藥品及檢驗器具，非被中國人搶光便是被破壞。這些國際人士目睹的例子都清楚地表示，這批中國人紀律不夠，物質文明低，而且文化程度落後，與以前臺灣人熟知的，清潔成性，講究衛生、守紀律的日本人相比，實不可同日而語。記得開放大陸探親隔年，我往中國前後走了三十餘次，最不能適應的是衛生問題。在天安門前的大廣場，有一大排廁所，但未設門，如廁時須面對天安門，臺灣去的女遊客，都會攜帶雨傘，以便如廁時遮掩。在大陸各地常見廁所無人整理，黃金堆直排到大路旁的情形，頻經外來遊客建議，好幾年後，方開始整頓。臺灣自昔凡廁所皆有門戶，而且很清潔，實有天壤之別。由此可見，這個「落後的」的中國集團來統治「業已進步，具有現代文明的臺灣」，必然會產生問題，理由至為明顯。

八十三年（1944）三月二十二日李筱峰先生專題報告關於〈臺海兩岸的　史分歧導致文化摩擦〉指出：歷史發展的歧異造成海峽　岸文化內涵有了差距而發生摩擦，這種情形任憑陳儀或是其他人來接管都很難避免。陳儀自己也承認，在民國二十四年（昭和十年，1935），即日本統治臺灣第四十年之時日本人在臺北舉辦「始政四十

年博覽會」，目的是宣傳臺灣在其統治下的治績，這個博覽會有世界各地的代表參加，當時擔任福建省主席的陳儀也應邀來參觀，陳儀看過博覽會之後，講了這麼一句話：「……他們臺灣人給日本人統治很幸福呢！」乍聽之下，令人啼笑皆非，將自己同胞受異族統治說成「很幸運」，其實他這句話有其含義，他發現臺灣比中國大陸好了很多，才有這種感慨。另有一人，很有公信力之士，即梁啟超先生，他在民前一年（1911）應臺中霧峰林獻堂之邀來臺，他這次除了應邀之外，表示想來臺灣了解幾件事，其中包括日本的治績，他說：「過去臺灣在清朝時代，每年的歲入只有六十萬，到了劉銘傳時候也只有二百餘萬，為什麼日本人統治臺灣才十年，歲入居然達到三千八百餘萬。到了他要來臺灣這一年歲入已達四千三百餘萬，拿掉四千萬，零頭都比清朝時還多，實在很奇怪，尤其是日本統治第六年之後財政已經獨立，不必再仰賴中央補給。」梁啟超便是要來觀察「為什麼日本人有辦法把臺灣治理的如此成功」，以做為日後政治改革的參考。

二二八事件後，戒嚴令施行，軍隊長官有可抓可殺、先斬後奏之權，造成很多冤獄。臺灣被日本統治五十年，已進入現代化、法治的社會，與當時尚停留在封建、老舊、欠缺法治觀念的中國社會，有一段相當大的距離，因此很難取得共識。在治安上最前線的外省警察大都未受過正規訓練，就地取材良莠不齊，指派來臺的接收人員，包括黨政軍各單位，其知識水準、文化背景均比臺灣落後甚多，尤其是中國軍軍紀的敗壞，與法治觀念深植的臺灣人，兩者之間實有天壤之別，加上江浙財閥與臺灣財閥相互對抗，引發官商勾結，以及陳儀所作所為諸多不當，令臺灣人民非常失望。

日人治臺雖對臺人管理很嚴格，但相當講正義與道理，軍人皆嚴守紀律、守法、愛國，言行舉止有泱泱大國風範，警察儀容端正、威武嚴肅，雖可任意打人（係其國俗，查當時警察在日本本國一樣會打人），但論其治安則可圈可點，宵小匿跡。記得筆者少時真的是「夜不閉戶，道不拾遺」。在日治時期，日本政府以永續經營臺灣為目標，凡事皆以百年大計為考量，以人民福祉為依歸，因此政治清明，

人人守法、互愛。當時鹿港八郊每年皆以媽祖爐主大總理主導地方公共事務，並設有仲裁小組，凡有爭紛則視其事件的輕重，判理虧一方，罰演幾場戲，或用一粒檳榔或一支香煙，便可和解。八郊所仲裁案件，其公信力等於法院判決，為官方所承認。

當時一般教育均重良好衛生習慣，日本政府定例在過年前舉行大掃除，日本警察手帶白手套，檢查拭擦每戶的死角，如有不潔會要求再整理。同時很重視人民的健康，臺灣人便在潛移默化中，養成極為先進文明的社會生活習慣。日本軍人不管是一人或一群人，在路上必衣著整齊、態度莊重、步伐有力，令人有威武懾人的氣概。反看來臺的國軍服裝儀容宛如乞丐，槍扛在肩上，槍頭掛著一串香蕉，邊走邊吃，香蕉皮亂丟，買東西不付錢……，與百姓糾紛不斷，毫無軍紀可言，令臺人不相信自己的眼睛。臺灣人被日本統治雖屬不幸，然在另一方面接受日本式現代文明的洗禮，思想新穎，不管是在觀念上、做事技巧上都較中國大陸進步五、六十年，非常科學化、現代化。中、臺兩者之間差距太大，因此中國政府想用舊有規範來箝制、約束新潮流的一群，自然行不通。臺灣與大陸在生活方式與觀念方面，皆格格不入，就以衛生習慣為例，當時臺中地檢察官隨地吐痰後，即用腳踩之，流鼻涕以手拭之，教育科長走路，邊喫甘蔗，稽徵課長在神聖議場吐痰等等，如此落後現象，惹民反感 是必然的。

二二八事件發生原因係國民黨軍入臺初期，大家對政府的期望很大，見中國軍之後便轉為失望，日據時期製作的卡通皆描寫「支那軍」的無狀，見之果然。有一位李姓人士坐火車由彰化往臺中，至烏日站附近，火車被迫停二小時，因大肚山騎兵隊有一士兵出來割馬草，因走在鐵橋上，乍見火車開來急忙縱跳而死，軍中有人出來無理取鬧，而影響火車時間。

當時美國國務院「中國白皮書」的詮釋，它聲稱經濟惡化與國民黨官員的吏治敗壞造成了二月二十八日的起事，而國民黨軍隊則以極高的人命代價，來弭平了這個暴動。（未經審判任意殺害了數萬無辜的臺灣人民。綠島便是當年中國國民黨囚禁臺灣知識分子的牢獄。中

國國民黨在二二八事件，及其後為了殲滅異己的過度殺害，已在臺灣
　史上留下一頁永難磨滅的慘無人道的罪惡紀錄。）

　　臺灣在清末劉銘傳時便規劃並著手開始作部分新建設。到日本統
治臺灣時，在民政長官後藤新平之後便奠下近代化的基礎，因此兩岸
的兩個社會開始有了顯著差距。這個說法可能有人會不認同，因此舉
發電量作比較，因發電量的高低最可以表現一個社會的工業化人民生
活水平。民國二十五年（1936）臺灣人口約占中國大陸人口的百分之
一點二，卻擁有中國百分之四百四十二的發電量 裝置，比例非常懸
殊。若以平均一個人的用電倍數來看，民國二十五年臺灣是大陸的
十七倍、民國三十二年是二百三十倍、三十四年是五十倍，這個數字
不會騙人，它清楚地表示，臺灣的工業化程度與生活水準高出大陸很
多。我在開放大陸探親的隔年，往大陸遊行，有一天搭乘廈門航空，
從廣州飛往廈門，從廣州起飛，一直到廈門，不見陸地上有任何燈
光，直到廈門方見到二盞燈。可見當時情形。其他尚有農業、工業產
值的比較、兒童就學率……等數據可資比較印證，總之這兩個社會在
戰後呈現了很大的差距。

　　日本人統治臺灣，臺民皆認為日人是異族，而曾經做過激烈的反
抗，但這個異族不是 一般的異族，是經過明治維新洗禮，有著相當近
代化的異族，日本明治維新帶給他們一個新國家生機。臺灣在其統治
之下，開始時因臺人抗日情緒很強，而在政治上有一種對殖民地統治
的不平等情形。然不可諱言的是，透過明治維新，臺灣吸收了近代世
界的文明。

　　必須一提的是，日本人對其國家，以及對天皇之忠貞實令人感
佩，時在臺灣以及在東南亞戰爭之日人一聽天皇投降命令，便全部放
下武器，聽任戰勝國指揮行事。中國軍隊接收臺灣未幾，在臺灣的日
本人全部遣送回日，每人限帶壹仟元，以及隨身衣物外，不准取走任
何東西。眼見日人別離臺灣時的情景，實令人同情。故有人編歌記述
其事，歌詞如下：「官舍內行出門樓，一路到車頭，人隻（這麼）
多，相倚相擠，卜（要）返去內地，一千元卜（要）什樣度（過），

一聲叫母一聲苦，啊　嘟啊！不知何時，才會到神戶。」上詞為配以日本名歌〈九段乃母〉之曲。

　　日人治臺時，係以百年大計、永續經營為考量，如森林的開發，日人定為「間伐式」即每株樹木皆經過調查、編號，確定已老化或不會再成長者，量圍經、計材積，才會砍伐。砍伐後，在每株原樹之處，重新種下五株同種樹苗，即全面性的再造林，以維護山林的完整性。日人估算，臺灣原生木材可供日本全國利用百年以上。新造林則待百年後，可陸續取用不竭。國民黨政府的來臺，原計畫三、五年便要反攻回大陸，什麼「一年準備、二年反攻、三年成功」，自作白日夢，自認為如「過路客」不久便要打回大陸，根本無經營臺灣的計畫。直到後來反攻無望，看森林開發有巨利可獲，便官商勾結開始濫伐，即「皆伐式」不分黑白、好壞，全部砍掉，將數千年樹齡的高貴檜木，售與日本，低報價格暗自分贓，盜取暴利。同時申請造林，吞沒了向政府領取的造林經費，卻未植下半棵樹。而致水土遭受嚴重破壞，造成今日臺灣一遇雨便發生嚴重土石流，犧牲無數財產與寶貴生命的惡果。

　　另有一項嚴重問題是貨幣政策，國民黨當時只顧鞏固政權，根本無心於民生問題。其實當時的政府，並無改善經濟、穩定市場的能力，因此物價大波動，一日三市，即早上一斗米一元，到了中午漲到五十元，下午已漲為七百元，每日以數十倍、數百倍之數狂漲。因此造成商人囤積不售，期待漲價。記得我當時在岡山空軍官校福利社負責會計與採購工作、有一次用五個餅桶裝滿舊臺幣，到臺南只換回半桶洋煙。購買東西所用鈔票，往往比所購買的東西，有數倍重量。民不聊生，苦不堪言。

　　臺灣臺幣大貶，造成哀鴻遍野，政府抵不住社會反彈，便在民國三十八年另行發行新臺幣，以四萬舊臺幣，換一元新臺幣。物價始漸穩定。

　　日本人治臺，經過五十年的努力，奠定了臺灣現代化基礎，對臺灣往後發展厥功甚偉。值得一提的是，日人在臺不分官民皆非常守

法，記憶最深的是日本小學有「修身」之課，內容都是教導忠教節義，禮義廉恥等等為人處世的大道理，並引世界各國傑出人士故事，鼓勵學生學習向善，多作有益於人群社會之事。日人治臺五十年，政清刑簡，治安良好，建立了很有秩序的法治社會，人人守法，因此夜不閉戶，道不拾遺。我記得少時我家包括附近人家，除了寒天，夜間從未關過門戶，卻未聽過有偷竊事件。記得是八歲時先慈叫我到市場口買東西，，不小心在五福街把錢弄丟，空手回家，先慈聞之便道：「再循原路去找。」聽命回到五福街近菜市場，有一位中年人士說：「丟錢嗎？在柱子邊啊！」可見當時民風之純樸。記得少時有一次過年，家家戶戶蒸年糕，做紅龜粿，有一位日籍警察作例行的戶口調查，見余家紅龜糕剛剛蒸好，他不知為何物？好奇的問道：「那盤紅色的是什麼？」我答以：「就像日本的麻糬。」我母親便取一個請他試食，他大呼：「好吃！好吃！」先母知他有一妻一子，便包六個讓他帶回家，他再三申謝，把紅龜粿拿回去了。自那一年開始，每逢端午、中秋、過年，這位警察必來贈送東西，一直到他調離鹿港。可見當時連基層的治安人員都如此自愛，方能造就當時的太平盛世。

　　回顧歷史，終戰後臺灣人民長達五十年之久，在中國國民黨威權統治之下蒙受苦難，流盡血淚、犧牲無數的　貴生命，始爭取到今日難能可貴的民主與自由。少數自認為是高人一等的中國人，視臺灣人為三等國民，不止是領臺初期，君請看：今日是何日？臺灣早已是民主自由國家。容許多元意見的表達。自抬身價，自吹自擂本屬自由，如果隨便放話，漫罵、貶抑他人，便是自損人格，不但有違社會善良風俗，也會受到指責與批評。自稱「高級外省人」的郭冠英，竟然罵臺灣人為「臺巴子」，外省人也有高級與低級之分嗎？其心態的確很可議。郭某曾承認自己化名「樊蘭欽」即「泛藍軍」，撰文惡意批評臺灣。政府派駐外國的外交人員，竟然在外邦誣蔑自己的國家，把臺灣批評得一無是處，卻說：「要在臺灣養老。」世上竟然有這一種「厚顏無恥的外省人」，給社會一種惡質示範，真令人不齒。可以想見直到今日，尚有一些外省人，自認為是高人一等，看不起臺灣人。

很不幸，也有不少數臺灣人民，因受到中國國民黨長達五十年之久的奴化教育所誤導，而迷失自己，認賊作父者，實很可悲。堪慰的是，也有很多外省人，對郭某違背公義的言論非常反感。既然落籍於臺灣便是臺灣人，便有義務愛惜、保護這一塊土地。如前總統府秘書長陳師孟先生，他在外國留學時，見識了中國國民黨，派人監視自己人，意識到這一個黨的惡質，視人民為敵，逆天而行，終有一天，必會受到人民的唾棄。回臺後克盡心力，圖謀臺灣的民主自由與進步發展，實值得我們敬佩讚揚。如師孟先生一樣，為臺灣發展而努力的，另有很多外省籍人士，他們同樣愛臺灣，自認為是臺灣人，臺灣才是自己的故鄉，為臺灣的發展而打拼。但願二千三百萬人民，應該有「同乘一條船，生死與共，同舟共濟」的認知，不分省籍、族群，不分彼此，互相尊重，輸誠團結，共同為臺灣的穩定發展，建立和諧溫馨的社會，謀求人民福祉而努力。更期待中國早日放棄集權，成為民主自由國家，兩岸共同努力締造永久和平，則蒼生有幸矣！綜而言之，中國國民黨在臺灣的倒行逆施，其罪惡之多，人民受害之深罄竹難書，我們應該嚴加監督，莫讓其非法橫行，再遺禍害民，則國家幸矣！（本文資料來源：臺灣省政府發行，連戰作序，《二二八事件實錄》）

　　最近媒體時常引為話題的由詐騙集團與白痴組合之稱的中國國民黨政權，出一個頭腦不清楚，講話時常凸槌而有白目、白痴、白賊之稱的總統。臺灣早期有一則〈白賊七〉的故事，現在則出一個〈白賊九〉，加上一個白賊閣揆（說話不算數，欺騙人民），集合一夥無能政客，不顧人民死活，什麼完全執政，競選時所開的633，竟然是空頭支票，當選後便不認帳。仗其國會多數，橫行霸道，意欲出賣臺灣，配合中國「以經促統」陰謀，國共聯手，黑箱作業，反對公投，急欲與中國簽訂，會嚴重危害臺灣經濟的ECFA，什麼A閣發條約，已受到國際間的嚴重關切與質疑。一旦簽定，臺灣經濟完全失去自主性，必會受中國牽著鼻子走，對臺灣農工商各業的生存，造成嚴重衝擊，臺灣焉有活路。

我們由衷期待能與中國和平相處，兩岸經貿雖是必行之路，但需有配套，民進黨執政時，已有一種對臺灣很有保障的方式，比喻開車，車本身有安全上須有的剎車裝置可以避免暴衝。但ECFA，所謂兩岸經貿條約，內容是什麼？無人知道，單憑國共二黨黑心作業，人民完全不了解，卻不對人民作說明，這種掩人耳目，視人民如痴呆的作法，國人豈會安心？為了臺灣的未來，讓我們的子子孫孫，有一處安身立命、永續發展之所，現在該是我們，群起以行動展現，「保護臺灣人民的權益與尊嚴」的時候了。莫讓馬吳政府一意孤行，硬迫臺灣人民走向死路。

　　馬政府派江炳坤代表臺灣政府與中國談判，據外界傳聞「江某的兒子在中國大陸，設有公司，經營大企業，受到中國政府的特別護持」，不知實情如何？如果屬實，派這種人代表政府與中國談判，其結果可想而知。為了私人立場，而把國家權益拱手讓人，絕對有其可能。我們應該預防「政客與奸商」結合危害國家的可能。

　　頗為令人意外的是，中國國民黨人才濟濟，為何選擇一位頭腦不清楚的馬某當總統。馬政府以為臺灣人民可任意欺騙，他忘了臺灣人民尚有一項非常強大的力量，就是選票。目前在民間，除了泛綠以外，有很多無政黨傾向的中間選民，正在策劃五都與1012年總統選舉，用選票否決馬吳政府的惡行，把馬政府拉下台，並要求盟邦協助，如美國有臺灣關係法，有協助防衛臺灣的承諾，以及鄰國日本，與臺灣唇齒相依，也怕中國強大，會威脅到日本的安全，因此可以確定美、日必站在臺灣一方，建議臺灣應可運用美日影響力，來化解中國的反對。同時透過公投，獲人民同意，向全世界宣布「臺灣獨立」，並直接與中國協商，互相合作提攜，促進兩岸的和平繁榮。因為臺灣的穩定發展，對中國有巨大的經濟利益，因此兩岸之間，如有所爭執時，應先讓人民了解其內容，獲人民同意，然後透過協商來解決問題，相信兩岸之間（同文、同種）如能成為兄弟之邦，和睦相處，共同努力促進世界和平，是人類社會之幸。

　　「兄弟們！站起來，為了自由，為了生存下去，必須團結奮鬥，

勇往直前，抵制馬吳詐騙集團的惡行，保衛臺灣。莫被出賣，而被強權吞沒。」（「兄弟」一辭是當年二二八事件發生時，臺灣人對自己人的稱呼。）我們由衷希望，組織堅強穩固的臺灣政府，與世界列國平起平坐，建立不受強權干預、威脅的真正民主自由國家。

（四）深宵隨筆

1. 窗前的梅花開又謝了，花開本是一種美，尤其梅花潔白清麗的花容，加上淡淡幽香，有種高貴絕俗、超凡之美。而花謝了⋯⋯（待續）

2. 詩人的定義

詩人必須洞澈世故人情，心存悲憫，具有赤子之心，真摯不移，自身也應該像一首詩，一首純真完美的詩。

所謂完美，是指人格上、思想上的完美，即孔子所言的「思無邪」。除了豐富的學識與閱歷之外，必須有完美的人格思想，即洞澈世故人情，了解人世憂患與苦難，懂得體恤他人，關懷眾生。有如赤子，天真純善的至情，有無私無我、悲天憫人之心。

學詩先求人格上的善美，培養開闊，能納百川的胸懷，要有遠大的眼光與抱負，以身心修養為基礎，力行不懈。勤讀書—廣攬百家書籍，多閱歷—歷覽名山大川，師自然—大自然便是一部取之不盡，用之不竭的知識寶典，廣交遊—結交各階層人士，不分貴賤、雅俗，嘗言：「三人行，必有吾師。」「見賢思齊，見不賢而內自省。」詩人必須充實內涵，因為學問並非一朝一夕可就，必須有堅定不移之志，不畏艱難，持之以恆，久之必有所成。

詩是有生命的，發諸至情，出諸無私，故能不朽。詩教的薰陶，可以讓人的思想、品德皆能昇華，臻於真善至美境界。人生的價值在於「你為社會付出多少？犧牲多少？貢獻多少？」，而非「你做多大的事業？賺多大的財富？做多大的官？」

3. 處世規箴

(1)淡泊無爭。淡泊自持，不爭名、不爭利，一切順應自然。

(2)社會責任。天生我才必有用，但須立志用於公，而非用於私。人類是群體生活的動物，必須相互依賴方能生存，人一出生便享受到眾人所努力的成果，不論衣食住行之便，皆是社會人群所賜與。人人應該知足、感恩，知所回報，奉獻社會。

(3)守法安分。 遵守法律，遵守社會規範，維護社會秩序，凡事量力而為，不妄求、不奢求。不嫉、不妒。不談彼短，不持己長，貧而不餒、富而不驕。不論士農工商，當安分守己，盡己力以完成職責。

(4)持平常心。人不患貧，而患不立志。（待續）

(5)聖賢訓：夫婦之際，人倫之道也。夫妻好合如鼓瑟琴，甘苦共之，安危共之，舉案齊眉，相敬如賓。夫勸其婦，婦勸其夫，相與砥礪，必全孝道。修身莫若敬，避強莫若順，故曰敬順之道為婦之大禮也。

（五）憶舊──就學回憶

一九三七年七月七日盧溝橋事變，中日戰爭始，時余七歲，一九四一年十二月八日，日軍突襲珍珠港太平洋戰爭爆發。日政府因龐大軍事開支，實施物資統制。凡軍需用品材料悉收歸國有，重要民生物資則採配級制，如米糧、肉類、布疋、食油均以人口數分配，顧及貪窮，價甚便宜，惟數有所限，比之前或感不足，惟足以維生。一九四五年八月六日美國第一枚原子彈投廣島，八月九日第二枚原子彈投長崎，八月十日，日本接受中美英三國波茨坦聯合公告，請求無條件投降，二次世界大戰結束。

余生於日據（1931），少時就讀國校，所教皆日文，漢文教育係於五、六歲時庭訓教以三字經始，時尚年幼，讀書只屬於（念書歌）式，印象不深。國小五年時，二次大戰正熾，先府君叮嚀：「日軍擴張過速，戰爭必敗，台灣前途未卜，宜學漢文以備來日之需。」凡有餘暇便課以四子、瓊林、唐詩、古文觀止、尺牘類、詩經、易經

等書。

二次大戰結束，余方入私塾，所讀略同上述，只是溫習加強記憶而已。一 面先府君授以史記、資治通鑑，文心雕龍、戰國策、老、莊、諸子，以及歷代各類名著，惟每部書只教首段，其餘均需自修，凡有疑問再請其解釋，並訂定課程表，日限三小時，有餘暇則向圖書館借讀各類書籍，自此涉獵之面漸廣。後幸遇松喬先生鼓勵、指導，以近三年時間鑽研教育、經濟，政治、哲學諸類專科性學問，除研讀時筆記與應有作業之外，惟重於讀而疏於撰。

一九五三年經人推薦，兼任記者，未幾轉任特派員，旨在實際學習寫作耳。因忙於商，年餘即辭。時有感於用字、遣詞尚欠功力，而求教於恩師施讓甫先生，先生示曰：「用字遣詞非三言兩語可解，欲深入則宜學詩，蓋因漢詩格律限制甚嚴，半字亦需推敲，能詩自然能文，對詩多用工夫必有所獲。」之前先府君曾講解詩法入門、李、杜、等唐代諸家之作，奉命費不少時日研讀與試作，後因工作繁忙，並有其他學業待修，詩學一門時斷時續，故難深入，聞先生言方調整課程，加強詩學讀寫，久之對漢詩律韻之美至為著迷，一有餘暇非寫即讀，竟成習慣，蓋因漢詩言簡而意深，少少二十幾字便可道盡一切，不論述事、抒情，靈感一動，落筆成篇，成為平時、修、讀，陶冶性情不可或缺項目。

余因感撰寫文章費神費時，故平素如非特別需要，多以詩代文，惟詩屬高難度文學藝術，字、韻均有嚴格限制，而致用字造句常有深奧、艱澀或不易言喻之處。只能說藝術「孤芳自賞」則可，凡公開性論述依然需用文章，始能普及化，因此居於需要，不避固陋曾經草擬各類文稿，但也忙於俗務甚少提筆，凡有所撰多屬被動，對象不同，題旨亦異，內容，文法、體裁，則視其需要而定，故文言、白話兼而有之，凡事皆順其自然，並不刻意求專，故有多元化的趨向。

年少時，世局動盪，家道中落而致未能升學，克萬難苦讀，只是期望累積應有基本學識，漫長歲月因商馳逐於江湖，視為歷練，學習良機，碌碌風塵四十年，看盡人世間萬般事，對展開眼界，擴大胸

懷，不無所助，惟不斷自問，如何為自己定位？以大半生閱歷而言，文不文，武不武，商不成商，蓋因所作所為，多因環境所左右。

（六）浮生瑣記

1966.5.24　晴

夜很靜，淺綠的窗簾空隙，透入了淡黃的燈光，粉紅的席夢思床上浮著美麗的牡丹圖案。唯有遠處傳來兩三犬吠聲。徐來窗風，令人昏昏欲睡。凌晨二點，誰知道明日的旅程，但願今夜的夢是美的，雖然身在他鄉。（夜宿二林泰安旅社）　註：時之交通不便，動輒便須住宿過夜

1966.5.25　晴

走不完的旅程，最難以適應的是「食」。在家，妻的料理很適口，中午狼吞虎嚥吃個大飽。嘉義之夜依然多采多姿，大街小巷遊人如鯽，霓虹燈閃爍著迷人的光芒。汽車、轎車、機車、孔明車如燕穿梭般來往交織，形成一片熱鬧景象。風是熱的，椰子樹上掛著一彎新月，美麗的南國之夜。

何志浩將軍寄來墨寶。（夜宿嘉義臺灣旅社）

1966.5.26　星期四　晴

陣陣清風把整天悶熱吹散，收音機播著動聽的輕音樂。一村渦了又一村，雪白的太陽路燈如飛般向後消逝，過西螺大橋，錶針指著八點十五分，時速七十公里。陣陣睡意籠罩著疲倦的全身。我，飛了，飛上了藍色的天空，上面五彩繽紛的星星正在向我微笑，遙遠的天際飄來美妙的仙樂。沸騰的市聲把我從夢中帶回。車入員林，再十公里便是彰化了。

1966.5.27　星期五　晴

寂寞的旅行，書是我的良伴，無聊時給我解悶，失意時給我勇

氣，無聲無息之間帶給我豐富的知識。車上是我最佳的讀書場地，江湖廿載，風塵僕僕幸有經書帶給我　貴的學識。而學無止境，但願來日有更多收穫。經和美、彰化，回鹿，凌晨三點。

感恩的話　寄文開詩社同仁

很幸運生於鹿港，更因有文開詩社，方能與各位結這一段好文緣。憶自民國六十九年，承蒙鹿港民俗文物館，辜館長振甫先生雅意，建議招攬有志於學的男女青年，作夜間課讀詩書，傳承文化，對鹿港文風之維揚，義不容辭。時因經營木業，奔馳各地，入山採貨，一住何止半月，往往忘卻年節，深恐有所耽誤教學，乃與恩師許志呈夫子、同社王景瑞詞長相議，三人輪流教學，先決條件是不收學費，而二位見解相同，開始招生。

（七）旅菲日記

1994.1.3　星期日

昨日上午在旅菲臨濮堂開會，在會所用西式自助中餐。下午乘車往蘇比克灣，此地原為美軍海空基地，環境極佳。看來美軍在此花了不少心血建設，所住旅館近於海灘，係美軍舊營房所改，二三樓為旅館、一樓為賭場及餐廳，面積不大，但衛生尚佳。

黃昏時候走向海灘，景色甚清。去年火山爆發，區內有部分營房被火山灰所埋，菲政府要收回，美軍則因戰略上已不重要，以火山爆發後復建費太大而宣布放棄，菲國失卻巨額租金而懊悔不已。目前內有多處免稅店，附近亦有市街，頗為熱鬧，但區內有管制，禁止一般人進入。臺灣政府曾助菲二百萬美元作修建費，因此闢有專區，約有三百公頃留給臺灣開發。菲有意將此地闢為出口區。附近視野、景色俱佳，如闢為觀光區實大有可為。因所定租金每平方公尺月租一至三美元期間廿五年，成本太高，聞者裹足，而且菲政局不穩，換人便換法，貪污嚴重，外商多不敢冒然前來，實很可惜。

沿途所見菲人生活貧困，而且天災頻仍，加上政府不穩，人民生

活要改善實很困難。但以菲國地曠人稀，如有前瞻性規劃、法令貫徹，政府大有為，下定決心改革給人民教育與獎勵發展必然有日。只惜政客只圖私利，欲談改革，談何容易，令人感嘆。但願菲國未來會出一位救國救民的偉大政治家，能改善其國弊端，帶給人民富裕安定生活。

上午參觀蘇比克灣全境，聽取簡報午餐後，乘車回珉，投宿於珉尼拉飯店。一日往新館，今天則住舊館十一樓，十年前曾經住過一夜。舊地重來，景物依然，而人則白髮蕭疏矣！時光流逝，令人唏噓。

（八）同名之累

某天凌晨，約一點左右，溪湖建新製材所老板張志鍾打來電話說：「你是我的換帖老弟，有些事不能不講。我想，你做生意可能須要自己作檢討，以免弄壞信用。現在有要事，速叫計程車到溪湖。」半夜時分來電，總覺得奇怪，於是叫了車到溪湖，一入門便見他身邊坐一位陌生人，張問我說：「你認不認識他？」我搖頭說：「不認識。」他轉頭向那個人說：「他就是文炳。」那位客人答道：「不是這一位。」張說：「那這次誤會大了。」言罷便向我介紹：「這一位是南投縣劉明清議員，他售木材給鹿港某姓文炳，被騙。」並將其經過詳細說了一遍。

其實某人胡來之事，知者頗眾，只是在外地來的客人面前，不便說出。後來劉明清與我成為好友，林班凡出材大部分售與我。

當時筆者居住於新興街，經營木材業，在鹿港地區，與我同名的另有二位，一位是鹿港警察局刑警張文炳，另一位某姓同名者，則與我同住在新興街，不但身材與我相同，職業同樣是經營木材。這一位先生有一個外號叫「騙仙仔」，他與另外二位人士，一姓梁、一姓陳，合股經營築建，三人同樣，各有一個鬼頭腦，做生意幾乎都是誘拐矇騙，甚至巧取強奪，無所不用其極。後來因某事向法院互告詐欺，法官明察秋毫，三人皆被判有罪。

某姓同名者開一間製材所，向林班業者販買木材，用卡車運到其工廠，將木材卸下，便要檢尺、計算材積，他向貨主說：「不要急，我們先吃晚飯，明早再檢不遲。」因為木材早上在山上裝車，運到鹿港，已是下午，近黃昏時刻，貨主被邀吃晚餐，主人好客本是平常事，不以為意，恭敬不如從命，晚餐佳餚美酒，飯後招待到旅館休息。誰知道，他倆正在暢飲歡談之時，工廠這一邊，有數位工人正在忙碌，把卸在地上的木材，偷偷搬走一半。隔天一大早，工廠老板到旅館，邀貨主用過早餐，到工廠檢尺，貨主一見昨日運來的木材，竟然　少一大半，便問老板怎麼回事，老板竟然說不知道，把殘材檢尺，算好金額，貨主只好忍痛回去。從此不再與其往來。之前已有不少人遭遇過相同情形，偏偏繼續有人受其害。

　　這位某姓同名者不止是騙木材，凡與人交易買賣，合股做生意，無不用盡辦法騙錢，因此惡名昭彰，知者聽到文炳二字必會破口大罵。

　　某年三月是媽祖進香期，二林仁和宮聖母要到鹿港天后宮進香，出動各種陣頭，有武館獅陣、花鼓弄、八音吹、北管等，動員很多人，其中武館武術師父英圭先生與我是好友，來鹿之前便交代：「進香行列必須繞過新興街，到文炳兄家裡拜獅。」並託人來鹿港，請黃金輝為進香團帶路。孰不知黃金輝一聽「文炳」二字便破口大罵道：「×××，文炳這個臭人，不要管他。拜獅？拜什麼獅！」但因英圭兄交代，只好氣在心內，勉強出面要朋友替他帶隊，陣頭繞入新興街我家拜獅。事後凡講起此事，黃金輝必會破口痛罵文炳。

　　有一天，黃金輝在市場口洪子文醫院前，我剛好到對面歐彥仁鐘錶店，歐彥仁大聲呼叫：「阿輝兄來！」金輝來到店前，彥仁便說：「這一位便是你所罵的文炳。」金輝聞言，大表意外：「不是他。」知道以前因誤會而到處批評文炳的可惡，於是再三道歉。後來因朋友強邀，我竟成為金輝的結拜老弟，萬事皆是緣吧！

　　與我同名的某某，雖然在多年前別世，卻因其當年作惡，時至今日，尚有不少人，誤認為我是一名奸詐之徒，一聽文炳二字，唯恐避

之不及。令人有口難辯，實很冤枉。

　　人世間事，無奇不有，但是嘴是人家的，人家要講，你又能奈何。所慶幸者，平時嚴守家訓，謹慎言行，友朋知之者眾，所謂：「見賢思齊，見不賢而內自省。」只要自身立得正，於心無愧，他人有所批評，何妨一笑置之。

（九）歷史的長河

　　史的長河，有一則鐵定規律，即「智愚平等，成敗、禍福，全由天定，非人所能自決者。」惟世局紛紜本屬自然，而「平久必亂、亂久必平」亦尋常之理。

　　嘗言：「江山代有才人出，各領風騷數十年。」每一個時代，都會有英雄豪傑的出現。一旦有所謂英雄豪傑的出現，必是當時的國家、社會發生大事，自然會有人挺身而出，不管是出於爭取自我的權慾與名利，或是為解民倒懸，甘冒各種難以預知的危險而出現。然而，「成者為王，敗者為寇」，幸運者則建立不世功業，不幸者則身敗名裂，甚至犧牲生命。皆如俗語所言「一將功成萬骨枯」。不管其目的為何，每有人建立蓋世功業，必會犧牲無數生靈。歷史有如一面明鏡，鑑古而知今，發人深省。

　　人世間事，有生便有死、有苦便有甘、有富便有貧。盛久必衰，衰久必盛。亦即「物極則反」之理，天地循環永不止息，造物者的安排絕非人力可以改變。吾臺俗語有「落土時八字命」之句，所謂八字即出生時的年、月、日、時的天干地支之稱，意指出生時便已決定了一生的命運，很明白地點出「凡事皆有定數」，讓人知所警惕。只惜自遠古迄今，數千年來，人類從未從　史中獲得教訓，汝爭我奪，導致社會紛擾不息，嚴重時甚至犧牲了無數的　貴生命與資源。在殘酷、現實的世界，不斷地反覆表演著「弱肉強食」的戲碼。結果呢？記得宋代黃庭堅有詩云：「賢愚千載知誰是，滿眼蓬蒿共一坵。」大限一到，終歸塵土，那管你的成、敗、強、弱、賢、愚、或富可敵國、貧無立錐，任你有通天的大本領，也難逃死劫。諺云：「人死留

名，虎死留皮」。終歸只是留芳千古或遺臭萬年或默默無聞而終其一生，如此之別而已。

人世間事物的反覆無常，有的人先貧後富，生於貧家，家徒四壁，三餐不繼，後來竟成大富。另有人生於富豪之家，早年享盡榮華富貴，後來竟成遊民，以乞討度日。如八八水災的杉林村，本如天堂，突來風雨頓成人間煉獄。非老天之不憫，乃人自然循環更替堨象，本非人力所可左右者。

惟人的一生必須　經苦難的磨鍊，始能洞徹世故，了解存活的真正意義。人生的目的不應該只求一己、一家之幸福，應該有「謀蒼生萬物之利」的開曠胸懷，與人為善，盡心力服務人群社會，共同締造「唯有善美而無罪惡」的安祥和樂世界。

人是有靈性的動物，當知在人的世界，如非依靠群體，自己一個人便無法生存。大自然孕生萬物，也會摧毀萬物，其中包括人類。是所以為人，當知利害得失，凡有所惠澤於我，便須感恩圖報。如何報答呢？首要感念大自然，以及父母、親長與社會眾生的恩澤。嘗道：滴水之恩，湧泉以報。縱使不能，也應存有感恩之心，方不失良知，細思之便能了解。

二、序文

【鹿江詩書畫學會第七屆會員作品專集序】

詩書畫皆屬高難度藝術，故有三絕之稱，絕者，極也、端也、甚也、殊也、超也、遠也、盡也，即獨一無二，無可比擬之謂。常言：三絕須有藝術天賦之外，更重勤奮不輟，永續學習研究精神，廣開視野，靜觀萬物，探索大自然之　妙，體會人間苦樂，堅持人道，有悲憫助弱之心，其作品不論工劣，既然有正俗移風、伸張公義之意，自能有所俾益於人群社會。

常言：詩書畫三絕不止利於積學，並宜於怡情養性、修身明道，有助於品德人格昇華，故自古為世人所重視焉。

一九九四年，筆者恩師許夫子劍魂，為鼓吹文風、培育英才，而創立「鹿港區書畫會」，各界響應熱烈，入會者踴躍。一九九八年，有感於本會創立目的，書畫之外尤重於詩學，故更名為「鹿江詩書畫學會」以符其實，並為便於對內對外交往連繫，而正式申請立案，筆者被推舉出任立案首屆會長。

韶光流水，轉瞬十有三載矣，已訂於九月假彰化縣政府，舉辦第七屆會員作品展，並印專輯藉廣流傳，旨在延綿鹿港文化薪火。欣看群英，歷年來勤奮勵學，成果卓著，尚期百尺竿頭更進一步，再接再厲，光揚鹿港文化聲名，是所樂見者也。是為序。（2011.9.1）

【鹿港天后宮志序】

國之有史，方知朝代興替、政之得失、俗之文野、民之治亂、歲之豐荒、天候災異，譬如一面明鏡，讓世人鑑古而知所警惕，避凶趨吉焉。

《周禮春官・保章氏》曰：掌天星以志日月星辰之變動。注：

志，記也。《文體明辨》：「志」，字書云：志者記也，亦作誌，記載之書曰志，起名於《漢書》十志，後人因之。大抵記事之作也，後世之府縣志即沿此稱。

宮志也，如國之有史，廣義而言即宮史也，記歷史沿革、興建與重修、管理與組織、文物與神尊、宗教行事、分靈廟宇、建築藝術、建宮匠師、碑銘等等。

鹿港天后宮，之前所知者，只以簡介方式問世，因源祖廟燬於文革，各界咸認本宮係全世界華人國家中「唯一奉祀湄洲祖廟六尊開基聖母寶像之一」地位特殊，宜有較完整之宮志，以讓世 人了解其詳，乃由○○君用心搜羅資料，編成本志。蓋因年代久遠，況寺廟宗教牽涉極廣，故內容錯漏在所難免，尚待高明有以示正也。

付梓之際，囑余為之序，感 聖母慈靈顯赫，雨露恩霑，海陸蒙庥，無遠弗屆，香火莊嚴，與日月同光，千秋萬古，知必惠澤蒼生於無疆也。薰沐謹掇數言併諸卷端。

施文炳　2013.10.12

謹供參考事項：

1. 分靈廟宇 「可以注明施文炳提供」。北港朝天宮（糖郊媽）、埔里恆吉宮（敢郊媽）、朴子配天宮（搖鼓媽）、土庫順天宮、松山慈佑宮、大甲鎮瀾宮，麥寮拱範宮、芬園寶藏寺……。此外尚有上千座廟宇，難以一一枚舉。據天后宮史料記載1985一年之間共1563單位，1990年1月27日至4月12日，有968單位來鹿進香者。

2. 興安宮建廟年代宜注明。

興安宮係興化人所建，故又稱興化宮，建於1661年鹿港邊街之時，係臺灣本土最早媽祖廟，即開臺媽祖，昔日迎媽祖大旗、大燈皆書「開臺媽祖」。

3. 附〈媽祖信仰在臺灣〉一文，請參考。（見本章四評論）

【創建溪州后天宮碑記】

溪州位當臺揚縱貫之中，臨濁水而扼南北，香團往還必經之地也。鄉人感香客長途跋涉，皆自動供食宿，往來稱便，故假此歇宿者頻增，年超百團。每逢春季，常見成萬香客湧集，誠非一小鄉可納，屋宇已滿，則露宿街頭，一遇風雨，衣物盡濕，極盡旅途困頓，見者不忍，亟思設所，專司接應，乃議創建聖母廟。

辛丑之春，霧峰四塊厝進香團夜歇於此，感鄉民厚待，隔晨獻金五百，款無歸屬，經眾議，移衝建廟基金，設臨時會籌建廟事，眾曰建廟大事，宜先 修祀事以乞靈庥，決以剖定，向鹿港舊天后宮乞火分靈，癸卯歲仲冬舉鄉輸誠謁鹿港祖廟，備全副鑾駕儀仗，恭請 天上聖母寶像永祀溪州，並以后天名宮，蓋取后德配天而寓后於天后宮之義，以示不忘淵源也。

是月正式成立建廟委員會，甲寅歲梅夏念一日動土興工，乙卯桐春正殿落成安座，繼建迎賓樓、圖書館、長春會館，歲次戊辰蒲夏全廟工程告竣。宮也座北面南，沃野環其周，螺水繞其前，鍾靈毓秀，吉穴天成。而雕梁畫棟，殿閾莊嚴，巍然勝概也。溯自創建凡二十有七載，歷陳帳、陳坤仲、林福來、張媽車四任主委，貴在鄉眾一念仁誠、輸財出力，十方善信踊躍襄助，歷任董其事者，竭盡所能、犧牲奉獻，於焉有成。從茲神靈妥佑有方，香客歇住有所，功莫大焉。而創建艱難，願後人知所保惜善用，執宏願以利蒼生，溥聖功而福邦國，則閱代而增盛，必可期也，是為記。

鹿津　施文炳薰沐恭撰

敬書

中華民國七十七年歲次戊辰小春穀旦

【韓長沂先生書畫集跋】

古聖賢說：「詩言志」，書畫亦同，一幅畫猶如一首詩，可以看出作者的內涵，炳在國內外的朋友當中，知名的藝術家不算少，但如韓長沂先生的內涵修養與善用藝術而達到修己濟眾的大願者，卻不多

見。有人說韓先生的修為與學佛有關，的確，學佛能使人了悟人世間事物的真理，而韓先生學佛卻與一般遯世避俗者不同，韓先生善用禪學中的「法佛無二」妙諦，而達到修養己身、嘉惠群生的目的。

學佛譬如拜山，佛本無言，唯學者悟之。山是靜止不動的，想拜山必須靠自己去尋找道徑，一步一步的前進，山越高，花費的心力越大。學藝術亦同，要登峰造極，必須比別人更努力，更勇往，方能臻於極頂。韓先生是一位讀書人，畢生獻身於教育，他以儒家的實踐力行精神，融匯了佛家萬類皆善的慈悲胸懷，潛心修練而達到「至善、空靈」的內涵境界，在他的日常生活中，顯現了極高的智慧與定力。自從他退隱於日月潭畔，自知身罹絕症，不但未見絲毫的畏懼或消沉，卻能以平靜、坦蕩、安逸的心境，把握了短暫而極為寶貴的生命與時光，作畫、練字、讀書、默默工作，散布藝術文化種子，不為名、不為利，只求薪火相傳，永燃不熄。從他組織埔里金石書畫會激勵後進，至於舉辦義展，嘉惠貧病的種種義舉，可以看出他是以出世之心作入世事業，其苦心力行精神，使一群年輕人勤奮向前，也使山城埔里的藝術文化呈現了蓬勃朝氣。當韓先生住院，身體極端痛楚之時，始終未見其呻吟呼痛，甚至在臨終前，還以親切慈祥的聲音，安慰鄰床的病患。他的別世，使見慣死亡的醫生與護士們，都不禁悲傷流淚，哀悼不已。如此超人的毅力與能耐，非有極高的內在修為絕難做到。

韓先生藝術造詣之深，早有定評，恕不再多述。而有一點要特別強調的是：其作品筆觸明朗，清健中有出塵絕俗的內涵表達，其人格修養似已超脫了塵俗的羈絆而臻於天人合一境界。夕陽無限好，只是近黃昏。韓先生的夕照餘暉雖然短暫，卻光芒四射，照耀了山城，也給山城留下了永恆的懷念。古人說：「窮則獨善其身，達則兼善天下。」而先生面臨死亡絕境，竟能做到「兼善天下」的弘舉，此種崇高無比的風範，對後人的啟示和影響將是無疆的。

茲逢韓先生逝世周年紀念與其書畫集的出版，多蒙埔里文化界諸先生的抬愛，囑為題跋，炳不善文，謹述所知，聊表對這一位不平凡

的藝術家、成功的教育家、值得尊敬的益友的懷念與思慕而已，尚冀
大雅君子有以教正。

　　　　　　　　　　施文炳　跋於鹿溪梅花書屋
　　　　　　　　　　一九八三年癸亥荔夏

三、追悼文、傳記

【寄菲律賓施惠民】

惠民宗先生禮鑒：

久違　芝儀，正深葭溯，令兄台振民宗彥之疾，正望早沾勿藥，未料捐館如此之速，悼慟莫名。振民宗彥我族俊賢，惟痛英才天妒，召返道山，不謹吾族之失，亦國家民族之失也，顧其生平志於學，鑽研文化、輒見鴻篇，譽著學界。惟壯懷未竟。名山一席，已足千古矣。

先生誼篤鴒原，情深雁序，尚冀節哀順變，　令先兄子女尚幼，有賴　先生督育，仔肩綦重。宗末等迹阻海天，梟趨莫遂，念人琴而誌痛，情殷鶴弔，空懷前遊以唧哀，謹具香花之儀，維祈代薦　靈前，虔禱　安息。

令嫂夫人素幃，敢乞代致慰唁之意。

臨穎不勝依依，含淚

　祇請

禮安　諸維珍衛。

宗末文炳　肅拜

註：振民病中來電，希余赴菲見最後一面，時反杜邦運動，正值關鍵時刻，難以分身，惟心戚戚，不能自己。振民答以「杜邦事件攸關重大，豈可為一己之私而誤大事耶。情既真，天長地久，雖不能一見，相繫於心足矣，生死復有何憾哉。」時隔十餘載矣，此事猶存胸臆，不能忘也。

【故施錦川先生祭文】

維公元二零零五年一月廿八日

陽　世界臨濮施姓宗親總會全體族人

謹以香花之儀致奠於

故族長錦川老先生之靈曰

嘗聞聲譽	出諸有德	公之生平	可師可式
捐私奉公	以捨為得	祖溯錢江	鹿津設籍
庭訓幼承	詩禮早熟	克守家規	謙恭是則
處世惟誠	溫和不激	事必親躬	忠勤負責
以敬待人	如親如戚	睦族聯宗	參與興革
臨濮建堂	勸募致力	南北奔馳	無分晨夕
不避艱辛	終獲佳績	祠廟竣工	輝煌金碧
四海同欽	奠此勝蹟	功成不居	偉哉品格
族史留勳	千秋不易	正期康寧	壽長超百
輔族興鄉	廣施惠澤	訃告驚傳	如聞霹靂
佛召西方	陰陽永隔	追憶前塵	難禁哀戚
典範長存	凡緣已寂	旨酒香花	靈前告別
魂有知兮	來嘗來格	魂無知兮	風淒雨泣

　　嗚呼

哀哉　　尚饗

【故總幹事張吉田先生生平事略】

　　張吉田先生民國二十九年九月十六日（農曆八月十五口）生於鹿港洋仔厝，父張郭祀先生，母吳太夫人，共有四子，先生居長。郭家世代耕讀，農漁雙兼，一家雍睦與世無爭。先生天資聰穎賦性溫和，幼承庭訓謙恭知禮，為鄰里所稱道。七歲就讀海埔國小，其品學兼優屢獲表彰，畢業後擇近就讀鹿港中學，因父正推展養鰻事業，故初中畢業後續留母校，就讀於時初創之第一屆高級水產養殖科，奠定水產學基礎。在學中敦品勵學，推為表率，而為師長器重，同學敬重。自

畢業迄今數十年來，師長、同學間依然保持連繫，情誼深厚，誠屬可貴。

先生自少好整潔、重儀容，不論居家環境，書房臥室，以至於漁會廳公廳均經常保持整潔，平時衣著整齊西裝筆挺，常言：整潔是一種禮貌，過於隨便會被認為看不起對方。可知其生活細膩之面。

生畢業前曾奉派至省水產試驗所臺東分所實習半年，其間寄居於親戚家，獲時任貨運公司會計之吳彩鶴小姐青睞而交往，感情日增，畢業未久即奉召入伍，退役後祖父母愛孫心切，二十一歲即奉命與吳小姐締結連理，婚後夫唱婦隨家庭美滿幸福。

民國五十四年獲聘為鹿港鎮魚市場主任，時鹿港地區魚貨市場蕭條，先生就任後力圖突破，積極開源節流，尋求貨源鼓勵魚貨進場，短短三年間市場財務轉虧為盈，業務日隆。同時善用公餘協助父親改良養鰻技術，拓展養鰻混合飼料供應事業，一面向日本開拓鰻魚外銷市場，成效卓著，奠定郭家今日養鰻事業基礎，直接、間接對鹿港地區養鰻事業之發展貢獻良多。民國六十五年漁會合併改選時，獲全省漁會會員代表擁戴，高票當選臺灣省漁會理事，為漁會會務興革，爭取漁民權益奉獻諸多心力。斯時亦分別獲聘中國國民黨鹿港鎮黨部常委、彰化縣黨部委員、鹿港鎮後備軍人輔導中心主任等多項職務，服務範圍廣及社會各層面。

民國七十年獲中國國民黨徵召參加彰化區漁會總幹事遴選，獲得全體理監事一致支持全票通過，受聘為總幹事。斯時漁會財務拮据，來源無著，漁會暫借彰化漁市場三樓辦公，為健全漁會組織，改善財務結構，乃擬定振興計畫，致力整頓、改革，拓展經濟事業，開拓財源，充實各項漁業建設，設立福興漁網具加工廠、信用部以及王功、芳苑、大城、草港分部，創設埔心魚市場、購置本會以及各地辦公處所土地、改建漁業大樓、新建、或改建各地辦公廳舍、設置全國首創漁業展示館、以及傲視亞洲第一套無線式電腦魚貨拍賣系統，並設立四健會員獎學金、海難漁民救助金，爭取福利照顧漁民……等等，不勝枚舉。漁會固定資產從合併時之五百一十八萬元躍升至民國九十一

年之二億三仟餘萬元，全國各級漁會年度盈餘中，從合併時第十四名躍升至全國第一名。近十餘年來一直保持不變，並連續十餘載獲中央漁業署、彰化縣政府考列為績優漁會，年年保持全國冠軍榮銜，獲頒漁會楷模獎牌無數，民國八十九年榮獲財政部頒發績優從業人員獎，為全國各漁會中唯一獲獎者，為漁業界爭取最高榮譽。

綜言之，彰化區漁會從無到有，能有今日如此傲人績效與規模，除應歸功於　屆選聘人員之努力、支持配合之外，完全是先生苦心耕耘的結果。先生以大公無私精神領導本會，堅持以和建會、以誠服眾，能以現代企業眼光管理經營，實事求是，實行北、中、南領導權平衡輪流法，有效建立穩健、圓融的人際架構，在今日派系紛爭的臺灣社會，彰化區漁會的和諧團結，普受社會各界肯定，絕非偶然。更值一提者乃是先生任總幹事初期，貪瀆之風正熾，公家機構採購物品，價格往往高於市價倍數甚至更高，唯本會採購時常見商家言：彰化區漁會不取回扣，價格應比市價算便宜，否則對不起良知。本地區當時與本會有過交易商戶皆知。可見先生潔身自愛，能以身作則，方能致此。

先生育有二女，並收胞弟泰山之子智欽為養子，長女雅惠，畢業於鹿港高中，現任職鹿港農會，長女婿陳敏廷君現任彰化區漁會資訊課長，次女雅如嘉義農專畢業，七十九年全國護士普考及格，八十六年專門技術護理師高考及格，曾任彰化基督教醫院、嘉義聖馬爾醫院，省立鹿港高中、國立三重高中護士，現任屏東東港衛生所護士。次女婿陳永偉君屏東科技大學獸醫碩士，八十年專門技術獸醫高考及格，現任萬巒辦公所獸醫。養子智欽現經營豐洲紡織公司，任總經理之職，為青年企業家，堪稱一門俊秀，各具長才，前程似錦。

先生畢生奉獻漁會，際此蔗境回甘，公私事務皆臻佳境之時，不意積勞成疾，羅患肺癌末期，經預估生命期僅約三個月，所幸在現代科技醫療及家人細心照料之下，病情尚稱穩定。在一年四個月醫療期間，本應好好養病，而先生心繫漁會業務，仍然天天抱病上班。去年十二月一日，為漁港用地取得，與專用漁業權補償問題，邀請相關

單位在立法院召開協調會時，為把握難得機會，仍抱病北上與會，其盡心盡職，於此可見。二月初日身體突感不適，始往臺中榮總住院醫治，惜病入膏肓、藥石罔效，不幸於民國九十三年二月廿四日晚上十點四十五分與世長辭，享年六十有五歲。噩耗驚傳，各界親友莫不同聲哀悼。

二十三年來，先生以漁會為家，為漁會發展竭盡心力，鞠躬盡瘁，厥功至偉，惜英才天妒，痛樑棟之傾折，斯人已杳，而道範長存，追懷風範，難禁悲戚，謹略述其生平，藉誌無限哀思。

故總幹事張吉田先生治喪委員會敬識

【施坤玉老先生生平事略】

施坤玉老先生臺灣木匠界大師也。其祖籍福建晉江，係前港望族，其先祖於前清嘉慶年間渡臺，世居鹿港，經營船頭行施順利號，擁有大船十八隻半，半隻係與他人合夥。後因航海中遇颱而沉沒，自此家道中落。坤玉先生之生父係施火炎公，生母陳釵女士，屬前港派系，過繼與中份派施皆的、林氏寶夫妻為養子，因養父早逝，由其舅公黃前扶養長大。

先生小學畢業時年十三，師事泉州籍木作師傅施明智先生，學習木作技藝，未久便參與施工。十六、七歲時曾與日人共作日式建築，其後參與頗具規模之日本清水組工作，與日人學習建築物製圖法，奠定「建築設計製圖，與大木造作」基礎，以其靈敏天賦與長期經驗，師古而能融新，匠心獨運，終於成為建築界公認之名匠師，杖朝之年，仍然精神矍鑠，勤於其業。其所設計圖稿累積已達數百件，承作十餘座廟宇之神龕、神棹、牌樓等木作工程，因其工夫精湛，備受各界推崇稱譽。

邇來，臺灣國際化迅速，傳統技藝漸趨沒落，後繼乏人，面臨失傳危機，文建會有鑑於此，而有「民間藝術保存傳習計畫案」。知施坤玉先生乃吾臺少數碩果僅存之國　級木作大師，乃委託邱博舜博士規劃，編輯《大木匠師施坤玉作品及圖稿攝影集》，其後坤玉先生長

公子鎮洋，與李榮聰先生獲文建會中部辦公室，以及財團法人彰化縣文化基金會補助，合撰《鹿港大木匠師施坤玉傳統建築設計圖稿及作品專集》，坤玉先生畢生心血方能流傳於世，實堪慶幸。

先生秉性率真忠直，擇善而固執，重然諾而惡虛偽，自律甚嚴，目光敏銳，凡涉公眾事務，如有弊端則義正辭嚴，加以批判糾正，唯口直心慈，必教以善後之法，是所以人多敬服。

先生二十二歲時（民國三二年，1941）憑媒與本鎮望族黃　先生、王歪女士賢伉儷之令媛，黃氣女士締結良緣，因時值二戰末期，物資缺乏，以簡樸傳統儀式完成婚禮。婚後生四男二女，長男曰鎮洋，娶妻蔡美燕；次曰永隆，妻陳綉美；三曰振華，妻林淑真；四曰振榮，妻許麗珍；長女曰麗卿，適施禹亭；次女麗峰，適王金泉。

鎮洋兄弟四人自少追隨其父坤玉先生身旁習藝，邊看邊學，久之個個得其真傳，尤以其長男鎮洋，青出於藍，而勝於藍，其作品曾榮獲：

一九八六年國際獅子會傑出民間寺廟雕刻「金獅獎」。

一九九二年「教育部薪傳獎」傳統工藝木雕類。

一九九六年臺灣省文藝作家協會「中興文藝獎章雕刻獎」。

二〇〇九年「國家工藝成就獎」。

同時受聘榮任多所大專院校兼任教授等等，名重藝界。

其弟妹皆已成家立業，而各有所成。堪稱一門才俊，家道昌隆。

坤玉先生與夫人黃氣女士伉儷情深，只惜夫人不幸於民國八十二年九月十七日別世，享年七十有一，先生悲痛莫名，每日往夫人墓前焚香默坐，不論寒暑、陰晴，從未間斷，其用情之深令人不忍與感佩。

先生素也極重養生，講究飲食，非鮮不食，是所以面色紅潤，身健氣足。一九九五、九六年（民國八十四、五年）間，於東海大學教學時，將屆八十高齡，因重於職責，傾心力於教學而過勞，方知有心臟不適病狀，自此體力漸衰，但不礙起居，常與親友泡茶聊天，依然樂觀而好客。而其家教有方，兒孫滿堂，和諧美滿，久享清福，人人

稱羨。

　　近臻耄年，體力大不如前，不幸於二〇一〇年元月二十日十時二十八分，於安眠中與世長辭，距生於一九一九年（民國八年）十一月二十三日，享年九十有二，如此高壽，古來少有，福壽全歸，足以稱矣。

　　唯悲藝壇失此導師，國家喪失國寶級人才，知者無不同聲嘆惜。

　　余與坤玉先生忝為同宗，交契亦深，憶當年民俗村共事，苦樂同擔，前塵如夢。今也陰陽遠隔，傾訴已無人矣，思之不禁惻然。維痛人生之無常，感往事之難追，燈前把筆，謹述其生平，以誌無盡哀悼與懷念。

宗末　文炳　敬撰　2010.1.25日

【洪清先生生平事略】

　　二兄洪清先生，於民國十六年正月初二日，生於鹿港龍山寺南故居，小讀鹿港國校，畢業後奉親命，為求一技之長，學習小木作。二次世界大戰爆發，應召到岡山，任海軍工具。日本戰敗，回鹿港。不久便隨大兄文寮往高雄，作建築，木工方面施作，如樑柱、內部裝潢等工程有一段時期。後來回鹿港便在板店街大兄所開水車店，製作稻田灌溉用的水車。因時代進化，新式灌溉機械上市，乃改行做傢俱。二十三歲，憑媒娶新興街陳金條先生四千金陳石瑞為妻。婚後二兄洪清先生繼續以傢俱製作為業，二嫂則學裁縫替人作衣裳，多一項收入補貼家計，克勤克儉白手起家。

　　後來，搬進自購的房屋，內部隔間、床舖櫥櫃皆自行設計製作。不久因小木作收入不佳，乃改做木工車指，購買機械排設於自家，開始生產，當時玩具外銷盛行，胡椒罐、鹽罐、棋盤、玩具火車、玩具動物等等，生意興隆。後來因為有自動車指機器上市，取替了手車機械，工作量驟減，但二兄仍繼續，守著他的老本行維生。

　　其婚後育有三男、三女。長男德驊、妻洪寧梅香；次男德安、妻蘇素慧；三男一平，妻徐秀珍；長女惠鸞，適黃聰榮；次女惠燕、適

尤炳榮；三女慧聰，適張仁山。都能秉持父訓，忠厚誠實，在各行各業中，各盡其職，而皆有所成，不論男女，今已兒孫滿堂，幸福美滿。

二兄洪清先生與二嫂兩人，對於教育，栽培子女、從不鬆懈，即使在最貧困，艱鉅的環境中，也是咬著牙根，讓子女順利完成學業。今日的成就，全是夫妻兩人，含辛茹苦培養而來者，讓子女們無止的感恩和懷念。對待孫輩們，不分內外，皆和藹慈祥疼愛有加，因身教使然，兒孫們皆知孝悌、溫良謙恭、親親蜜蜜，讓二老享受了無限的弄孫之樂。

家二兄洪清先生，個性隨和，與朋友交，不計貧富貴賤，重情重義，為了朋友往往犧牲自己，就算是悖義的朋友，他也選擇寬容以待。因為個性如此，在商場上常常吃虧，甚至被廠商惡意倒閉，讓家計陷入困境，他隱忍艱辛，沉默寡言，而不追究，自己承擔後果。

家二兄，曾經在文武廟，任管委會主委，對廟務熱誠、盡責，舉凡環境維護、香客接應，歲時祭典等等，無不盡力以赴，讓鄉里及外來遊客稱道。

二兄平素為人，與世無爭，心境恬淡，日常生活，作息正常。無奈於民國八十五年不幸中風，左邊手腳受損，他忍痛復健，能做的事，絕不麻煩他人。只是深居簡出，不再如往日意氣風發，這一點最讓兒孫深感不忍與不捨。

今年十月下旬，因腸胃出血，至鹿基住院，輸血後，肺部積水，呼吸急促，乃急轉臺中榮總，入加護病房治療，病況好轉後，回家休養，到十二月，病況再度惡化，乃急送彰濱秀傳，但病情反反覆覆，二十日終於不敵病魔侵襲，與世長辭。享壽八十有六歲。

他的一生，恬淡平凡，雖然時遭困境，卻以堅韌不拔的意志力建立、照顧這一家，讓全家大少，在溫暖幸福環境中成長，平凡中的不平凡，以樸實、忠厚、勤奮、忍讓的素行，作為子孫的典範，亦為鄉里朋友所懷念。

嘗道：世間無不散宴席，人生百歲，終須一別，家二兄一生，功

德圓滿，今天隨著佛祖，成仙成佛，超登極樂世界，想信他，在天之靈，必能庇佑，各位姻親戚友，事事順利，健康平安大賺錢，家庭美滿幸福。今天各位在百忙中，專程撥駕，參加告別儀式，在此謹向各位敬致深深感謝之意，感謝大家。多謝多謝。

2012.12.31

【梁庚辛與少有人知的善行】

積善之家必有餘慶。梁庚辛先生在鹿港，可以說是家喻戶曉的有名人士。他擔任街尾里里長四十多年，今年正值與夫人梁施富女士雙人皆九十二歲，並值結婚四十年白金婚慶。二〇〇九年四月六日其兒孫特為他倆老在鹿港正港料理店舉辦一場別開生面的白金婚宴。在美國未及返臺的長子與孫輩則透過VCR在婚宴現場祝福二位老人家健康長壽，鹿港數百親友應邀赴宴，場面很盛大，大家皆以歡欣心情祝福他倆夫婦長命百二歲。

梁庚辛先生是小康之家，非財主也非生於名門，他世代居於鹿港街尾，昔日其父親在街尾新興街開棺木店。據梁先生言：平時出入其家的多是一群扛棺木、舉燈彩、吹鼓吹……靠打零工為生的貧窮人家。他常見其父親每逢年節便會拿錢給這些人，協助他們持家養育子女。目的在於讓他們免於為生活而煩惱。他並時常提醒子弟：要有悲憫心、勤做功德，主動協助他人解決其困難。梁先生說：「我家有今日的榮境，全是父母親在世時積德行善所得來的果報與餘蔭。」而他本人更是名符其實的大善人，協助過無數需要協助的人。

日據時期以至於終戰後中國國民黨主政，有一段很長的時期，鹿港街尾以及五福街中的順興街、泉州街，是聞名全臺的傢俱街，約有大大小小百家以上的傢俱行。鹿港的木器傢俱聞名全臺，其優點在於用上等檜木或牛樟、烏心石等木材所製，並且堅守古法，工精而技巧，稱為細木作。凡新居入宅所用全廳椅桌、結婚用的嫁妝衣櫥、化妝台……等等，不論貧富都會到鹿港來採購，一年四季門庭若市、生意興隆。梁家近鄰有一某姓富豪，亦經營木傢俱行，頗具規模。因為

家境富裕，被公認為鹿港傢俱業的龍頭，同業間凡有公事，必會先徵求他的同意。國民黨政府領臺後，物價飛升，工人收入一直很低，乃醞釀提高工資，全鹿港同行皆同意，卻因為他一個人反對而無法實現，導致一大群工人無以為生。梁庚辛的父親說：「一個人的獨斷害了數百個家庭受苦，實在很不應該。」不久，這一家富豪落敗，子弟四散矣。

　　而梁家一門才俊，子孝孫賢。兒女、媳婦各有其業而各有所成。長子昭雄在當年考上臺大藥學系之後又公費留學美國。在四十年前是一件相當難得的光宗耀祖之事，也因此激勵了弟妹們，每人成績皆優。現在其女兒員代已從教師退休、女婿也任一銀協理退休，二子俊華在美執業小兒科醫師。三子超華畢業於逢甲大學，是退休臺商，育有三女，分別是心理學博士、音樂博士以及服務於富邦銀行。四子培華亦服務於富邦銀，他在業界最被稱道的是四十二歲之後才從電腦轉入金融業，歷經花旗、遠東商銀而進入北富銀，並獲董事會肯定升任金控總經理。梁家除了子女優秀，九個孫兒女更是突出，其中有四位在美執業醫生，二位美國博士，一位畢業於哈佛NBA，一門三代人才濟濟。甚為難得。

　　此次籌備白金婚宴的是四子梁培華，他被稱為「臺灣最大的組頭」，即富邦運彩董事長、北富銀總經理，他的夫人郭美江女士則是北部知名的民族舞蹈老師，創有美江舞蹈團，經常在重大慶典中公演，廣獲國內外佳評。諺云：「積善之家必有餘慶。」誠哉斯言。

　　炳與梁庚辛原不相識……（待續）

四、評論

【致曾人口信】

人口詞棣：

前曾聽周定山先生談：施梅樵先生見同社為選詩而有所爭論，乃喚學生將詩稿置桌上，拿來電風扇吹詩稿，取其飛最遠者為一名，次遠者為二名，下依序排名次，並告戒學生曰：「選詩目的在於『觀摩切磋』，不可作為『爭名工具』，否則不但失卻其意義，也會腐壞心志，可不慎哉！」可惜多數人偏偏「以名利為重」。

詩是一種文字遊戲，年輕時學詩目的是要充實自己。詩鼓勵人要有進取心，所謂進取心，並非叫人爭名利，而是希望有所成就，能善盡社會責任，多做有益人群之事。名利二字，是一種空洞虛幻之詞，譬如枷鎖，是人類苦惱的根源，為了追求名利，不知有多少人為之墮落。

詩會之目的是讓詩友之間有交流、觀摩、切磋、連絡情誼機會。評審目的，是藉名次高低以激勵向學的另一種方法。常道選詩如選色，環肥燕瘦各有所好，若合詞宗意便是好詩才，高中作品未必全是最佳者，反之落選之作也未必全有缺點，中落盡看詞宗中意與否而定。前面說過，詩是一種文字遊戲，歡喜就好，何必在意於當落。

今天要談的主題是我，數十年商場，風塵馳逐，深深體會人世間甘苦，悟人生之虛幻，爭名奪利到頭依然一場空，何必呢！因此早把名與利二字拋諸腦外，付諸流水，不與人爭，一切隨緣，從不計較得失，故能輕安自在。而今年逾八十，隨年齡之增加，體能漸衰，近年來逐漸退出所有社團，包括文開詩社，自前一屆社長交接後，便不再參與會務，所要者只有健康與平靜生活而已。

有三點問題必須向你說明，如下：前日在電話中向你說過，同一

首詩林正三取為第一，你便問我：「你與他連絡過嗎？」依你的口氣，似在懷疑我與林正三通關節，因此選我為第一，讓人意外，有數十年交情的好友，意然認為我如此「無品」。我發誓，自前次詩會開完迄今，我從未與林正三作過任何連絡，我不會「無恥」到作自貶人格之事。

選前你我通電話時，你告訴我你的詩作，因結句「〇〇滄桑腦海浮」我說結句不宜用柔軟之句，建議你以大處著眼，大格局思考較好，因你我長年交誼，一向無所不談，方把我的作品念給你參考，你應該記得在評選時，你說要取為第二，我答道：「看你啊！名次並不重要。」優劣本來就要照排，我一向不喜用不當方法謀取利益。而我當時也過於大意，未經思考，為了給你參考，把整首詩念給你聽，是一大錯誤，造成誤會，實令人遺憾。

另一項是你所說的「犯韻」問題，我專程拜訪三位比我年長文友，說明來由，皆說：未聽過有此規定，拜訪某先生時（要我莫道其名），很巧他正在寫詩，內有句曰：「朝思夜夢有誰知」，他拿出一本筆記，內有櫟社林幼春所作課題：詩詠「劉永福」七絕六首，其中有句如下：「孤軍禦敵力難支，苦守南臺局已危。只怪邱郎連夜遁，遺民淚血有誰知。」

至於你所言，斐然也好，燦也好，我所用之輝煌也好，文字遊戲，見仁見智，誰也無法判斷對錯，斤斤計較並無任何意義，大會爭霸，熱度只有數天，不久便會淡忘，何必在意得失。老弟高明，不知以為然否？

我深知你是出於一片好意，不管如何，我由衷向你說一聲：「感謝再感謝」。

期待蒲節歡聚，並祝

撰祺

文炳　2010.5.25

【淺談臺語文字化】

1. 前言

嘗言：歷史有如一面明鏡，興衰治亂鑑往知來，可作為後世反省警惕的借鏡。

記得少時就讀國小，學校推行日語，禁學生講臺語，違者罰站，或被打手掌。因為當時之臺灣係日本之殖民地，日本當局為了貫徹皇民化運動，不但在學校禁臺語，鼓勵人民改姓名從日本人的姓字。當時少數自稱知識分子，或在社會上較有地位者，競相改姓名，說如此才算是跟得上時代，並將自己家裡奉祀的觀音、媽祖神像及掛軸，皆改祀日本的神祇「天照大神」。數典忘祖而不自知，竟然以此誇耀這才是社會模範。究其原因，是日本政府硬軟兼施，以利其殖民的統治。當時大多數臺灣人皆用盡百般方法抵制反對，暗地裡批評其違背民族大義。

臺灣光復，最為開心的是可以在任何時間、任何地方，自由自在大聲用臺語講話而不再受罰。想不到光復不久，學校嚴禁講臺語，違者竟然與日本時期相同必會受罰，更不可思議的是，學校不見有關臺灣歷史人文等方面的教學。不但如此，還對電台電視，限制不得播放方言節目，包括流行歌曲也須經嚴格審查，批准後始能演唱。四十年來導致臺灣人不懂臺語，臺灣人不懂臺灣歷史的可悲地步。

政府以統一國家語言為目的，推行國語，確屬必要，但在推行上則很偏差，不但限制方言之傳播，譬如申請組織社團，凡冠以臺灣者必遭退回。政府各級機關凡是主管級職位，必定是外省人才能當，臺灣人只有做手下供人差遣之份，這情形一直到蔣經國先生執政方慢慢改善。

壓制臺灣本土文化，壓制臺灣人，當然有其政治目的。縱觀世界歷史，只有少數極權統治者才會動歪腦筋，企圖消滅殖民地文化，以利其統治，但成功者不多，如近代納粹對猶太的滅族政策，以及剛才所言日據時期之皇民化政策。前賢說過：「欲滅人之文化，先去其史。」但人算不如天算，「背於道者，天必罰之。」納粹與日本之失

敗前車可鑑，但尚未見過自己人壓制自己文化者，除非統治者，視人民為敵。放眼世界文明國家無不將鄉土文化列為國族文化，加以有計畫之維護與發揚，蓋因民族之根在於鄉土文化，根本既失，遑論其他。蔣介石政府卻與文明被道而馳，用心計較，消滅臺灣文化。今所慶幸者，政治權力更替，臺灣人經過四十年艱辛奮鬥，終於「出頭天」，再一次敢大聲用臺語、用客語、用原住民母語暢所欲言。去年日本有幾位教授到鹿港，看我用臺語主持開會，他說了一句涵意頗深的話：「這一次我才感覺到，我來的地方是臺灣。」

回顧日本人統治臺灣五十年，在皇民化政策威脅壓迫之下，臺灣人民敢作強力反抗，終將臺灣文化維護於不墜，其原因在日本人是異族，使我們有戒心，加以反抗。國民黨統治四十年，竟然任憑本土文化日漸沒落而不自知，亦有原因。蓋因後來的中國人統治先來之中國人，同為中國人，使臺灣人民失卻戒心。期間雖有不少有心人，起而疾呼，惜被當權者是違反國策，遭到百般壓制。

近年來世風丕變，民主意識抬頭，人民敢挺身而出，對違背民意之政策反制，在強大民意壓力下，始言改革，以往視本土文化為異端之官僚應該反省，壓制本土文化之嚴重後果是倫理道德淪喪、社會失序、金權暴力、官商勾結、奢侈萎靡之風，以取代了臺灣昔日敦樸祥和之社會原貌，人民生活空間安全盡失，更影響政府威信與國家安危。

維護臺灣文化，空叫口號無用，必須善加檢討，大力推行，方有所濟，亡羊補牢時猶未晚，只要社會各界以及從事教育人士並肩努力，對下一代灌輸本土文化意識，加強倫理教育，始能將臺灣文化發揚光大。我們生於臺灣、長於臺灣，卻對臺灣文化不了解，對臺灣歷史不了解，實是一種恥辱，不但對不起自己，也對不起祖先。臺灣文化來自中原，維護臺灣文化便是維護漢民族文化，有文化才有自尊，要建立民族自尊尚須我們共同不斷的努力。

2. 提倡本土文化宜先恢復漢學

近歲鄉土文化研究之風頗盛，報章雜誌常見以臺語撰寫的文章。

很多朋友常說：「這一類文章雖然立意頗佳，但讀來非常吃力。大部分不懂在說什麼，只好用猜的。」寫文章的目的是給人看的，別人看不懂，便失去意義。推行臺語是一件值得我們努力以赴的大課題。只因不少臺語是有音無字，因此有人主張用羅馬注音，亦有人以日文或國語注音者，但這些都是不得已的方法，並非最好，應該另尋途徑。因為很多有心於鄉土文化之士，只著重於臺語的文字化，卻忽略了以往自我們祖先，一直沿用到現在，現成而高效率的方法，即「漢文讀法」，只要懂得三五百字漢讀，便可輕而易舉的查尋字典，找出正確的漢讀發音。雖然老套，我卻認為是推行臺語文最佳的捷徑。有了漢讀法，可以從書本上採用很多適當的用辭，用於日常會話，使臺語文化內涵更為充實。漢文漢讀之用於臺語文可行嗎？答案是絕對的。在說明之前，我們先來了解漢文的歷史。

漢字之異於西洋文或日文之一個字只表示一單音，即不具意義內容的「表音文字」，而是屬於每一個字皆含有意義內容的「表意文字」，而且每字皆有單語發音，是非常特別之處。漢字另有一種特殊功用，不同語系之族群，各有各的方言，但都可以用其方言朗讀漢文，雖然其發音有的與正確的漢音相差很遠，外人雖然聽不懂，如果以文字寫出，則其字義皆能一致。譬如我現在用純正的臺語演講，我所引用的成語或文句係用漢音，或者有人聽不懂，但我用臺語演講，亦用臺語草稿，各位看來是不是與一般同樣，可以用國語朗讀，這便是漢文特別之處。綜言之，中國係多種族構成的國家，有了漢文，才能使不同族群，不同語係的人，皆能互相溝通與了解，促進種族的和諧與融合。

古昔，讀書是官宦子弟的權利，只有士大夫家庭才有此種特權，一般百姓絕少有機會讀書，是統治者一種統御百姓的政治手段，即一種愚民政策。周秦之際，中國出了多位大思想家，其中如老、莊、孔子等，這一群人為當時閉塞封建的社會，開啟了史無前例的思想領域，在百家爭鳴影響之下，百姓漸對政治、社會的弊端，認識與關注，對不平等的封建制度，開始反抗，其中影響較大的是孔子提倡的

儒家思想，其天下為公的大同理論，使當權者的地位，受到嚴重威脅，終於發生了秦的焚書坑儒之事，秦朝政府的目的是為了消滅以儒家為主的知識分子，但因當時，儒家的倫理－仁道思想已廣為世人所重視，焚書坑儒反而刺激了人心，百姓求知求變之風日熾，秦朝一滅，讀書之風立開，也為漢文創造了發展的契機。當時之學者，為了將其理論廣為傳布，便以文字整理，編輯成書，可能在當時，漢字數量不足，或是為了方便記述，或有其他原因而將常用之語言，加以精簡化系統化，即我們所稱的「文言文」，雖然很多學者，推論有所不同，但漢文自有書本，即比常用語言精簡則是事實，如以《詩經》三百首為例，便是孔子派人搜集民間的歌謠，加以整理刪改，成為可以吟誦的詩篇，便是一例，不管是古代用竹簡記錄，或者到了後來發明印刷技術，其過程同樣繁複而麻煩，多一字不如少一字，而將平常所講的語言，加以精簡化、精緻化，以便於書寫，寫屬必要，因為不同於語體所以稱為「文言」。

中國的文章有很多類，歷代屢有增減，開始只分為韻文與散文二大類。韻文是詩與辭賦為代表，散文則是以駢儷文與唐宋的古文為中心。魏文帝的《典論論文》則將文章分為四種，到晉代，陸機又將其分為十類，《文心雕龍》則分為三十五類，昭明太子《文選》共有三十八種分類，明徐師曾《文體明辯》則有百一種。如上述隨時代的進化，文章的類別不但漸趨仔細，久之便流於過度的繁雜，到了清代姚鼐《古文辭類纂》經過整理分為十二類，始確立分類之定說。

我們現在所言的漢文，廣義而言是漢人的文學，凡漢字之書本，用漢音解讀者，便稱為漢文，在臺灣以往的書院，私塾所教之書本，包括五經、四書、歷代史書、詩詞、尺牘、千字文、三字經、千金譜等等……皆稱為漢文，而用漢音教讀，故稱「讀漢文」或「教漢文」。

漢文在中國能成為全國共同使用的文字，自有其原因。因漢人占全國人口之絕大多數，漢字歷史悠久，漢族文化優於其他種族。小數族群沒有文字，不得不用漢字，尤其是漢人在中國歷史上塑造的大環

境之下，自然而然漢文便成為國家文化之主流。從文獻上可以了解，在漢唐之際，國力強盛，與外邦交往頻繁，不但引進外國文明，也將中國文明輸出。以日本、朝鮮為例，原無文字，從中國引進漢文，成為其國家認定的文字。

3. 漢文在日本發展情形

為了解臺語與漢語的關係，先將漢文在日本之發展過程作探討。日本對漢文有二種讀法，即「音讀」（漢讀）與「訓讀」（日讀）。日本由中國引進漢文，開始如何傳教不得而知，但開始只用音讀讀，即依照漢語發音，其後經過長時間的努力，始將漢文翻譯成為日語的讀法，便是現在所說的訓讀。訓讀方法始作於奈良時代，到了平安朝始完整，但並非全部漢字皆有訓讀，當時日本或者尚無該物，或者無適當日語可用之時，則依照漢讀用之，其實訓讀亦由漢音轉化，將漢字依照原來採用，並將漢語與日語混合為一體，也就是把音讀、訓讀融合使用，直到現在。但以同一字的發音，在中國卻有時代性與地域性之變化存在，因此自從兩國接觸往來，到現在，日本之漢音亦有變化與差異情形發生。應神天皇十六年（285）百濟國博士王仁獻《論語》與《千字文》；是漢籍正式輸入日本之始。繼體天皇之時開始（513-550）有多位五經博士先後赴日，獻佛教經論等書，此一時期移入日本之漢字稱為「吳音」。此時中國文化中心在楊子江下流，吳之地。同時因為經由朝鮮百濟，所以亦稱百濟音。此種發音後來因漢音進入而禁止使用，推古天星十五年（607）遣使赴中國，舒明天皇二年（630）又派遣唐使與唐太宗政府交涉，留學生、留學僧增多。時隋唐以長安為都，號令天下，自然長安附近的語言便成為中國標準語，日本將這一種語言移入，表示對唐朝的尊重，這便是「漢音」。延曆十一年（790）桓武天皇詔禁止明經學生習吳語，改學漢語，翌年佛教亦學漢音。因此漢音漸漸普及大眾。後來（838）日本廢遣唐使，斷絕與中國交通，平安時代末期，鎌倉時代初期，由商人及禪僧再開中國之交往。室町、江戶時代尚維持中日來往，所輸入之宋元明朝時之中國音稱為唐音，其中特別把鎌倉時代輸入者稱為宋音，江戶

時代由長崎輸入者稱為華音，據說是與現代發音比較近的一種語言。但詳細情形，無法得知。所謂的唐音只有若干單語與新的發音的傳入而已，並非取替了漢音或吳音，到目前日本之漢讀仍然以漢音為主但尚有少部分的吳音混合使用。上述可以看出漢文在日本之發展與變化，大大受到中國的朝代興替與權力轉移之影響，時代性、地域性的變遷亦帶來某程度之改變。

4. 臺語便是中原古語

　　漢民族的發祥地是中原一帶，很多學者斷論「臺語即中原古語」。這一句話並非猜測之辭，而是有根據的，因此若說「臺語便是漢人的母語」當不為過。因為臺語發音都與漢字之表音文字相同，皆有其意涵存在，如果把臺語精簡化、精緻、美化，便可發現所寫的文章與漢文的組織形態完全相同。再者很多漢字的臺語讀音與日本的音讀發音極為接近，甚至有不少是完全相同者，包括朝鮮人讀漢字，很多亦與臺語相同，可以看出臺語與漢音有極密切的關係。筆者懷疑，漢文（指中國文章）最早很可能便是將中原古語（亦即臺語）予以系統化，精簡化而成者。

　　「臺語便是中原古語」，為何中原古語只存在於閩南、臺灣，卻從發祥地中原消失呢？中國歷史上幾次戰爭，迫使漢族南遷，如唐五代之亂，大量移民逃離入閩，這一時期的漢族南遷，與漢文傳入日本年代非常接近，可以推想當時日閩之漢族語言必與輸日者相同，惟迄今已歷千餘年，其間，多多少少會如日本之漢音一樣，或者會有某種程度之變化存在亦說不定。宋代又有一批漢人從中原南遷入閩。移民帶來之漢族文化，包括中原語言（即閩南語），便在此落地生根、茁壯。宋代後中原歷經一波又一波的戰火，所幸閩南一帶受戰爭影響較少，相信語言亦然，中原受入侵者控制，政治文化皆受其影響，統治者在政治上雖然多數採用漢唐制度，沿用漢文，但中原古語則因發祥地被不同語系族群之入侵而被占領取替，逃者逃，剩下來的只有被數量較多的入侵者所同化，隨著朝代更替，終於從發祥地消失。就像臺灣光復只有四十多年，受到北京語教育的影響，年輕一代不懂臺語

者，到處可見，假設臺灣近年來沒有本土化運動，誰敢斷言不久的將來，臺語不會從臺灣消失呢？

臺灣承襲閩南文化（亦即中原文化），三百餘年來使大漢文化在此綿延，發揚光大。惜自蔣介石政府治臺，政策之嚴重偏失，刻意壓制臺灣文化，使漢語漸趨沒落。少數族群所使用，簡單淺俗的北京方言，取替了精湛高雅的漢語，棄原有悠久歷史的大漢民族母語於不用，捨精而取陋，天道推移，世事變遷，時代狂潮如此，夫復何言！

5. 漢文與臺語之異同

漢文與臺語有何牽連？有何異同？如修過漢文的人必然了解。臺語與漢文本是一體兩面，由一個基本因子分裂而成的兩個東西，譬如一位母親生下兩個孩子，說他是一男一女亦可，說他是二個男的亦可，男女性別不同，但是黑髮、黃皮膚卻相同，以二個男的作譬喻，則一個較斯文，一個較粗獷之別而已。

蓋因漢文係以漢語為基礎而加以精簡化、系統化而成者，臺語則是通常所講的語言。譬喻臺語是未經過提煉的原料，漢文則是將這些原料加以整理、提煉，去除雜質後的成品。換一句話講，漢文比教文雅，而臺語則比較通俗，如此差別而已。

而漢音與臺語為何發音有所不同？可能與字典的注、切音有關，其實我們對於漢字亦有兩種讀法，一即漢讀，指標準的讀音，二是俗讀，即用方言所讀之音。兩種發音，有異有同，但基本皆是由中原古語演化而來，而年代久遠，又屢與不同語系族群交往，或多或少會受到某程度的影響，但臺語與漢文基本發音相同則是事實。漢文書本上用詞如果將其廣泛應用於日常語言上，因有了一些書中字句或成語，聽來較為文雅，有深度，如果單用方言講話，聽來則比較通俗。我們以往習慣用漢文書寫，簡潔方便，但臺語則很多有音無字者，成文比較困難，而且漢文之用詞與組織，有定律可循，學習亦較為容易。

閩南語系所用之日常方言，很多是書本上用辭，如古意、清秀、緣投、風流、瀟灑，以至於女人罵話，么壽、短命、路旁屍、不受教等等，難以一一枚舉，漢文與臺語交互應用，則可成為動聽而文雅的

語言，漢文的優點在於一句成語道盡一切，簡潔明瞭。而今鄉土文化再受到重視，有心提倡母語，我們應該予以肯定與支持，如果捨簡而求繁，棄近而就遠，大可不必。

6. 我們有權使用漢文

我們是漢族，我們不但有權使用我族的文字，也有義務繼續維護我族自己的文化。

筆者淺見，推行母語，應該先認識漢文，用方言則有很多語句根本無字可用，隨便自創一個字，只有自己看的懂，他人則不知所言何物，成為笑話。製作文字、語言的目的在於溝通，五千年來中國不同族群，不同語系的人，便是靠漢文作為共同語言。「用漢語寫的文章便是我們的母語」，推行臺語，不如從推行漢文著手。三百年來我們在臺灣一直如此，何必自找麻煩？日據時期為了抗日，曾經有人出版過臺灣語之課本，可惜半途而廢，原因在於讀者難以接受，由於漢文根深蒂固，五千年來不斷去蕪存菁，至今已被公認是世界上最高水準之文學，何必放棄不用而另覓旁徑，用漢文，臺灣人皆看得懂，外省人也看懂，我們大可不必捨康莊而走崎嶇山徑。

上海有一位作家，用吳語寫了一本《海上花》，是一部高水準的作品，卻因吳語懂者不多而被埋沒，後來有人把它用漢語翻譯而轟動於世，可見文化建設要有弘觀，方能收其大效，竟其大功。推行臺語由漢語著手是最佳捷徑，不知各位賢達以為然否。

最後引用日本一位學者的話來結束本文—「不管今後漢字之形態與命運，會有如何變化，如果離開了漢文的知識，拋棄了漢文，則我們不但無法再談過去數千年的文化，更無法奢望談論更未來的文化。」

（1995年6月臺中師範學院初等教育研究所）

【蔣氏王朝】

國民黨權貴，自蔣介石時代，便有計畫，培養接班人選，馬英九、宋楚瑜、羅文山（中將，曾任國防部常務次長、聯勤副總司令）

是羅友倫（上將，前聯勤總司令）之子；前總政治局局長、退輔會主委，鄧祖琳上將（筆者的好友），其父親是鄧定遠中將，其他尚有不少人，難以細述。

馬英九，宋楚瑜，羅文山、鄧祖琳四位之中，馬英九之外的，其他三位，確屬能力極佳人才，每一位在職位上的表現，都可圈可點，只有馬英九，自任臺北市長，到四年多的總統，其荒腔走板的治國方式，不但令人大失所望，更貽笑於國際。

馬英九的父親，馬鶴凌先生與筆者同是「中華學術院詩學研究所」所聘研究員，是舊識的文友，同會而與筆者常有來往者，有臺大教授黃得時、成惕軒、李猷、許君武，以及前總統府參軍、陸軍中將何志浩等，約有三十多位。

馬鶴凌係中國國民黨中央，資歷很深的老黨員，馬英九生於書香世家，出身於哈佛，怎會如此無能，而被譏為弱智，俗語所言「會讀書，未必會做事」，只是臺灣何其不幸，偏偏選這一位阿斗不如的人當領袖，誤國殃民，而今大難當頭，國家面臨破產危機，人民欲哭無淚奈何！意外的是中國國民黨人才濟濟，為何棄賢用愚，黨失策造成人民的大不幸，對馬政府民調，不滿意者約八十趴，滿意者只剩十三趴，可見，人民對馬政府，已無所抱望，尚有三年，除非換人，否則臺灣前途令人擔憂！

【 豬肉頌 】

人間有味是清歡

一〇八五年年底，東坡居士來到泗州（當時屬於淮南東路，州治臨淮，在今安徽）； 二十四日，跟友人劉倩叔同遊南山（據東坡〈泗州南山監倉蕭淵東軒〉詩自君注：「南山名都梁山，山出都梁香故也。」案：山在盱眙東南六十里，因有都梁香草而得名；又據《本草・蘭草》條引《荊州記》：「都梁縣有山，山下有水，清淺；其中生蘭草，因名為都梁。」山上有隋煬帝所建都梁宮）。

這一年已經只剩幾天了，六天前（十二月十八日），自己已經來到泗州，特地到「雍熙塔」下沐浴，想起過去將近五年時間在黃州清寂的謫居生活，心中難免悵然。還好皇帝總算是有心人：「人才實難，不忍終棄。」才得以調遷到汝州（河南臨汝）去，真是「皇恩浩蕩」。四月間離開了黃州，先暢遊廬山，再到江西筠州（高安）探望了弟弟子由一家人，手足重聚，極感安慰。然後又特地到金陵去見已經罷相閒居八年的王安石，彼此唱酬敘懷，也是一大樂事。

　　不想自己最喜歡的小兒子蘇遯在七月二十八日病死在金陵，讓人「老淚如瀉水」；這孩子滿月時自己還寫了一首詩，對他有所期許：「人皆養子望聰明，我被聰明誤一生；惟願孩兒愚且魯，無災無難到公卿。」沒想到孩子如此命薄，還不到一周歲就病死了，造化弄人，夫復何言！（東坡居士更是萬萬不會想到自己十六年後也是在這個日期往生的）　想著想著，想到自己本來直道而行，卻硬是被羅織入罪，掀起了滔天詩禍，連累了許多朋友，自己更是垢穢滿身；「我身上真有污垢嗎？」看著替自己揩背的人認真使勁的在揩拭，突然覺得好笑，東坡居士又忍不住的吟著：「水垢何曾相受？細看兩俱無有。寄語揩背人：盡日勞君揮肘，輕手，輕手，居士本來無垢。」（〈如夢令〉）呀！雖然無垢，想到明天（十二月十九日）就是五十歲的生日了，就讓揩背人替我把過去的晦氣全部揩掉吧！

　　生日過了，心情更為平靜，接受了劉倩叔的邀約來登這都梁山。這大早晨，天氣其實滿冷的，又是風又是雨。但到了正午時分，放晴了，稀疏的楊柳枝條在雨後的雲煙中搖曳，顯得格外嫵媚；淮河的水看起來渾然汪洋，它的上游不就是清碧潔淨的洛水嗎？主人笑意盎然的端出還冒著熱氣浮著乳白色泡沫的香茶，加上一盤蓼芽蒿莖（案：《風土記》：「元旦以蔥、蒜、韭、蓼、蒿芥雜和而食之，名五辛盤，取迎新之意。」），笑請嘗試，讓人眼中鼻中都滿溢著新春的新鮮與芬芳。雖然天氣寒冷，四周景物顯得稀疏清淡，但主人的純真、朋友的誠懇，是多麼令人感動呀！世間還有什麼事物比這些更能讓人細細品味的呢？東坡居士神情清朗，五年來似乎沒有這麼歡喜過，於

是信手寫下了此刻的心境 ：

> 細雨斜風作曉寒，淡煙疏柳媚晴灘。入淮清洛漸漫漫。
>
> 雪沫乳花浮午盞，蓼茸蒿筍試春盤。人間有味是清歡。
>
> （浣溪沙）

人間美味東坡肉

「清歡」！似乎不經意的就享受到了，就像眼前：在寒冷的冬天裡，雨後初晴的正午，一盞泛著如雪花般乳白茶沫的香茗，一盤新鮮的蓼茸蒿筍，主人誠摯純真，而又有好友在旁助興，此時但覺身心俱清，天人合一，人間的情味正不過如此！是能得如此「清歡」，談何容易（案：東坡兩千多首詩竟未一見此詞語）。五年前，完全出乎意外的在湖州（江蘇吳興）被逮捕進京，在牢裡過了四十五歲生日，又待了十天，整整被關了一百天，才蒙皇恩貶到黃州。大牢中的日子自是不能清心也無歡樂可言。而黃州雖「僻陋多雨，氣象昏昏也。」（〈與章子厚書〉），但「魚稻薪炭頗賤」，「羊肉如北方，豬、牛、獐、鹿如土，魚蟹不論錢」，生活物資既充裕又便宜，確實很適合窮人。可是蘇先生一向不善理財、不知儲蓄，「俸入所得，隨手輒盡」，而被貶黃州，既無俸祿，又家口不少，只好想辦法節流。於是痛下決心，節儉度日：「日用不得過百五十，每月朔便取四千五百錢，斷為三十塊，掛屋梁上，平旦（早晨）用畫叉挑取一塊，即藏去叉，仍以大竹筒別貯用不盡者，以待賓客。」（〈答秦太虛〉）誰能想像已經名滿天下的蘇二先生，日常用度竟然拮据到這種地步！

再說，這一次一百天的牢獄生活，也使蘇先生改變了一些生活習性：他本來極好喫蟹蛤，如今卻有了新的看法，他說：

> 余少不喜殺生，然未能斷也。近來始能不殺諸羊，然性嗜蟹蛤，故不免殺。自去年得罪下獄，始意不免，既而得脫，遂自此不復殺一物。有見餉蟹蛤者，皆放之江中。雖知蛤在江水無

活理，然猶庶幾萬一，便使不活，亦愈於煎烹也。非有所求
覬，但以親經患難，不異雞鴨之在庖廚，不忍復以口腹之故，
使有生之類，受無量怖苦爾，猶恨未能忘味食自 死物也。

（《南史・盧度傳》）

　　下決心不再為滿足口腹之慾而由自家來殺生烹鮮，於豬羊雞鴨蟹
蛤一視同仁，但既然仍是「不能忘味」，只好變通權宜，只要是經由
他人宰割處理過的，就能比較心安的享用了！既然原則如此，就必須
讓自己每天一百五十文的用度發揮最大的功效。東坡居士發現 黃州
的肉特別好，價錢更是低廉得不能再低了，於是按照自己的想法，用
最簡單方便的方法烹煮，每天一早吃它兩碗，既飽足又得意，於是把
心得寫下並且自己讚頌一番：

　　淨洗鍋，少著水，柴頭罨煙焰不起，待他自熟莫催他，火候足
　　時他自美。黃州好豬肉，
　　價賤如泥土；貴人不肯喫，貧人不解煮。早晨起來打兩碗，飽
　　得自家君莫管。

（〈豬肉頌〉）

【在歷史與現實之間】

　　自經濟部批准美國杜邦公司在彰濱工業區設立二氧化鈦廠以來，
受到彰濱居民激烈的反對，彰縣人士曾經積極透過各種可用管道，向
政府各單位陳情、建議，皆不得要領。因此由十萬人簽名陳情，直到
上街頭示威抗議，成為海內外新聞的焦點。鹿港在這次人民自救運動
中，不但成了主角，也使鹿港的名字再度成為世人注意的目標，從報
章雜誌上可以很明顯的看出，對杜邦設廠的問題，社會各階層人士，
包括學者專家，各級民意代表、地方意見領袖，絕大多數的民眾皆表
示徹底的反對，輿論不斷對這次運動作熱烈的支持與聲援。另一方面
杜邦公司則運用各種方法，圖使設廠問題順利過關，一開始經濟部便

以迅雷不及掩耳的速度通過此案，接著是政府有關部門官員，以及少數奉命說話者，不斷替杜邦作辯護，將民意視若無睹，由於利益團體的運作，加上政治力量的介入，所以也有很不成比例的極少數人，千方百計的為杜邦說話。

1. 反鐵路與反糖廠的謠言

對同一事物，見仁見智，看法互異，故有正反兩面的意見，本是常情，如果為了達到某種目的而故意扭曲史實，杜撰故事作為宣傳手段，這是一種令人不齒的行為，那就不應該了。這一次杜邦問題上，竟發現有人杜撰歷史，說：「鹿港人當年反對鐵路與糖廠。」登載於報端，接著有署名施姓者特引其題做讀者投書。上述事項不但與史實不符，而且完全相反。歷史上臺灣開設鐵路，自始至終，從未有「要經過鹿港」的計畫，何來鹿港人反對？而是鹿港人知道鐵路不經鹿港而大力爭取過程，由於地理條件不符，加上政治、經濟、軍事等問題之考慮，未被當局採納。至於糖廠之創設，鹿港曾爭取將竹頭角舊廠改建新廠，（鹿港溪南三公里處）因日本當局對開發臺灣糖業有整套周密的區域計畫，而且早已定案，不能更改而未果。此二事在文獻上有很多資料可稽，而且口碑流傳頗廣，八十以上長輩知者頗眾，至今尚有健在者，為何有不實傳言，令人費解，也許有人將美國與大陸，當年開發鐵路的故事誤傳，或者有人故意顛倒是非，製造笑話，不得而知。但此話經報紙披露後，卻有不良後遺症，不但有損以文化著稱的鹿港聲譽，也嚴重醜化了先人，更使不少讀者對歷史發生誤解。

曾經有四位自稱是鹿港籍大專青年，竟未審事實而誤引其題向報界發表了他們的看法。如果真的是鹿港子弟，關心地方事務，該說是種可喜的現象。但以該文內容觀之，似對歷史問題，未曾經過查證。而且事情牽涉到地方聲名與先人的毀譽，應不致如此草率，後來經鹿港大專青會查證結果，該會根本無此四人，我們不禁懷疑，是否有人故意冒名投書，製造假象、分化群眾，不得而知。更不可思議的是鹿港鎮公所，竟將該文複印，令里幹事在全鎮二十八公里分發。我們不禁要問，民政課所司何事？竟將這一種有害地方聲譽，有損先人形象

的不實傳言故意散布。不久又有某週刊登出一則，外地張姓議員的談話，其內容不僅自以為是地批評鹿港人太保守，阻礙了地方發展，並將反鐵路與糖廠不實謠言，畫蛇添足，一派胡言，極盡謾罵之能事。俗語說：「矮人看戲何曾見，都是隨人說短長。」群眾盲目，或者情有可原，而職掌地方行政的主管級官員，與地方民代之中，竟然有這種令人不敢相信的輕率舉動者，實需要我們大大的檢討。

對於製造反對鐵路與糖廠不實傳言者，我們真希望他是出於無心，如果是故意，則罪大惡極了。姑且不論，其錯出於有意或無意，此事攸關社會良心道德，要公開評論某一件問題之前，應該對其問題的正確性作充分了解，並對言責之重要性有所認知，方不會踰越為文者應守的道德規範，在以倫理為基礎，講究誠信的中國人社會，知識分子的責任重要，一言一行，都可能對於社會人心，發生深遠的影響，可不慎乎！

2. 歷史的回顧

回顧歷史，當會使我們更深一層了解，人們為子子孫孫開創千秋萬世基業的艱辛歷程，他們一代又一代，前仆後繼，以血、以汗寫下鹿港四百年的歷史。以智慧、以生命締造了鹿港文化的光輝，他們的努力、他們的奮鬥、他們的堅毅、他們的勇往，史冊昭昭，豈容抹煞！因此自下期起，特列舉歷史上，我們的先人們，在幾次重要的機會裡，為發展鹿港所作的努力與過程，包括鐵路與糖廠的史實。按年代分述，以免有人不察，被不正確言論所誤導，而有辱先人。

回顧歷史，我們應該知所警惕，我們當不會忘記，大潭村便是一頁活生生的歷史。大潭村在當年，就是因為有少數為了私利，而與廠方合作，出賣了自己，當他們知道不對的時候已經太遲了。可憐今日的大潭村，雞犬不存，大地死亡，他們呼天搶地無人應，如此悲慘下場實堪令人一掬同情之淚。

我們應該防止大潭村的歷史在鹿港重演。從杜邦事件上，令人鼓舞欣慰的是，絕大多數的民眾，不惜任何犧牲，保衛鄉土杜絕杜邦；令人悲哀的是，竟有少數人，用盡心思，想出賣鹿港、出賣同胞引進

杜邦。跨國公司財大勢大，我們唯一自救的辦法是，團結一致，堅持到底，時時刻刻注意有心人的分化離間，時時刻刻注意自己與自己的周圍；不讓敵人擊破，我們方能保全身家性命，方能保全我們的祖先們用血汗、生命建立的可愛鄉土。

回顧歷史，我們曾經因為鹿港的沒落而失去信心，曾經一次再一次，失卻了發展鹿港的機會而瀕臨絕望。我們今天在反杜邦運動中，一樣遭遇了百般的無奈，坎坷的前途，是多麼地遙遠不可知。常言，鑑古而知今，承先啟後，繼往開來。也許從歷史的痕跡裡，可以找回我們失落的信心，可以找回我們失去的希望。先人們的堅毅不屈精神，先人們的偉大風範，正是我們開創新機運的原動力。為了對得起祖先、對得起子孫、對得起歷史，我們必須以最大的勇氣，迎接挑戰；為了保護這一片僅有的淨土，為了完成時代賦予的神聖使命，我們義無反顧。我們身上流著先人的血，是一群偉大拓荒英雄的熱血，我們必須奮鬥到底。我們已到生死存亡的關頭，我們絕不退縮，因為我們已無路可退，退一步便是死亡的陷阱。我們只有團結一致、勇往直前，才能衝破橫逆，迎接勝利。

鄉親們，是我們再一次大團結的時候了，讓我們振臂共呼，「誓以血汗、智慧、生命、保衛我們的鄉土。」「杜邦滾出去！」鄉親們，發出怒吼吧！衝啊！衝啊！勇往直前。

太陽東昇，從夢中醒來，已逝的昨日就像由臉上輕拂過的晨風，一去不返，不管是多少離合悲歡，多少興衰成敗，儘隨今日的來臨而成為歷史；生在這個動亂的大時代，看來我們正面臨著一場不能避免的艱苦，激烈而漫長的戰爭。

在明日，但願明日的歷史，寫的不是一頁慷慨激昂、可歌可泣的血淚篇，而是一頁充滿興發祥和滿而帶有勝利喜悅的輝煌史篇。

（本文收錄於施文聰發行：《鄉情月刊》，

鹿港鎮中正路374號，民國75年9月號）

【從遊樂區觀點看休閒事業的經營管理】

臺灣觀光事業隨著經濟發展而日趨蓬勃，尤其是週休二日的推動，群眾對休閒活動需求日殷，讓旅遊事業與電腦科技產業、金融同列為臺灣經濟發展未來三大明星事業之一。

以俗語「臺灣無三日好光景」來形容觀光事業實在很恰當。旅遊業前景普遍被看好，自然有很多企業家、資本家、投機者，開始注意這一塊大餅，有人想分吃，有人則企圖獨占。自然而然形成劇烈的競爭局面。經營事業很像種菜，嘗言：「菜金菜土」，產量少物稀為貴，價格自然看俏，量多了無人要，一個高麗菜剩下五元不夠運費這是一例。記得早期流行養鳥，一對十姊妹由五十元漲到數千元，社會一股風潮，一隻較稀有鳥類竟達二十萬元，後來沒人要而放生。比如近期種蘭花，一株所謂的達摩竟然售到數百萬元之譜，現在剩不到數百元，可以看出臺灣的市場的異常性。

觀光事業雖然與上述情形不同，但面臨劇烈競爭則勢所難免，有競爭才能促進進步，競爭未嘗不是進步的原動力，而且市場本來就有很高的不確定性，如果欲立於不敗之地，就必須有高人一等的條件，否則很難保證不會被吞食或遭到淘汰。

目前臺灣的民營遊樂區大小何止百家，其中較大型的有臺灣民俗村、六福村、劍湖山、九族文化村等等，各有各的特色，每年遊客人數的前三名都是上述遊樂區所占，而遊客數量是一種虛象，遊客多並非代表業績多，業績多也不能代表其盈餘多，業績最佳，盈餘未必最佳，其中牽涉的因素很多難以細述。

業績好壞與經營的成敗，須看遊樂區的規模與內容、經營方針與管理策略而定。因此，一座遊樂區的設立就必需有很周密完善的思考與計畫，有正確而超越別人的基本觀，方能造就別具特色與眾不同的遊樂區，必須能夠掌握市場趨勢，群眾的喜愛。前瞻、宏觀、創新走在別人之前這一點很重要。如迪斯耐的成功便是一例，其主題明確，有效率掌握了人性的喜好，建立了自己的特色與品牌，以其雄厚的基本條件（資金與人才），加上了優越的經營與管理，讓迪斯耐成為世

界性品牌。

因其具備了現代大企業的各種特色，即主題化、人性化、大型化、科技化，最終目標是國際化，從其善於包裝產品的特點，可以看出其經營，管理策略的優越性。

臺灣民俗村的設立，確實參考了迪斯耐的做法，而以主題化、大型化、多元化作為考量，創立了臺灣第一家以臺灣鄉土文化為主題的遊樂區，除文化之外，有自然教育園區、現代機械遊樂區、休閒渡假區，是臺灣第一家設有飯店、會議廳，可以容納二千人聚會的大型交誼場地、大型購物中心、大小餐廳、小吃街等多元而綜合性的內容，便是以前瞻、宏觀、創新的經營理念，開臺灣遊樂區兼具休閒渡假等多功能風氣之先，成為同業爭相效仿的對象。

本村的最大特色是，娛樂休閒兼具，內容設計係針對社會各界，包括年齡層遊客的需求作考量，因此具備了歷史、民俗、文化、古蹟、教育、遊樂、休閒七大主題。在本村可以了解臺灣鄉土文化，了解自然生態，可以遊樂、開會、聯誼、購物，可以渡假休閒，開創了臺灣第一家文化性、多元化的綜合遊樂區先例，有效獨占了市場先機。

本村占地五十二公頃，以規模而論，夠大，投資額也多，自然遊客會多，但是否會賺錢，就看經營與管理是否得法。服務業講求的是顧客滿意為第一，產品的包裝、策略的運用，必須深入了解市場的趨勢，才能掌握先機。古人說：「時勢造英雄，總不及英雄創造時勢……。」貴在於能創造新機，製造流行，走在時代的尖端，而非跟隨在人後，始能在競爭劇烈的市場上，立於不敗之地。

談到管理，臺灣目前遊樂休閒的專業人才很缺乏，與一般行業比較，是人才最缺乏的一行，因此，如何吸收人才、留住人才、培養人才、善用人才，便成為一門最大學問。時代不同了，二、三十年前，一職難求的僱主權威性時代已經過了，現代社會人人講求平等，僱主已不能像以往呼叫員工，必須以尊重代替驅使：

1. 人性化——以人性化管理取代權威管理。

2. 制度化——以制度來約束員工。

　　(1)分權負責——充分授權，讓員工發揮所長。

　　(2)責任制——以業績定升遷與去留。

3. 專業化——尊重專業。

4. 科技化——採用最現代、最科學的管理辦法。

5. 利益分享——加強員工福利。

　　讓員工生活無後顧之憂，對公司有強烈的向心力，能夠甘苦、禍福與共。若能如此，不管是大小公司沒有不成功的，僱主放下身段與員工平起平坐，以鼓勵取替指責，使人才集中不流失，是管理成功的不二法門。

　　總而言之，遊樂休閒，以現代趨勢而言，「大」才有影響力，大而精緻、大而新，必須大才能吸引人。而天時，符合時代，符合社會需求；地利，地理適中，基本客源（人口）充足；人和，獲得顧客的喜愛，包括員工的向心力，三者不可缺一。加上智慧與努力是成功的基本要件，單打獨鬥時代已遠，未來企業趨勢除了大眾化（上市），必須善用資源，採取策略聯盟，合縱連橫有效掌握市場，才能邁向永續經營的坦途。而經營者有責任，努力建立高級精緻，而有民族特色的休閒文化環境。使臺灣的遊樂休閒文化，跨越國際水平，開創光明燦爛的嶄新境界。

（文建會主辦，林明德主持「休閒文化學術研討會」

演講稿於嘯月山莊）

【媽祖信仰在臺灣】

1. 前言——臺灣的宗教

　　地球上自有人類便有宗教信仰存在，宗教是人類生活上不能否定的事實，是人類社會不可或缺的制度之一，也是人類追求善美至聖的欲望的一種表徵。故說是人類社會的特徵亦無不可。世界上雖然有很多不同的宗教，但殊途同歸，其目的在於鼓勵人類向善與和諧，藉著宗教來建立社會秩序，使社會祥和，人類能夠獲得幸福與快樂，是一

種人類社會的安定力量。

《臺灣省通志‧人民志‧宗教篇》第一章第一節載「有謂宗教信仰是迷信，知識分子以信教為恥」，並指出這一種缺乏客觀性的理論，抹殺了宗教信仰對社會的正面意義。宗教信仰如果善於運用，可以輔國家、正人心，其可發揮的力量是無窮的。

中原文化由華中而華南，而至臺灣，中國歷史上的幾次戰爭，迫使中原人民的南遷，經幾番分合，終將整個中原文化移植於臺灣，在此生根、成長，並隨時代進化而更豐富了其內涵。宗教信仰也在臺灣社會進化過程中，成為社會規範與文化傳承的原動力。臺灣歷經了朝代興替，在時代巨浪衝擊之下，能夠將漢族文化完整地保護，傳承於不墜，一方面是藉著宗教信仰來維繫的。

中國地廣物博，種族繁多，宗教信仰自然複雜。臺灣承襲中原文化除了自大陸移入的宗教以外，加上本土原住民宗教，以及外來的各種宗教，如荷、西、日所移入者，洋洋大觀，實難枚舉，但絕大部分居民所信奉的係以通俗信仰之神祇為主體，就是由大陸閩粵兩地移入者。以宗教分類言之，臺灣的宗教，包括了劣等人文教與高等人文教。臺灣的通俗信仰應歸類於倫理宗教。中國係重視倫理國家，以倫理道德觀作為規範，建立了社會秩序，因此自然地將倫理道德觀融入於宗教信仰，使其更符合民情、風俗的需要。

通俗信仰係指融會於一般習俗中，而為多數人所接受的信仰而言。臺灣為宗教信仰自由的地區，人人可自由選擇，因此各種宗教皆可普遍發展。至於通俗信仰會成為臺灣社會的宗教主流，乃是出於歷史背景的影響。臺灣的人口結構，先期係以閩粵兩省的移民為主。光復後國民黨政府遷臺，匯集了大陸各省的移民。大量的人群移入，也帶來祖籍地文化。可以說在移民之入臺同時，將整個文化移入臺灣，而在臺灣的政治、社會、經濟、文化環境的有利條件配合之下，在此生根。因此通俗信仰便在歷史背景為基礎之下，隨著時代進化而發展。但在強有力的傳統意念影響之下，外來宗教的移入，雖然使臺灣的宗教有多元的趨勢，因原來的傳統宗教已根深蒂固，不易動搖，固

傳統宗教仍然占有絕對優勢的地位。其間雖然受到日人皇民化運動影響，而有一段短暫的動搖時期。到了臺灣光復，憲法明文規定人民有信仰宗教的自由，使臺灣的宗教不但恢復了舊觀，也隨著經濟繁榮而更趨發展。施懿芳在〈鹿港宗教信仰〉說：「民間信仰已成為人類群體活動的主因之一，它塑造了一種社會組織型態與互動模式，具社會規範與文化傳遞的功能，並是人群相互溝通、協調、適應與整合的原動力。」誠如所言，宗教信仰對臺灣社會的正面影響是很深遠的。

對媽祖的研究，因牽涉極廣甚難取題，本文以媽祖信仰在臺灣為目標，希望對其發展過程作一番探討。首先對臺灣宗教、臺灣的媽祖廟，以及媽祖信仰興盛的原因作分析，其次從鹿港天后宮與湄洲媽，敘及其對外的香火傳布情形，接著從歷史的過程來了解臺灣社會的人群分合，並討論媽祖信仰對社群整合的關係。然後略述媽祖信仰對臺灣社會的正面意義作為本文的結束。

2. 臺灣的媽祖廟

寺廟是奉祀宗教神祇之所，也是宗教行政與活動的樞紐，宗教發展，寺廟必隨之發展。

媽祖在臺灣是信者最多的神祇之一，因此媽祖廟也最多。

臺灣的寺廟據一九四○年臺灣總督府寺廟台帳調查統計共有三千四百九十五座，其中媽祖廟共三百三十五座；一九六○年中研院民族所劉枝萬先生所主持的臺灣寺廟調查，則共有三千八百三十五座；其中媽祖廟三百八十三座。在臺灣寺廟二百四十七種主祀神之中，有一百座以上廟宇者共有九種。前後兩次調查，同樣媽祖在九種之中排名第三，僅次於王爺和觀音。到了一九八一年的統計，媽祖廟已增加到了五百一十座。據前省文獻會主委林衡道教授言：臺灣現有的寺廟已超過九千座以上。則媽祖廟的再增加，乃是意料中之事。詳細數目，因不見實際調查資料，不得而知。據鹿港天后宮統計，一九八九年一年間共有一千五百六十三個單位來鹿港進香；一九九○年一月二十七日至四月十二日止七十五日之間已有九百六十八個單位來鹿港進香，其中可能包括神壇（及未建廟者）。在臺灣的眾多寺廟

之中，如以王爺或其他神祇為主祀神的寺廟中，以媽祖為配祀神者甚多。同時在臺灣的一般信奉傳統宗教的家庭，幾乎每一家都供奉有媽祖的塑像、畫像或者香火、神符者。由此可以看出媽祖的信仰在臺灣的普遍性。為何臺灣對媽祖的崇奉會比其他通俗神更為普遍？應有其原因。將在下面分別討論。

3. 媽祖信仰興盛的原因

(1)媽祖與海洋有關

據何喬遠《閩書》載：「水為陰類，其維女象，地媼配天，則曰合，水陰次之，則曰妃。」趙翼《陔餘叢考》載：「天妃之名可謂水神之本號，大概是淵源於水陰，其後付之人鬼。」二文皆明確的指出，媽祖的封號與水有關。媽祖世稱海上守護神，故其神蹟大多與水有關係。《臺灣省通志‧人民志‧宗教篇》第十章第三項載：「臺灣對水神之信仰，無論官民、士卒，乃至閩粵，皆甚濃厚。其原因是內地與臺灣之間有海峽介在，素稱風浪大而險惡，難免航路艱澀，尤其在造船技術幼稚、航海尚未發展之當時，視為畏途。斯時海上安全保障，只賴神佑而已，因此臺灣對水神崇祀，比任何一省較為隆盛。為環境使然也。」因為海途險惡，所以移民皆隨船供奉與海有關的神祇，如媽祖、水仙、北極大帝等，以求平安到臺。到臺後，就將隨船而來的神像供奉於家中或者建廟奉祀。媽祖既稱海上守護神，移民在橫渡海峽之時，就需要祂的保護，因此媽祖便成為移民心目中不可或缺的神明了。既然移民人人都渡過海峽，自然對媽祖的信仰會有所執著。

(2)媽祖的先天性親和力

媽祖為女性神祇，女性是柔的，女性象徵「母親的溫柔與慈愛」。崇拜媽祖使人們有了「似在母愛呵護中的溫暖與安全感」，就像「赤子之對慈母」，令人有「如沐春輝」的感覺。人類對神的崇拜，大都有一種敬畏之心，但對媽祖則有

所不同，敬畏之外，另有慈祥、溫暖、親切的感受。

(3)官方的鼓勵

明鄭乃至清代的宗教政策皆承歷代遺制，視祭祀為國之大節。上至帝王，下至地方官員，均有一定的祀典制度。因此官有官廟、民有民廟。宗教不但可藉以建立社會秩序，更可補助政治之不足，因此為歷朝政府所放任。媽祖自宋元以來，屢受朝廷的褒封，其靈蹟雖然有刻意神化的意味，或者另有其政治上的目的，不得而知，但官方對媽祖信仰的鼓勵，則很明顯。《彰化縣志·祀典志》載：「陸地城隍有祀，海洋則天后有祀，功德在民，聲靈赫濯矣……。孔子云：敬而遠之，以專務乎民義，可謂智矣。其斯為聖人之教乎。」可見清廷之納入祀典者，在地方亦必依制遵行。上志又說：「時之為政者，以及社會指導者，均為儒教徒，因此官民之信仰斷然有所差別。除了既成的宗教以外，民間的通俗信仰，均任其發展，官方少有干涉情形。官民之信仰雖然多少有隔閡，但也有一致之處。如城隍、媽祖、關帝……。」媽祖雖然屬於通俗信仰的神祇，但官方也列入祀典，環境影響或者有其他因素，官界時常有利用民間信仰來完成其政治目的的情形。如歷朝對媽祖的褒封、賜祭、頒匾頌揚，甚至敕建廟宇，看來或者有的是真正出於感恩圖報，但其中似含有藉神名以昭告天下，表示「天命所歸，神必助之」以冀達到八方順服的政治性宣傳目的。清廷褒封媽祖及施琅捐建臺南大天后宮為例，媽祖是船幫的主神，不管是商船、漁船、交通船、官船、海賊船，皆奉祀媽祖。芝龍入海為寇，後其子成功抗清，其主力皆是水師（即海軍），清廷封媽祖的目的可能在於對船幫，即成功舊勢力的一種承認。施琅本人原係成功舊部，雖然投清，但其船幫身分依然存在。捐俸建媽祖廟，除了表示自己是船幫的一分子，而對其主神的尊重與肯定之外，也是表示朝廷重視船幫、討好船幫

的一種最佳方法。旨在希望成功的舊部不再反對清廷，藉以減少政治的阻力。

乾隆年間，林爽文革命事平，福安康奏請撥御帑金敕建鹿港新天后宮，很可能也是出於對天地會餘黨的一種安撫政策。封媽祖而達到安撫一幫的勢力，在政治策略的運用上，確實很高明。其實除此以外，很難找出有其他更好的方法。官方為了政治目的而利用宗教信仰，如上述事項，在民間看來則認為是官方對媽祖崇拜的一種鼓勵，直接間接也影響了民間對媽祖信仰的更加重視。

(4)經濟條件

臺灣的宗教寺廟的發展，與經濟條件的優劣有密切關係。開關初期所建者，除官建廟宇以外，因經濟力未足，時之建築皆就地取材，都用竹、木、石、土葛等類為之，能遮風避雨即可。如鹿港天后宮，初創時便是小廟，其位置在現址北側50公尺處，據天后宮沿革記載係建於永曆初年，至康熙年間，才由施世榜獻地擴建，原小廟之地則改為栗倉。

其他如鹿港龍山寺最早的小廟，係於一六五三年即永曆七年所建，到了康熙年間，方在原地擴建較大型廟宇。乾隆五十一年遷建於現址，成為臺灣清代最大的寺廟。以上二例，可以看出在資金建材皆缺乏的情形下，只好因陋就簡，先建小廟，到了經濟發展、財力充沛時方擴建大廟。據臺灣總督府寺廟臺帳鹿港街之部，載鹿港在清代各期的建廟數目如下：

康熙年間二座　　雍正年間九座　　乾隆年間十三座
嘉慶年間四座　　道光年間一座　　咸豐年間二座
同治年間一座　　光緒年間二座

由上表可以看出雍正至嘉慶年間建的最多。這一段便是鹿港經濟最繁榮的時期，即史書所稱的鹿港黃金時代。自康熙二十三年（1683）年至道光二十二年（1842）共建二十九

座，以雍正年間的九座與乾隆年間的十三座為最多。如以臺灣全區的統計，則從一九六〇年的三千八百三十五座，到了一九八五年的九千座，增加數目高達二、三、四倍，因光復初期經濟景氣不振，故寺廟的成長緩慢，但到了一九八〇年前後三十年間，經濟開始發展，臺灣的寺廟，便如雨後春筍快速的成長。顯示了經濟繁榮對宗教寺廟的發展有直接的影響。

(5)超越界限概念的信仰

媽祖的信仰始於沿海地區，然後傳布於國內外，成為不同社群共同崇拜的神祇。據鹿港宿儒朱啟南先生口述：「媽祖初為船幫主神，列入職業祀神，後來因屢顯靈蹟而漸成為廣大群眾所崇奉的通俗信仰神祇。」諸如敕封天后志以及其他有關史書，對媽祖的海上救難事蹟有頗多記載，可以想像，航海者多祀媽祖，實無容置疑。由於船隻所到地區涵蓋極廣，因此航海者對香火之傳布影響也最大。中國船所到之處常可看到媽祖的供奉，如日本以及東南亞各國，皆有媽祖的廟宇。筆者曾經在菲律賓看到很多土著男女與華僑同在廟中跪拜媽祖，視其虔誠態度原以為是華人，後來詢問該廟的管理人，才知道當地菲籍人士拜媽祖的很多；又如在臺灣埔里地區，常可看到原住民家裡奉祀著媽祖的像。可資證明，媽祖已成為沒有種族之分、沒有區域界限、沒有社會階級分別，即超越界限概念的神祇。

(6)分香與進香

媽祖信仰在臺灣，為何會如此隆盛，則與頻繁的分香與進香有關。媽祖的分香與進香，便是神際與人際互動的某種形式，或精神象徵。先分香，然後有進香；或者先進香然後有分香，並不一定，但其過程，卻是藉著神際或人際的交誼，而促成了人群的流動。以分香而言，或者一、二人或少數人便可完成，進香則不同，每一次進香，往往需要經過多數人

多次的交互行為才能完成，而且會形成廣大人群的參與，而如此廣大人群，時常是由許多小區域的人群所聯合組成者。參加者之中，或有人會基於需要，從其進香的寺廟另行分香，到其所屬的區域建立新的廟宇供奉，因此在其所屬區域，又形成新的祭祀圈，這一種互動往往會有連鎖性的反應而不斷擴大地域增加了另外新的祭祀圈，尤其是經濟景氣好的年代，媽祖廟急速增加，終於遍布於全省各角落。

4. 傳布媽祖香火於全臺灣的鹿港天后宮（舊祖宮）

(1)前言

在臺灣，對媽祖香火的傳布，成果最著、影響最深遠者，當推鹿港天后宮（舊祖宮）。自清代以來，因為其對外頻繁的分香，不但促成了媽祖信仰在臺灣的興盛與發展，也成為臺灣向外分香最多的寺廟。舊祖宮因為直接繼承湄洲祖廟的香火，而被尊為臺灣媽祖的大本山，近代詩人在〈鹿港進香〉詩中有「朝山鹿港即湄洲」之句。可見舊祖宮在臺灣顯然代表了湄洲祖廟的地位。在歷史的過程中，舊祖宮的代表性，不僅是對媽祖香火的傳布，從移民墾殖，以及社會進化、經濟發展、文化傳承各方面，都有其實質性與象徵性意義。從舊祖宮的歷史，可以看到鹿港三百餘年來的滄桑，也可以尋出臺灣開拓發展的歷史痕跡。

(2)鹿港天后宮與湄州媽

鹿港天后宮（舊祖宮）主神天上聖母像，相傳係湄洲祖廟六尊開基媽祖像之一，為臺灣全省媽祖廟中僅有者，因此受到全省信徒普遍的重視與崇仰。查臺灣歷史文獻上有關媽祖的記載，明確指出自湄洲分香或註明歲往湄洲謁祖進香的寺廟，只有舊祖宮。對這尊來自湄洲的媽祖像，有謂係施琅由湄洲恭請護軍來臺者，另一說則謂藍理奉施琅之命，恭請來鹿者，說法不一，但對這尊媽祖像確實是湄洲祖廟六尊開基媽之一，並於康熙二十二年請到臺灣，則無人否認。再查臺

灣近代所編的各地媽祖廟沿革，有不少強調是湄洲分香的，惜在歷史文獻上找不出佐證。筆者發現一項問題，在臺灣現時幾座頗有名氣的媽祖廟，雖然其沿革皆強調來自湄洲，卻有很多文獻、物證，甚至有人證可資證明，係自鹿港分香者，而且其中十有八九，曾經在清代或者日據時期、或光復後，到鹿港謁過祖、進過香。所謂人證是指當地的住民，明確指出何年由鹿港分香。雖然主持廟務者不願承認，但是大家心裡有數，有的將其建廟年代提前一、二百年，矛盾百出，而且錯得很離譜，這種有爭議性問題，姑且不談，下面先將鹿港舊祖宮向外分香作說明。

(3)向外分香

三百年來從鹿港分出的寺廟有多少？實難作正確計算，據舊祖宮沿革一九七〇年所作統計，由鹿港分香的寺廟共有六百九十四座（可能包括神壇），據該宮委員會言，上列數目係根據舊祖宮檔案及光復後來鹿港謁祖進香的紀錄計算的。本表係二十年前的統計（現在的數目當只此數）。筆者發現本表有不少漏列者，其中亦有再分香的寺廟，即鹿港分香往甲地，甲地再分香往乙地。（指不是由鹿港分香，而是間接性分香者而言）正確情形須再做詳細探討。

據鹿港口碑傳聞，昔日舊祖宮裡排滿了大小媽祖像，因數目太多，就算減少幾尊，依然看不出。因此有賣搖鼓者（賣貨郎）來此參拜，見廟中無人而偷走媽祖像，帶往南部，到了朴子，媽祖顯靈，就在那裡建廟，即現在的朴子配天宮，因此鹿港人便稱這尊媽祖為「搖鼓媽」。據鹿港人瑞王嘉祖老先生口述，日據時期舊祖宮重修時，曾由唐山聘來雕刻師父，常住廟中雕刻神像，因外地分香的太多，供不應求，因此常託泉州方面幫忙供應。王老先生又說，日據時代到光復初期，舊祖宮向外分香，最少也有數百尊，據天后宮紀錄，自一九五八年到一九八九年止，新雕媽祖像共七百零二尊，

現時尚存的一百一十六尊，則三十年之間，向外分香的共五百八十六尊，此數未包含一九八五年前留存而在同時間內被分香的部分。如果連此數計算至少超過六百尊，則平均每年有二十單位以上到鹿港來分香。若包括清代，則無法估算了。一般來鹿港分香到其所在地奉祀的有四種情形：

a. 建新廟奉祀。

b. 在舊有廟宇奉祀。

c. 設神壇奉祀。

d. 到其商店或住所奉祀。

案清代至日據時，即抗戰前，臺灣與大陸的船隻來往頻繁，為何臺灣各地的媽祖廟不直接往湄洲而向鹿港分香，可能有如下諸因：

a. 湄洲祖廟係朝廷列入祀典的廟宇，地位特殊，如非朝廷下旨或官方命令，不許一般的分香（如鹿港新祖宮，乾隆十八年，清廷撥御帑金敕建，列入祀典專供地方文武官員參拜，不許百姓參拜）。

b. 往湄洲須冒波濤之險，且須時日，比較不便。

c. 往湄洲花費較多，以當時農耕社會經濟，可能是一種沉重的負擔。

d. 鹿港舊祖宮媽祖像是湄洲開基媽之一，其地位與湄洲祖廟相同，故到鹿港分香與湄洲並無差別。

假設有上述1、2、3條原因不能往湄洲，按當時已有臺南大天后宮，為何南部各地的媽祖廟大都捨近求遠，迢迢到鹿港來分香，而未向臺南分香，可能與第4條原因有關。

最近臺灣有多處媽祖廟往湄洲迎回新媽祖像，大多請到鹿港舊祖宮過爐火，表示分承湄洲開基媽祖的神靈和香火。

舊祖宮向外分香有如下方式：

a. 移民關係的分香。

b. 農墾關係分香。

c. 商務關係分香。

d. 慕名而來的分香。

e. 其他。

(4)向外分香的四個主要階段

a. 初期移民的分香——順治十八年至康熙二十二年
（1661-1683）

開闢初期的移民，很多是由鹿港登陸，再轉移他處貿易或
農耕。由於施琅平臺後，移民接踵而來，皆以鹿港為基地
再向外伸展，轉移他處之時，便將舊祖宮媽祖的神像或
香火帶往奉祀。移民群人數較多的地方大都在後來建立了
廟。上述五種的分香方式中，對媽祖後來的建廟影響最大
的是商務關係的分香，因商務關係的分香，大都是由商人
恭請的（即行郊）。因其財力足，而且一般行郊皆設於通
都大邑，所建廟宇規模也較大，而且都市人口密集，因此
對後來發展的影響面也較為廣闊。

b. 鹿港全盛期的分香——康熙二十三年至道光二十三年
（1684-1843）

康熙二十二年前後，鹿港經濟急速發展，到嘉慶年間人口
數已由順治十八年的五千人發展成為號稱十萬人口的大市
集，成為臺灣最大的貿易港，舟車輻輳、商務發達、人文
薈萃，盛極一時。當時八郊商人積極向外發展，每設分行
於外地，依例必請媽祖像往分店地奉祀。八郊分行遍布全
省各地大都市，媽祖每到一地皆開放供群眾參拜，很多在
後來建立廟宇。

c. 人口外流期的分香——光緒二十一年至光緒二十四年
（1895-1898）

馬關條約割台，鹿港港口淤塞，經濟急劇衰退，商行關閉
造成失業，導致大量的人口外流。據張氏《鹿港開港史》
載，光緒二十二年人口二萬零四百二十人，與前期的十萬

人口比較，流失率高達百分之八十。可見外流的嚴重性。
但這次人口外流卻將媽祖香火大規模向外傳布，離鄉時帶
著媽祖香火往旅居地，每年三月便返鄉進香及掃墓。回鹿
進香也帶動旅居地的住民參與，久之漸在各旅居地形成新
的媽祖祭祀圈並促成媽祖廟的建立。

e. 光復後經濟繁榮期的分香（1970-1989）

光復後經濟繁榮、交通發達，百姓豐衣足食，觀光事業蓬
勃發展，鹿港則以臺灣傳統文化重鎮的地位招來蜂湧的遊
客，鹿港天后宮由於湄洲媽的崇高地位，成為各地分香的
目標，頻繁的分香活動使湄洲媽的香火更加鼎盛，二十年
來由鹿港天后宮分香者約有四百單位。

5. 媽祖信仰與臺灣社群分合的關係

嘗言：「合久必分，分久必合。」從歷史的過程，可以看出臺灣
社會人群分合幾個階段。開闢之初入臺者，多係單身之冒險家，因此
初期的社會，亦以地緣關係為基礎，家族血緣甚少，自然須與異姓協
力相助，方能生存。諸志載：「流寓者無期功強近之親，同鄉井如骨
肉矣。疾病相扶，死喪相助……，貧無歸則集眾捐囊襄事，雖慳者亦
畏眾議……。」又載：「通有無，濟緩急，失路之夫，望門投止，鮮
閉而不內者。」可見當時臺灣社會的樸實、淳厚古風。自開闢初期至
康熙末葉，因荒蕪初闢，地曠人稀，不但沒有失業問題，反須他人的
合作與幫忙，因此人人奉公守法、友愛而團結，社會一片祥和。

自康熙五十五年以後，人口急遽增加，漸有遊手好閒或刁蠻橫詐
者出現。諸志載：「我朝置縣流寓者相接踵，多莫之所自，乃漸有非
商非農，潛竄里社，不務正業。……乃至作姦犯科，傷倫理、助拳
勇，長告訐……。」可見社會風氣漸變。嘉慶以後，動亂頻生，已經
到了很嚴重的地步。嘉慶十六年之前，臺灣人口就以當時的社會經濟
狀況而言，已達飽和，高人口壓力，引起了人情、習俗以及社會變
化，一方面因政治荒怠、民變、動亂相繼發生，加上頻繁的大災地
變，各種社會病態應運而生；因土地灌溉之爭，演成分類械鬥，形成

了以祖籍意識為認同基礎的人群劃分。據《台灣通志・人口篇》第四章第六災害動亂與社會變態記載，康熙二十二年至乾隆四十六年，共九十九年間，民變六次，械鬥兩次。乾隆四十七年至同治六年，共八十六年之間，民變有三十三次，械鬥二十六次。可見這一段時間，臺灣社會動亂的嚴重性。同治七年至光緒二十年，共二十七年間，雖有三次民變，但械鬥已告絕跡，因為咸豐以後，西人及日人覬覦臺灣，清廷逼於時勢，方逐步加強對臺灣的統治，時亦因外力入侵，促使臺民之再度整合。馬關條約割臺，臺灣遺民不甘淪為異國奴，更加強了社群意識、同仇敵愾，抵抗侵略。

光復後，國民黨的政策錯誤，而產生省籍歧視問題，幸大多數民眾皆能容忍相安，又經時間的沖淡與世局的轉變，臺灣社會已從省籍分類中解放。在現實的利害相共情勢之下，形成了新的地緣群體的認同。不分臺籍與外省籍皆抱著同舟共濟之心，而趨向於本土化的認知而整合團結。在其整合的過程中，係以同種、同文、同信仰為認同基礎之下來完成。臺灣社群的整合便是有此三點共同性的存在，故一有危機意識即能團結在一起。

臺灣社會人群意識的分而復合，雖然受到時代事件的影響，但其趨向於大地域性的認知，都是藉著宗教信仰的力量來促成。李亦園博士在《信仰與文化》說：「由於自主性社群的類別較多，所以其主權的整合與統一就較為不易。因此這一類的民族，經常利用一個最後主宰的大神來統合這个同層次的群體，藉著對神的信仰與崇敬來使有相當自主的群體團結起來……。」臺灣社群的整合過程中，正如上說，宗教信仰很巧妙的扮演了中介的角色，神成了整合的關鍵性緣導因子。尤以媽祖的分香與進香，以及媽祖會的各項交誼活動，有力地促成了人群的再度整合。蓋因媽祖為海上守護神，早為沿海居民所普遍奉祀，其香火隨著海漕之航路傳向大陸沿海，繼之隨河漕的發展，而傳入內陸，一面隨商船傳向海外。因此早就成為超越區域界限的神祇，也是閩粵兩省人民所共同崇祀的神。在分類意識中，成為整合人群、終止械鬥、解決問題的象徵。以媽祖的共同信仰作不同祖籍人群

重新整合的依據。以彰化縣社頭鄉枋橋頭天門宮為例，道光年間發生的漳泉械鬥，演成了泉、客的衝突，因此客家人便與漳人組織七十二庄聯合抵抗泉人。「七十二庄的整合，係以鹿港天后宮分身的媽祖為中心，使七十二庄在分類意識中，建立了超越祖籍人群的地域聯合。」（見許嘉明〈彰化平原福佬客的地域組織〉）李亦園博士說：「以傳統宗教為認同手段。」藉小區域寺廟的相互交會，促成了大區域性的結合。黃美英在〈千年媽祖〉說：「在漢人社會本土化的過程中，村落的寺廟和共同的神祇信仰，成了結合地域群體的象徵，媽祖也成了社會整合和凝聚的重要力量。」例如鹿港周圍的十二庄組織，係以各庄的寺廟為基礎，聯合十二庄為一單元，每年春季恭請鹿港天后宮媽祖出巡，各庄輪流擔任值年大總理主其事，其目的在以媽祖為中心，結合十二庄的力量，建立該區域的自治團體與防衛圈，對內則辦理十二庄的公共事務，以及協助各庄間，如因灌溉用水之爭而引起的糾紛，或其他摩擦；對外則防止土匪或外力的侵犯。上、中、下（即北中南）三個十二庄也直接成為鹿港市街外圍的防禦線，三十六庄形成半圓環帶狀之勢，作為鹿港陸上的保衛圈。施懿芳在〈鹿港的宗教信仰〉說：「以廟會的活動來促進彼此交誼，而達到私人性與區域性的合作團結，……宗教活動皆會形成廣大人群的流動，其所造成的人際互動，便是最基本的社會過程。藉此人們能了解對方，互受影響，並作適當的調適，進而促成整體的融合。」嘗言，強烈的社群意識有賴宗教力量的促成與整合。媽祖信仰在臺灣，便是社群意識整合的一種主要力量。

6. 結語──媽祖信仰對臺灣社會的正面意義

回顧歷史，天時、地利促成了臺灣的開拓與繁榮，從早期的互市，繼之移民墾耕，而被譽為東洋的寶島。到了後來以亞洲四條龍姿態，創造了傲視世界的經濟奇蹟。緬懷先民們篳路藍縷，為子孫建立了千秋萬世不基。他們在不斷面臨的逆境中，有勇氣迎接明日不可知的挑戰，除了本身的毅力與能耐以外，宗教信仰更發揮了很大的力量。神就在人類徬徨無助之時，給予適時的某種助力，給予活下去的

希望。

　　李亦園博士說：「人類在人力不可為的逆境中，容易發生對神的依賴。」又說：「臺灣移民在渡海、開拓、安居、發展的過程中，都藉著一種神的力量為象徵，以完成其艱辛的工作。」當年的移民為了祈求媽祖的保護，將其香火帶到臺灣，三百餘年來，已成為臺灣社會的信仰象徵。其廟宇遍布於全省各角落，從通都大邑以至窮鄉僻壤，故媽祖信仰對社會的正面影響是不可否認的。清大校長張明哲先生在〈宗教與現代社會〉說：「好的宗教兼容上智與下愚。」媽祖的信仰便是如此，在臺灣對媽祖的崇敬是不分社會階級的，包括了知識分子與販夫走卒。施懿芳以社會學觀點看鹿港的宗教信仰說：「宗教信仰常是民風、民德的另一種表現方式，如媽祖的謁祖進香活動，更表現了中國人懷舊與飲水思源的情操。宗教活動不但促成了社會的和諧與團結，寺廟間的接觸亦帶動了人們將其觸角向外延伸。」又說：「媽祖的分香、進香活動，不但成為社會群體活動的主因之一，也塑造了一種社會組織型態，成為人群相互溝通、適應與整合的依據。藉著對神的敬畏與傳統倫理道德觀念的結合，形成了另一種社會規範，使人人從內心深處產生自我約束力，並將其導向較合理化的途徑。」

　　媽祖的分香與進香，不管信與不信，大家都樂意投注心力於此類活動，這便是能以「信而不迷」的態度將其信仰做正確而有效運用的最佳明證。臺灣人民對媽祖的崇敬，其含義不止是宗教性的，廣義而言，也是對先民開拓的感恩與懷念。正如李亦園所言：「媽祖的崇拜過程，是群體社會中所產生的一種共同感情，也是一種象徵性的社群感情。」人類是群體生活的動物，宗教的存在發揮了整合群體、鞏固社會規範的功能。媽祖信仰在臺灣也是人群生活得以維持和諧、美滿、團結，重要的精神依據。

　　在臺灣，媽祖千年香火的傳承，象徵了中華民族文化的光輝與發展，媽祖的慈悲博愛精神已經深烙人心，也在臺灣社會發揮了宗教信仰最大的功能，故媽祖信仰將在臺灣繼續蓬勃的發展是可以肯定的。

後記

去歲遊湄洲承林董事長文豪先生的雅邀，參加本屆在福建普莆田召開的國際媽祖學術會議，回臺後，又兩度訪問日、韓，故未進一步連繫，直到前月，方接到天后宮王登海主委電話，要我提出有關的論文，因距會期不上一月，而個人俗務繁忙，實難抽暇，況與媽祖有關題目廣泛，欲作深入探討則需時日，而手中資料有限，實無從下筆，屢蒙天后宮委員諸公的催促，只好勉為其難匆促成篇，錯陋難免，尚冀高明有以教正。

一九九〇年四月十二日夜於無暇小築燈前

註1：國際媽祖學術會議　地點：福建省莆田市，日期：1990年4月20-25日。

註2：本作品刊載於林文豪主編：《海內外學人論媽祖》（福建省莆田市：中國社會科學出版社，西元1992年7月）。

【反杜邦十周年回顧──從鹿港文化淵源看反杜邦運動】

1. 前言

社會必須有漫長的歷史經驗的累積才能臻於成熟。抗爭運動便是一種社會進化的過程。社會有許許多多不合理的現象，以正當手段要求改革而不能，往往會走上抗爭之路。有了合理的抗爭，社會便會有所改革，因為如此，社會才會加速進步。

臺大社會學教授張曉春說過，反杜邦運動如果是發生於另外一地，可能不會成功。他指出反杜邦運動的成功，與鹿港文化淵源有關。曾經有記者問「跨國企業加上政治勢力的介入，當局不惜動用鎮暴部隊強制施壓，抗爭會成功嗎？」筆者表示鹿港在歷史上曾經面臨過很多危機，經驗告訴我們，任何困難總有辦法解決，因為我們有所憑恃，即鹿港的文化傳統，「群眾對社會公義的團結力」。反杜邦運動結束後，我們曾經作過探討，發現反杜邦運動所用的模式與鹿港歷史上所發生過的頗為相似，等於是鹿港多次歷史經驗的再複習。證明

了悠久的文化歷史與成熟的社會經驗，對於反杜邦運動的成功，確有其因果關係。茲根據史乘與口碑所傳略舉幾件歷史往例，以及反杜邦運動梗概，俾便剖釋比較。

2. 歷史回顧

清代的臺灣被稱為難治之區。自雍正而後，人口壓力逐漸增加，人民生活艱難，無業遊民日多，盜賊橫行，官府的無能，導致民心思變。因此，反清革命頻起，而有三年一小反，五年一大反的臺諺，以形容緊接不斷的民變。加上因為灌溉用水之爭而引起的族群衝突，即漳、泉、閩、奧分類械鬥，歷久不息。長久而頻繁的動亂，波及的地區涵蓋了台灣北、中、南部，死傷難以計數，產業嚴重受到影響，民不聊生。造成臺灣社會極大的傷害。當時的鹿港係臺灣最大的貿易港，萬商雲集、人文薈萃、民力殷富，因為地據臺灣中部要衝，南引打狗、北扼雞籠，戰略地位重要，是兵家必爭之地。自然與民變、械鬥脫不了關係。加上朝代的更替、地理變遷以及社會進化等等的衝擊，不但在歷史上曾經有過重大變革，並有很多次對鹿港構成威嚇的動亂。竟然都與鹿港擦身而過，未曾受到影響。對於當時面臨的一些問題，是如何處理的？其結果又如何？分述於下。

(1)遷街

順治十八年（1661）舊鹿港淤塞，港口西移，大船不能進入，為了運輸上的考量，而大舉遷街。本案是鹿港公共事務，取決於民意的首例。方法是秤量兩地井水的輕重以決定遷街與否，群眾一致遵守地方公益團體的仲裁，放棄了花費漫長時間，以及龐大財力、人力、與心血建造的整個市街，遷建於現址。終於使鹿港在不久的後來，成為臺灣最大的貿易要津。

(2)分類械鬥

乾隆四十七年(1782)以及嘉慶十一年（1806），發生於彰化地區的漳、泉分類械鬥，延漫迅速，唯恐波及鹿港。當時鹿港是臺灣最大的貿易口岸，居民結構複雜，不只是閩、粵、

漳、泉也包括了大陸沿海各埠來的移民。為了維護鹿港的安全，以媽祖會為中心的公益團體出面，邀集地方士紳，向漳、泉籍居民痛陳利害，呼籲雙方相忍為安，以維地方共同利益，堅持以和平方式讓雙方共議。自由決定去留，並延請地方公正人士成立仲裁組織，公平處理遷出者的財產買賣及移交事項等。以和平、合理的條件之下，圓滿解決了清界的問題。道光六年（1826），閩、粵居民分類械鬥，也是採取同一模式，有效地消弭了一場衝突。

(3)民變

乾隆五十一年（1786）林爽文反清革命，聲勢頗大，鹿港公益社團徵得街民同意，由眾郊商及居民自動捐出巨款，祕密與爽文立約，以提供軍糧為條件，交換革命軍不得進入鹿港市區，使鹿港的經貿活動未受到影響。

乾隆六十年(1795)陳周全反清，兵入鹿港，只殺官府，對百姓則秋毫未犯。

同治六年（1862）戴潮春起事反清，只攻彰化，兵未入鹿港。上述事件皆因鹿港公益社團協調之力，使地方免受戰爭之害。

光緒十四年（1888）施九緞抗議丈量土地徵收丈費不公，官員貪瀆逆行，而豎旗抗丈反清，相傳係鹿港士紳在幕後主導，九緞起兵，自鹿港出發，沿街居民備壺漿以壯行。兵圍彰化縣城，要求燒毀丈單，官府不聽，派兵鎮壓，發生激戰，雙方互有死傷，事件平定後，巡撫劉銘傳下令通緝涉案者，包括了鹿港的歲貢生施家珍。因牽連甚眾，全鹿港風聲鶴唳。後來經地方士紳及八郊公益組織出面善後、交涉。乃以抗丈之名了結本案，彰化縣治縣被撤職，並免了全臺灣的丈費。鹿港涉案者皆未追究。施九緞則在地方人士掩護下逃匿，為有清一代反清革命領袖之中，唯一未被處刑而善終者，年九十餘才病逝於其家。

(4)海賊

嘉慶五年（1800）至十年（1806）海賊蔡牽不斷騷擾臺灣沿海諸城市，唯獨鹿港一地倖免。相傳係八郊組織與蔡牽簽約，由鹿港出入的船舶，以石計（頓級）給與蔡牽分紅。另有一說是八郊答應在鹿港為蔡牽消贓，蔡牽守約而未犯鹿港。

(5)抗日

光緒二十一年（1895）日軍侵臺，迫進中部，情勢危急。鹿港眾郊商包括街民及公益社團共同捐款，推武進士許肇清、文舉人施仁思組織義軍，支援劉永福的黑旗軍。守八卦山，與日軍血戰，兵敗，許肇清及施仁思潛回大陸。由八郊作善後，暗地裡協助義軍逃匿。日軍占據鹿港，公推地方士紳施子勤出面與日軍交涉，維護地方安寧。

由上述諸事件的處理過程，可以看出鹿港當時的地方公益團體（如媽祖會及各行郊組織）的公信力，獲得廣大民眾一致的肯定，願意聽從其約束。自願輸財出力，才能使每項問題皆能獲得有效的結果。關於公益社團處理問題的方式，有時會因情形不同而有所差異。可以肯定的是，地方公益團體等於是當時的地方自治團，有效彌補了官府的不足。使鹿港每每處於極危險邊緣，終能轉危為安，維護了鹿港的經濟文化命脈，使鹿港的元氣得以保存，未受到影響。

3. 反杜邦運動

鹿港反杜邦運動是臺灣有史第一次環保運動，也是臺灣社會環保的啟蒙運動，其規模之大、社會參與層面之廣，以及其影響之深遠，實為始料所不及。

在當時，戒嚴令控制下的臺灣，率領群眾走上街頭抗爭，反對國家政策，是非常敏感而嚴重的問題。動輒便會被指為是社會亂源、極端分子。以煽動群眾，製造社會不安為由，情治單位便可任意抓人法辦、罪名輕重則視當局對事件的看法而定。輕則有期、重則無期、誰

也無法預料。百姓雖然極端厭惡高壓統治手段，對政府的無能、政策的錯誤、官吏的腐敗，以及諸多社會病態的日漸加劇而憤憤不平，卻因為懼怕惹禍上身，只好自掃門前雪，敢怒而不敢言，誰又敢公然向公權力挑戰。

經濟部未經環境影響評估，便核准美國杜邦公司在彰濱設立二氧化鈦廠，鹿港居民恐怕高度污染工業會帶來地方嚴重災害，而反對杜邦設廠，屢次以合法而正當的途徑向有關當局申訴，皆未獲得合理的回應。百般無奈之下，為了自保自救，不得不採取行動，迫政府正視此案。反杜邦運動便在一種隨時被抓法辦的陰影之下展開。

對鹿港人而言，等於是一場與存亡有關的戰爭。是維護生存權、保衛鄉土之戰。為了抵制對安全構成威嚇的跨國企業，為了抗議政府的不當政策而走上街頭抗爭。

反杜邦的主要訴求是「反對任何違反自然生態、違背社會正義與人道原則的工業開發。」反杜邦運動因為牽涉了外國勢力，強化了事件的敏感性，政府當局用盡辦法，企圖迫使鹿港人屈服。不惜二度調動鎮暴部隊，意圖強制鎮壓。惜竟得其反，當局的強硬手段，激發了群眾的共同危機意識，一夕之間反杜邦聲浪漫延於全臺灣，各地知識分子、學術界、關心環保人士、臺大學生群以及社會各界，包括政府官員、各級民意代表，紛紛主動加入反杜邦行列。因此聲勢日大，成為輿論的焦點。當局見事態嚴重，方宣布「未經當地居民同意，不准杜邦設廠」。另一面杜邦公司則派員到處遊說，因為受到鹿港居民強烈抵制，在社會各界強大的反對聲浪之下，知勢已不可為，終於宣布放棄鹿港設廠案，反杜邦運動也在群眾歡呼聲中落幕。

4. 成功因素

反杜邦運動的成功，除了領導群的善於策劃，以及大量知識分子的參與之外，應歸功於全體居民的團結與輿論的支持。很多人疑問，鹿港一個小鎮，鹿港人竟有如此膽識與能耐，不畏跨國政、商的強大勢力，堅毅、果敢、團結一致，不流半滴血，以和平理性手段，創臺灣社會運動最成功之例。各界咸認，如果沒有反杜邦運動，臺灣環保

意識的抬頭，很可能會延後很久。肯定了反杜邦運動的正面意義。茲將反杜邦成功因素分述於下：

(1)訴求主題符合社會公義

(2)組織堅全，成員網羅了地方精英

(3)大量知識分子投入

(4)智囊團有力

(5)掌握充分資訊

(6)有具體的策略與靈活的指揮系統

(7)善用社會資源

(8)有效整合民意

(9)動員群眾成功

(10)媒體輿論的支持

廣大群眾參與的社會運動在執行時，必需格外謹慎。因為群眾是盲目的，動員群眾必需以安全為第一考量。用之得當則可以造福人群，用之失當，有時反而會危害社會。因此領導者必須有清醒的頭腦，冷靜、客觀的判斷力，同時須有各方面密切的配合，才能收到效果。

「取決於民意」是高智慧社會最常用的方法。蓋民心的向背，必然會影響運動的成敗。嘗言「民氣可用」激發民氣，然後凝聚民心。「民心一致則事可為矣。」激發民氣需出於社會公義。凝聚民心有時需賴於共同利益，或者共同危機意識。反杜邦運動便是如此，「反對違反生態與人道原則的工業開發」，便是社會公義，「保衛鄉土，維護生存權」便是共同利益與共同危機意識。因此有效整合了民心。

反杜邦運動獲得廣大群眾的響應，便是有效動用了各種社會資源，支持者遍及社會各階層。學術界人士的大量投入，自最高學府，中央研究院院長吳大猷公開表示反對杜邦設廠，包括了該院各研究所，以及全省各大專院校，參與反杜邦行列的學者、教授，據筆者所聞約有二百餘位。知識分子的參與，當然有其相當充分的理由存在，因此公信力也較強，容易獲得社會的認同。學術界對化工及環保的資

訊比較完整，尤其它們所提供的數據甚具說服力，對民意的整合有很大的幫助。

值得一提的是「宗教力量的運用」，「以群眾所共同崇奉的神祇為象徵，來統合不同層次的社群」。臺灣社會對神的信仰都很虔誠。利用神為象徵使有相當自主性的群體結合起來。歷史上有很多往例，而且都很成功。反杜邦請出媽祖，便是以共同信仰作訴求藉以整合群眾。總而言之，反杜邦運動整個過程，如果不是媒體輿論的大力支持，便不會有這樣的順利。

5. 綜論

從鹿港的歷史往事以及反杜邦運動作一比較，可以看出對每一項重大問題的處理過程，有如下的共同點：

(1)由民間社團扮演主導角色

(2)善用組織力

(3)善用社會資源，包括宗教力量

(4)善於整合群眾，有廣大民意支持

(5)堅持人道原則，採取和平理性手段

考查文獻、證諸口碑。清代鹿港公益社團的領導群，都有很多知識分子的參與。其特點是懂得利用組織力量、精於策略、善於協調，善於整合民心，因此成功率也特別高。有一點不同的是，封建社會，地方士紳或長者都有很大的影響力，可以左右、驅使群眾。因此凡是社會公益事項，只要登高一呼，反對的人很少，因此容易整合民意。如果遇到重大的問題，或者牽涉較多的複雜事項，往往訴諸神意，用宗教力量來統合社群。當今民主社會，如果要動員群眾，就必需依照民主法則，聽命於群眾而非驅使群眾。因此民意的整合就必須列為首要事項。民主法則說來容易作來難，但反杜邦運動成功主因便是以民主法則，有效整合了民意。

反杜邦運動的發生，頗為戲劇性，原因是起於縣議員選舉。正苦於找不到有力的政治訴求，巧逢政府宣布准杜邦在彰濱設廠。便以反污染為主題藉以吸收選票。結果當選了，為了政治誠信，實踐競選諾

言，不得不硬著頭堅持下去，竟然演成了轟動臺灣的社會運動。

時勢造英雄，或者英雄創造時勢。李棟樑因為反杜運動成了台灣環保英雄，也為他的政治前途奠定了雄厚的群眾基礎。雖然反杜邦運動的成功絕非某一個人或某一群人之力，而是全省有社會正義感的各界人士的共同努力，但領導的作風確對運動的成敗有決定性的影響。李棟樑的政治良心與其無畏精神，應該給與肯定。

歷史上鹿港公益社團的成員，對地方貢獻之大，至今口碑傳頌不輟。參與反杜邦人士亦同，都是藉著一分「社會良知」與「對鄉土蒼生的關懷」，逴身而出。「勇於為社會公義而團結、犧牲」是鹿港固有的民風，這一點便是「鹿港精神」之所在，也是鹿港人值得驕傲的文化特色。鹿港人會以堅忍不拔的精神來維護鹿港的文化傳統，過去如此，現在如此，相信將來也會如此。

鹿港好比是一條沉睡的蛟龍，一旦醒來，便會有翻雲覆雨、驚天動地的威力。

鹿港人講理而有自信，有禮而不自卑，反杜邦運動的成功絕非偶然。

6. 結語

杜邦運動讓群眾上了一堂環保課，也促使臺灣社會環保意識抬頭。讓政府不得不正視環保的重要性，也證明了「民不可逆」這句話的真義。「民不可逆」給為政者一種啟示。令人意外的是反杜邦運動而後，臺灣社便有了不斷的抗爭。社會運動被過多的濫用，很多的抗爭已經變了質，不再是為了社會公義，而是為了私利。有樣學樣，反杜邦運動竟成了壞榜樣。「功利社會」復有誰會注意到反杜邦運動是「出於一種對國家、對鄉土的大愛」呢？

反杜邦運動十年了，戒嚴令已經解除，環保法令也已訂定。並已付諸施行。諷刺的是我們未曾從反杜邦運動獲得任何效益，臺灣的環境污染比十年前更為嚴重。惡臭的河川、遍地的垃圾、污濁的空氣、有毒的食物……環境的惡質化日甚於一日，我們竟然視若無睹，政府的公權力何在？老百姓的公德心又何在？

我們應該痛加反省，面對惡劣的生活環境，也該覺醒了「環保」需要我們每一個人都主動來做、用心來做。否則有朝一日，臺灣不再是美麗之島，而是一個人類不能居住的重污染之島，則悔之已晚矣！

（施文炳《施氏世界・第二期》，
鹿港：世界臨濮施氏宗親總會，民國86年11月）

第六章

施文炳
的書畫

一、鹿港的書畫

　　鹿港的文化、藝術、歷史的發展與鹿港的經濟發展息息相關,清代經濟繁榮,造就了鹿港許多富貴人家,也形塑「文化鹿港」的意識。當年富者往往不惜重金,聘請唐山名師來鹿港教導子弟,相沿成俗,蔚成鹿港當年教育文化之風氣。雖然後來鹿港淤塞,經濟沒落,但鹿港文風依舊興盛。施文炳在〈鹿港區書畫學會專集序〉有言:

> 鹿港自昔重文風。士子志於道,游於藝,三餘多寄興於琴棋書畫,風之盛也久矣,相沿而成俗,為邑之特色。故諺有:陋巷殘垣內多俊傑,販夫走卒亦解詩書之句。今也科技社會,資訊發達,風尚日新,惟固有文化,根深源遠,書香藝術,依舊興盛不替。

　　鹿港的書畫一直是一種民間性的活動,在日治時代,除了詩人結社吟詩外,另有每年定期創作書畫,互相觀摩切磋,都是為保存傳統文化,常在「文開書院」、「十宜樓」、「泉郊會館」等地,文人們按時集會,互相切磋,在當時也是一種「精神抗日」。臺灣光復之初,民國三十四年十月,曾在現今之鹿港民俗文物館舉行一次「全臺書畫展」,以慶祝臺灣光復。

　　自古以來,書畫通常是不分家,書家經常也是畫家,而文人所追求的境界若已達在「詩書畫三絕」,書畫的體現就是「師」而非「匠」了。當年,三絕中較受重視的是詩,因詩與科舉考試息息相關,詩又能代表學問,故鹿港子弟讀漢學、學作詩之風氣極盛。光復後,如施讓甫、周定山、朱　南皆是詩壇領導階層人物,受到全臺文

人的敬重，便是一例。而書畫只屬文人餘事，雖與文風有關，但比起詩而言，較未受重視。

　　昔日鹿港所謂書畫家，大都是文人出身或世家傳承。清末鹿港書畫大家計有莊俊元、黃煥奎、林文濬、許樂三、陳奕樵、陳宗璜、曾作霖、施子芹、廖春波、鄭鴻猷、鄭貽林、施少雨等。日治初年之書畫大家計有王席聘、蔡壽石、辜菽盧、施梅樵、王舜年、杜友紹、陳懷澄、莊太岳、羅懷珍、莊煥文、洪綬侯、舊叔樊等。日治時代之書畫大家計有莊垂勝、黃祖輝、施一鳴、施讓甫、朱啟南、林建元、郭新林、陳百川、周定山、施玉斗、丁瑞彬、林錫金等。日治末年、光復後迄今之書畫家計有黃天素、吳醉如、施秋谷、王重五、王漢英、林傳、施伯梁、丁玉熙、莊南民、莊幼岳、歐陽錦華、吳東源、施至燬、施文炳、施人豪、施學楷、黃世傳、蔡麗卿、粘文意、施招澤、黃政彥、林旭禎、施國華等。

　　鹿港素有文化重鎮之稱，文風不墜，文人結社、雅集的盛行帶動文藝活動頻繁，也造成鑑賞風氣與題跋文化。目前鹿港尚有許多書畫學會，書畫欣賞的範圍包括扇面、對聯、屏條、畫作題跋、中堂等，鹿港文人甚至一般家庭的布置，書畫都是不可免的藝術品。

二、施文炳學書學畫的經過

　　施文炳學書法先是奉親命而
學。據他回憶，小學一年級時級任
老師吳福基的書法相當有造詣，他
因為表現不錯，經常參加比賽，
他深受老師影響，常常自己臨帖練
習。

　　民國三十九年，施文炳二十
歲，正式跟隨施讓甫學書法。施讓
甫，字頑夫，大冶詩社主幹，是施
梅樵茂才之叔侄，曾擔任員林農校
國文教席，詩書均佳，尤以行書見
長。施讓甫書法受鄭鴻猷及施梅樵
之調教，以何紹基法體蛻化為獨特

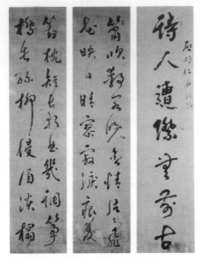

施讓甫詩書均佳，尤以行書見長。

風格，並以左腕書別樹一幟。施讓甫告訴施文炳：「你的學問好、詩
作佳，如果出手未能有一筆好字，恐會貽笑大方，豈不可惜？」

　　受到施讓甫的鼓勵，他勤習書法，由楷而隸而行而草而甲骨而金
文，所臨之帖不下五十種。而當時其好友丁玉熙、王漢英在買帖時也
必為其購買一本。民國四十二年，他二十三歲時，曾以何紹基體受書
壇同好稱異，謂其直逼施梅樵。

　　施文炳所習法帖大概情形如下：六至十五歲時，以學楷書為主，
學習歐陽詢、柳公權、趙孟頫、黃自元等，所臨法帖大約是《皇甫君
碑》、《九成宮》、《玄祕塔碑》、《楷書千字文》等。十六歲至
二十五歲時，學習楷書、行書、草書、甲骨、金文等，以顏真卿、王
羲之、趙子昂、鄭板橋、何紹基等家為主，所臨法帖大約是《中興

頌》、《雙鶴銘》、《赤壁賦》等。二十六歲至三十五歲時,學習楷書、行書、隸書、大小篆、草書、甲骨、金文、魏碑等等,以鄧石如、朱熹、趙之謙、褚遂良、宋徽宗、董其昌、懷素為主,所臨法帖大約是《禮器碑》、《曹全碑》、《乙瑛碑》、《史晨碑》、《西岳華山碑》、魏碑五種、《雁塔聖教序》、《行書千字文》、羅振玉甲骨、石鼓、《散氏盤銘》等等。

　　施文炳的楷書力學唐初三大家諸碑,如虞世南《孔子廟堂碑》、歐陽詢《醴泉銘》、褚遂良《無法師碑》,他認為三人各建立嚴格的楷書樣式及創造了力的均衡與整齊美。虞世南高貴,書法溫和有謙遜之氣,風境絕然、沉著悠遠、外柔內剛,書格很高,舒暢幽靜不誇張,運筆速度緩和;歐陽詢嚴峻,骨氣勁峭、法度嚴整,有威迫感;褚遂良抒情,太宗曰:「飄如驚鴻、矯若游龍。」其行書空明飛動、點畫之間有異趣,其優點是勁鍊疏瘦、勢輕而神爽。

　　施文炳認為漢隸特色以方勁古拙為真髓,《曹全碑》是後漢隸書最優者,技術進步、富技巧變化、流暢。其他如《張遷碑》古拙,《西狹頌》、《北海湘君碑》古樸 ,《石門頌》、《沈君師道碑》縱逸、《孔廟碑》流暢。魏碑如《始平公造象記》、《張猛龍碑》峻拔雄渾。篆則圓勁古雅為優。

　　施文炳認為學書宜先由基礎入手,如楷書,再進入各期名家之作,當甲骨、金文、大小篆、古隸、漢隸、魏碑、八分、行、楷、草等不同法帖達於某一水平時,便須突破、尋求自我,即創作。倘終生學習古人法帖,如顏體、柳體等,也是別人之體,不能稱為書法家,只是書匠了。

　　成為書法家或書匠,則在於自己的努力及創變與否。有人說施文炳的書法非古帖所有,或以為他的字體是由美工字蛻變而來,這些看法有些輕率,施文炳的書法應該是集眾家之長而自創風格,因其數十年歲月臨摹歷代名家法帖之後,始脫俗尋求自成一家法,細觀其書,應該可以看出其法帖眾家之長,可以肯定的是他的書法與眾不同,掙脫各體,自創一格,即所謂的「文炳體」,也就是他所謂的「創

作」。

施文炳很自謙的說：

李猷贈施文炳之聯對。

　　……學書法先是家承，奉親命而學，弱冠
　　受讓甫先生鼓勵，不敢弗其美意，苦練了
　　一段時間，學了數十種法帖，直到先生要
　　我不可再泥於帖，要我自創風格，始放棄
　　臨帖，改創新法，尋求自己的風格，惜天
　　賦、時間不足，至今未能突破，有負恩師
　　期待。因為商場勞頓，加上公益活動忙
　　碌，有一段漫長的歲月約二十年，很少提
　　筆，直到近歲組書畫會，始偶而書寫，卻
　　時有艱澀不暢的感覺。……

　　其實，施文炳因為才華洋溢、為人謙和，很得人緣，常有文人書
畫相贈，例如張維瀚、成惕軒、李猷等，雖少提筆，事實上與書法自
是密不可分。他的書法脫俗，靠自己的勤練與天份創造高超意境、建
立自己風格，自成一家。

　　他認為，藝術進入純粹境界時，就沒有名利和慾望的煩惱，這種
境界稱為無心、無我。不受任何拘束，是一種完全自真、沒有修飾，
即「無境界」。真的書法係無形的自我和靈魂的表現，只會玩弄手指
頭技巧的書畫家便不會受到尊重，這是世俗書畫家的通病。

　　施文炳學畫亦自國小開始，他天性好奇，喜歡嘗試各類藝術，又
因為博覽群籍，所涉獵的美術書籍不少。他曾經在友人處所看見一本
日本美術學院的教科書，於是索回，視為寶物，以為入法，所以他的
習畫大部分都是自我摸索。年輕時候曾經為人畫扇面、畫筆盒、畫鏡
箱賺取工資，扇面書畫在中國古代社會，就具有其生存發展的空間，
不但是文人雅玩的時尚，而且也促進了手工業的發展。編輯《詩文之
友》時，他常常自己為刊物作插畫，鹿港八景徵詩時，也自繪封面，

後來因為經營木材業經常上山，至山上寫生，氣勢漸有開展。

　　成年後，施文炳因詩壇表現，結交面廣，所以也曾就教於數位前輩畫家，如張大千、曹緯初、顏水龍、陳子波、陶壽柏等人，受影響較多的是張大千。某次，他得洪寶昆先生引薦，拜訪張大千，後來一有機會，便會前往拜訪請教各種技法，張大千以自己之經驗要他學工筆畫。施文炳回憶說：

　　　　成年後，曾與畫界多位前輩請教，如張大千、曹緯初、顏水龍、陳子波、陶壽柏等皆有認識。某次，受寶昆先生引薦，拜訪張大千，後來一有機會，便往訪請教各種技法，張大千要我

施文炳作為《詩文之友》284期封面的書畫作品。

鹿港八景徵詩時，自繪插圖。

鹿港八景徵詩時，自繪封面。

施文炳的「君子富貴長壽」圖為工筆畫，細緻有加。

學工筆畫，他說年老眼力差，想畫晚矣，趁我年輕宜速學，因此開始嘗試工筆畫，惜無時間練習。曹緯初、陶壽柏也是因詩文之友關係自早認識，常有書信往來，王漢英、陳子波則是詩友，數十年交往，與詩人談詩，與畫家論畫，久之，便對各門全有多少了解，只是藝術需有時間勤練而我沒有，只是偶而為之，沒時間深入。

他說書畫屬文人餘事，是一種消遣，修養身心的較佳題材，故偶而為之。並自白他的書畫只屬嘗試探索性質而非專研。然而，我們觀其畫作，非相當時日之琢磨及天份，恐難有如此的表現。

三、施文炳的書畫觀

施文炳的書畫觀點非常鮮明，他主張「師法於大自然」，順之於天，格之於地，洽之於人，以臻於至善至美境界。他追求的是「詩書畫金石」四絕，認為那是中國文人藝術的最完美組合，也是自己的風格之標竿。

（一）主張「師法於大自然」

施文炳主張以大自然為師，以大自然為依歸，他認為造物之無盡寶藏，取之不盡、用之不竭，只要用心去探討、研究，必有所領悟，大自然就是一部廣博深奧而無窮盡的百科大經典，地闊天空，何必被各派學者的理論所束縛而限制了自己。上古以來，人類的大發明、大創作皆是從大自然與生活中體驗、領悟而獲得，所謂各學派理論當然有其優點存在，有其參考研究與利用之價值，但並非絕對，所謂「窮理致知」，何必捨廣博而取狹窄，捨精奧而取膚淺呢？

他在〈鹿港區書畫學會專集序〉曾說：

> 人類追求智識文明，莫不師諸大自然，求諸大自然。順諸於天，格諸於地，洽諸於人，以冀臻於至善至美境界，書道亦然。倉頡仰觀天象之行，俯察鳥獸蟲魚之跡，始制文字。其師法於大自然也明矣。從書道者，首法造物之妙，次取百家之長，融匯貫通，以謙卑、虛誠、堅毅、敬慎之心，苦心孤詣，發揮天賦，必有大成。嘗言：藝術無國界，所以學者不應有畛域、流派之分，四海之納百川，以開闊曠達胸懷面對世界，方能登峰造極，創造不朽。

施文炳未受正式學制羈絆，未有任何流派束縛，所以他的學習很自由、很廣泛，幾乎是自己摸索而成，大自然就是他的老師，萬物有靈，宇宙永恆，世界之運轉有其時序及規律，所有的大道理就蘊藏於此，毋假外求，純是自己心領神會，與大自然結合是他的書畫觀點。

（二）「詩書畫金石」四絕是中國文人藝術的最完美組合

「書畫同源」、「書畫一體」是指中國書畫而言。元趙孟頫自題〈秀石疏林圖〉，詩云：「石如飛白木如籀，寫竹還應入法通；若也有人能會此，須知書畫本來同。」中國文字之根源係象形文字，象形文字本就是始於畫形演變成字。再者，中國書畫用具都是毛筆與墨，毛筆的妙用在可書可畫，而書法的技巧與畫同，講究筆的氣與力，其工拙盡在用墨及運筆的技巧，筆墨含有無窮變化之妙。書畫皆主張神韻（或曰氣韻）、意境，一張書法與一張畫同，書中有畫的形、有畫的技巧，亦即有畫的精神，而畫中有書的韻味也有書法的技巧，繪畫用筆用色都不能離開書法的精神，有書法精神與技巧始能臻於妙境，其妙用全在個人的天賦。

施文炳認為：「詩書畫金石」四絕，是中國文人藝術的最完美組合，這樣的完美組合也是他想達到的境界。他認為書畫作品再加上詩句及金石常有互補作用：

> 題畫詩在歷代詩作中常可見到，而一幅畫中，常會發現詩書畫金石有互補作用，畫好而詩書不佳則以署名、金石代之，畫不足則補以詩或書。一幅好畫如果加上一首好詩，會有畫龍點睛之妙，益能顯現其境界。

自古迄今，四絕俱工者寥寥可數，昔日文人畫作有其特別之處，即在於意境上有別，因為有詩點出畫中精神所在，更能顯出畫的價值。

施文炳的第一首題畫詩大概作於二十八歲，時詩文之友社為了募

集基金而開書畫展，洪寶昆先生知道施文炳曾經作畫，要他提供作品義賣，他雖知初學，未臻應有水準，但是不堪洪先生鼓勵，乃提筆作畫。當時施文炳因巧遇一事，有感於人之善惡在一念之間，雖兄弟朋友，一遇利害關係，便反面無常，何不拋棄惡念，以真善面對社會，乃繪一羅漢圖，左手拿菱鏡，右手將自己凶惡面皮撥下，現出真善面目，並題句：「菱花皎潔照靈臺，如見澄空絕點埃。萬法莊嚴含妙用，天魔轉念即如來。」此畫當時以高價競標，施文炳在現場親睹兩位老者評曰：「看畫不超過三十歲，筆力未臻成熟，而詩則有極高修為，又像是老成之作，色相空時智慧開。」並以超高價格訂購。此畫後由一師父加價獲得。

　　施文炳的詩集中有許多題畫之作，除了自己的畫作及詩畫結合的部分外，他對別人的畫作也能作中肯而有深度的題句。譬如他常常為李漢卿題畫，李漢卿是傳統彩繪薪傳獎得獎人，也學過詩，有心創作，但時間少，一直說自己不入門，因與施文炳交誼深，凡朋友在施文炳處向他求畫，他會隨時下筆，一、二十分鐘完成後，便要施文炳題句，他說是藉此觀摩，所以施文炳為李漢卿題畫的詩也不少。他自己的畫，則皆有題句，主要目的在「以詩補畫的不足」，他也相信自己的作品，有了詩，畫的好壞便在其次了。當然，也有很多人要的只是「施文炳」三個字，要的是真跡，至於書畫水準如何，他們並不在意，這和施文炳的知名度頗有關係。

　　施文炳說：

> 觀畫而思義，每張畫都有其重點，看畫，了解作者的意涵，便可成詩，同時也可以加入自己的意涵。題畫詩必須注意其畫面，也可把其境界轉化，方法頗多，在於人的巧思，要技巧，懂得活用畫材，即悟性與技巧並重。

　　藝術所追求的是至美境界，詩書畫金石等皆被歷來文人視為修養之一種或以資遣興，至於水準如何，則各因天賦而有別。其實，最重

要的是作者要能心領神會，自己要懂得藝術之至境在於「修養之高低重於作品之優劣」。

（三）隨性而為，重視己意之表現

施文炳的書畫大都隨性而為，對自己的書畫作品比較重視的是「個性的表達」，亦即「己意之表現」，如書法撰句、畫之題材皆可表現自己的個性和內在思想。他主張「重神韻而薄形似」，講究章法之妙而不泥成法，求筆墨之神化而不刻意求工，他追求的是「意境超脫，自成天趣。」八大山人的超凡神韻、齊白石的蒼勁樸拙、張大千工筆的細膩流暢和潑墨的磅礴氣勢等，都是他引為學習的境界。

相對於對作品的要求，他更重視人品之修為，「先品而後學」是他一貫的主張。他在〈鹿港區書畫學會專集序〉有言：

> ……簡言之：道也者，人類所當遵行之道也。故書道非止藝術，人生哲學奧義含焉，故以身心品德之修養為重，古聖賢曰：先品而後學，誠哉斯言。……

他說：「人品與作品如不相稱，其值自貶，人品有瑕疵，作品佳，復何用？」有時作品雖平凡而人品高時，作品自然會受重視。而詩書畫皆講求氣韻，當人品臻於成熟典範時，氣勢天成，自能縱恣揮灑，毫無滯礙，斯時便有佳作出現，二者是相輔相成。藝術所追求的至高境界，在於「無我境界」，無名利心，無世俗好惡之羈絆，可說是：託修養於藝術，追求完美的人格思想，創造真善美的心靈世界。

施文炳認為「藝術貴於創作」，初學者學前人之作是學其技法，學習如何取題、用墨、運筆、佈局等，了解最基本的技法，初學者可取其優而練之，基礎了解了，久之如有相當程度的經驗，便要尋求自己的路，建立自己的風格，表現自我，力求作品上有自己的精神內涵，亦即有自我的存在。

真正藝術所講究的是創作、創新，開拓新而真美之路，而非沉溺

施文炳的書法為雕塑大師
陳石年所珍藏,並視之為
傳家之寶。

於前人窠臼中。他學書法是練習了數十種不同法帖,才開始尋求突
破,繪畫亦同,先學水彩、素描、油畫、水墨到國畫,題材涵蓋多
元,花鳥山水人物不一定,隨性取材。他的畫作多元,是出自好奇個
性,素喜嘗試各種不同畫法,為了解各種不同的體裁,就必須多方試
作,他以為藝術如溺於一法,難以發現自己的優劣,

必須作多方面的嘗試,思路才會開闊。

他說:

> 我比較重視個性的表達,亦即己意之表現,表現自己的個性、
> 內在思想。不與他人比較,無特別偏好。我的書畫大都隨性而
> 為,從不刻意求工。用色淡濃端看題材而定,該淡則淡、該艷
> 則艷,寫實、寫意,隨性而作。有時素描、水墨、油畫、水
> 彩、國畫,多少涉獵,但不專,也不刻意求工,因學習時間太
> 短,至今尚在學習階段嘗試,尚未定型。書畫純屬作為修養身
> 心、訓練耐性之用。

也因此,他的書畫總是與眾不同,自成一家,有其個人獨特而鮮
明的個性表現。

四、作品賞析

「四絕」是施文炳自我追求的目標，他說：

> 四絕，一靠天賦、二靠勤練，天賦不足，雖窮畢生心力，亦無
> 濟於事，勤學或可補天份之不足，但必須下苦工，四絕皆一
> 理，其難皆同。先聖道：「或生而知之」、「或學而知之」、
> 「或困而知之」，我是屬於第三種，我自認缺乏藝術天賦，雖
> 想學，卻大半時間風塵馳逐，除了二十歲前後有一段時間在施
> 讓甫老師督促下練了不少書法帖，經商以後較忙，一有閒暇，
> 便勤讀各種書籍，可以說我百分之八十的時間用於讀書，書畫
> 只是偶而為之，談不上水準，不敢隨意給人，因此招致「惜墨
> 如金」之評，其實是怕自己的作品難登大雅之堂，愧以示人。
> 只有少數知己，不嫌固陋，當作紀念贈與，或不避膚淺，公益
> 義賣而已。

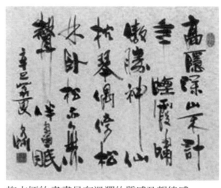

施文炳的書畫具有溫潤的質感及韻律感。

其實施文炳的書畫自有他自創的風格及獨到的表現，在他的書畫創作中，有著濃濃的文人氣息、有書卷味和墨香結合的溫潤質感，更有運筆和結體之間產生的韻律感，最重要的是他的文人思維異於常人，若以書畫之意境及其技巧之表現來論，前者之鮮明度更高於後者，欣賞他的字畫其實也是

施文炳的書法取精用宏、銳意創新。

施文炳的書法墨色濃枯對比，行筆流暢而有律動。

在接受一場古風之洗禮，自有滌其身心、暢其胸懷、高其心志之陶冶作用，也是一種心靈的昇華。

（一）自成一家的書法

施文炳的書法可謂「取精用宏、銳意創新，自形一格、自成一家。」他常說：「書，法於古而不泥於古。」所以他的書法表現可以說是將顏真卿、何紹基、鄭板橋、金文、甲骨文、秦小篆、漢隸、二王行草、懷素草書等揉合一體，取眾妙以合璧，有感而書，順應自然

而不刻意求工，其作品或蒼勁灑脫、或清秀淡雅、或雄奇豪放。所謂「文炳體」是他的特色，多數人看字知人，他的書法很多人喜歡，在鹿港文界是很有趣的一件事。

　　他的落筆大膽，思維獨特，其用筆的輕重主次變化，結字的高低錯落，打破用筆平直古板、結體整齊均勻的習氣及束縛，具有多元多變的隨意性和獨特的風格特徵。其用筆、結字都不拘泥於成法，字裡行間使人感覺到文人所獨有的瀟灑胸襟和鮮明人格。在結體上，他不守成法，字形的大小相間，正奇呼應，縱斂開合，變化百出。此外加上墨色的濃枯對比，行筆之際的流暢和律動，為其書法作品構成了突出的整體美感以及和諧的節奏感，因而具有強烈的吸引力和獨特的藝術效果。

　　施文炳在各寺廟的楹聯或其他題壁有不少作品，他的撰文很特別。他說：

> ……其實，每座廟主神雖然同一位神，但每座廟皆有其特色，如地域、歷史沿革、建廟原因、崇奉神明各有不同或有特別之處，廟聯應該將其重點寫出。宗教有助教化，廟聯不應忽略它對教化的重要性。我所撰廟聯，除少數難以更變之外，較愛強

鹿谷鄉廣興村福德廟裡施文炳親撰並書的楹聯。

南投縣鹿谷鄉廣興村寶興宮裡裡外外都是施文炳所撰書的楹聯，其撰文均依該廟
歷史淵源而寫。

調其廟與眾不同的特點，因此常有同一主神的廟聯不能用於別處，以建立其特殊性的特色，這一點很少被撰聯者所注意。……

因此，在寺廟或其他題壁作品中，不管是撰文或書法，都表現其鮮明的個人風格。例如：鹿谷廣興村的寶興宮和福德廟，裡裡外外都是他所撰的楹聯，成為鄉人很以為傲的信仰中心。

施文炳於鹿港金門館之題壁。

施文炳於鹿港文祠之題壁。

施文炳於鹿港李王爺廟之楹聯。

施文炳於鹿港施氏宗祠之楹聯。

（二）勵志博古的畫風

施文炳的畫作大都是國畫，內容大部分是勵志類或博古類，所謂「博古圖」即指以古代文物作題材，寓含祥瑞吉慶之意。如：靈芝、香爐、爵、柿、磬、佛手、牡丹、花籃、蝴蝶、菊花、壽石、百合、石榴、鼎、天書、印璽、花瓶、孔雀翎、吉祥草……等祥瑞之物。施文炳的畫作，除了「博古圖」外，還是離不開梅、蘭、菊、竹四君子，松、竹、梅歲寒三友等有關氣節操守及修身養性之題材，或是花卉或人物之作，大多題以勉文或贈言。

年輕時期，施文炳因詩會關係，結交文藝界人士頗多，曾在張大千寓所聆其教誨，他花了好長一段時間著意工筆畫，我們從他的畫作中不難發現其用功之深，細膩有加，顯然不只是模仿之作，他勤於翻閱相關理論技術之書，所以也深具繪畫知識及基礎。他的博古畫作可以工筆也可以寫意，大都隨興而作，有奇思逸興及文人氣息。而其赭石烘染，沉鬱蒼古，別具神氣，富有古意。

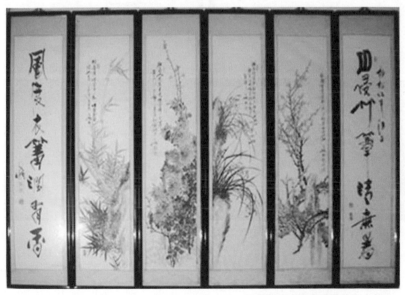

施文炳的書畫有濃濃的文人氣息。

施文炳的許多畫作都以
「博古」為題材。

施文炳的餘興小品──扇面書畫。

　　明、清之際，書畫家大家都有精心之扇面傳世，作為書法形式的
藝術表現。鹿港文人雅士，亦擅於寫繪扇面，施文炳的扇面書畫都寓
有勵志之意。

五、書畫傳承

綜觀施文炳書畫，大膽不受帖拘束、學古而不泥古，以其獨特風格，自成一家。很多人喜歡他的書畫，但索求不易，原因在於施文炳一直認為他的書畫僅是文人餘事，談不上「家」，故不敢隨便予人，而喜歡他詩畫的人有些是慕名而來，這又和他的名氣有關。但無論如何，他在詩、文、書、畫的表現，事實上也是他一向所追求的「四絕」境界。

鹿港的書畫風氣一直綿延不斷，舉例來說：鹿港迎新年的春聯，每一家幾乎都是自己家人書寫的，每一家又各有不同字體與風格，風氣如此，誠然可貴。基於傳承的理念，他所能夠做的就是努力向前往請益的年輕人推出他的見解，他告訴年輕人：想學書畫，須先學修養，人品比作品重要，學者必須了解其中道理。他常常說：藝術的目的，莫以名利為目的，如此學習才有其價值。他也主張學書畫須有自我的存在，建立自我風格，藝術貴於創作，勿泥於成法，方能開創新貌。

鹿港地區，書畫社團很多，民國八十三年，「鹿港區書畫學會」成立，結合書畫同好一起切磋，時有聯展，並出版作品專集。施文炳在〈鹿港區書畫學會專集序〉云：

> ……公元一九九四年歲次甲戌中秋，假龍山寺舉開成立大會，暫以鹿港區書畫會為名，選許夫子任首屆會長，蔣達繼之。歲辦聯展，以利觀摩切磋。今歲端節特借黃室宗親會第二屆第三次會員作品展，……

民國八十六年，他以耆老的身分，出任「鹿港區書畫學會」第三

屆會長。他將「鹿港區書畫學會」改為「鹿江詩書畫學會」，並正式申請立案。「鹿江」是鹿港通稱，「書畫學會」改為「詩書畫學會」其中有更深一層的思考，基於傳統詩的式微，他想以這樣的一個團體多少起一些作用，引導並鼓勵後進。

施文炳鼓勵後進學者，做經驗之傳承。

鹿江詩書畫學會會員作品展專集中對施文炳的簡介如下：

> 理事長施文炳簡介：鹿港人，為鹿江吟會、半閒吟社社員，現任文開詩社社長，早歲私淑從施讓甫、周定山、許志呈諸名儒，積學頗深，其交友極廣，與三臺名士過從甚密，能詩、善文而工書畫，有四絕之譽，以詩名於國際，曾獲世界詩人大會第一名。

其實施文炳的努力不止於「四絕」的追求，他兢兢業業、努力不懈的是：「以藝術美化社會，以文化重塑鄉譽」，相信這樣的願景不僅僅是他對鹿港人的期望，也是對整個臺灣文化維揚的目標體現。施文炳時時鼓勵後進，要與與鹿港大環境結合，為鹿港文風綿延不斷做努力。鹿港子弟也不負先輩期望，熱愛書法者眾，舉例來說，鹿港中青代書法愛好者在民國八十八年八月成立了半缸書會。每兩個月一次例會，擬定課題，延聘老師指導，藉前輩書法家經驗的傳承，同儕之間的砥礪切磋，日有精進。

施文炳說：

> ……鹿港以前畫都以文人畫居多，直到近期才有專業畫家郭

振昌一人，其餘皆為業餘，如黃政彥、郭煥才、許輝煌、丁國富……等，較有成就。學習書法者，直到近年始大幅增加，民國六十年前只有一、二十位較常寫。當然，鹿港文化人才如臥虎藏龍，濟濟多士，人才必多乃意料中事。目前書畫會員有二、三百人，數目不算不多，而且如半缸學會，一群年輕輩，都有很高成就，乃可喜現象。惜只限於書法，繪畫方面，人才頗感缺乏，詩詞亦同。除文開詩社少數社員之外，懂詩者不多，是一種隱憂，深恐詩學會成為一種絕響。鹿港昔日書畫人才頗多，目前看來，書法方面新手很多，水準亦好，畫則人才太少……

從他的談話，我們不難看出他對於鹿港的期許溢於言表，詩文書畫一體的表現才是他心中最高的理想！而「今生無悔」更是他畢生奉獻的寫照。

「今生無悔」是施文炳畢生奉獻於臺灣文化維揚的寫照。

六、施文炳書畫作品展

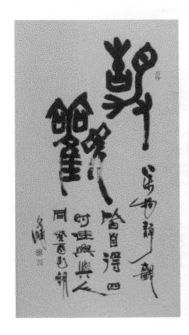

和建宏謨精生利澤

勤研科學技邁尖端

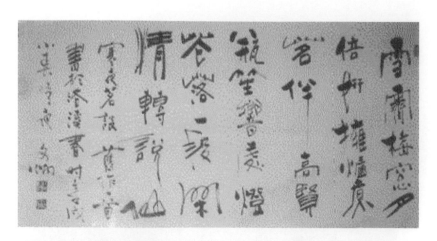

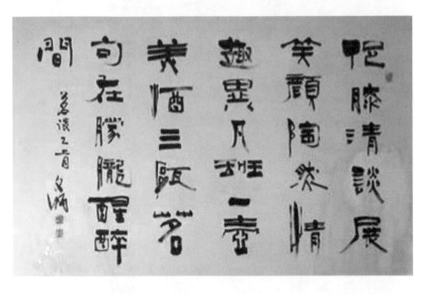

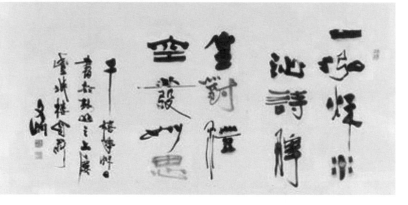

醉後憑欄觀海月

興來臨水聽漁歌

榮星宗先生雅屬

文炳

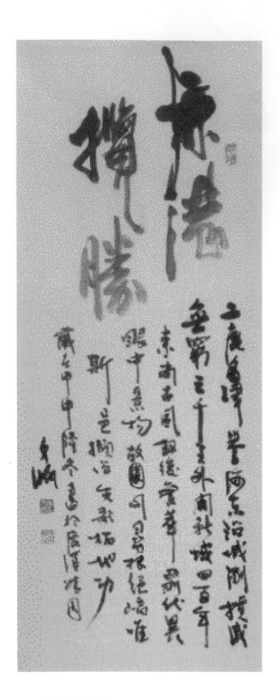

朗悉神韻豪气精舞鳳
翔鳶格自冰八體清奇
風骨健淋漓大筆見
豪情

謝文成先生書法展誌逸
時丁二〇一〇小春於北寧聘園
施文炳

白雲紅葉

清溪流水白雲間
之月林深鳥語閑
薜荔蓬壺怪信息
幾株楓樹點青山

雙龍道中口占　文炳

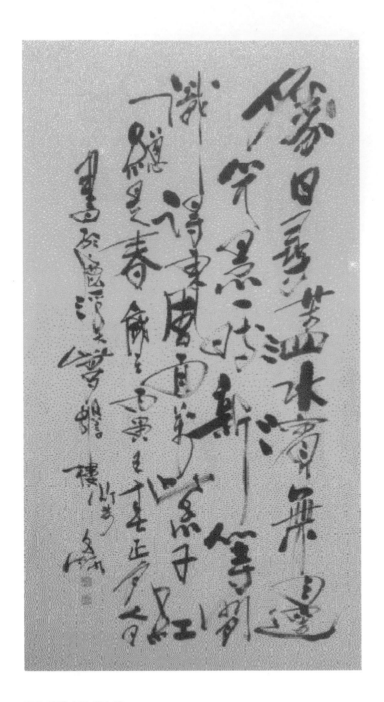

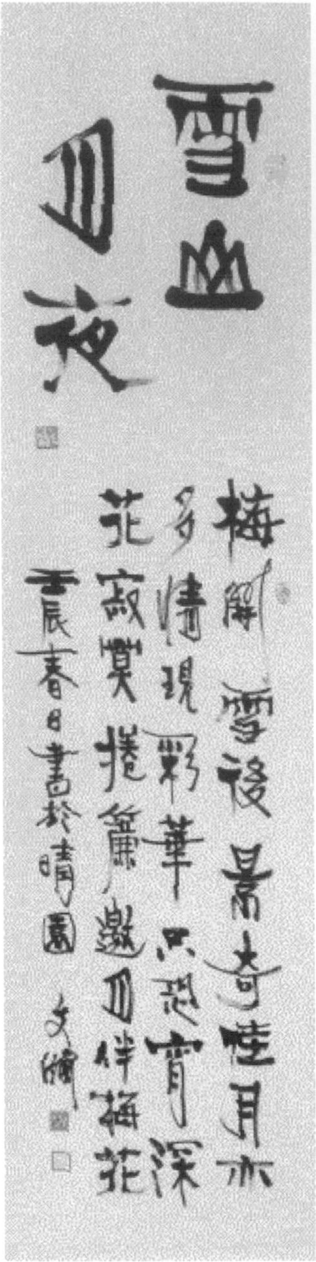

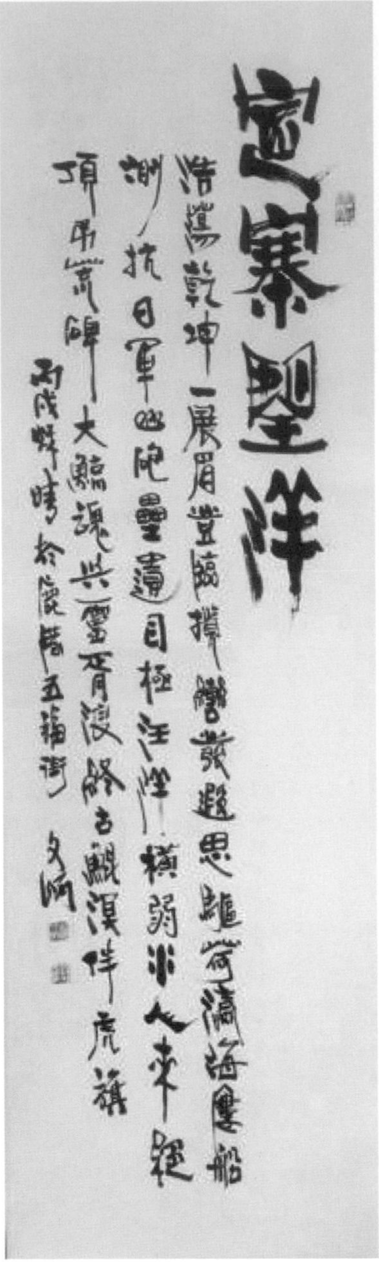

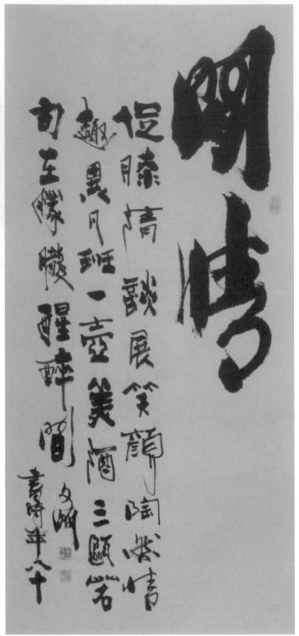

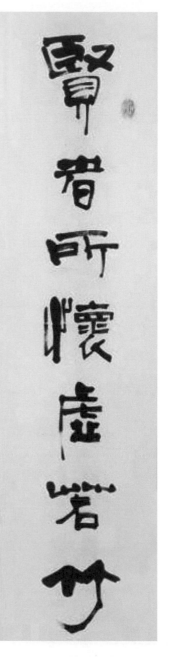

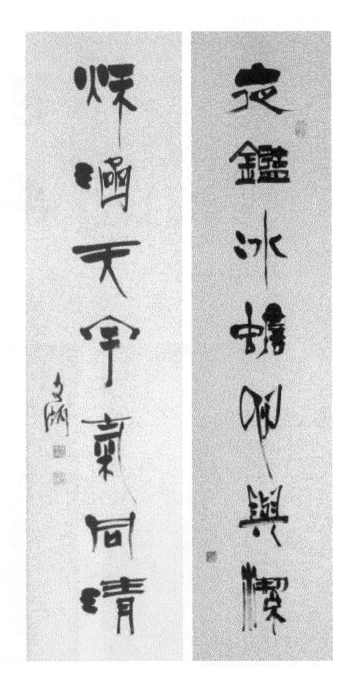

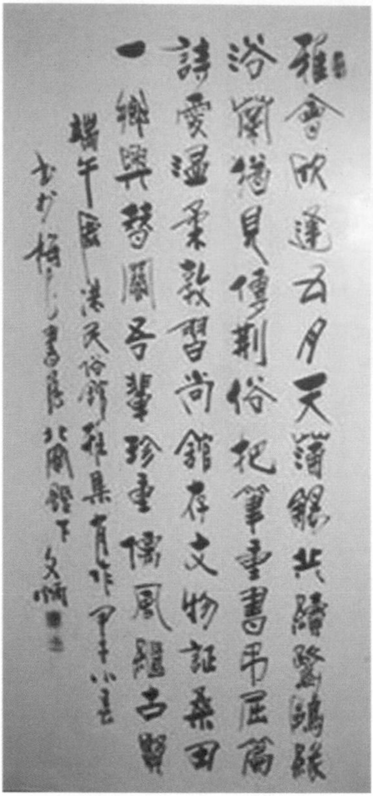

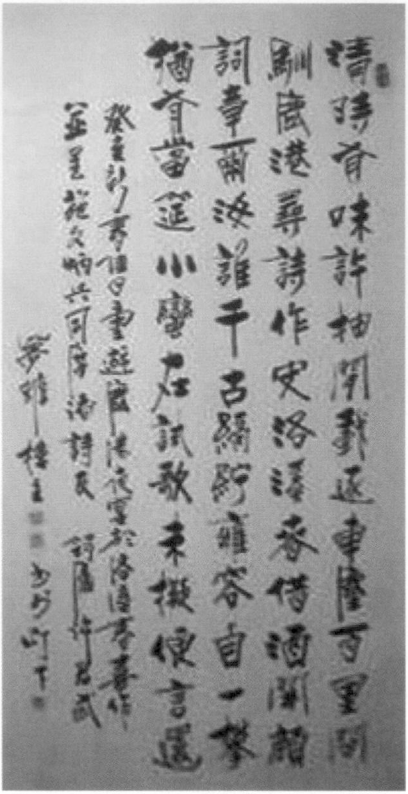

二鹿名津譽海東沿城劃檻感慷慨

三千丈外開新域四百年來問古風叔後

繁華荷代異眼中景物故園同尋根絕

隔唁嘶一邑播格先歌拒也功餘萬作

鹿港攬勝也連一己首抒無邪盦篆

文炳

414 鹿港才子 施文炳

偶向山溪
遠駕車觀
鵝遣興漫
喘余呼群
列隊描成
畫將換義
之一紙書

辛卯氏年 文炳

以下為施文炳在台灣民俗村留下的牆上書法，李漢卿的彩繪，所有圖片由蔡滄龍先生攝影。

麻豆古厝

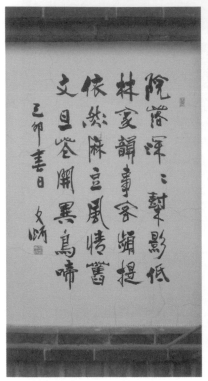

院落深深樹影低
林家韻事客題提
依然麻豆風情舊
文旦卷開鳥鳥啼

己卯春日 文炳

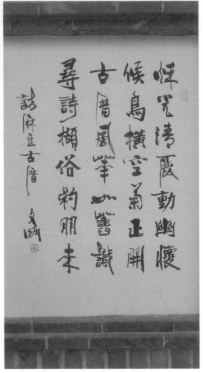

悵望滄溟動幽懷
候鳥橫空菊正開
古厝風華如舊識
尋詩擱俗朋來

詩麻豆古厝 文炳

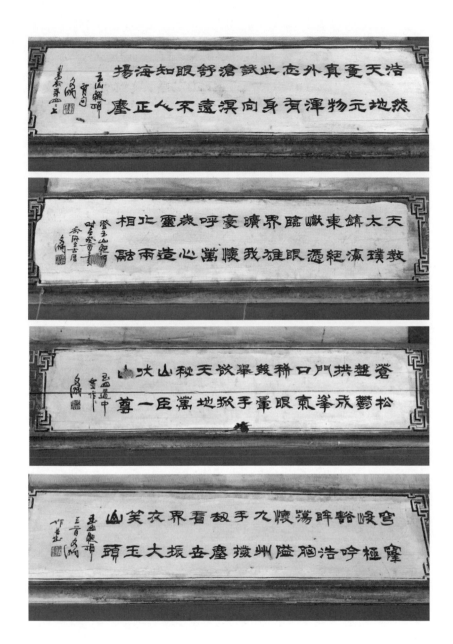

附錄：施文炳先生年表及作品繫年

公元	民國	歲時	年齡	社會背景重要記事及詩作繫年
1931	20	辛未	1歲	・農曆正月二十七日未時生於龍山寺南故居。
1936	25	丙子	6歲	・父親洪流在啟蒙讀《三字經》、《幼學瓊林》等書。 ・過繼給舅父為養子而改從母姓，姓施。
1937	26	丁丑	7歲	・入鹿港第一公學校（現鹿港國小），一年級老師吳福基，善楷書。時值中日戰爭。
1941	30	辛巳	11歲	・珍珠港事變。日本向美國宣戰，二次世界大戰。
1943	32	癸未	13歲	・四月五日鹿港第一國民學校附設青年學校，部分學生接受八年教育。
1944	33	甲申	14歲	・三月國小畢業，入青年學校，約一年因空襲輟學。
1945	34	乙酉	15歲	・農曆五月母親逝世。 ・日本投降，臺灣、澎湖歸國民黨統治。 ・入許志呈門讀漢學、學詩。 ・辜宅（今鹿港民俗文物館）舉行全臺書畫展。
1947	36	丁亥	17歲	・臺灣經濟崩潰、經濟大蕭條、民不聊生，很多人以野菜度日。貨幣大貶。四萬臺幣換一元新臺幣。 ・家中由富變貧，到藥布廠當童工，21天後升任會計。 ・入張禮宗宅（張敏生父）讀漢文。 ・寫下第一首詩〈夜讀自勵〉。
1948	37	戊子	18歲	・到岡山空軍官校福利社任職，學北京話，任翻譯。

1949	38	己丑	19歲	・二哥洪清結婚。 ・在岡山寫下〈中秋夜感懷〉。 ・從李松喬澤清先生 ，始學政治、經濟、文學、教育等多種專門科系。 ・國軍進駐鹿港書院。
1950	39	庚寅	20歲	・奉父命回鹿港，任職木材行學習木材，記帳兼賣貨。 ・拜識施讓甫先生，求治學之道，先生鼓勵學詩，學書法。始與鹿港文化界諸前輩接觸，並參與詩會。 ・參加由鹿港各詩社合併之「鹿港聯吟會」。 ・詩作〈溪頭紀勝〉、〈書懷〉、〈觀海〉。
1951	40	辛卯	21	・詩作〈尋梅〉於香港聯吟大會掄元。
1952	41	壬辰	22歲	・與堂叔洪進來合營木材兼木工廠。 ・初識洪寶昆、王友芬、林荊南等。後因洪推薦，初會于右任、梁寒操、張大千、何志浩、賈景德、莫德惠諸元老。 ・任民眾日報記者，後任特派員。
1953	42	癸巳	23歲	・11月奉父命與陳傑女士結婚。 ・參加周定山所創「半閒吟社」。 ・以何紹基體受書壇同好稱異，謂其直逼施梅樵。 ・4月瀛海吟草雙月刊改為詩文之友月刊。 ・詩作〈詩文之友社夜宴，即席賦呈王友芬洪寶昆諸詞長〉。
1954	43	甲午	24歲	・木材業虧本停業。 ・長女慧芬出世。 ・租屋街尾，沉潛讀書繪畫。在城隍廟、員林車站、街尾等地開館授課，前後約四年。

				・與施福來、許文奎、黃信、蔡茂林、許志呈、王天賜、王成源、施貽謀、許遂園、王漢英、王世祥、粘漱雲等前輩約十五人組「淇園吟社」。因街尾住宅四周皆竹林，又近鹿港溪，施福來先生（施　楊伯父）見之曰：「如淇水。」乃以「淇園」名社。 ・拜識黃得時、張作梅、李建興、陳皆興、李漁叔、莊幼岳、曾文新、黃湘屏等人。 ・第一次評選全國徵詩賽─律詩。 ・詩作〈燈花〉。
1955	44	乙未	25歲	・詩作〈撲蝶〉、〈烈士魂〉。
1956	45	丙申	26歲	・詩作〈睡鶴〉。
1958	47	戊戌	28歲	・長子霽原生。 ・詩作〈冬日漫興〉、〈銘硯〉及第一首題畫詩〈題羅漢圖〉。 ・任職木材行了解市場。
1959	48	己亥	29歲	・鹿港天后宮舉辦「媽祖聖誕千年之祭」。 ・葛樂禮颱風侵襲本島，造成「八七水災」，街尾住宅水淹到長案桌。藏書大半毀於洪水。 ・詩作〈尋梅〉、〈詩脾〉、〈遊牡丹園〉。
1960	49	庚子	30歲	・辭木材行職。 ・八一水災，是夜人在鹿谷。 ・詩作〈題仕女圖〉、〈樵徑〉、〈寒夜吳醉蓮邀飲南投〉、〈書聲〉、〈蟬琴〉、〈竹葉青〉、〈鹿江泛月〉、〈十宜樓訪古〉、〈九曲巷聞琵琶有作〉、〈仲夏宵遊〉、〈漁娃〉、〈眉原曉起〉、〈優勝盃〉。 ・木材業東山再起。

1961	50	辛丑	31歲	・六月登玉山。有〈玉山紀遊〉一系列詩作三十首。 ・與全臺詩會交流頻繁。 ・詩作有〈電燈泡〉、〈傷時〉、〈電視〉、〈定寨望洋〉、〈卦山春曉〉、〈唱片〉、〈霧社春晚〉、〈埔里初會王梓聖詞長〉、〈夜宿溪頭〉、〈鹿港懷古〉、〈雙龍道中〉、〈辛丑詩人節鹿江雅集〉、〈姑姑山即景〉、〈秋夜客懷〉、〈便餐〉。
1962	51	壬寅	32歲	・詩文之友社十週年慶。有詩〈詩文之友社十週年慶〉。 ・其他詩作〈賞菊〉、〈端陽書懷〉、〈儒林修禊〉、〈戀春〉、〈稻孕〉、〈太空艙〉、〈觀海〉。
1963	52	癸卯	33歲	・次子惟中生。 ・初會歐子亮于彰化。 ・周定山編《臺灣擊鉢詩選》第一集。有詩〈題臺灣擊鉢詩選〉。 ・〈三樂酒家席上次蔡崇山詞長惠贈原玉〉、〈菊笑〉、〈鬧洞房〉、〈腹劍〉、〈西巒大山即句〉。
1964	53	甲辰	34歲	・購屋移居（仍在街尾）。 ・父病危，商務在外，有詩〈甲辰小春客巒大山旬日，望夜獨對明月遙念高堂病重不能歸侍，終宵輾轉，愴然賦此〉記之。 ・父親洪流在先生過世。 ・其他詩作〈椰雨〉、〈柳下聽鶯〉、〈海鳴〉、〈保溫杯〉、〈耕耘機〉、〈儒將〉、〈學海〉。
1965	54	乙巳	35歲	・詩作〈醒世鼓〉、〈石髮〉、〈鹿港迴潮〉、〈醉菊〉、〈丹大曉趣〉、〈春遊鹿港〉、〈題五月風景圖〉、〈夜讀聞雞有作〉、〈新蟬〉、〈雨

				後晴〉、〈轡大山書懷〉、〈次歐子亮津山惠寄原玉〉、〈次子亮蕉園感詠原韻〉、〈登霧社介壽亭〉、〈望鄉山遠眺〉。
1966	55	丙午	36歲	• 次女懿芳生。 • 詩作〈尊孔誅秦〉、〈臺中吳園雅集〉、〈題歐子亮詞長德配黃玉燕女史塋域碑亭〉、〈夜登鞍馬山〉、〈睡鶴〉、〈鶴心〉、〈感懷六首次王寶書詞長七十述懷元玉〉、〈春宵夜話〉、〈醉春〉、〈劫外〉、〈重九登高次黃湘屏詞長原玉〉。
1967	56	丁未	37歲	• 詩文之友社十五週年慶，出版《現代詩選第一集》。 • 施讓甫過世。 • 詩作〈問雨〉、〈示侄〉、〈贈別〉、〈魚信〉、〈讀報〉、〈冬夜聞柝〉、〈春遊百果山〉、〈柳橋晚眺〉、〈彰城邂逅玲雪〉、〈探驪手〉、〈詩報〉。
1968	57	戊申	38歲	• 發起募款活動，重修武廟。 • 詩作〈國土〉、〈登八卦山，弔乙未抗日吳彭年、吳湯興二烈士〉、〈折桂〉、〈壽桃〉、〈蛙鳴〉、〈凱旋筆〉、〈文廟謁聖〉、〈閏七夕〉。
1969	58	己酉	39歲	• 58.8-61.3以「鹿港八景」向全國徵詩並寫八景介紹文及鹿港簡介，粘錫麟、李錦浩、許圳江三人協助謄稿、印發，費時一年餘。 • 洪寶昆高泰山編《台灣擊缽詩選》第二集。 • 詩作〈秋日定軍山雅集呈黃湘屏周植夫李可讀諸吟長〉、〈中秋月蝕〉、〈觸詠南山〉、〈春遊泮池〉、〈小春文化城展望〉、〈曲巷冬晴〉、〈蠔圃洄潮〉。

1970	59	庚戌	40歲	・詩作〈祝臺東高心正詞長令郎崇欽君中醫特考及格〉、〈花月念日埔里三樂亭賦呈梓聖詞長〉、〈催詩雨〉、〈春江夜泊〉、〈客埔里久雨阻歸，似元亨春遊鹿港元韻〉、〈次馬亦飛折足吟〉、〈賀李建興詞長榮獲國際桂冠詩人〉、〈孔誕慈惠堂雅集〉、〈許榮聯令高堂黃太夫人千古〉、〈感詠〉、〈市儈〉、〈蟬琴〉、〈喜雨〉、〈偶成〉、〈題菊〉、〈題竹〉、〈次倪登玉先生令堂八秩晉五華誕〉、〈中華藝苑七週年社慶賦呈張作梅莊幼岳二詞長〉、〈書聲〉、〈謁天后宮玉皇殿〉、〈鹿江集讀後感〉、〈消除髒亂〉、〈青年節諸羅山雅集示李可讀詞兄〉、〈雲峰〉、〈無題〉、〈鹿江憶龍舟〉、〈題畫〉、〈歷劫（寄懷臺大黃得時教授）〉、〈臨江（次黃得時教授惠贈元玉）〉、〈端陽冒雨弔靈均〉、〈楊橋踏月〉、〈龍山聽唄〉。
1971	60	辛亥	41歲	・詩文之友社出版《現代詩選第二集》。 ・農曆9月9日應邀參加旅菲臨濮堂60週年堂慶，赴菲（第一次出國）。周定山及鹿港詩友有詩相贈〈文炳同社考察東南亞詩壯行色〉。 ・中共進入聯合國。臺灣退出聯合國。 ・10月赴菲，有詩作〈赴菲機上有作〉、〈馬尼拉王賓街即事〉、〈馬尼拉王城弔古〉、〈馬尼拉舞廳觀舞〉、〈宿霧機場惜別〉。 ・其他詩作〈海噬春嬉〉、〈西院書聲〉、〈笨港懷古〉、〈無題刺基隆周植夫偶感原韻並示曾文新〉、〈蟋蟀吟秋〉。 ・應教育廳之聘擔任學甲、鹽水、水上三鄉鎮藝鎮比賽評審。

1972	61	壬子	42歲	・李建興與莊幼岳、黃得時諸吟長發起組織中華民國詩社聯合社，被推選出任委員。 ・詩作〈古渡尋碑〉、〈螺溪硯〉、〈中國民國詩社聯合社成立大會紀盛〉、〈重九鹿港文武廟弔古〉、〈福岡大學森田明博士蒞臺過訪索句賦此郢政〉。 ・應教育廳之聘擔任學甲、鹽水、水上三鄉鎮藝鎮比賽評審。
1973	62	癸丑	43歲	・詩文之友社出版《台灣擊鉢詩選第三集》。 ・農曆三月（62年4月29日）主辦中華民國癸丑全國詩人聯吟大會於天后宮，任總幹事。節錄〈鹿港簡介〉及〈鹿港八景〉刊於大會手冊。當日親作導遊，率500餘位詩人參觀鹿港名勝古蹟。 ・冬11月，參加第二屆世界詩人大會（中華詩人聯吟），以〈宏揚詩教〉獲第一名，聲名大噪。監察院院長張維翰親撰聯對〈文章千古事，炳耀一時英〉以贈。有詩作〈第二屆世界詩人大會誌盛〉。 ・鹿港民俗文物館成立。 ・文開書院回祿之災。 ・因恐有損龍山寺古蹟地位，力阻龍山寺增建鐘鼓樓，後蒙漢寶德主動表示願意為龍山寺之復古工程作規劃設計。 ・其他詩作〈花蓮陳竹峰過訪有句見贈依韻奉答〉、〈鹿港天后宮題壁〉、〈癸丑仲冬道教張天師源先與臺北蕭獻三暨南北諸吟侶蒞鹿同謁龍山寺〉。 ・應教育廳之聘擔任學甲、鹽水、水上三鄉鎮藝鎮比賽評審。

| 1974 | 63 | 甲寅 | 44歲 | ・時常與元老聚會，結識成惕軒、劉孝堆、羅尚、李猷、吳萬谷、易大德、許君武諸老。
・詩文之友社創辦人洪寶昆過世。
・當選鹿港盆栽學會首屆會長。
・鹿港第一屆盆栽學會特展。
・龍山寺重建南北兩廂，由東海大學建築系設計。由孫全文助教主持。
・詩作〈甲寅端午前一日夜宴李園，拈得鄰字〉、〈甲寅端午北投雅集〉、〈火車上口占〉、〈端午節鹿港民俗館雅集〉、〈甲寅七夕蓮社諸吟侶邀飲於花蓮〉、〈墾丁觀海〉、〈盆柏〉、〈重修先嚴洪公塋域〉、〈綠莊垂釣，賦呈許劍魂夫子〉。 |
| 1975 | 64 | 乙卯 | 45歲 | ・應世界桂冠詩人會之邀，撰〈詩盟世界〉，編入桂冠詩人會《世界大同詩選》。
・舉辦中區盆栽邀請展。
・初會李漢卿，
・赴韓國、日本。
・周定山去世。有詩〈題定山先生墓碣〉。
・其他詩作〈教師節虎溪即事〉、〈冬日善修宮謁聖〉、〈敬悼世界桂冠詩人會會長余松博士〉、〈悼議萬宗先生〉、〈詩城〉、〈折桂〉、〈筆陣〉、〈春日謁漢寶天寶宮〉、〈贈日本棚橋徹澄〉、〈王功福海宮龍泉井〉、〈王金生文教基金會成立金榜宴誌盛〉、〈無題〉、〈吟邊成惕軒許君武曾文新吳萬谷諸老邀宴臺北，席上呈正〉、〈鹿港民俗文物觀感〉、〈夜宴七里香酒家戲贈曾老文新〉、〈無題〉、〈培櫻〉、〈贈梓聖詞長〉、〈蕭獻三老，偕稻江諸吟朋邀飲北投〉、〈重登望鄉山〉、〈夏日即事〉、〈龍山寺即事〉、〈並蒂牡丹〉、〈茗談〉。 |

1976	65	丙辰	46歲	・11月12日赴日，應邀參加日本神風五十周年慶。有〈東京機上口占〉、〈神風流慶典席上憶神風特攻隊〉、〈勝田台謁吟魂碑〉、〈宿日光金谷屋〉、〈宿雲仙〉、〈上富士山風雪受阻〉、〈下關過春帆樓〉、〈箱根途上〉一系列詩作。 ・自組永東建築公司北頭第一期建築開工。 ・與學甲盆栽學會締結姊妹會。 ・與陳皆興、何志浩、蔡秋金等人發起組織中華民國傳統詩學會。 ・撰文〈周定山先生事略〉、〈重建拱辰宮碑記〉。 ・其他詩作〈林鐘靈令慈當選模範母親〉、〈拱辰宮題壁〉、〈田中觀稼〉、〈浴沂〉、〈樹石藝趣〉、〈東京機上口占〉、〈秋晚入霧社〉、〈寒夜茗談〉、〈東旅菲深謀族長〉、〈次陳香見贈原韻〉、〈即句〉、〈答花蓮蘇成章〉、〈盆柏〉、〈二林酒家宴別吳淵源並呈諸君子〉、〈艾人〉、〈贈日本山崎準平〉。
1977	66	丁巳	47歲	・蟬連鹿港盆栽學會第二屆會長。 ・任天后宮爐主，諸事順利。 ・在龍山寺舉辦施文炳書畫收藏展。 ・鹿港青商會成立，積極參與推動鹿港民俗才藝活動。 ・籌組臺灣臨濮施姓大宗祠籌建委員會，任常務委員。 ・撰文〈古城鹿港〉、〈鹿港盆栽學會會徽說明〉。 ・詩作〈丁巳元旦寫懷〉、〈次子亮丁巳年中秋客臺東關山感賦原韻〉、〈謁鹿港龍山寺〉、〈玉山翠柏〉。
				・龍山寺復古工程由漢寶德規劃。 ・鹿港舉辦古都鹿港觀光週全國民俗才

1978	67	戊午	48歲	藝競賽大會，任大會常務委員、籌備會副總幹事、書畫邀請展主任委員、盆栽展覽顧問、燈謎顧問。 · 鹿港盆栽學會第三屆名譽會長。 · 被聘為中華學術院詩學研究所研究委員。 · 舉辦第三屆名家書畫展，義賣所得捐民俗才藝活動經費。 · 新生報《傳統詩壇》刊出〈文炳唱酬專欄〉 · 撰文〈蟒圃迴潮〉、〈龍山聽唄〉、〈福海宮重修碑記〉、〈金湖春秋序〉。 · 詩作〈贈學甲松鶴會〉、〈秋金疊句見贈依韻奉和〉。
1979	68	己未	49歲	· 任中華民國傳統詩學會第二屆常務理事。 · 重陽赴菲。有詩〈旅菲臨濮堂秋祭大典〉。 · 任第二屆全國民俗才藝活動慶祝大會大會常務委員、詩書畫展主任委員、盆栽邀請展顧問、並於傳統詩朗吟大會吟詩。 · 詩作〈鹿港攬勝〉於全國詩人大會掄雙元。 · 其他詩作〈北頭秋夜有寄（寄懷菲律賓施振民並示中研院許嘉明）〉、〈喜陪曾文新暨臺北諸文朋訪南投賢思莊呈蕭再火〉、〈畫梅〉、〈花蓮機上賦別楊伯西蘇成章暨蓮社諸詩盟〉、〈題瀛社集〉、〈臺北瀛社七十周年慶典翌晨南北諸吟侶邀飲早茶席上吳萬谷姚昌敏賢伉儷有句見贈依韻奉答〉、〈1979年3月12日晨陳家添詞長暨南北諸吟侶邀飲早茶席上諸子皆有句，獨余交白，賦以解嘲〉、〈南北諸吟侶枉顧有句見贈賦此

				代謝〉、〈畫竹題句（畫竹詠七律以題並示黃得時）〉、〈龍山寺九龍池題石〉、〈終戰三十五周年感賦〉、〈題粘瑞芳墓碣〉、〈68年喜遊學甲，李漢卿、李賜端邀飲酒家〉、〈三仙台〉、〈題李漢卿對奕圖〉。
1980	69	庚申	50歲	· 民俗館文開詩社開課。 · 赴菲遊歷。 · 任第三屆全國民俗節慶祝大會盆栽展覽顧問、參展全國名家書畫展。 · 撰文〈南投孔子廟藍田書院濟化堂二十週年堂慶全國施人大會特刊序〉 · 詩作〈青年節登受降城〉、〈英棠賢同學吉席〉、〈興達港觀海〉、〈東京吳淵源過訪喜作〉、〈哭歐子亮〉、〈午日鐵砧山懷古〉、〈青年節觴集〉、〈二林酒家戲贈秋金〉、〈與許君武、李猷、曾又新、蔡秋金、周希珍暨臺北諸文友飲於二林酒家〉、〈龍吟〉、〈天籟吟社六十周年慶〉、〈教師節和美天佑宮雅集〉、〈秋日八卦山攬勝〉、〈康乃馨〉、〈沖西晚眺〉。
1981	70	辛酉	51歲	· 與許志呈共創「文開詩社」，出任社長。 · 《文開詩社集》出版。撰文〈文開詩社集序〉。 · 任第四屆全國民俗節慶祝大會籌備會常務委員、鹿港詩作書法，大中小學師生書法、文開詩社師生作品聯展主任委員、盆栽展覽顧問、參加「文藝歸鄉」活動－鹿港學者作家歸鄉座談會、鹿港詩作書法展及漢詩朗吟。 · 王漢英過世。 · 撰文〈官林宮創建緣起〉。 · 詩作〈促進臺中市興建孔廟〉、〈五日雨〉、〈延平郡王祠見梅花〉、〈題

				李漢卿賞花圖〉、〈鶴鷗老先生仗朝〉、〈馬尼拉華僑義山謁性攀族長靈寢〉、〈新加坡中國藝術陶瓷館落成誌慶〉、〈聯禎紀念館落成誌慶〉、〈崙背天衡宮安座誌盛〉、〈題菊〉、〈龔維朗將軍邀宴新店官邸席上賦呈〉、〈題李漢卿牡丹圖〉、〈重訪吳園〉、〈題畫〉。
1982	71	壬戌	52歲	・參加鹿港國際扶輪社，為創社社員。 ・松浦八郎會長招待遊日。 ・國際詩人大會在鹿中舉開，為鹿港有史以來第一次國際性文化盛會。 ・洛溪春開業。 ・任中華民國傳統詩學會第三屆理事。 ・任第五屆中華民國民俗才藝活動國際詩人聯吟大會籌備會總幹事、執行長。 ・任第五屆全國民俗才藝活動籌備會籌備委員、全國名家書畫邀請展主任委員、鹿港古風貌之旅委員。 ・其他詩作〈埔里邂逅故友蔡友煌〉、〈哭王漢英〉、〈贈日本大三島松浦範夫〉、〈詩風〉。 ・撰〈施世綸傳〉。
1983	72	癸亥	53歲	・任中華民國第二癸亥年全國詩人聯吟大會執行長。 ・赴泰港考察。 ・鹿港古風貌觀光週大會委員。 ・第六屆全國民俗節慶祝大會詩歌童謠發表會。 ・詩作〈日本富士釣具會社大村隆一社長蒞臺過訪索詩，謹以尊名綴句奉贈〉、〈過眉溪〉、〈桂花香〉、〈待月〉。
				・任第七屆全國民俗節慶祝大會籌備會委員、臺灣古民俗歌謠大會主任委員、猜謎康樂晚會文書組。

1984	73	甲子	54歲	・撰文〈鹿港學甲盆栽學會結盟紀要〉、〈鹿港形勝〉 ・詩作〈基隆弔孤拔墓〉、〈海門天險〉、〈泉州前港謁始祖典公墓〉、〈甲子仲秋即事〉、〈甲子冬葭月念五日重遊花蓮蘇成章楊伯西邀宴後與成章小酌有句〉、〈二林雅集〉、〈金香葡萄〉。
1985	74	乙丑	55歲	・洛溪春結束。有詩〈感懷（洛溪春述事）〉。 ・任中華民國乙丑年全國詩人聯吟大會執行長。 ・任第八屆全國民俗節慶祝大會籌備會委員、古代婚禮迎娶顧問、全國書法名家楹聯大展顧問。 ・鹿港文開書院修復完成。 ・詩作〈王宮觀海〉、〈會張淵量於綠莊〉、〈喜新居〉、〈遷居偶作〉、〈秋日謁義天宮〉、〈淵源詞長回臺小聚綠莊席上賦呈並示諸君子〉、〈題君子多壽圖〉、〈旗亭戲贈秋金〉、〈夜讀〉、〈冬日即事〉、〈李松林老先生八秩壽慶兼獲第一屆薪傳獎暨國家藝師〉。
1986	75	丙寅	56歲	・任第九屆全國民俗節慶祝大會籌備會常務委員及企劃協調組、古代婚禮迎親顧問、臺灣民謠歌唱比賽顧問、香包製作表演顧問、盆栽展覽顧問。 ・《鹿港風物》雜誌創刊，撰連載小說〈鹿仔港夜譚〉。 ・反杜邦運動。撰文〈在歷史與現實之間〉。 ・擔任彰化縣公害防治協會秘書長。 ・政府資助整修鹿港傳統街道。 ・詩作〈題王昌淳牡丹圖〉、〈初會廖俊穆於鹿港〉、〈廖俊穆臺中畫展喜贈〉、〈神風〉、〈哭旅菲振民宗彥〉、

				〈畫蘭〉、〈中秋賞月〉、〈丙寅中秋愛心月光晚會〉、〈畫牡丹〉、〈中興頌〉。
1987	76	丁卯	57歲	・第三期建築開工。 ・12月赴大陸。 ・杜邦公司放棄在鹿港設廠計畫。撰文〈反杜邦運動——還願謝恩疏〉。 ・任第十屆全國民俗節慶祝大會臺灣民謠歌唱比賽顧問、古婚禮器具展顧問、盆栽展覽顧問。 ・臺灣宣布解除戒嚴。 ・詩作〈孫中山先生誕辰雅集〉。
1988	77	戊辰	58歲	・中華民國文化資產維護學會創會，任監事、常務監事兼召集人。 ・為「臺灣民俗村」創村作整體規劃。 ・赴日、馬、新。12月赴大陸。 ・任第十一屆全國民俗才藝活動籌備委員會委員及企劃協調組、全國盆栽展覽籌備會公關組、臺灣民謠歌唱比賽顧問、古董展覽會接待組、彰化縣頂番國小詩詞吟唱會顧問、中日詩樂欣賞會大會執行長、維護古蹟大家一起來總幹事。 ・頂番國小吟詩團赴日演出。 ・蔣經國去世，有詩〈恭悼 蔣故總統經國先生〉十首。 ・其他詩作〈東京夜訪吳淵源〉、〈畫梅花雪月圖綴句題之〉。
1989	78	己巳	59歲	・赴琉球、大陸、日韓。 ・《鹿港風物》雜誌停刊。 ・任第十二屆全國民俗節慶活動籌備會委員及企劃協調組、盆栽展覽會顧問、古代婚禮－迎親顧問、書畫現場揮毫。 ・詩作〈鹿谷過陳芳徽故宅〉、〈福建前港尊道學校八十年慶〉。

1990	79	庚午	60歲	・4月赴大陸參加媽祖國際學術會議，發表論文〈媽祖信仰在臺灣〉，編入《海內外學人論媽祖專集》。 ・8月、10月再赴大陸。 ・任第十三屆全國民俗才藝活動大會委員、盆栽展覽會顧問、古代婚禮－迎親顧問。 ・《鹿港風物》創辦人施人豪過世。有詩〈敬悼人豪宗彥〉七首。 ・撰文〈重建湄洲朝天閣碑記〉。 ・詩作〈春宵試茗〉、〈至誠慈善會〉、〈彰化觀王漢英遺作展〉、〈戎庵賢伉儷邀宴文山，席上秋金有句，謹次其韻〉、〈答秋金春日卻寄原韻〉、〈哭李玉水詞隸〉、〈悼人豪宗彥〉、〈春興〉、〈蝶夢園得句〉。
1991	80	辛未	61歲	・臺灣臨濮施姓大宗祠落成，任籌備委員會秘書長。 ・任第十四屆全國民俗才藝活動大會委員及籌備委員會委員、彰化縣盆栽聯展委員及籌備會顧問、民俗手藝展顧問。 ・詩作〈夏日謁王功福海宮〉、〈詠鳳凰花〉、〈詩吟〉、〈慶豐城樓遠眺〉、〈長江奉節縣懷古〉、〈還曆書懷〉、〈醉畫梅花〉、〈濱海即事〉、〈題歐子亮伉儷墓碣〉、〈過人豪教授故宅〉、〈關仔嶺竹居訪畏友李漢卿〉。
1992	81	壬申	62歲	・任第十五屆全國民俗才藝活動大會評鑑委員、及籌備委員會委員。 ・12月臺灣民俗村開幕。 ・鹿港龍山寺國家一級古蹟修護工程竣工。 ・為許志呈《劍魂詩集》作序。有詩〈敬題劍魂詩集〉。

				・其他詩作〈卦山懷古〉、〈觀陳石年親子雕塑展〉、〈昆明道中〉、〈雲南邊疆即事〉、〈彩繪牡丹並綴七絕以題〉。
1993	82	癸酉	63歲	・協助成立施金山文教基金會。 ・許志呈《劍魂詩集》出版。撰文〈劍魂詩集序〉。 ・任第十六屆全國民俗才藝活動民俗手工藝展財務長、第二屆彰化縣長杯盆栽展會章顧問。 ・鹿港高中成立「鹿港古蹟解說團」。 ・詩作〈出洋〉、〈愛女懿芳出閣歸寧詩以勉之〉、〈題尋梅圖〉、〈臺灣民俗村〉、〈埔里虎山曉趣〉、〈悼蔡元亨詞長〉、〈宗聖宮題壁〉。
1994	83	甲戌	64歲	・許志呈積極推動成立「鹿港區書畫會」。施文炳任委員。 ・任第十七屆全國民俗才藝活動推展委員會委員、執行小組企劃組及評鑑組、詩人聯吟大會漢詩徵選及吟誦會長、童詩比賽頒獎暨兒童詩詞吟唱表演大會主任委員、民俗手工藝展財務長。 ・4月參加民間信仰與中國文化國際會議。 ・《鹿港鄉情》報紙形月刊創刊。為《鹿港鄉情》題字。 ・《鹿港鎮志》纂修工作開始。 ・詩作〈楊橋即景〉、〈甲戌年端陽前一日鹿港雅集〉、〈甲戌荔夏偕秋金訪文山，戎庵老有詩見贈，依韻奉答〉、〈東郊觀稼〉、〈鹿港護安宮重建落成綴句題壁〉、〈護安宮題壁〉、〈南京藝院劉菊清教授有畫見贈賦以奉答〉、〈跪勒先慈墓碣（先慈洪媽施太夫人棄養五十周年紀念）〉。

1995	84	乙亥	65歲	・擔任「鹿港區書畫會」常務理事。 ・任全國民俗才藝84年度元宵節活動推展委員會委員、彰化縣民俗才藝活動推展委員會企劃組及評鑑組。 ・任第十八屆全國民俗才藝活動彰化縣民俗才藝活動推展委員會執行小組企劃組、手工藝展財務長、童詩徵選及頒獎和傳統詩詞吟誦主任委員。 ・參加中國神話與傳說學術研討會（4/21-23於國立中央圖書館）。 ・八十四年度傳統民俗采風假日文化廣場在文武廟舉行。 ・撰文〈淺談臺語文字化〉。 ・詩作〈北頭口占〉、〈賀新婚〉、〈月夜過漢英故居〉、〈賀新婚〉、〈新婚賀詞〉、〈寧波旅次〉、〈讀月圓集〉、〈讀月圓集其二〉。
1996	85	丙子	66歲	・「朝陽鹿港協會」成立，任委員兼藝文組召集人。 ・任第十九屆全國民俗才藝活動推展委員會委員、彰化縣民俗才藝活動推展委員會執行小組企劃組及評鑑組、童詩徵選暨詩詞吟誦觀摩大會主任委員、鹿港區書畫學會會友聯展理事。 ・為《王梓聖詩集》作序。有詩〈敬題王梓聖先生詩集〉。 ・撰文〈宗盛 碑記〉。 ・其他詩作〈題太魯原石山水〉、〈有幸〉、〈題李漢卿畫竹〉、〈題李漢卿山水圖〉、〈題墨荷〉。
1997	86	丁丑	67歲	・任「鹿港區書畫會」第三屆會長。 ・為《鹿港區書畫學會專集》寫序。 ・任第二十屆全國民俗才藝活動推展委員會委員、彰化縣民俗才藝活動推展委員會執行小組企劃組及評鑑組、詩詞吟誦暨鹿港傳統歌謠演唱大會主任委員。

				• 策劃主辦老古蹟新用途座談會暨出版專輯。 • 王梓聖過世，有詩〈敬悼王梓聖詞長〉。 • 撰文〈鹿港港區書畫學會會員作品展專輯序〉、〈從鹿港文化淵源看反杜邦運動〉。 • 其他詩作〈端陽鹿港采風〉、〈約月〉、〈東郊即事〉、〈題李漢卿墨蓮〉、〈寄友〉、〈過麻豆古厝〉。
1998	87	戊寅	68歲	• 策劃主辦鹿港古蹟修護研討會。 • 任第二十一屆全國民俗才藝活動推展委員會委員、彰化縣民俗才藝活動推展委員會執行小組企劃組及評鑑組。 • 舉辦全國名家書畫邀請展。出版《全國名家書畫展專集》，並作序。 • 有感於詩書畫三者之息息相關，將「鹿港區書畫學會」更名為「鹿江詩書畫學會」並申請正式立案。任「鹿江詩書畫學會」第一屆會長。 • 許志呈過世。有詩〈哭許夫子劍魂〉、〈題許夫子劍魂墓碣〉。 • 撰文〈創建臺灣臨濮施姓大宗祠碑記〉。 • 其他詩作〈畫蘭〉、〈慈母線〉、〈賀新居〉、〈戊寅端午〉、〈戊寅除夕〉。
1999	88	己卯	69歲	• 主編《深度探索溪湖鎮的過去、現在與未來》 • 撰文〈施鎮洋雕刻藝術簡介〉。 • 詩作〈鹿港鎮公所廣場題壁〉。
2000	89	庚辰	70歲	• 任「鹿江詩書畫學會」第二屆名譽會長。 • 撰文〈鹿江詩書畫學會會員作品展專集序〉、〈概談漢詩〉。 • 詩作〈意樓〉、〈金門館題壁〉、〈靜園題壁〉。

2001	90	辛巳	71歲	・撰文〈許劍魂志呈先生生平事略〉、〈許劍魂志呈先生詩作書法紀念展專輯 序〉。 ・詩作〈貞滿雅築得句〉、〈李漢卿療病彰化詩以慰之〉、〈師門憶舊〉十一首、〈鎮洋宗彥新居綴句為賀〉。
2002	91	壬午	72歲	・受臺北縣義天宮管理委員會所託，編纂《義天 志》。 ・主編《彰化縣口述歷史第六輯溪湖蔗糖產業》。 ・學習電腦。 ・撰文〈創建三重義天宮碑記〉、〈義天宮志 跋〉、〈義天宮建築簡介〉、〈彰化縣口述歷史第六輯溪湖蔗糖產業序〉。 ・詩作〈谷關紀遊〉、〈壬午歲末書懷〉。
2003	92	癸未	73歲	・潛心整理個人作品。 ・考取汽車駕照。 ・想繼續撰寫〈鹿仔港夜譚〉、〈龍山寺傳奇〉、〈清代鹿港防禦體系研究〉、〈日據時代至光復初期私塾教育初探〉、〈古鹿港之謎〉、〈鹿港紅毛城之謎〉、〈鹿港清真寺之謎〉等。 ・詩作〈賀涂醒哲先生真除衛生署署長〉、〈李漢卿彩色世界特展〉。 ・姪女洪惠燕完成《鹿港文化人施文炳先生研究》碩論。
2004	93	甲申	74歲	・於鹿港社區大學開「漢學管窺」課程。 ・詩作〈敬悼曾母呂太夫人〉、〈鹿港地藏王廟題壁〉、〈苗栗採風〉、〈意樓〉、〈弔周希珍詞隸〉、〈哭蔡秋金詞隸〉、〈張敏生先生輓詞〉、

				〈淵乃滝口占〉、〈鹿谷訪劉春雄醫師〉。
2005	94	乙酉	75歲	・以「鹿港懷古」奪得第十六屆金曲獎傳統暨藝術音樂最佳作詞人獎。 ・重組「文開詩社」，提借文開書院，地方開了許多學習課程。 ・詩作〈故族長錦川老先生弔詞〉、〈文開書院題壁〉。
2006	95	丙辛	76歲	・繼續於鹿港社區大學開「漢學管窺」課程。 ・繼續主持「文開詩社」會務。 ・詩作〈麥寮訪許嘉明〉。
2007	96	丁亥	77歲	・繼續主持「文開詩社」會務。 ・大病一場。 ・詩作〈丁亥歲暮書懷〉、〈偶感〉。
2008	97	戊子	78歲	・「文開詩社」會務交棒，被聘為榮譽社長。 ・潛心撰寫未完成著作。 ・詩作〈戊子元旦即事〉、〈文開雅集〉。 ・彰化學叢書出版《臺灣末代傳統文人——施文炳詩文集》。 ・彰化縣作家講座為彰師大臺灣文學研究所學生談臺灣漢詩。 ・詩作〈戊子七十八歲生日九秋郊居即事〉、〈台灣竹杖詞〉。
2009	98	己丑	79歲	・林明德教授敦邀繼續為彰化學叢書撰寫另一文集。 ・潛心撰寫。關心「文開詩社」會務，鼓勵後進。 ・詩作〈慶祝員林成街二百八十年〉、〈賀瀛社創立百週年社慶〉、〈尊重女權〉、〈梁庚辛、梁施富賢伉儷白金婚慶，詩以祝之〉、〈時事感詠〉、〈夏日書懷〉、〈先慈忌辰誌痛〉、〈秋日書懷〉。

2010	99	庚寅	80歲	・潛心撰寫。關心「文開詩社」會務。 ・撰文〈鹿港龍山寺傳奇〉、〈鹿港傳奇故事〉、〈鹿港蝦猿〉。 ・詩作〈樂山綺思〉、〈憶少時〉、〈野趣〉、〈歡迎瀛社、澹廬諸詩盟蒞鹿〉、〈餞春〉、〈悼沈子英〉、〈八秩生辰述懷〉、〈鹿港遷街三百五十週年慶〉、〈題文開書院〉、〈日月潭〉、〈有感〉、〈待端陽〉、〈彰濱曉望〉、〈新版山鄉憶舊〉、〈端午文開雅集〉、〈雨夜〉、〈夜雨〉、〈論詩〉、〈人生〉、〈留春〉、〈文開小聚〉、〈落花〉、〈謝文成鄉兄書法展誌盛〉。
2011	100	辛卯	81歲	・潛心撰寫。關心「文開詩社」會務。 ・被編入彰化學叢書《親近彰化文學作家》。 ・彰化文學家系列紀錄片介紹臺灣末代傳統文人施文炳。 ・撰文〈鹿港遷街有關的傳說〉。 ・詩作〈玉山頌〉、〈慶祝文開詩社創立三十週年〉、〈敬題武廟〉、〈靜觀〉。
2012	101	壬辰	82歲	・潛心撰寫。關心「文開詩社」會務。 ・接受大愛電視臺紀錄片訪問及錄影。 ・撰文〈七月普渡〉。 ・擬定〈新版鹿港夜談大綱〉。 ・詩作〈塔塔加行〉。
2013	102	癸巳	83歲	・潛心撰寫。關心「文開詩社」會務。 ・身體虛弱，醫院進進出出。 ・詩作〈杯中月〉、〈詩人筆〉、〈冬日漫興〉、〈時事述感〉、〈踏雪尋梅〉、〈春燕〉、〈題四君子墨水繪〉、〈鞭馬歌〉、〈題四君子〉、〈詠蘭〉。

2014	103	甲午	84歲	・2月17日因肺炎住院，3月7日15點43分肺炎合併呼吸衰竭過世。 ・林明德教授徵求先生家人同意，率惠燕積極整理先生文集。

資料來源：
1. 施文炳手記、口述。
2. 鹿港鎮志纂修委員會主編：《鹿港鎮志・沿革篇》（鹿港：鹿港鎮公所，2000年6月）。
3. 歷屆全國民俗才藝活動大會手冊。
4. 施文炳著：《員嶠輕塵集》。
5. 家人口述。

國家圖書館出版品預行編目資料

鹿港才子施文炳 / 施文炳著.洪惠燕編.林明德審訂.
-- 初版. -- 臺中市：晨星, 2015.12
面； 公分. --（彰化學叢書；46）

ISBN 978-986-443-049-9（平裝）

1.施文炳 2.臺灣傳記 3.臺灣文學 4.作品集

863.4　　　　　　　　　　　　　　104015974

彰化學叢書 046

鹿港才子 施文炳

作者	施文炳
主編	徐惠雅
編者	洪惠燕
審訂	林明德
照片提供	王康壽 ・ 李棟樑 ・ 李昭容 ・ 林彰三 許正園 ・ 張麗美 ・ 蔡明德 ・ 蔡滄龍 魏鍾生 ・ 魏秀娟
排版	不倒翁視覺創意
封面設計	翁翁
總策畫	林明德 ・ 康原
總策畫單位	彰化學叢書編輯委員會
創辦人	陳銘民
發行所	晨星出版有限公司 台中市407工業區30路1號 TEL: 04-23595820　FAX:04-23597123 E-mail:morning@morningstar.com.tw http://www.morningstar.com.tw 行政院新聞局局版台業字第2500號
法律顧問	甘龍強律師
初版	西元2015年12月20日
劃撥帳號	22326758（晨星出版有限公司）
讀者專線	04-23595819#230
印刷	上好印刷股份有限公司

定價 380元
ISBN 978-986-443-049-9
Published by Morning Star Publishing Inc.
Printed in Taiwan
版權所有，翻譯必究
（缺頁或破損的書，請寄回更換）

◆ 讀者回函卡 ◆

以下資料或許太過繁瑣，但卻是我們了解您的唯一途徑

誠摯期待能與您在下一本書中相逢，讓我們一起從閱讀中尋找樂趣吧！

姓名：_____ 性別：□ 男　□女　　生日：　　／　　／

教育程度：_____

職業：□ 學生　　　　□ 教師　　　　□ 內勤職員　　□ 家庭主婦
　　　□ SOHO族　　　□ 企業主管　　□ 服務業　　　□ 製造業
　　　□ 醫藥護理　　　□ 軍警　　　　□ 資訊業　　　□ 銷售業務
　　　□ 其他 _____

E-mail：_____　　　　聯絡電話：_____

聯絡地址：□□□ _____

購買書名：鹿港才子 施文炳

‧本書中最吸引您的是哪一篇文章或哪一段話呢？_

‧誘使您購買此書的原因？

□ 於 _____書店尋找新知時　□ 看 _____報時瞄到　□ 受海報或文案吸引

□ 翻閱 _____ 雜誌時　□ 親朋好友拍胸脯保證　□ _____電台DJ熱情推薦

□ 其他編輯萬萬想不到的過程：

‧**對於本書的評分？**（請填代號：1. 很滿意 2. OK啦！ 3. 尚可 4. 需改進）

封面設計　　　　　版面編排　　　　　內容　　　　　文／譯筆

‧**美好的事物、聲音或影像都很吸引人，但究竟是怎樣的書最能吸引您呢？**

□ 價格殺紅眼的書　□ 內容符合需求　□ 贈品大碗又滿意　□ 我誓死效忠此作者

□ 晨星出版，必屬佳作！□ 千里相逢，即是有緣　□ 其他原因，請務必告訴我們！

_____

‧**您與眾不同的閱讀品味，也請務必與我們分享：**

□ 哲學　　□ 心理學　□ 宗教　　　□ 自然生態　□ 流行趨勢　□ 醫療保健

□ 財經企管　　　　□ 史地　　□ 傳記　　□ 文學　　　□ 散文 □ 原住民

□ 小說　　　　　　□ 親子叢書 □ 休閒旅遊 □ 其他

以上問題想必耗去您不少心力，為免這份心血白費

請務必將此回函郵寄回本社，或傳真至（04）2359-7123，感謝！

若行有餘力，也請不吝賜教，好讓我們可以出版更多更好的書！

‧**其他意見：**

晨星出版有限公司 編輯群，感謝您！

請填妥後對折裝訂，直接投郵即可，免貼郵票。

| 廣告回函 |
| 台灣中區郵政管理局 |
| 登記證第267號 |
| 免貼郵票 |

407
台中市工業區30路1號

晨星出版有限公司

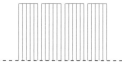

請沿虛線摺下裝訂，謝謝！

更方便的購書方式：

1　網站：http://www.morningstar.com.tw
2　郵政劃撥　帳號：22326758
　　　　　　戶名：晨星出版有限公司
　　請於通信欄中註明欲購買之書名及數量
3　電話訂購：如為大量團購可直接撥客服專線洽詢

◎　如需詳細書目可上網查詢或來電索取。
◎　客服專線：04-23595819#230　傳真：04-23597123
◎　客戶信箱：service@morningstar.com.tw